A baronesa DESCALÇA

O Clube dos Devassos

CHIARA CIODAROT

2ª EDIÇÃO

EDITORA FREYA

A baronesa DESCALÇA

> "AFINAL, AMANHÃ
> É OUTRO DIA."
>
> Margareth Mitchell
> - *E o vento levou.*

Copyright © Chiara Ciodarot, 2020

Todos os direitos reservados. É proibido o armazenamento, cópia e/ou reprodução de qualquer parte dessa obra — física ou eletrônica —, sem a prévia autorização do autor.

Esta é uma obra de ficção, qualquer semelhança com nomes, pessoas, fatos ou situações da vida real terá sido mera coincidência.

PREPARAÇÃO: *Lygia Camelo*
REVISÃO: *Fabiano de Queiroz Jucá*
CAPA E DIAGRAMAÇÃO: *Amorim Editorial*
IMAGEM DE CAPA E DIAGRAMAÇÃO: *Freepik/ rawpixel.com, Period Images, Depositphotos.*

Esta obra segue as regras do Novo Acordo Ortográfico da Língua Portuguesa.

DADOS INTERNACIONAIS DE CATALOGAÇÃO NA PUBLICAÇÃO (CIP)

C576b Ciodarot, Chiara
A Baronesa descalça / Chiara Ciodarot -
Piracicaba, SP: Freya Editora, 2020.
(O clube dos Devassos , 1) - 2ª Edição
320p. 23cm.

ISBN: 978-65-87321-02-8

1. Ficção Brasileira I. Título II. Autor

CDD: 869.3
CDU: 821.134.3(81) - 3

[2020]
Todos os direitos desta edição reservados à
FREYA EDITORA.
www.freyaeditora.com.br

NOTA DA AUTORA

O Brasil de 1873, Segundo Império: Dom Pedro II está no trono de um país recém-saído de uma guerra com o Paraguai e onerado. O período áureo da economia cafeeira ficou para trás e as terras do Vale do Paraíba fluminense vão se desgastando com as plantações de café que tomam os seus montes e sugam as riquezas minerais, criando um cinturão de esterilidade ao redor.

O movimento abolicionista ainda engatinha, mas começa a angariar adeptos com a distribuição de panfletos nas fazendas e reuniões nas cidades. José do Patrocínio ainda está estudando Farmácia e Joaquim Nabuco prepara a sua viagem de formação à Europa. No Nordeste, os escravos começam a minguar nos engenhos e vão sendo vendidos para o Sudeste.

O Partido Conservador, sob o comando do Gabinete do Visconde de Rio Branco, está no poder para proteger os direitos dos grandes latifundiários. Ainda assim, a Lei do Ventre Livre passa. A lei que tem um apelido bonito, mas cujos artigos não são tão belos. Como um canto de sereia, ela engana e afoga as esperanças de liberdade plena. À luz dos recém acesos lampiões a gás, que vão pontilhando as ruas da Corte, a lei favorece mais os senhores de escravos do que os escravizados, ainda acorrentados à escuridão das senzalas.

PRÓLOGO

Niterói, 1851

O chicote era de montaria, mas servia ao propósito para o qual havia sido pego.

As botas negras de couro recém-lustradas riscavam o chão de madeira com o caminhar pesado, pisoteavam algumas pétalas de flores que haviam caído dos arranjos, vagavam atrás da presa que se escondia em algum lugar escuro e distante dos olhos claríssimos do predador.

O menino não poderia ir muito longe, tinha que ficar perto para que conseguisse enxergar para onde as botas se encaminhavam e poder calcular o tempo para correr em outra direção. Até que pararam, tão perto que o menino achou se ver refletido no couro. Segurou a respiração e cobriu boca e nariz com as mãos para que não fosse ouvido.

— Onde você está, moleque? Onde? Venha cá. — A voz estalava na boca com um tom meloso de quem havia bebido. — Venha cá para ver o que acontece com meninos desobedientes! Desta vez, vou lhe dar uma lição que você nunca mais irá se esquecer! Não tem mais a sua mãe aqui para salvar você. Somos apenas você e eu agora. Você vai aprender a me respeitar!

Sua mãe nem havia esfriado dentro do esquife e o pai já havia virado uma garrafa de bebida e pego o chicote para lidar com a própria dor através do único filho. O menino ainda tinha esperança que talvez fosse o sofrimento falando, ou o álcool, pois duvidava que o pai fosse ruim. Pelo pouco que se lembrava do início da sua vida, seu pai não era tão cruel e ríspido. Gaúcho de brios fortes, Genemário veio para Niterói com a família a pedido da prima-irmã, D. Maria Joaquina, esposa de Irineu Evangelista de Souza — o futuro Barão de Mauá. Diziam que era para ajudar na obra da família, o Estaleiro da Ponta da Areia[1], porém todos sabiam que era para afastá-lo da amante e das condições degradantes de quem gastava o dinheiro da estância da família em festas e bebidas.

Tudo parecia ir bem, Genemário havia parado de beber e tentava se dedicar ao trabalho no estaleiro e D. Lísia cuidava do filho Eduardo e da pequena casa que os primos haviam mandado construir para eles. Contudo, a doença repentina da esposa e as constantes discussões com Irineu lhe foram tirando a vontade de se manter sóbrio e, em menos de um ano, Genemário era encontrado caído na rua, à porta de algum bar. Entre um copo e outro, acusava Irineu de fazê-lo sentir-se diminuído perto do *self-made man*. Justamente ele, filho de farroupilha, descendente de uma longa linhagem de honrados estancieiros, nada havia conseguido — e, novamente, todos tinham conhecimento de que era porque nunca havia lutado nem por um copo de vinho sequer.

D. Lísia, esta era bem diferente do marido. Carinhosa, educada e muito terna com todos, sempre a fazer cafuné na cabeça do filho para que adormecesse, cuidava com zelo da sua família e tinha uma ótima relação com os primos — a ponto de o casal Souza dar o seu nome para a filha mais velha. Era ela o esteio, a única dignidade da família, até a mão fria da tuberculose lhe alcançar. Foi o filho Eduardo quem notou a tosse insistente por detrás dos lencinhos de renda. "Não há de ser nada", ela lhe garantia num sorriso triste. Eduardo era muito esperto, admirado por sua perspicácia e intelecto. A mãe via toda aquela capacidade como um problema, pois era incapaz de esconder os seus sofrimentos dos olhos claríssimos do filho pequeno, que lhe invadiam a alma. "Todo dom vem com uma sobrecarga", pensava D. Lísia. Eduardo não conseguia ser uma criança feliz, ignorante do mundo adulto e viver dentro do universo imaginário infantil, e isso era o que mais a entristecia.

Desesperado com a possibilidade de perder a mãe, Eduardo alertara a prima Maria Joaquina. Nunca pensaria que a sua atitude poderia causar mais desgastes do que soluções. Genemário achara que ele havia contado à família para, novamente, diminuí-lo e acusarem-no de que não cuidava da esposa. E teria batido no filho até quebrar o pulso se a mãe não o tivesse socorrido ao ouvir os primeiros gritos.

Desta vez, no velório da mãe, como o pai bem pontuara, não havia proteção materna. O menino estava sozinho e à mercê das suas vontades.

As pontas das botas apontaram em sua direção, como se o dedurando. No meio da escuridão de quem não queria ser achado, Eduardo sentiu uma mão pegá-lo pela gola da casaca negra, puxando-o para fora do esconderijo. A força havia sido tão grande que quase derrubou a mesa de jantar sob a qual estava e, junto dela, teriam caído as flores, os círios e o esquife da mãe — preparado para o velório que, em breve, iria começar.

— Achei, maldito!

Conseguindo se desvencilhar do agarre, desvestindo a casaca do luto, o menino correu para fora da casa, tentando se desviar dos primeiros convidados que vinham prestar as últimas homenagens. Podia ouvir atrás de si o pai, mas nada o pararia. Corria o máximo que suas pernas pequenas permitiam e só pararia ao trombar no homem que vinha em sua direção. O senhor de expressão amigável — sempre a lhe trazer doces escondidos nos bolsos — rapidamente atentou para o que acontecia. Podia escutar os berros de Genemário e perceber que, a cada grito, o menino estremecia. Segurando-o pelos ombros, Irineu Evangelista abaixou-se para ficar à mesma altura de Eduardo — olhos nos olhos —, que tinha olhos tão frios quanto metal e tão acinzentados feito o céu em dia chuvoso, dando a sensação de que estava perdido e precisava de orientação.

Preferindo nada lhe dizer, Irineu deu um tapinha em seu ombro e se levantou. Guiou o menino de volta para o velório, apesar de Eduardo relutar de medo.

A casa dormitava na escuridão triste do luto. Os espelhos estavam cobertos com panos negros e as cortinas fechadas. Apenas os círios acesos, ao redor do caixão sobre a mesa de jantar, iluminavam parcamente os rostos encerados de lágrimas. O cheiro forte de ervas queimadas — para não notar o odor da decomposição — e das flores que revestiam o esquife e toda a sala davam náuseas ao menino. Ele não conseguia chorar, nem olhar para quem estava ali deitada. Não queria acreditar. Evitou também o rosto enfurecido do pai.

Genemário levantou a mão para puxá-lo. Iria lhe acertar um golpe para nunca mais ser desobediente, mas Irineu segurou o menino pelos ombros e se interpôs:

— A partir de agora, ele ficará sob os meus cuidados. May adorava D. Lísia e quer muito cuidar do filho dela.

Surpreso, Genemário cruzou o cenho e estreitou os olhos claros para cima do menino, a fim de fazê-lo temer:

— Vocês já têm uma penca de filhos! Vão tirar o único que me resta?

Ao ver um montante de dinheiro saindo do bolso de Irineu, foi a vez de Genemário estremecer. Contava quantas garrafas e bordéis poderia visitar com aquele valor, perdendo a tal conta. Ainda assim, fez cara feia, de quem não cederia facilmente. Irineu ofereceu irem ao escritório do estaleiro, onde teria mais dinheiro guardado.

Por um conto de réis o pai assinaria um papel passando a tutela do filho para Irineu. Fez daquela uma transação comercial oficial e Eduardo foi embora com o seu novo tutor e sem olhar para trás. Não viu o pai cair sobre o corpo da esposa, a chorar de arrependimento por não ser forte o suficiente para lutar pelo filho deles, nem quando Genemário enfiou uma pistola no céu da boca, mas não teve coragem de atirar.

Antes de seguirem para a bela casa da família Souza, Irineu quis passar no estaleiro em Ponta da Areia. Diante daquela magnitude de ferro, o menino se viu tão pequeno, tão diminuído. Mas, ao contrário do pai, ele não temia aquela pequenez. Eduardo via o quão grande gostaria de ser e o quanto gostaria de ajudar outros pequenos meninos como ele, vivendo sob uma grande opressão.

O industrial apertou o seu ombro e lhe disse num sorriso:

— Eis o futuro do Brasil: a indústria!

— Você deve ter muitos escravos para cuidar disso...

O senhor soltou um riso que o menino não compreendeu.

— Não se preocupe. — Bateu no ombro do garoto. — Você ainda terá muito a aprender. Sua primeira lição será na Inglaterra, onde você vai estudar.

Ali ficaram ainda algum tempo, apreciando aquela obra da vontade humana, de quem lutava para obter o próprio dinheiro, e o futuro do jovem Eduardo Montenegro.

Em seis anos, a pequena fortuna que o Barão de Mauá havia dado a Genemário escorreria pelas sarjetas da Corte, nas mãos das meretrizes e sobre as mesas de bilhar. Aproveitando que o filho havia sido enviado a Oxford, Genemário bateria à porta do palacete da família Souza[2], exigindo o menino de volta. Estava velho e cansado e precisava que Eduardo trabalhasse para sustentá-lo. Ao ser ignorado pelo barão, que nem lhe abriria a porta, Genemário sairia de lá gritando vinganças. Numa noite de 1857, o Estaleiro de Ponta da Areia seria destruído por um incêndio. Ninguém saberia como o fogaréu havia começado, no entanto, saber-se-ia quem havia terminado. Os próprios trabalhadores achariam, alguns dias depois, no meio dos escombros, um par de botas negras e um chicote de montaria chamuscados.

1

Vassouras, 1873

A primeira coisa que as gêmeas Feitosa, Rosária e Belisária comentaram entre si, ao verem Amaia de Carvalho chegar à festa de noivado de sua irmã mais velha, Caetana, foi o seu vestido verde-grama. O que chamava a atenção não era a elegância da veste, mandada fazer na Madame Guimarães — famosa modista da Corte —, nem o corpo perfeito de quem cavalgava todos os dias. Era o tamanho do decote, perfeito para um baile e inapropriado para um almoço. As gêmeas riam-se por detrás dos leques, creditando aquilo ao desespero em arrumar um pretendente. Amaia havia passado da idade de se casar e, de todas as suas amigas, Caetana Feitosa era a última solteira que chegava ao altar.

Outro motivo que gerava inveja — que elas mascaravam através de críticas inflamadas — era a quantidade de senhores que foram recepcioná-la, ainda na porta da casa-grande da fazenda dos Feitosa, a Guaíba. Abutres no entorno da carniça, rodeavam-na. Impediam que outras pessoas se aproximassem. Faziam com que a beldade de 1,70m de altura desaparecesse em meio às cartolas. Obrigando-se a manter um sorriso que nunca se cansava, Amaia cumprimentava cada um, soltando uma simpatia que os encantava. Escapava-lhes, contudo, o olhar cortante de quem sabia o que queria e ninguém seria capaz de mudar isso, nem mesmo os seus pais.

O que as gêmeas Feitosa não podiam, ou não queriam enxergar, era que Amaia de Carvalho não era bonita. Ela era linda. Beleza incontestável. A maior de Vassouras, quiçá do Vale do Paraíba. Os olhos verde-esmeralda saltavam do meio de formosos cílios negros, marcando o seu olhar com um toque exótico do Oriente. As sobrancelhas bem definidas expressavam quase tudo o que se passava em sua bela cabeça, a despeito de seu bem moldado sorriso, esticado a todos que por ela circulavam. Os cabelos castanhos escuros, trançados em elaborados coques, contrastavam com a pele marmórea de quem usava todos os apetrechos necessários para evitar o sol forte do interior. O queixo pontiagudo e o nariz empinado eram um toque à parte. Apesar de tanta formosura, ela possuía algo além, o que atraía os jovens senhores mais do que qualquer outra: graça. Seus trejeitos delicados de pena ao ar, o tom de voz aveludado que fazia a maior maldade soar a um canto angélico, o andar compassado de rainha em coroação. Tudo era motivo de admiração. Era ela a deusa dos saraus das fazendas vassourenses e região. De Barra do Piraí a Rio das Flores, diziam não haver outra como ela.

Ainda assim, aos 23 anos, não havia se casado, como zombavam as gêmeas. As Feitosa tinham para si que era por causa do seu jeito coquete. Que rapaz gostaria de se casar com moça namoradeira? No entanto, o que poucos sabiam é que não lhe faltavam pretendentes no meio de tantos admiradores. Faltava-lhe Paixão. Amaia não se apaixonava por ninguém. E não era por falta de querer. Ela queria e muito, chegando a se forçar a amar os pretendentes que acreditava adequados. Foram incontáveis os beijos que dera debaixo do carvalho de sua fazenda, mas nenhum a fazia bulir por dentro feito as mocinhas dos folhetins proibidos — livros estes que pegava emprestado e, com as amigas, lia às escondidas, debaixo da mesma árvore na qual distribuía beijos.

Recostada no carvalho firme e forte, que cobria as gerações de sua família, Amaia podia viver um pouco além das serras daquele vale cafeeiro. Conhecera quase toda a Europa através das novelas, optando pelos *moors* e pelos jardins da literatura inglesa. Aterrorizava-se com os castelos de Ann Radcliffe e queria valsar nos mesmos salões que as Bennet de Austen. Melhor influência não poderia haver para isso do que a de sua tutora. Diferente das outras moças da região, que estudavam na escola de Madame Grivet, Amaia e sua irmã Cora tiveram uma preceptora inglesa. Mrs. Jane era um exemplo de erudição, caráter e serenidade. Não castigava fisicamente as meninas, obrigando-as a refletirem sobre os seus erros. E era para debaixo do carvalho — que havia sido plantado por seu tataravô quando naquela terra chegara e fincara o seu facão, tomando-a para si — que, mais uma vez, Amaia ia para pensar. Suas ideias, tão rápidas e passageiras quanto as suas vontades, beiravam ao impulsivo mais do que ao filosófico. Não parecia se importar com o que força, trabalho e dedicação significavam.

A mãe, carola de igreja, quando a ouvia falar sobre os seus desejos de conhecer mais e vivenciar de tudo, se horrorizava. Por entre as preces da manhã, por entre as preces antes das refeições e por entre as preces ao se deitar, D. Otávia temia pela alma da filha mais velha. Fazia o sinal da cruz, murmurava orações, rondava o rosário nos dedos e anunciava ao marido: "Lá está ela a se desvirtuar do caminho". O pai, a isso, não dava ouvidos. Ria da esposa no mesmo tom das risadas de Amaia quando escutava os temores da mãe. A filha era como ele: passional. Gabava-se que não havia moça mais perspicaz, teimosa e bonita naquele vale.

E mais abolicionista.

Tanto a mãe quanto a irmã caçula, Cora, haviam lhe alertado para se refrear quanto ao que pensava acerca da Escravidão. Era impossível. Amaia fazia daquele "pensamento absurdo" a base das suas crenças — para alguns, da sua teimosia; ou, segundo as gêmeas, uma maneira de chamar a atenção para si. No ano anterior, num sarau, Amaia havia captado a atenção de todos com o seu pequeno discurso a favor da Lei do Ventre Livre[3]. Em meio aos escravocratas — muitos deles amigos de seu pai —, reclamava do fato dos ingênuos não serem automaticamente liberados após a Lei, tendo que esperar completar 21 anos: "Um contrassenso para uma lei que diz que são livres de ventre". Falava de uma maneira tão charmosa, como se o assunto fosse rendas e tecidos, que nenhum dos senhores a rebatia, porque ninguém questionava beldade, e nem levava a sério nada do que defendia. Entendiam a sua luta pela Abolição como "caprichos de uma menina mimada" que um dia havia se deparado com um dos folhetos que os abolicionistas entregavam às escondidas nas fazendas. Já as senhoras e suas filhas levantavam dúvidas se ela não estaria envolvida com algum abolicionista — o que era sinal de má-fama.

Amaia dava os ombros aos mexericos, trazidos por sua melhor amiga, Caetana Feitosa. "Estão com inveja", dizia, e Caetana não refutava. Quando Amaia chegava a um baile, todos os olhares masculinos recaíam sobre ela. Não havia passeio sem acompanhante e nem dança sem par — e nem precisava repetir os pares, feito a maioria das mocinhas. Na mesma proporção que atraía rapazes feito mariposas, seu holofote causava fofocas. Quanto mais a concorrente se sentisse lesada, mais escandalosa era a narrativa que passavam de ouvido em ouvido. E Amaia ria-se, vendo-se heroína de algum folhetim proibido.

Quanto à Escravidão, esta não era questão para zombarias ou fuxicos. Levava-a muito a sério, sempre se pondo contra a quem quisesse ouvir, sem medo do que pensariam de si ou de sua família — pois algo sempre recaía nos pais de "tal moça desmiolada" — e repassando o que lia nos panfletos e artigos abolicionistas que caíam em suas mãos. Não se recordava, no entanto, da primeira vez em que sentira que era errado ter escravos. Era como se aquilo estivesse em si, aguardando ganhar consciência enquanto amadurecia, e crescia junto dela e da sua determinação em convencer o pai, e a quem mais pudesse, em libertar os escravizados.

    Foram meses implorando para alforriar Bá, a sua ama de leite, e os outros da fazenda deles. Não conseguira persuadir o pai a libertar mais do que quatro escravos — que estavam muito velhos —, mas fez questão de, a partir dessa pequena vitória, falar sobre o assunto sempre que desse oportunidade. O pai a escutava, sem reprovação, nem com a inclinação de fazer o que ela pedia. Aproveitando isso, Amaia procurava estar presente nas reuniões com o comissário Mattos — com quem Gracílio de Carvalho negociava as sacas de café e os escravos vindos do Rio de Janeiro. Percebendo que não salvaria nenhum escravizado ao evitar que seu pai o comprasse do comissário, queria todos que eram ofertados — principalmente os que tinham alguma doença ou dificuldade, pois eram, certamente, os que morreriam nas mãos do cruel vendedor. Em meio às negociações que assistia, havia aprendido que um escravo morto poderia valer mais do que um vivo, dependendo da situação física e de quanto fosse o seu seguro. Tentava, então, decidir quem salvaria enquanto o comissário soltava um olhar de soslaio para o pai dela e sua expressão de nada.

    Essa relação amigável entre pai e filha, contudo, sofreria fissuras pouco depois, e Gracílio seria derrubado de seu pedestal — onde havia sido colocado por Amaia na infância. O motivo da briga havia sido a maneira com que o feitor Severo tratava os escravos, chicoteando-os e depois jogando salmoura nas feridas abertas. O que Amaia via como um suplício desumano, o pai achava "natural aos vícios do trabalho servil". A briga entre pai e filha havia sido tão forte e sem parâmetros, que D. Otávia correra para esconder a arma do marido. Ela e Bá atiraram-se diante do oratório em homenagem à Santa Bárbara — padroeira da fazenda — e rezaram para que apaziguasse aqueles corações turrões. Nesse dia, Amaia deixava claro ao pai que suas desculpas em relação às questões econômicas da fazenda eram, na verdade, para esconder a imoralidade em se ter seres humanos escravizados, ao que o pai respondera com um tapa.

    Somente no dia seguinte, tendo dormido sobre o assunto, é que Gracílio de Carvalho tomaria a moça pela mão e faria questão de explicar a importância daquela terra em que seus antepassados haviam fincado raízes e que não ter escravos poderia prejudicá-los e pôr a perder aquele chão. Amaia também levava o sobrenome Carvalho, sendo tão inflexível quanto ele: "De que importa a terra, se é arada por pessoas escravizadas? Não tem valor algum". O pai compreendia ali que Amaia era ainda muito jovem e teimosa para aceitar as suas palavras — como ele era velho e cabeça-dura demais para aceitar as dela. Então, tomaria uma decisão que faria mudar os rumos da vida de Amaia.

E a cada ano que passava, Amaia de Carvalho falava com mais conhecimento contra a escravidão, e com maiores chances de não conseguir um pretendente na região.

Enquanto as gêmeas Feitosa se teciam de inveja, discutindo cada milímetro de Amaia e da roupa ostentosa que usava, a jovem ia fazendo o seu caminho de acenos, cumprimentos e delicadezas. Comprovava do que o seu pai se orgulhava: era a mais bela da região, quiçá, da província. E, certamente, a mais engenhosa: "Oh, Sr. Carlote, como está? Espero que hoje nos façam sentar lado a lado. Estou com saudades das suas piadas espirituosas", "Ah, Sr. Rodrigo, não o esperava aqui! E quem é este? Seu irmão mais novo?! Se for ficar belo como o senhor, vai arrancar o coração de todas as mocinhas presentes", "Não pode ser?! Sr. Luiz Mesquita! Deveria estar furiosa com o senhor por não ter dançado comigo no último baile. Hoje terá que se desculpar não saindo do meu lado", "Como pode, Sr. Astolfo, ficar cada dia mais formoso?", "Sou mesmo uma moça desafortunada. São tantos senhores amáveis e belos que nem sei qual me agrada mais! Poderia passar dias a pensar nisso, se não tivesse outras coisas a fazer", "Oh, Sr. Leite e Sr. Chaves, os senhores me preocupam por demais. Dói-me pensar que não foram à minha casa no último São João. A fogueira que acenderam no terreiro estava linda. Fizeram muita falta! E garanto que outras mocinhas pensaram o mesmo, pelo que soube".

Amaia estancou os cumprimentos ao perceber um rapazote de quinze anos, baixinho e com algumas marcas no rosto da adolescência que ainda se fazia presente nos gestos desengonçados. Parado ao lado da escadaria, no vestíbulo de entrada, Inácio Junqueira lhe acenou e abriu um imenso sorriso, o que fez Amaia fechar o seu e pôr cara de irritada. Notando que ela não viria mais em sua direção, desviando-se acintosamente dele, Inácio tentou alcançá-la. Aproveitou que havia sido parada por outros para lhe dirigir a frase que tanto havia decorado à frente do espelho:

— Srta. Carvalho, a-a cada ano que passa, fi-fica mais bonita.

Risadinhas de deboche dos senhores ao redor fizeram com que ele corasse. Tentou manter a pose de homem adulto, com o braço para trás do corpo e a cabeça erguida, e provar que estava em pé de igualdade com qualquer um daqueles jovens senhores. O coração acelerado e as gotículas de suor que surgiam não o ajudavam, no entanto, a aparentar confiança.

Surpreendida por aquela verbalização tão sincera e corajosa — poucos fariam o mesmo na frente de outras pessoas —, Amaia resolveu dar um "empurrãozinho" na estima do rapazote. Fez cara de falsa injúria e deu um tapinha na mão estendida dele, que aguardava a sua para beijá-la:

— Não, não, não, nem venha me cumprimentar, Sr. Junqueira. Não estou brava, estou furiosa com o senhor! O senhor partiu o meu coração e agora vem com essas palavras esplendorosas só para que me derreta novamente pelo senhor. — Virou-lhe a cara e puxou a saia do vestido em trote de partida.

Quem os escutara se chocara. O jovem Junqueira havia conseguido mexer com o coração da inconquistável Amaia! Era para cumprimentá-lo e pedir dicas para o caloroso Don Juan! Poucos haviam reparado na estratégia da moça para acabar com as zombarias e colocá-los em seus devidos lugares. O que não foi o caso do próprio Inácio. Corado pela emoção daquela — quase — declaração de amor repentina, ele se pôs na frente de Amaia para que não saísse do lugar:

— E-e posso saber de qual acusação sofro? — Ergueu ainda mais o queixo, acreditando que tinha sido o felizardo a conquistá-la.

Amaia revirou os olhos — mais esverdeados ainda por causa da roupa — e bufou:

— O senhor não foi me visitar desde que voltou da escola na Corte, nem me enviou uma só linha. Terá de se esforçar para voltarmos a sermos amigos. — E foi para outro cômodo, guardando para si a satisfação de quem havia feito "uma boa ação".

Animado, Inácio se esticou na ponta dos pés, a gritar para que todos do vestíbulo escutassem:

— Farei o meu melhor para reconquistar a sua estima!

E tomou para si uma meta naquelas férias de verão: reconquistar Amaia.

Tentando esconder o sorriso faceiro de quem se divertia com aquilo, Amaia foi ao encontro da amiga — para quem o almoço de noivado era oferecido.

Caetana, num vestido branco simples, recebia os convidados numa das imensas salas de estar da Guaíba. Ao seu lado estavam os pais, muito satisfeitos em casar a filha — de uma ninhada de sete mulheres e nenhum varão —, e com um Canto e Melo! Amaia não sabia muita coisa sobre o tal noivo e havia ficado tão perplexa quanto todos quando Caetana anunciara o noivado, no mês anterior.

Tímida e discreta, quem conhecia a filha mais velha dos Feitosa não diria que ela vinha daquela poderosa família. Usava roupas sem ornamentos e as repetia ano a ano. Não colocava joias — somente uma vez a havia visto com um colar de pérolas num baile, enquanto havia mocinhas casadoiras que, com muito menos dinheiro, enchiam-se feito pavões para atrair um bom pretendente, de preferência, um cafeicultor paulista. Por fim, a quieta e tranquila Caetana conseguia o que tanto desejavam: um noivo de posição.

Conhecendo a amiga, Amaia imaginava que o rapaz tinha tanto

nome e poder quanto a família dela, só que, no caso dele, era na Província de São Paulo. A possibilidade de ele ser abolicionista e alforriar todos os mais de mil escravos da Guaíba, porém, era tão ilusória quanto o sorriso de "olá" que Amaia havia dado aos anfitriões que a recebiam na sala. Seu estômago se revirou e mastigou um falso sorriso ao ser cumprimentada pelo seu padrinho, o Sr. Feitosa, e por sua esposa. Gostaria muito mais deles se não tivessem tantos escravos.

Foi-lhe entregue um pequeno ramalhete de botões de rosas. Amaia não entendeu do que se tratava. Ao ir falar com Caetana, aproveitou para perguntar. A noiva segurou a risada e explicou que uma tia havia voltado da Europa com a ideia que havia visto numa casa muito elegante em Paris. Era uma maneira que a casamenteira havia criado para marcar as damas descompromissadas para os jovens cavalheiros e, assim, evitar constrangimentos. Era ousado, Amaia não poderia negar, mas odiou a proposta de ser marcada como "solteira". Não queria que a vissem como uma peça a ser estudada antes de comprada. Ela era uma mulher e não um vaso que enfeitaria a sala de alguém.

Sem fazer caso, Amaia aproveitou que sua irmã Cora estava próxima, abaixando-se para falar com a Sra. Feitosa, e colocou o ramo no penteado dela.

— O que está fazendo? — questionou Caetana, divertindo-se com aquela atitude.

Dando os ombros às explicações, Amaia estendeu a mão e o sorriso ao senhor ao lado da amiga:

— E aqui está o garboso noivo!

De roupas impecáveis, costeletas bem aparadas, olhar animado e sorriso calcificado, imaginou que fosse o tal Roberto Canto e Melo. Em vez de permitir que beijasse a sua mão — como o costume —, provocou um aperto de mãos, o que o deixou encabulado:

— Quero cumprimentá-lo e avisá-lo do quão enganado está quanto a esta mocinha aqui. É bem mais esperta do que aparenta ser e precisa estar avisado para não pisar em falso. Terá muitos inimigos se o fizer, a começar por mim. Não quero assustá-lo, só quero desejar "boa sorte!" — Amaia jogou a cabeça para trás e soltou uma risada. — Terá uma verdadeira joia premiada como esposa.

Ele, ainda atordoado com aquele gesto decidido de homens de negócios, o que contrastava com o vestido repleto de babados, fitas e um acentuado decote, agradeceu. Caetana, ao reparar no olhar do noivo e no seu rosto corado, rodopiou os olhos castanhos pela roupa de Amaia. Apesar de ter mangas, o decote profundo, arrematado por um laço de fita na altura dos seios, provava que era audacioso demais para aquele horário.

— E quanto ao seu traje?!

Amaia bateu as longas pestanas e abriu um largo sorriso:

— Esplendoroso, não acha?! Não poderia me sentir mais radiante!

— Alguns vão achar que isso é desespero — alfinetou Cora, se juntando a elas. — Como vai, Caetana?!

— Olá, Cora. Infelizmente, tenho que concordar com a sua irmã, Amaia. Você não deveria estar usando um vestido tão decotado a esta hora do dia.

Sem querer mais falar a respeito do assunto, tendo ouvido toda uma aborrecida lista de reclamações da mãe sobre como se vestia ou se portava — todas elas apoiadas por Cora, que parecia nunca deixar o assunto terminar —, Amaia pediu licença e foi distribuir sorrisos e simpatias aos outros conhecidos.

A Fazenda Guaíba pertencia à família Feitosa de Vasconcellos desde tempos imemoriais — tão distantes que o próprio dono, o Sr. Caetano Feitosa de Vasconcellos, não se recordava desde quando, apesar de ter anotado em algum papel. Conhecida além dos limites de Vassouras, era famosa pela imensidão dos seus cafezais subindo e descendo os montes, dos dois terreiros e da sua senzala, que abrigava mais de mil e quinhentos escravizados amontoados. Não era uma fazenda, diziam os vizinhos, era um complexo agrícola. Tinha mais de cem mil pés que produziam um quinto de toda a produção de café do Império, o que rendera ao Sr. Feitosa a honra da comenda de Imperial Ordem da Rosa — e, anos mais tarde, o título de conde. A produção da Guaíba não se restringia somente ao café, havia ainda um engenho — resquícios da época em que a região era produtora de cana-de-açúcar —, um gigantesco pasto com mais de cem rezes de leite e de corte, um haras para cavalos puro-sangue e algumas plantações de subsistência. O Sr. Feitosa gostava de se gabar que, se houvesse uma guerra, mais terrível do que a recém-finita no Paraguai, e que se esta acabasse com o Império, ainda sim a Guaíba sobreviveria apenas com a própria produção. Não estava totalmente errado. Sua renda se comparava à dos Teixeira Leite, dividindo com eles o título de família mais rica do Brasil e, possivelmente, do mundo.

Apesar do nome, que significava pântano ou brejo em tupi, a fazenda Guaíba tinha uma das mais bonitas casas-grandes do distrito. Conhecida como "o casarão dos quatro pilares", sua fachada remontava à arquitetura helenística, com quatro pilares sustentando as varandas do piso superior. Por dentro, todos os cômodos tinham afrescos de José Maria Villaronga nas paredes e tetos, causando a sensação de figuras tridimensionais. Os móveis também não poderiam deixar cair no gosto e requinte, nem a decoração com cortinas e reposteiros de veludo inglês, tapetes chineses, porcelana alemã, vasos de Sevrès, imensos quadros de molduras douradas e luminárias de cristal Baccarat.

Impecável gosto na decoração, grande desgosto no trato da escravidão. Tal joia da coroa, a casa-grande reinava próxima a um laguinho com cisnes e escondia, na sua parte traseira, os dois maiores terreiros de café da região e a senzala.

Eduardo Montenegro nunca havia visto tamanha senzala. De pau-a-pique e telhas secas nas coxas das escravas, o prédio pintado com cal branco reluzia diante dos imensos terreiros de tijolos vermelhos, abarrotados de montes de grãos de café. Centenas de portas pequenas e estreitas davam para a área de secagem, mas não havia uma janela sequer, nada que fizesse aquele lugar respirável. Nem uma brisa se achegava, criando um cinturão de bafo quente, um forno em brasa.

Do alto do seu cavalo negro, Montenegro, em vestes totalmente pretas e chapéu abado no rosto, levantou os olhos claríssimos por cima das hastes dos seus óculos de lentes de vidro verde — importados da França. Procurava por algo.

Alguns escravizados passavam, retirando do galpão as sacas de quase 50 quilos, e colocavam-nas sobre uma carroça puxada por mulas. Na boleia, um homem dormitava com o chapéu na cara. Um grupo com cinco mulheres escravizadas, entre elas duas crianças, vinha atravessando o chão quente sem sentirem queimar os pés, de tão cascudos que estavam. Tinham nas mãos cestas e algumas nas costas, indicando que iam ou voltavam da plantação. Num canto, uma criança de dois anos brincava na bica de lavagem do café enquanto uma velha escravizada ia atirando pequenas porções de grãos dentro do tanque de pedra repleto d'água.

Envolto nas próprias análises, Montenegro não reparou que dele se aproximava um capataz. De olhar desconfiado e chicote na mão, perguntou o que queria. Recolocando os óculos, que protegiam os seus olhos muito claros do sol tropical, Montenegro abriu um sorriso módico:

— Olá, bom dia. — Tocou na ponta da aba. — Procuro a entrada para a casa-grande. Venho para o noiv...

O capataz, sem vontade de conversar, interrompeu-o, apontando outra direção com o cabo do chicote:

— O senhor veio pelo caminho errado. É para lá. É atrás do laguinho. Se for pelo pomar, contorna a casa e chega na entrada.

— Muito obrig...

Antes que Montenegro fizesse qualquer sinal de agradecimento, o capataz partiu na mesma velocidade com que havia chegado, sumindo na ponta dos calcanhares.

A movimentação na frente do casarão ia crescendo com o aportar de mais e mais coches, dos quais saltavam moças carregadas por seus vestidos de metros e mais metros de tecido, piando e passarinhando com suas mães, amigas — e, até mesmo, com as inimigas. Vinham os senhores de chapéu alto, alguns mais jovens e outros bem mais velhos — estes praticamente levados debaixo do braço por seus escravos. O zunido de conversas, de gritinhos de alegria e de atenções empesteava o ambiente, marcando-o tanto quanto o delicioso cheiro de comida que vinha das gigantescas panelas de cobre da cozinha da Guaíba. Haviam dito a Montenegro que era uma reunião íntima, somente para os mais achegados. Se não havia mais da metade da região naquela fazenda, Montenegro iria mudar de nome. Eram tantos rostos! Alguns eram conhecidos e nenhum era amigável. Se os donos de terra ainda o cumprimentavam, não era mais do que por educação. Em alguns casos, menos que isso, era por consideração por ser aparentado do Barão de Mauá e pelas suas centenas de contos de réis.

Quando assentara naquelas terras, há alguns meses, Montenegro vinha com ideias um tanto progressistas para os cafeicultores — feito a maioria dos jovens que iam estudar na Europa. Comprando lote atrás de lote, formava uma imensa fazenda, que seria nomeada Caridade — o mesmo nome do tumbeiro que havia sido libertado pela Marinha Inglesa, em 1833[4]. O que tanto incomodava nos vizinhos era que a fazenda funcionava como uma colônia de parceria e todos que lá trabalhavam eram alforriados ou livres. "Não se pisa na Caridade escravo", costumava-se dizer. E, da mesma forma que não era bem-vindo na maioria das fazendas do Vale do Paraíba, tampouco se constrangia.

Ao saltar do seu cavalo negro, o garboso senhor de trinta e dois anos retirou as luvas, os óculos escuros e abaixou o chapéu. Entregou-os ao escravo da chapelaria e foi cumprimentar os anfitriões na sala de estar. Ao Sr. Feitosa deu um aceno de cabeça e tomou a mão de sua esposa:

— Minha cara senhora, não poderia estar mais bela. Faz inveja aos lírios do seu jardim.

— Ah, Sr. Montenegro, quanta gentileza a sua em ter aceitado o nosso convite! Tenho certeza que o Sr. Canto e Melo ficará exultante em ter o amigo conosco em momento tão especial.

— Agradeço, minha senhora. Não poderia faltar ao almoço em homenagem a um grande amigo meu.

Após a cortês recepção, passou para a mão de Caetana, estendida a ele. Deu-lhe um beijo vago e rumou para o amigo, que tinha os olhos azuis grudados nele desde que havia pisado na Guaíba.

— Como vamos?

— Cheio de planos... — Montenegro observava os arredores com ar de casualidade quando, na verdade, era para ver se alguém poderia escutá-los. — E quanto a você? Veio resolver uma questão e terminou noivo! Desistiu do plano? Não acho que Antônio Bento ficará satisfeito em saber disso, muito menos, por um par de longas pestanas. Quero que me diga, por que resolveu se casar?

— Ah, não darei sermão ao padre.

— Posso ser tudo, menos padre. — Soltou um riso sarcástico, mordido por uma sensualidade que chamava a atenção de algumas mocinhas que pairavam por ali, atraídas pela sua beleza misteriosa.

Não era difícil enxergá-lo. Montenegro era um homem alto para os padrões. Tinha 1,85m que se espraiavam pelo corpo bem feito de quem nadava todos os dias, tendo sido acostumado a tal pelo seu tutor inglês — que também lhe havia ensinado a esgrima e o arco-e-flecha. Era muito bom cavaleiro e atirador. Participara de muitas caçadas na temporada em que havia morado na Inglaterra, quando havia ido estudar em Oxford — sob a influência do Barão de Mauá. Lá, adquirira não somente conhecimento e cultura, como também uma nova perspectiva de vida.

Era um homem de visão, diziam os amigos, e dono de um lindo par de olhos prateados, quase transparentes, ressaltavam as senhoritas. Os cabelos negros, anelados na altura dos lóbulos das orelhas, não criavam contraste com as roupas escuras que vestia. Na maioria das vezes, estava todo de preto — inclusive a camisa —, o que lhe havia gerado a alcunha de o Barão Corvo ou a de o Barão Negro. Porém, o seu maior atributo, além da elegância no agir e na inquestionável beleza, era a sua voz séria e profunda, que arrepiava as mulheres com quem conversava ao pé do ouvido.

Era inevitável, Eduardo Montenegro atraía tantas mocinhas quanto repelia as suas mães. A causa? Era um dos fundadores do Clube dos Devassos. Pouco se sabia a respeito do misterioso clube masculino em que só poderia fazer parte quem fosse convidado. Primeiro era preciso ter alguém conhecido dentro do clube, alguém que seria o seu "guardião". Este deveria levantar uma ficha e convencer ao Conselho por que aquela pessoa era indispensável ao clube. Se a maioria aprovasse, a pessoa recebia uma chave dourada numerada, símbolo da sua entrada. Toda essa engenhosa trama era para manter a exclusividade e impedir que descobrissem o que eles faziam ou discutiam em suas sigilosas reuniões. Ainda que ocultassem o que lá acontecia, o nome tudo indicava: devassidão. Por isso, muitas mães cautelosas puxavam as filhas quando as viam com ele, enquanto os pais faziam questão de papear e, quem sabe, receber uma das desejadas chaves.

Quanto à amizade entre Canto e Melo e Montenegro, ela havia começado antes mesmo daquele entrar para o Clube. Havia sido numa reunião abolicionista organizada por Antônio Bento[5], em São Paulo, que se conheceram e, desde então, viam-se com a frequência de seus ideais. O nobre noivo, inclusive, estava hospedado na fazenda Caridade quando foi apresentado à Caetana, imediatamente apaixonando-se por ela.

Do noivado ao casamento seria tão rápido quanto aquela paixão arrebatadora, ao que Montenegro questionava:

— Não está se casando porque se engraçou com D. Caetana?

O virtuoso Canto e Melo erguia as sobrancelhas, contrariado:

— D. Caetana é moça séria, de boa família, do tipo que você não gosta e nem está acostumado.

— Não me diga que ela nunca o deixou beijá-la?! — Pela expressão pálida do outro, Montenegro reparou que havia acertado. — Hah! Ao menos, pegou na mão dela? — O silêncio de Canto e Melo era sepulcral. — Ah, pobre infeliz! Não sabe onde se mete!

— Você nunca se apaixonou, por isso é incapaz de entender.

O amigo fez uma careta cínica:

— Quem disse que nunca me apaixonei? O problema é que me apaixono e desapaixono com a mesma facilidade. — Mordeu um sorrisinho sarcástico.

Os olhos acinzentados de Montenegro iam correndo as senhoritas que por eles passavam, não parando em uma. Contava, analisava, somava e subtraía atributos que iam multiplicando as suas perspectivas de conquista e dividindo as opiniões do amigo. Sem notar, Montenegro parou de respirar ao ver uma que se sobressaía na multidão, não só pela beleza, mas pela maneira atrevida com que ria e falava com outros senhores, como se sabendo que todos eles a desejavam e ela os atiçava com isso.

— Conhece aquela? — perguntou a Canto e Melo.

O noivo procurou o objeto de sua admiração. A moça era bem longe do tipo de mulher que Montenegro gostava. Ele preferia as mais experientes, que exigiam menos e davam mais — ainda mais, se fossem infelizes mulheres casadas ou tristes viúvas. Os atributos físicos, no entanto, eram do seu gosto: corpo bem esculpido, ressaltado dentro do vestido verde espalhafatoso e acintosamente decotado.

— D. Amaia de Carvalho, se não me engano — sussurrou para que a noiva não os escutasse. — Amiga de Caetana.

Atirado sobre a imagem da bela que ia entregando a sua mão de cavalheiro em cavalheiro, cumprimentando a todos com um sorriso repuxado na malícia, Montenegro via nela algo de coquete. Atentou que não usava o tal ramalhete — que Canto e Melo havia lhe explicado a serventia —, o que a tornava ainda mais interessante. Pediu licença ao amigo que recepcionava alguns convidados e aproximou-se o suficiente para não ser percebido pela moça e pelo seu séquito de admiradores, distante o bastante para escutá-la elogiar cada um que lhe vinha falar.

— Esplendoroso! Se eu soubesse que teria tantos amigos queridos presentes, não teria vindo com estes trapos. — Amaia apontou a sua roupa, acrescentando uma ousadia na sua fala, o que deixou alguns senhores corados.

— É a mais bela de todas, D. Amaia! — aventurou-se um, quase a lhe derreter aos pés, de tão meloso que estava.

— Ah, Sr. Tomás, o senhor que é muito gentil. Quer se aproveitar do coração desta moça simples aqui para depois jogá-lo fora? Quão instáveis e cruéis são os homens!

O rapazote de vinte anos, sem qualquer atrativo físico, tomou-lhe a mão em cumprimento:

— Eu... eu nunca seria... capaz, D. Amaia — tremendo, levou os dedos aos lábios para beijá-los.

— Não adianta. — Ela retirou a sua mão antes. — Nenhum homem me convence. São todos vocês muito volúveis — queixou-se, fazendo um biquinho perfeito, o que levava os senhores a se agitarem. — Uma hora dizem que nos amam e, no momento seguinte, olham para as outras moças. Pois só acredito vendo. — Abriu um sorrisinho malicioso, o que fazia os seus olhos brilharem ainda mais.

As duas esmeraldas chamuscavam com alguma segunda intenção por detrás, o que Montenegro era capaz de farejar a quilômetros de distância. Segurando o riso, ele ficou observando-a enredar os rapazes, pronta a dar o bote em algum coração desavisado. E ali estava o coitado, o tal do Sr. Tomás. O senhor nem se mexia, venerando-a enquanto da boca saíam incertas as palavras:

— A senhorita verá... Prometo... eu...a...am...

Notando o que iria dizer, Amaia pediu licença, puxando a saia do vestido. Meteu-se por uma das portas da sala em que afluíam os convidados e bandejas repletas de bebidas. Teria trombado numa se o escravo não tivesse a segurado com firmeza. Pediu desculpas e continuou na tentativa de se livrar do rapaz e da sua infeliz declaração de amor.

Montenegro soltou um riso. Nunca errava quando se tratava de ler as pessoas. Ela era do tipo de moça que adorava provocar e, quando conseguia o que queria, fugia. Pobre infeliz que por ela se apaixonasse! Isso, no entanto, não o impediria de se divertir um pouco. Estreitou os olhos acinzentados sobre a cauda verde do vestido dela, que sumia no limiar do portal. Talvez os dias de tédio naquela região tivessem terminado.

nquanto a boca cosia e descosia sorrisos, os olhos verdes de Amaia iam e voltavam pelas vestes das suas concorrentes. De fato, nenhuma era tão ousada quanto a sua. Por um segundo, envergonhou-se da própria roupa. Deveria ter pensado em algo menos chamativo. Os senhores a cumprimentavam com o olhar pregado em seu busto. Deveria ter trazido um xale ou alguma coisa para se cobrir, ao menos, quando se sentasse à mesa do almoço. Bá havia lhe avisado, mas julgou ser exagero da velha mucama — ela sempre exagerava em tudo e Amaia sempre a ignorava.

Não houve como não comparar a sua veste com a de Cora. Sua irmã estava num vestido rosa que era fechado da garganta ao pé e ainda de mangas compridas. Nada espalhafatoso, na proporção da sua beleza de moça de fazenda. Igual aos amores de Cora, que não dava atenção a nenhum dos senhores que vinham lhe cumprimentar. Soltava um "olá" e retornava a uma conversa constante com a mãe ou alguma senhora mais velha. Cora não era comprometida, contudo, era como se fosse. O nome dele? Singeon. Pelo que Amaia se recordava, a irmã caçula era apaixonada por ele desde criança. Se para causar inveja ou não, era dele que Cora alegava ter recebido o primeiro beijo aos dez anos de idade. Filho da sua preceptora inglesa com um pastor anglicano, Singeon havia crescido com as meninas, dividindo as aulas e também as atenções de Cora, que preferia brincar com ele à Amaia. Da última vez que o havia visto, ele era um tímido rapazote de quinze anos, cujos cabelos loiro-palha caíam pelo rosto cheio de espinhas. De braços e pernas finos e compridos, andava desengonçado, o que gerara o amável apelido de Sr. Espantalho.

Ao reparar que Amaia estava muito concentrada em observar a irmã, D. Otávia chamou-a para se sentar com elas num lugar vago do sofá. Amaia não teve como recusar. No vai-e-vem do leque, a senhora, vestida de negro, reclamava do atraso do almoço e o quão incômodo era isso para quem havia chegado mais cedo. Era verdade, Amaia havia avistado mais de uma pessoa correndo para as poucas bandejas que saíam da cozinha com alguns quitutes para amansar a fome da espera. Depois, a jovem perdeu-se nas próprias observações acerca do noivo de Caetana. A sua pose de homem educado, a expressão amigável e o tom de voz agradável faziam dele um belo exemplar para as mocinhas casadoiras. Roberto Canto e Melo, contudo, não era bonito, mas tinha algum atrativo que ela não saberia categorizar. E nem queria.

— O que enxerga no Sr. Canto e Melo? — perguntou a mãe, temendo que a filha estivesse interessada no rapaz. Não confessava a si mesma, somente ao padre, que Amaia tivesse por demais o sangue impulsivo dos Carvalho e que isso pudesse levá-la a ultrapassar os limites da moral e dos bons costumes.

— Caetana me disse que o conheceu no último sarau dos Alencar. Eu não me recordo de tê-lo visto... Você sabe alguma coisa, Cora?

— O que interessa a vida de Caetana ou do seu pretendente? — vociferou a caçula, no seu perpétuo mau-humor. — Você está mais preocupada com a vida alheia do que com a sua própria.

— Pois não tenho com que me preocupar... — cantou Amaia —... sei que a hora em que quiser me casar, me casarei e não faltarão pares para mim. Poderei escolher a dedo, já um pouco diferente de outras moças que se prendem a uma paixão antiga e procuram mantê-la com unhas e dentes só para não se tornarem velhas solteironas.

A implicância das duas irmãs não tinha fim. Nem Cora nem Amaia conseguiam explicar o porquê de não se darem bem. Era fisiológico, desde que Cora nascera. A recém-nascida não suportava a presença da irmã — três anos mais velha. Quando Amaia entrava num cômodo, Cora abria um berreiro que só parava quando a outra ia embora. Com o tempo, a situação piorava. Eram disputas constantes por brinquedos e pela atenção dos pais. Na adolescência, quando as brigas se tornaram pelos vestidos e pares nos bailes, Bá acreditou ter achado uma explicação: os santos não batiam. Porém, teve de guardar isso para si, pois D. Otávia podia ver como uma heresia e mandá-la se ajoelhar no milho por horas.

— Tenho a minha mente tranquila e o coração sereno — revidou Cora. — Eu me casarei e será por amor e não por desespero e, muito menos, por interesse, como certas moças.

Amaia soltou um sorrisinho faceiro:

— Verdade. Eu me casarei por interesse. Meu marido deverá ser um homem interessante: inteligente, bonito e rico.

— E ruim! — dessa vez foi a mãe quem se meteu na discussão. — Uma mulher que pensa mais em dinheiro e beleza e se esquece da condição de bom cristão não vai se casar com alguém decente.

O sorriso de Amaia se desfez. Evitou olhar para Cora, que certamente estaria contente com a direta que D. Otávia havia dado. Não compreendia por que a sua mãe só apoiava a caçula e a criticava pelo que fosse. Sua infância havia sido repleta de castigos corporais, aplicados pela severidade materna, enquanto Cora nunca havia sofrido sequer um "não". Guardando para si o seu descontentamento, Amaia forçou um novo sorriso e retornou ao assunto do casamento da melhor amiga como se nada tivesse acontecido.

O tema parecia não morrer, nem mesmo quando um escravo veio com um gongo anunciar que o almoço estava servido. Tal qual todos os escravizados que serviam naquela festa, ele usava luvas brancas e roupas impecáveis — um traje completo que, se não fosse pelos pés nus, poderia fazê-lo se passar por livre. Porém, havia uma coisa que roupa nenhuma escondia: o longo olhar de melancolia. Bá chamava de banzo, o que Amaia traduzia como infelicidade.

O Sr. Gracílio saiu de uma conversa com o Sr. Feitosa e veio dar o braço à esposa. Sua expressão estava tensa, deixando-o mais calado e retraído do que o normal. As filhas foram atrás, conversando sobre a festa de casamento que Caetana e sua mãe planejavam.

— Caetana disse que celebrará a festa na própria fazenda — contava Cora.

— Temerário... — balbuciou o pai.

— E por que seria, papai? Guaíba é tão linda — estranhou Amaia, completando em sua mente: *E tão cheia de almas escravizadas que deveriam ser libertadas.*

— Com tantas confusões ocorrendo com os abolicionistas, fazer uma festa grande é como chamar um enxame de abelhas com mel!

Amaia ergueu os olhos verdes para as costas dele:

— Que confusões com abolicionistas?

O Sr. Carvalho e a esposa trocaram um longo olhar. Ele havia prometido que não falaria nada a respeito para Amaia, temendo que ela corresse atrás de algum abolicionista e se metesse em confusões maiores do que as que já haviam enlameado o nome da família no passado.

— Ah, bobagem de seu pai. Teme por demais que possam ocorrer confusões com abolicionistas. Ainda bem que estão todos na Corte! — remendou a mãe, jurando a si mesma que rezaria três Pai-nossos e três Ave-marias e jejuaria por um dia em punição pela sua mentira.

Os pais poderiam considerar que Amaia era muitas coisas, menos burra. Aguardaria o momento propício para investigar o que estava acontecendo com os abolicionistas, afinal, uma coisa que ela sabia fazer era esperar. Ou não.

A sala de jantar da Guaíba, como todos os cômodos, era um espetáculo. Dos imensos painéis de Villaronga, que tomavam todas as paredes, aos três candelabros de cristal pingado sobre a mesa de tábua de corte único para 52 pessoas. Por haver mais convidados do que espaço à mesa, os Feitosa aproveitaram o imenso espaço da sala e colocaram outras mesas menores em volta, ricamente decoradas com toalhas de brocado brancas, prataria e, ao centro, pequenas esculturas de gelo entremeadas de flores e bombons para a sobremesa. Para não haver o incômodo de se levantar, ou de demorarem a servir item por item à moda inglesa, os escravos traziam os pratos prontos da cozinha à moda francesa. Uma entrada, dois pratos quentes com acompanhamento e duas sobremesas, servidos com vinho tinto, branco, água e *champagne*.

Interrompendo o início do serviço, o anfitrião levantou-se da cabeceira com um copo na mão. Feitosa fez questão de ressaltar que ali tinham o melhor da sua fazenda para o melhor de sua vida: os familiares e amigos. Seguiram-se os brindes dos convidados, cada um agradecendo as gentilezas do anfitrião, a beleza da noiva e a astúcia do noivo em se casar com tão preciosa dama.

Como uma espécie de maldição pelo seu excesso de ganância, os Feitosa não tiveram filhos varões. Tentaram diversas vezes, contudo, foram apenas meninas: dez no total — das quais apenas sete sobreviveram à primeira infância. E teriam persistido se não fossem as complicações na última gravidez, que quase matara a Sra. Feitosa e o bebê. As filhas possuíam não só o vigor dos Feitosa como a formosura da bisavó, Lavínia de Vasconcellos — uma das muitas amantes do Imperador Dom Pedro I, que diziam ser o verdadeiro progenitor daquela linhagem e a origem de tanta terra. Caetana, a mais velha, talvez fosse a que tinha a beleza mais tímida, o que combinava com a sua personalidade serena. Contrastava com a animada e garbosa Thaís que, desde pequena, dava trabalho aos pais com suas travessuras. Por fortuna, conseguiram casá-la cedo, aos dezesseis anos, antes que descobrisse "outro tipo de travessura". Dalva tinha a beleza mais ordinária e uma timidez excessiva, o que os pais achavam ter sido o motivo de ter entrado para o Convento da Ajuda, aos quinze anos. Rosária e Belisária, as gêmeas, eram parecidas não só no físico como no jeito, na maneira de se vestir e na de pensar — "Meu par de vasos", seu pai costumava chamá-las. Depois de várias tentativas abortadas, nascia Lavínia. Aos seis anos de idade, ela já mostrava que em nada devia à tal bisavó, de quem herdara o nome, os belíssimos cabelos loiros e a inteligência. Uma tentativa depois e veio, por fim, Felipa, a que teria morrido com a mãe pelas mãos do médico, se não fosse pela intervenção de uma escrava acostumada a fazer os partos da senzala.

Ainda que tivessem uma propriedade invejável, uma condição financeira maravilhosa, dotes acima do regular, as Feitosa tinham dificuldade em arrumar pretendentes e ninguém sabia o porquê. O caso de Thaís havia sido anormal, pela rapidez em que tudo acontecera — desde que havia conhecido o rapaz, em quatro meses estava casada e partindo para a Europa —, o que levantara suspeitas de uma gravidez antes das bodas. Os pais preparavam a viagem de Caetana, Rosária e Belisária para conseguirem pretendentes na França — onde Thaís morava —, quando a mais velha foi pedida em casamento pelo paulista Roberto Canto e Melo. Não houve problemas quanto ao valor do dote negociado e, muito menos, quanto à estirpe do filho de fazendeiros de Bananal. Tudo sairia como o pretendido e, quem sabe, surgisse daí um neto que poderia gerir a Guaíba?

Gracílio de Carvalho fez questão de brindar com um gracejo que levou todos às risadas. Era dele que a sua filha Amaia havia puxado o simpático charme que conquistava tanto os interlocutores. D. Otávia, mais comedida, ficou passando um ou outro sorriso, mas não dividiu uma palavra com ninguém. O jeito simples e a falta de traquejo social não era por condições de berço. Ela vinha de uma família tradicional de Vassouras, do mesmo ramo dos bilionários Teixeira Leite — era prima de D. Eufrásia[6], porém só estivera uma vez na Fazenda da Hera. A mente da senhora, no entanto, era de uma madre superiora, de quem preferia a veste do silêncio à nudez da verborragia. Se não tivesse sido obrigada a se casar com Gracílio de Carvalho, por certo, teria optado pelo convento.

Cada brinde era um gole de bebida para dentro que Amaia se via forçada a fazer. E quanto mais se amontoavam os brindes antes de servirem a comida, um tanto pior.

Durante o almoço, Amaia conversava, bebia, petiscava alguma coisa do prato, e falava e dava mais um gole sedento no vinho de qualidade. Teve sua taça servida duas vezes, o que chamou a atenção da mãe e de mais algumas senhoras. Seu nome ganhou burburinho e percorreu a mesa até cair nos ouvidos de Montenegro, a dez cadeiras dela. Retirando-se de um assunto sobre criação de cavalos com o Sr. Feitosa, o senhor largou um claríssimo olhar para o motivo de tanto escândalo. Não soube precisar se era inveja da maneira extrovertida com que Amaia agia — atraindo a todos como insetos no entorno da luz —, ou se era hipocrisia sustentada por uma falsa moralidade. Em ambos os casos, Amaia era alvo de repreensão e sussurros de crítica. Tinha, então, não só pena dela, como do seu pretendente. Tentou adivinhar quem seria o "sortudo", ou se não estaria presente. Pela quantidade de senhores que chamavam a atenção dela, e sem qualquer incômodo com tanta ovação, deduziu que não estava lá. Guardou para si o mistério nos seus olhos cristalinos, sem notar que era ele também uma mariposa atraída por aquela luminosa senhorita.

Ao fim do almoço, Montenegro fez questão de segui-la na tentativa de desvendar quem seria o seu pretendente entre tantos que a rodeavam. Amaia passou por conhecidos, avistou algumas amigas e teve de se esconder atrás de um arranjo para fugir de dois rapazes de quem tinha ojeriza. Não gostava de Leonel por ser muito pedante e aborrecido, mais preocupado em elogiar a si próprio do que em entretê-la. O problema de Francisco era o bafo. Não havia maneira de trocar meia-dúzia de palavras com ele sem se enjoar. Fingindo cheirar as flores, aguardou que ambos se perdessem para outra sala e ela pudesse se ver desimpedida.

Montenegro, captando a estratégia, soltou um riso. Teria continuado perseguindo-a se Canto e Melo não o tivesse chamado para irem com os senhores para o gabinete de Feitosa, fumar charuto e conversar sobre política.

— Precisa ouvir isso — o amigo insistiu ao ver sua pequena relutância, travestida num ousado vestido verde.

O esconderijo de Amaia não era dos mais agradáveis de se ficar. Além de apertado, as flores coçavam o seu nariz. Ficou à espreita, apenas aguardando Leonel e Francisco irem para poder sair. Mal se viu livre deles, quando dois homens se aproximaram do arranjo. Ela se enfiou por entre as pétalas e ficou no aguardo novamente. Falavam alto o suficiente para que pudesse escutá-los com clareza:

— Pois não ouviu que atacaram uma fazenda aqui perto? — comentava o que tinha uma espessa barba negra.

— Quem? Os abolicionistas?

— Fugiram com todos os escravos. Me intriga saberem onde guardavam a chave da senzala e como seria a ronda daquela noite. Deve haver traidores aqui por perto. — Ela se guardou ainda mais, enfiando uma flor na frente do rosto para não ser avistada. — É preciso fazer um grupo para acabar com esses abolicionistas o quanto antes! A cada dia que passa, aumenta a quantidade de ataques. Agora que existe essa nova lei, é como se apenas estivessem estimulando a libertação. Esquecem que temos direitos. Precisamos falar com o Mesquita o quanto antes!

Aquilo era por demais para Amaia se manter quieta. Bateu na flor à frente de seu rosto e saiu de trás do arranjo, assustando a dupla:

— Direitos? De que direitos os senhores falam e que seriam mais importantes do que o direito de liberdade do ser humano?

Seus olhos verdes faiscavam de raiva por debaixo das longas pestanas e as sobrancelhas estavam tensionadas igual à sua boca.

Os dois senhores se entreolharam. Nenhum deles conhecia aquela beldade, porém nenhum se deixaria enganar. O de barba soltou uma risadinha irônica que a deixou ainda mais enraivecida e o outro

acrescentou:
— A senhorita não deve conhecer o Direito de Propriedade[7], que está na Constituição.

O rosto de Amaia se cobriu de vermelho. Trincando os dentes, afirmou que conhecia, e muito bem:

— Sei que não pode ser maior do que o Direito Moral! Antes a Moral do que a Propriedade.

Com a mão no estômago, ela se foi, bufando. Todo o seu corpo estremecia quando ouvia uma tolice daquelas. Não se pode ter propriedade sobre outro ser humano, nem no amor! Era preciso fazer algo... Uma bandeja passou resvalando. Pegou o primeiro copo de bebida, sem atentar ao que era. Num gole tomou o conteúdo e amargou a alma. Era vermute. O escravizado, que servia a forte bebida, ficou parado, impressionado com a rapidez com que verteu o líquido. Amaia abriu um sorriso contrariado, colocou o copo sobre a bandeja e pegou um segundo. Seu pai costumava beber para compreender a vida — comentava a mãe —, então, ela tentaria ter alguma boa ideia sobre como libertar os escravos.

— Um brinde ao Direito de Propriedade! Seja lá o que for isso... — Deu um novo gole.

Teria recolocado o copo sobre a bandeja se o escravizado não a estivesse mexendo. Reclamou. Gentilmente, ele retirou o copo da sua mão e se afastou antes que Amaia caísse por cima dele e ele terminasse chicoteado.

Sabendo o quão zonza estava, Amaia procurou se apoiar nas paredes e mesas para não tombar. Para evitar que as pessoas notassem o seu estado, parava encostada em algo e abria um sorriso tímido de criança travessa. Por dentro, rezava para que ninguém viesse lhe falar, temendo ser incapaz de pronunciar uma frase inteira coerente e sem soluçar. Soluço! Pôs a mão na frente da boca. Ainda bem que, após o almoço, os cavalheiros se retiraram para fumarem no escritório do anfitrião. E as senhoras e suas filhas, também entretidas nos seus próprios assuntos, juntavam-se na sala de música para apreciar o concerto de um grupo de jovens escravos que haviam sido treinados para tocarem instrumentos para a família e seus convidados em grandes eventos — o que faziam com primor.

Como a sorte não dá, ela só empresta, Amaia cruzou com os pais no vestíbulo. Os dois, metidos em sussurros, vinham pelo corredor que levava ao gabinete do Sr. Feitosa. Conhecendo a mãe, ela deveria ter puxado o pai de lá para lhe pedir para irem embora. D. Otávia não suportava aquelas reuniões que a obrigavam a arrumar assuntos entediantes que não fossem a Bíblia.

Segurando a saia do vestido, na qual havia tropeçado achando ser um tapete, Amaia enfiou-se debaixo do vão da escada, onde não a veriam. Haviam transformado o pequeno espaço numa chapelaria, o que a ajudou a se camuflar por entre os casacos e os chapéus dos convidados. Ao reparar que os pais pararam perto dela, mergulhou ainda mais. Escondia-se atrás de algumas mangas e teve que arcar com o cheiro de suor das roupas. A moda europeia não estava preparada para o sol escaldante dos trópicos. Um soluço a fez pôr a cabeça para fora para respirar.

Escutava o pai — entrecortado pela modulação de sua voz e pelos soluços que ela tentava segurar — explicar a situação à mãe:

— Não sei como faremos...(hicop!)... pagar essa dívida a... (hicop!) Ele virá... (hicop!) Temo que poderemos perder a fazenda... (hicop!)... nos nossos planos... (hicop!)

A mãe se fazia mais clara:

— E se vendermos alguns escravos?

(hicop!)

— Teria que dispor dos mais jovens e saudáveis... (hicop!) Os únicos que valem... (hicop!) dinheiro... (hicop!) Prejudicaria a plantação que ficaria nos pés... (hicop!)

— Se você não ficasse concedendo favores, teríamos dinheiro para pagar nossas dívidas. (hicop!) Não precisaríamos ficar pedindo emprestado... (hicop!) cafeicultores da região... (hicop!)

— Preciso falar... (hicop!) (hicop!) Montenegro... (hicop!) não vai querer... (hicop!) comprar... (hicop!) a dívida alta... (hicop!) (hicop!) vai cobrar. Ele é implacável... (hicop!) Faz muito mal... (hicop!) (hicop!) o tráfico... (hicop!)

Quem era esse tal de Montenegro? (hicop!) Nunca havia ouvido este nome antes e poderia se gabar de conhecer todos os senhores da região. (hicop!) Estaria esse tal de Montenegro cobrando o dinheiro de seus pais, ou seria um traficante de escravos? (hicop!) Não havia entendido. Ele era quem maltratava os escravos? Iria vender para ele os escravos? (hicop!) Não podia fazer isso! Maldito soluço! (hicop!)

O pai soltou um olhar de esguelha para a escada. Amaia tentou se enfiar o máximo que o seu vestido permitia. Teria caído para trás se sua anquinha e os casacos não tivessem servido feito uma rede a sustentá-la. Com as mãos na frente da boca, tentava ocultar os soluços. Não poderia ser descoberta ali e naquele estado. (hicop!)

Pondo a mão nas costas da esposa, o Sr. Carvalho pediu que a senhora voltasse tranquila para a sala e que ele resolveria aquelas questões o quanto antes. D. Otávia soltou um muxoxo e imergiu no som do concerto que vinha do cômodo. Prestes a voltar para o gabinete, Gracílio de Carvalho atirou um olhar proibitivo para debaixo da escada, mas não disse nada.

O gabinete do Sr. Feitosa era de um bom tamanho, porém pequeno se comparado ao resto da casa, onde tudo era agigantado. Próximo às janelas, havia uma escrivaninha, grande o suficiente para se equilibrarem alguns papéis, livros e um castiçal cujas velas estavam pingando cera em cima de alguns volumes — indicando que há muito tempo ninguém os tirava de lá. Não havia papel de parede, nem quadros, a sobriedade se fazia também na falta de tapetes e enfeites. Várias cadeiras de palhinha estavam distribuídas em círculo e, ao centro, uma alta mesa redonda se sobressaía. No cômodo, imerso numa nuvem de fumaça formada pelos charutos acesos, não havia cadeira sem dono, nem metro de chão sem pé. Estava repleto de senhores, todos eles embravecidos, urrando, gesticulando, comentando e criticando. Tudo ao mesmo tempo, sendo quase impossível distinguir quem dizia o que e quem concordava ou discordava de quem. As vozes iam crescendo à medida que dois escravos iam servindo-os de vinho. Era uma equação simples: um gole, uma crítica, um gole, uma ameaça, um gole e mais vinho no meu copo!, um gole e, o resultado, "vamos caçar abolicionistas".

Montenegro e Canto e Melo, apoiados nas sombras do escritório, atentavam ao que era discutido ali e a cada movimento. O Barão Negro pôs a mão na frente da boca e segurou a tosse. Não suportava o cheiro de charuto. Queria ir-se dali, mas Canto e Melo lhe sussurrava ao ouvido:

— Fique um pouco mais. Sei que valerá a pena.

Os senhores discutiam o Gabinete de Rio Branco[8], questionavam a política do Partido Conservador, criticavam "a mixaria" que o governo pagaria caso libertassem os escravos menores de idade, reclamavam da proibição do tráfico negreiro — assunto velho, mas sempre em uso —, xingavam a permissão dos escravos herdarem ou poderem guardar dinheiro, e reprovavam o fato de não poderem mais separar famílias.

— Daqui a pouco, o governo quererá que paguemos o escravo, o deitemos em cama de mola e o cubramos com lençol de linho — vociferava um homem, cutucando Montenegro. — E ainda quererão de nós um beijo de boa noite!

A expressão de Montenegro passara do casual ao severo. Todo o seu rosto se transformara em descontentamento. O maxilar estava trincado, a sobrancelha abaixara, os olhos fixos ganharam um aspecto sombriamente gélido e o punho se cerrara. Prendia o ar junto da vontade de socar o homem.

Canto e Melo arrependeu-se de tê-lo chamado. Queria que soubesse o que faziam com os escravos e onde estavam e não que acabasse socando alguém.

— Vai estragar tudo... — murmurou em seu ouvido.

Montenegro soltou o ar. O punho se abriu. As sobrancelhas e o maxilar relaxaram. Porém o olhar frio, este ele não conseguia mudar. Continuava fixo no homem, feito fera a observar a sua presa.

— Sr. Montenegro — gritaram do outro lado da sala. Era um homem mediano, de cabelos e olhos castanhos e um nariz que se fazia tão proeminente quanto o seu queixo pontiagudo. — Explique-nos, o que é que o senhor faz na sua fazenda? Não conseguimos entender como pode ser lucrativo não ter escravos?! — O Sr. Astolfo pôs os dedões nos bolsos do colete, fazendo pose de corajoso.

As vozes diminuíram e algumas conversas paralelas se esgotaram. Muitos queriam saber o que exatamente acontecia na fazenda Caridade e por que ele não tinha escravos. Seria um abolicionista infiltrado entre eles?

O convidado abaixou os olhos metálicos e mastigou um leve sorriso pretensioso:

— Faço o que a maior parte das fazendas paulistas começaram a fazer: colônias de parceria. Eu permito que cultivem nas minhas terras e me repassem parte do seu plantio.

— Não seria mais barato ter escravos do que pagar colonos?

A pose de Montenegro foi se firmando, assim como a sua convicção:

— Quanto custa um escravo desde o fim do tráfico? E quanto a alimentar, vestir, remédios? Com a nova lei, o governo obriga a cuidar deles, com a punição de perdê-los se não o fizermos. E se o escravo morre, é uma perda financeira. Se um colono morre, a terra fica disponível para que outra família se assente e trabalhe nela para mim.

— Os paulistas! Eles e seus colonos italianos — resmungou o Sr. Tomás.

Montenegro estreitou os olhos sobre ele. Não gostava dele e nem do fato de ter tentado se declarar para a bela senhorita do vestido verde. Seria o pretendente dela? Poderia ser e finalmente se declarava. Pobre coitado! Não era capaz de controlar uma mulher daquelas. Era preciso muito espírito e muita audácia e o Sr. Tomás não parecia ter nenhum dos dois.

Canto e Mello, que era paulista, diminuiu em si. Seu sogro tentou defender a mão de obra imigrante e, em poucos segundos, todos discutiam. Dedos ristes, apoios e críticas, ninguém mais se entendia, senão quando o vinho passava e paravam de falar para beber e, com mais álcool na cabeça do que na boca, continuavam a discussão.

O Sr. Gracílio, que estava metido nos próprios botões desde que retornou ao gabinete, escutava aquilo com algum assombro. Pediu licença a Canto e Melo para falar com Montenegro. O pai de Amaia nem esperou que o noivo respondesse e iniciou o seu questionário, mais agoniado do que realmente interessado nas respostas:

— Gostaria de saber um pouco mais sobre essas tais colônias, Sr. Montenegro. Há lucro? Como trarei os colonos da Itália? Quem vai custear essas passagens? E onde eles vivem? Teria que construir casa para eles, não? Quanto lucro dão?

Erguendo as sobrancelhas, Montenegro soltou um sorriso:
— A minha colônia não é com imigrantes italianos, Sr. Carvalho.
— Não? Com quem é?
— Forros[9].
— Escravos?! — O senhor quase caiu para trás.
— Não, homens livres que podem ir e voltar a hora que bem entenderem.
— Como é possível?! — Assombrado, o fazendeiro tentava concatenar as ideias. — É possível?

O espanto do Sr. Carvalho deixava Montenegro ainda mais bem-disposto a explicar o que exatamente acontecia na sua fazenda. Na maioria das vezes, quando começava a falar, era imediatamente criticado ou acusado de ser "um traidor da pátria, que acabaria com a economia do Império". Um interessado que fosse era o suficiente para mostrar que poderiam mudar a mentalidade daqueles senhores de terra.

— Sr. Montenegro — continuou o Sr. Carvalho — ... o senhor aceitaria jantar na Santa Bárbara? Ficaria muito contente se pudéssemos conversar um pouco mais sobre o assunto, com mais... — Transpassou um olhar para os lados, havia muitos ouvidos por ali. — ... liberdade. Estou curioso, profundamente curioso em saber sobre isso e sobre os Devassos.

O sorriso de Montenegro decresceu:
— Será um prazer. — Assentiu. Tudo envolvia um interesse no Clube e nas suas histórias de devassidão.

Ao ter certeza de que o Sr. Carvalho se afastara o suficiente para não os ouvir, Canto e Melo inclinou-se sobre o amigo:
— Dizem que a filha dele é a mais bela do distrito.

Os olhos frios de Montenegro miravam outra coisa que não Canto e Melo, ainda que estivessem nele:
— Não sei se é a mais bela, mas meus interesses estão em outro lugar agora. — E desviou-os para o bolso do colete do Sr. Feitosa, de onde poderia ver a ponta de uma imensa chave de ferro se destacando.

Bateram à porta do gabinete e um escravo a abriu. Pelas roupas de trabalho — algo bem distinto das casacas negras e dos coletes de seda — Montenegro concluiu que deveria ser um dos capatazes. O homem disse algo no ouvido do escravo que o atendeu e este foi até o do Sr. Feitosa. Num espasmo, o anfitrião pôs a mão sobre a chave e pediu licença aos seus convidados. Saiu da sala num passo apressado e Montenegro viu ali a sua chance de averiguar se aquela era mesmo a chave mestra da senzala. Trocou um olhar mudo com Canto e Melo e foi atrás.

Interrompendo a sua investigação, postou-se na sua frente um senhor de barba bem-feita e pose de quem se via acima dos outros convidados. O Sr. Luiz Mesquita tinha um sorriso ardiloso e um olhar confrontador, o que deixou Montenegro em estado de alerta. Uma fera reconhecia outra facilmente. Como estava entre ele e a porta, Montenegro se viu obrigado a escutá-lo, evitando levantar suspeitas acerca da sua pressa em não perder o anfitrião de vista.

Reclinando-se sobre Montenegro, Mesquita comentou baixinho:
— Soube que é do Clube dos Devassos.

Voltando um olhar frio, Montenegro o repreendeu:
— Não acho apropriado falarmos disso aqui...

Era mais um que vinha atrás dele para fazer parte do sigiloso clube masculino. O nome Devassos atraía mais do que repelia — como ele havia suposto. Mas o seu "sócio fundador", o Marquês, havia insistido no nome — garantia que iria afastar os intrometidos e causar medo nos enxeridos. O Sr. Mesquita provava que, mais uma vez, Montenegro estava certo nas suas percepções, o que lhe inflava ainda mais o orgulho e o fazia inquestionável.

— Gostaria de conhecer mais sobre o clube — insistia.

Mastigando um sorriso de raiva, Montenegro teve que cortá-lo. Iria perder para onde o Sr. Feitosa ia:
— Em outro momento, talvez. — E forçou a passagem.

Teriam ficado ali a tarde toda se não fosse obrigado a usar da grosseria. Contudo, precisava alcançar o Sr. Feitosa e a chave. Ao atingir o corredor, Montenegro não o viu. Nem a ele, nem a mais ninguém. Quando alcançou o próximo corredor, vinha tão rápido que batera no ombro de alguém, sem perceber, quase desequilibrando a pessoa.

A cabeça de Amaia dançava para longe do corpo, cada um tentando ir numa direção. Um soluço a empurrou para o lado, o que a fez esbarrar num senhor que passava. Nem tinha se refeito sobre as próprias pernas e ele a pegou pelo braço para lhe dar sustento. Atencioso, aguardou-a se restabelecer:
— Perdão. Está tudo bem? Posso ajudá-la?
— Não, ninguém pode... (hicop!) É caso perdido... (hicop!) — Amaia balançava a cabeça, o que a deixava mais enjoada.

Ao sentir o cheiro do álcool que vinha da bem formada boca, Montenegro tentou evitar um riso. Teria de ser cavalheiro. Ergueu as sobrancelhas e procurou um tom compreensivo, por cima do de quem se divertia com aquela situação constrangedora:
— Nada nessa vida é caso perdido. — Havia um pouco de lástima em suas palavras, pois havia perdido a chave de vista. — Para tudo sempre há alguma solução, basta descobrir qual é. — A voz tinha também uma nota de preocupação, contudo, seus olhos quase transparentes estavam mais enigmáticos do que sinceros.

Um soluço! Amaia pôs a mão na frente da boca. Pediu desculpas, envergonhada não só pelo seu estado, mas por estar neste estado na frente de um estranho. E que estranho! Era tão alto que os seus olhos davam na altura da gravata preta dele — deveria ter 1,90m? Curiosamente, usava a camisa, o colete e a casaca na mesma cor escura. De que enterro ele voltava? Pela cara de consternação do belo senhor, deve ter dito isso em voz alta. Pôs a mão na frente da boca. (hicop!) Ele mordia um riso, talvez por educação. Por muito menos, outros teriam se retirado como ofendidos, ou se aproveitado dela. Amaia mirou-o com algum interesse. Aquele não parecia ser nenhum dos casos. Ainda assim, sentia-se incomodada com seus olhos perturbadoramente claros. Mal se enxergavam as írises de tão prateadas que eram.

Um nervoso espraiou da cabeça às pernas, lhe girando a cabeça. Tentou segurar o corpo, o enjoo e soltou a língua:

— Como o senhor pode saber se é ou não caso perdido? (hicop!). Nem sabe do que estou falando… Ou o senhor lê mentes? (hicop!) Eu não deveria estar falando com o senhor. O senhor não se apresentou, o que é muito rude da sua parte. (hicop!)

Amaia foi se distanciando — ou tentaria se distanciar, se as tábuas de madeira do chão não estivessem "bambas". Discretamente, tateava uma parede a fim de não cair. Um soluço! Ela desnivelou para o lado. Foi para cima de um escravo que vinha pelo corredor, carregando uma pesada bandeja de pratos sujos.

Foi tudo muito rápido, a ponto de Amaia não ver o que havia lhe acontecido. Num piscar andava, no outro estava com o rosto muito próximo ao do misterioso senhor.

Seus olhos se encontraram no pequeno espaço entre seus corpos, redirecionados pelas respirações, um em sintonia com o outro. A mão dele envolvia a cintura dela. Apesar de sentir a pressão em seus dedos, ele não a notava, de tão imerso que estava pelo perfume de flores que ela exalava. Amaia, com as mãos sobrepostas no peitoral firme dele, podia sentir o coração bater acelerado. Só não se sabia se pelo encontrão dos dois, ou se pelo gesto rápido a fim de evitar um desastre. Havia sido um reflexo. Se ele não a tivesse puxado pelo braço até seus corpos se encontrarem, ela teria dado com tudo no escravo carregado e este sofreria severas consequências.

Após esquadrinhar todo o rosto da beldade, rosado pela bebida e pela situação constrangedora, Montenegro deu um passo atrás, soltando-a. Não a deixaria fugir de todo, não por enquanto. Tomou o braço dela para que fossem para a sala, onde ela poderia se sentar até se sentir melhor.

A princípio, ela aceitou sem relutância. Ainda pisava incerta, mergulhada nos tempestuosos olhos, e tentava manter o fôlego. (hicop!) Ao compreender para onde iam e que não possuíam intimidade para darem os braços daquela maneira, Amaia tentou se afastar. Não conseguiu, tão entrelaçados que estavam um no outro.

— Não o conheço, solte-me, por favor — resmungava feito uma

criança que queria fugir do abraço de algum parente pegajoso. (hicop!)

O alto senhor abriu um sorriso de quem se divertia com a situação. Nunca havia visto uma moça daquelas agir de maneira tão natural e despretensiosa e de uma forma tão charmosa. Ao reparar na expressão brava dela, tentou corrigir a sua. Sério, pegou a sua pequena mão nua com toda a pompa esperada por um cavalheiro. Estava quente e úmida. Elevou-a aos lábios sem, contudo, desgrudar os olhos dela.

Segurando um soluço, Amaia evitava aquele olhar penetrante que ia lhe subindo a espinha, arrepiando a nuca e desabrochando no seu peito. Fechou os olhos, abriu a boca e arfou. Quem era ele? Ao escutar, de soslaio, pessoas vindo, arrependeu-se de ter esquecido as suas luvas em algum lugar após o almoço. Arrepender-se era o termo errado, melhor seria: censurava a si própria, pois conseguia ver no olhar dos conhecidos a recriminação por ter sua mão nua sendo beijada por um estranho. Ou nem tão estranho, uma vez que ele se apresentou em seguida:

— Chamo-me Eduardo Montenegro, a seu dispor.

Ao ouvir o nome, Amaia travou. (hicop!) Voltou-se a ele com os olhos verdes arregalados ao máximo. Cruzou as sobrancelhas e puxou a sua mão dentre as dele. Sua expressão havia ido do asco à ojeriza em segundos:

— Montenegro? (hicop!). — Era o homem de quem seu pai falava: o escravocrata! — Então é você! Pois saiba que não gosto do senhor. (hicop!)

Montenegro demorou a reagir, não entendendo o que acontecia ali. Também não se fez ofendido. Tentou manter uma pose de preocupação em vez de zombar da atitude dela, mas não conseguiu grande coisa. Achava graça em vê-la querer escapar dele feito de um leproso enquanto segurava os soluços insistentes.

— Posso saber o porquê de a senhorita não gostar de mim?
— Não. (hicop!) Com licença.
— Cuidad...!

Num giro da saia, Amaia resvalou a cauda do vestido nas pernas de outro escravo. A bandeja que segurava, repleta de taças, oscilou, oscilou e, sob os olhos tesos de Montenegro e do rapaz — que teria levado, no mínimo, uma chicotada para cada taça quebrada — não caiu.

(hicop!) Aquele líquido tinto balançando dentro do cristal fez com que Amaia corresse atrás do penico mais próximo, antes que vomitasse nos pés de Montenegro. Poderia tudo, menos passar por um outro vexame.

De costas, Amaia não pôde ver a gargalhada muda que Montenegro dera consigo mesmo. Podia se dizer um "conhecedor de mulheres", porém nunca havia visto uma assim, tão... tão... impulsiva? Talvez melhor seria a palavra "verdadeira". A maioria das mulheres que conhecia — as de sociedade — eram afetadas, repletas de desdém e incapazes de construir uma opinião acerca do que quer que fosse, graças aos pais e aos maridos que as obrigavam a se manterem ignorantes. Procurava não só consolo, mas também um diálogo mais venturoso no colo das cortesãs. Boas companheiras tanto na cama quanto na sala, tinham uma perspectiva de vida interessante e conheciam metade dos segredos da Corte — "segredos de travesseiro", os melhores para um membro do Clube dos Devassos obter.

Montenegro pegou um dos copos recém-abastecidos da bandeja do escravo e ficou apreciando a imagem de Amaia desaparecer por uma das várias portas. Ficou parado ainda um tempo, deliciando-se com a bebida e a lembrança dos seus olhos verdes faiscantes, que tão bem combinavam com os lábios recheados e a cútis levemente corada pelo álcool. Ao fim da taça, notou que o Sr. Feitosa vinha em velocidade, atravessando o corredor. Desta vez, tinha a chave na mão e um olhar furioso. E estava desacompanhado. Passou por Montenegro sem o enxergar, nem quando este tentou elogiar a qualidade do vinho. Algo havia acontecido e isso era inquestionável pelo jeito afobado e pela expressão embravecida. Parte da manga de sua camisa estava suja de sangue, o que o fez imaginar o que deveria ser.

O anfitrião entrou por uma das portas e Montenegro resolveu aguardá-lo sair, fingindo beber o vinho e apreciar um dos quadros que enfeitavam o corredor. Não demorou muito e o Sr. Feitosa ressurgiu. Recompôs a roupa, ajeitou os cabelos e reparou que a manga suja estava à vista. Enfiou-a para dentro da casaca e retomou a postura de nobre senhor de terras.

O Barão Negro virou-se e tentou enganchar uma conversa. O Sr. Feitosa não deu muito intento, com a mente perdida em assunto diverso. Cortando-o numa falta de educação que lhe era incomum, o fazendeiro pediu desculpas, teria de resolver uma questão urgente.

Num "descuido" muito bem milimetrado, a bebida de Montenegro foi parar nas roupas do senhor. Puxando um lenço, Montenegro tentou secar a casaca e o colete molhados. Para ganhar tempo, engatava uma desculpa na outra, o que ia irritando ainda mais o anfitrião.

— Estou bem — esbravejou o Sr. Feitosa, trincando os dentes. E foi para o seu quarto no andar de cima, onde trocaria de roupa.

Montenegro guardou o lenço no bolso. Todo o seu rosto estava tenso. O Sr. Feitosa não estava mais com a chave em nenhum dos bolsos. Deveria ter guardado em algum lugar por detrás daquelas portas. Eram todas iguais e só havia uma maneira de descobrir em qual ele havia entrado: experimentando uma por uma. Deu um último gole no que restara do vinho e largou a taça sobre uma mesinha. Rumava para a sorte.

4

Amaia não poderia saber o que era pior: o enjoo ou a dor de cabeça. Nunca havia bebido tanto em sua vida! Oh, quer dizer, não tão rápido. Estava acostumada a duas taças de vinho nas refeições e não mais do que isso. Mundo estúpido que não parava de girar! Pressionava o seu cérebro de fora para dentro e de dentro para fora. Pelo menos, ficaria tranquila até melhorar. Havia se largado num sofá — e, por pouco, teria tirado as sapatilhas se não fosse tão complicado recolocá-las sozinha, por causa do espartilho. Aproveitava a escuridão calada da saleta de costura para se restabelecer.

Havia cruzado com Caetana, que procurava agulha e linha para ajudar a costurar a barra de um vestido que havia sido desfeita com um pisão. A amiga havia lhe dito para ficar ali e descansar até passar o efeito da bebida. Como a sala de costura era perto da cozinha, havia uma ligação direta por uma porta interna, o que havia permitido a Caetana lhe trazer água e algumas frutas sem levantar suspeitas. Também combinaram o que iria dizer a Cora e a D. Otávia, caso perguntassem por ela. Amaia estava em seu quarto vendo algumas peças que havia comprado para o seu enxoval e também a *corbeille* — os presentes que a família do noivo oferecia à noiva — que a família Canto e Melo havia lhe enviado de presente. Tudo acordado entre elas, Caetana saíra pela porta interna para manter o sigilo da amiga, e Amaia descansava, quase a dormir.

Não que a sensação fosse totalmente má. Se não fosse pela dor e pelas náuseas, poderia jurar que estava num barquinho à deriva num plácido lago. O barquinho ia e voltava, suave, ao ritmo de uma brisa fresca, indo e voltando... O barco virou! Amaia quase caiu do sofá ao ser atingida por uma forte luz. Com a mão na frente dos olhos doloridos, reparou que haviam aberto a porta e alguém entrava com um castiçal na mão. Não conseguiu enxergar quem era, enfiando a cara no penico que Caetana havia deixado ao seu lado — para o caso de uma emergência. O vermute e o tinto se foram e a náusea os acompanhara com parte do almoço.

— Eu sempre soube que causava comichões nos estômagos das senhoritas, mas nunca de uma maneira tão contundente!

Ao levantar o rosto do penico, Amaia sabia quem era. Era impossível não identificar a voz profunda. A maior parte dos rapazes que conhecia tinham a voz fina ou rouca. A dele era estável, segura, sensual demais para que o bom-senso a deixasse pensar livremente sobre isso.

Pegou um lenço, que tinha enfiado na manga, e limpou a boca.

— Ah, o senhor está a me perseguir?

Sentou-se no sofá, de coluna ereta. Com a ponta do salto da sapatilha, empurrou o penico para debaixo do móvel. Ajeitou a saia do vestido verde na frente e cruzou as mãos em cima das pernas. Toda aquela pose de moça bem-comportada fez Montenegro querer rir. Como seria uma falta de respeito, ele mordeu o sorriso e respondeu:

— Garanto que não. Vim atrás de um lugar onde poderia fazer a minha sesta sem interrupções, o que parece impossível. Este é o quarto cômodo que encontro ocupado por alguém. Ou colocaram algo na comida, ou todos temos um fraco para bebida. — Ao perceber que ela espremia os olhos e tentava esconder o rosto da luz, ele pôs o candelabro sobre uma mesa mais distante.

Ao lado dela havia uma jarra d'água e um copo. Montenegro verteu o líquido e ofereceu-o a ela:

— É melhor se hidratar. Tome. — Ao vê-la virando o rosto para o copo que estendia, ofendida com ele, Montenegro soltou um riso. — Ah, vamos! Seja uma boa menina e tome. Prometo que não farei com que goste de mim. Apesar de ainda não me ter dito por que não gosta.

— Morrerá sem o saber — ela cantarolou.

Não poderia aceitar facilmente a presença de um escravocrata que maltratava os seus escravos — quiçá, um traficante!

— Ao que tudo indica, não sei se serei o primeiro a morrer... — Montenegro abriu um sorriso e o fechou logo que ela lhe transpassou um olhar vexado. — Beba, vai ajudá-la a melhorar. Confie em quem bebeu por demais nesta vida.

Ainda tentando se manter sério com aquela situação — no mínimo constrangedora para ela e hilária para ele —, Montenegro acomodou-se no sofá. Amaia não esperava por tamanha proximidade, afastando-se um pouco dele. Ele continuava a segurar o copo em sua direção. A expressão era de simpatia, o que ela não poderia negar. Só aceitaria a água porque achava que seria mal-educado da sua parte se não o fizesse. Tomou-a da mão dele e deu alguns goles, mas fez questão de parecer contrariada.

— Melhor? — Ela balançou a cabeça na positiva e deu mais alguns goles. — Muito bem. Viu? Não foi tão ruim... — havia um tom paternal que ia crescendo, provocando-a.

— Estou melhor — disse entredentes, devolvendo o copo vazio a ele.

Se não tivesse bebido toda a água, teria virado o resto na cara dele, só para apagar aquele sorrisinho convencido.

— Fico feliz. — O sorriso dele cresceu, iluminando o seu belo rosto.

Ele era até bonito, àquela parca luz e sob o efeito da bebida. Os traços eram perfeitos e seus olhos claríssimos tinham uma expressão intensa quando a encaravam. Amaia percebeu que seus dedos eram acariciados ao entregar a ele o copo. Estavam sem luvas, roçando uma pele na outra. Afastou a mão e o homem se recompôs. Desacostumada a tanta delicadeza, imaginou que ele queria algo dela. Estavam apenas os dois naquela saleta, distantes da festa, às escuras e ninguém os poderia ver ou ouvir. Seu estômago vazio embrulhou ao se lembrar de quatro ou cinco beijos que dera nos últimos anos. Foram em situações iguais àquela: ela e um rapaz, tricotando entre eles um silêncio que ia atraindo os lábios de um no outro e *záz*! Nada senão a pressão dos lábios quentes — alguns úmidos — e nenhuma coceira na boca do estômago, nenhuma palpitação anormal, nenhum estalo identificando que ali havia Amor. Foram quatro ou cinco beijos que, se dados numa parede, teriam causado o mesmo efeito. Apostava que com ele seria igual.

Fazendo beiço, Amaia ergueu o queixo para frente, pondo-se muito insatisfeita com aqueles atos de intimidade para os quais ela não lhe dera a liberdade.

Lembrava a uma rainha contestada que não suportava ser conquistada. Ela tinha o perfil perfeito em medidas e formas. As luzes das velas pintavam a sua pele, deixando-a com a aparência mais suave e macia. Os olhos verdes brilhavam dentro dos profusos cílios, tão doces quanto determinados. E a nobre boca era um botão que Montenegro gostaria de ver desabrochar.

Com a quina dos olhos, Amaia o notou quieto. Examinava-a por demais e em silêncio. Não se sentindo confortável, ela optou por quebrar aquele instante:

— A título de observação, continuo não gostando do senhor.

O sorriso de Montenegro desapareceu. A face totalmente austera a fez sentir calafrios percorrendo a sua espinha. Tinha diante de si uma fera que poderia atacá-la a qualquer instante. Crescido em si, ele se inclinou sobre ela, sem lhe desprender os olhos prateados. Estaria hipnotizando-a? Foi se achegando cada vez mais e Amaia sentia-se mergulhar num mar quente, caudaloso, numa tempestade de verão. Balançava na inconstância das ondas. Um dos braços dele transpassou o seu corpo. O peitoral dele resvalou no seu decote, por onde se via que ela arfava. Os seus narizes quase se tocavam de tão perto que estavam. Podia sentir a respiração dele, os olhos namorando o rosto rente. Ela se afogava no perfume amadeirado dele, sem aquele cheiro intragável de suor dos homens do campo.

— O que... o que pensa que está... fazendo? — Amaia revirava os olhos debaixo das pálpebras semicerradas. — Não fique perto assim... eu fico... zonza... eu... vou... desm... não...

Amaia jogou a cabeça para trás. Fechou os olhos e fez bico. Esperava o beijo.

O beijo que não veio.

Estranhando aquela demora, abriu os verdes olhos e pestanejou. Montenegro a olhava, apenas, com as mãos no bolso. Já não estava mais reclinado sobre ela, tendo assumido uma distância decente. Incapaz de entender o que havia acontecido — ou o que não havia acontecido —, ela se ofendeu.

— O senhor ri de mim! — Levantou-se, furiosa.

Seu rosto estava corado de vergonha e humilhação. Quase se desequilibrou para o lado, mas retomou o seu centro gravitacional colocando as mãos na cintura.

Compreendendo a sua chateação, Montenegro se pôs de pé e foi ao alcance de suas mãos. Amaia deu um tapa de leve em seus dedos.

Ele tentou explicar:

— Só repensei a minha atitude. Seria muita covardia da minha parte me aproveitar da senhorita neste estado.

Aquele ato de cavalheirismo a deixou ainda mais brava — o que o confundiu:

— Pois estou muito bem, obrigada! E posso fazer o que quiser. Se quiser beijá-lo, eu beijo. E se quiser estapeá-lo, eu estapeio.

Largando um olhar para o chão, Montenegro voltou a sorrir, contudo, sem qualquer sintoma de empatia. Tinha um ar de quem achava graça daquela fala de bêbado:

— Sei que pode fazer o que quiser; mesmo assim, eu não quero beijá-la nessas condições.

Fechando a cara, Amaia ergueu a mão para dar-lhe um tapa. Todo o seu corpo foi para frente, porém, se desequilibrou no próprio peso. Sua cintura foi enlaçada e teria ido ao chão se Montenegro não a tivesse amparado. Ela estava totalmente escorada naquele corpo e seu fino pulso estava amarrado pelos dedos dele. Se ele a soltasse, cairia de cara no piso de madeira, o que seria vexaminoso. Seus corpos grudaram-se, a ponto de Amaia sentir o calor que exalava e o descompassado do coração em seu peito. Ela tentou se afastar, achando mais prudente e decoroso. Seus rostos estavam tão próximos e seus olhos tão fixos um no outro, que existia entre eles apenas a atmosfera de um beijo.

Porém, não cederia tão facilmente. Ele teria de lhe implorar por um beijo — e de joelhos! Mastigando um sorriso, envolvida pelos pensamentos assertivos de que ele estava apaixonado por ela, Amaia desvencilhou-se dele. Aproveitava que havia ficado sem reação com aquela proximidade. Fingindo que havia sido insultada, falava mais alto:

— É mesmo um canalha! Eu sempre soube!

Aquelas palavras o despertaram. Deveria ser uma fada que o enfeitiçara, igual aos contos infantis ingleses. Tentando retornar ao seu controle, Montenegro soltou uma risada e a analisou de cima a baixo.

Amaia aguardava que ele fosse tentar algo, contudo, ele se retirou, fechando a porta atrás de si.

Como? Ele se foi? Sem dizer nada? Ela vociferou, à beira de um vulcão prestes a explodir:

— Que homem irritante! Odeio ele! Canalha!

Se tivesse algo em suas mãos, atiraria na porta. Ou melhor, iria atrás dele e o xingaria de canalha na frente de todos. Não, não poderia fazer isso, por mais que quisesse. O que os outros iriam pensar dela? Teria que aparentar ser uma moça razoável, cordata e calma — tudo o que ela não era.

— Canalha! — gritou mais uma vez.

E a porta se abriu num "Abre-te Sésamo".

Amaia paralisou. Seria ele que voltou? Talvez para um beijo? Teria ouvido o que ela acabara de dizer? Congelada no temor de ser ele a lhe cobrar beijo ou explicação, aguardou para ver quem era. O coração estava na boca e as pernas tremeram. Queria vomitar, não por causa da bebida, mas pelo nervoso que seria reencontrar aqueles olhos que pareciam despi-la. A cada piscada, um pedaço de vestimenta se ia até ficar nua em pelo diante da expressão devoradora dele — que lhe arrancava os limites "da moral e dos bons costumes".

Ao surgir o rosto de sua mãe e de Cora, Amaia voltou a respirar. Nunca pensara que seria tão bom encontrar a irmã no lugar de outra pessoa — a melhor definição não seria "bom encontrar" e, sim, "seguro encontrar".

— Ah, Amaia, então está aí — dizia a mãe, consternada, remexendo o leque que tinha nas mãos. — Procurei você por toda parte, minha filha! Não a vi durante o concerto e achei que algo poderia ter lhe acontecido!

Cora, que não aparentava preocupação alguma, mordeu os lábios num sarcasmo:

— Eu disse, mamãe, que ela estaria se aventurando com algum rapaz.

"Cora, a cobra" não tinha esse apelido à toa. E sequer fora incentivado por Amaia. Haviam sido outras meninas que a chamavam dessa maneira por ser sempre aquela que dedurava as amigas, ou a que criticava tudo o que faziam. Havia também aquele sorriso que lembrava o sibilar de uma serpente. Era bem possível que a caçula estivesse enroscada nos ouvidos da mãe, fazendo a sua cabeça contra ela.

No entanto, a mais velha também tinha das suas artimanhas.

— Por acaso você vê algum rapaz aqui, Cora? Ou será que está vendo espíritos agora?

— Há pouco vi um sair daqui.

— Um espírito?! Melhor chamar o padre para exorcizar você e esses seus pensamentos impuros.

Ao ver a expressão descrente da mãe, Cora espalmou as mãos em súplica:

— Mamãe, não a deixe enredar você — gemeu. — Finalmente vocês poderão ver quem Amaia é realmente e quanto desgosto ela traz à nossa família. Eu e metade da festa vimos como ela se porta com os rapazes. Fala com todos os senhores disponíveis e andou de braços dados com o Sr. Montenegro feito esposos! Caía por cima dele como uma... uma... — Guardou para si a palavra "rameira", pois poderia escandalizar a mãe o fato de conhecer o verbete. — Todos conhecem a fama de devasso do Sr. Montenegro e todos falam mal de Amaia! E quando desapareceu da festa, então?! Não vai fugir de nos responder o que você fazia!

Amaia transpassou um olhar furioso para Cora: como ela sabia quem era o Sr. Montenegro?

A mãe, escutando Cora, insistiu com a outra filha:

— Amaia, por que você não estava no concerto?

Não seria pecado meias-verdades. O problema eram as mentiras, não?! Então, contar as coisas parcialmente não seria exatamente um pecado, quiçá um meio-pecado!! Se Amaia fosse se preocupar com a sua alma, segundo a sua mãe, teria de passar o resto da vida rezando por perdão.

Controlando a vontade de dar uns beliscões em Cora, que insistia que havia visto um homem sair daquela sala, Amaia fez cara de inocente:

— Eu rasguei um lenço do enxoval de Caetana e vim atrás de agulha e linha para consertar.

Cora bateu o pé:

— Eu juro por Deus, mamãe, que vi um homem sair daqui! E cadê o seu ramo? Terá dado a alguém como lembrança?

Fingindo catá-lo na roupa, Amaia fez-se surpresa:

— Nossa, devo ter perdido...

D. Otávia não dera caso ao que Amaia respondera e, sim, ao que Cora havia dito, imediatamente repreendendo-a:

— Não diga o nome de Deus em vão, Cora.

Dando os ombros, Amaia soltou um tom irônico:

— Ademais, o que o Sr. Montenegro estaria fazendo aqui comigo, maninha? Pelo que eu soube, esse senhor é insuportável, convencido, arrogante. — Queria poder falar que era por ele parecer ler a sua alma e tê-la visto bêbada, mas preferiu omitir esta parte.

Fazendo-se bem mais cobra do que diziam, Cora sibilou de alegria ao ver que a irmã corava ao falarem de Montenegro, como se estivesse acalorada. E continuou a destilar dos seus venenos:

— Não me parecia tão infeliz ao lado dele, pela maneira com que vocês conversavam. Se eu cometi esse erro, imagina o que os outros pensarão?!

— Você quer dizer, o que o Singeon pensará — murmurou a irmã mais velha.

Amaia mordeu os lábios depois, arrependida do que havia dito. Sabia que Cora era apaixonada por Singeon e que falar o nome dele na frente de sua mãe era apenas confirmar a impossibilidade de um amor — e, quiçá, o motivo da amargura de Cora. Era de conhecimento de ambas que D. Otávia nunca aceitaria o casamento da irmã com Singeon por ele não ser católico. Já havia sido dificultoso o Sr. Carvalho convencer a esposa de ter as filhas tuteladas por uma governanta inglesa anglicana, pior seria um marido! Ademais, Cora não era bonita e nem charmosa e, muito menos, simpática, o que dificultava a possibilidade de um pretendente. As poucas amizades que conseguia manter, inclusive, com sua pose austera e ditados moralistas, aos poucos iam se dispersando com casamentos. Restavam a ela apenas as esperanças colocadas nas linhas das cartas de Singeon. O seu amor de infância era a sua única chance de não ter um futuro lúgubre como o seu presente naquela fazenda.

— Dizem que o Sr. Montenegro é um devasso — comentou D. Otávia, cuidando para não ser ouvida. — Melhor seria não se aproximarem dele.

Havia uma empolgação de fofoca que soava incomum às filhas. Estavam mais acostumadas a uma mãe recatada e temente a Deus do que à senhora que fazia o sinal da cruz e abanava-se freneticamente para afastar os maus pensamentos que aquele belo rapaz suscitava.

Amaia arregalou os olhos e mordeu o riso. Ele parecera mais um padre do que um devasso.

— Eu não disse que era ele quem eu havia visto... — murmurou Cora, pensativa. Ergueu um olhar sardônico para cima de Amaia. Ela havia escorregado no seu veneno. Era hora de dar o bote. Inclinou-se sobre a irmã, pronta a lhe questionar mais sobre o Sr. Montenegro. Porém, ao farejar o cheiro de álcool vindo da boca de Amaia, ela traçou novos planos para desmascará-la. — Talvez eu possa ter me enganado... — um sorriso faceiro foi crescendo. — Diga-nos, maninha, o que *você* estava fazendo exatamente aqui que precisava de copo d'água e penico?

A bela virou-se para trás. O penico estava à vista e o copo d'água também. Tornou-se para a mãe com cara de "não sei do que você está falando".

— Vim apenas atrás de agulha e linha e isso já deveria estar aí. — Bateu os ombros. — O que sei?

D. Otávia, que tinha um péssimo olfato, não a contestou. Estava cansada daquela conversa, daquela festa, de ter de falar sobre amenidades, de ver tantos pecados juntos. Queria somente ir embora e usava como desculpa as obrigações do marido, que quereria voltar logo para casa para poder ficar de olho em Severo e nos escravos. Nenhuma das duas moças a contradisse. A senhora, na sua pose de grande dama, cruzava o corredor com as filhas no seu encalço. Amaia ia repensando o porquê de Montenegro não a ter beijado, quando vários rapazes adorariam estar em seu lugar. Em contradição, analisava o quanto não queria vê-lo e o quanto queria machucá-lo por a ter humilhado fingindo um beijo. Ninguém nunca a havia tratado daquela maneira, cheia de zombaria e descaso. Todos a adoravam! Talvez, quase todos. Cora já havia provado, em mais de uma ocasião, que a odiava.

— Você pode fazer mamãe de boba, mas a mim não faz — sussurrou nos ouvidos de Amaia. — Sei que bebeu. Posso sentir o cheiro do álcool em suas roupas indecentes. E papai também o sentirá! Verá! E terá de dar explicações mais convincentes a ele do que a mim ou à mamãe.

O Sr. Gracílio era um homem de poucas palavras e muitas ações — a maioria delas, extremistas. Por maior que fosse o clichê, ele era de fato um homem como outro qualquer de seu berço e posição. Único herdeiro de uma família de cafeicultores, passou a vida sobre um cavalo, dando ordens aos escravos. Nunca conheceu outra coisa que isso, a não ser pelos livros que lia. Teve algum estudo, pois seu pai, o velho Carvalhão, achava bonito quem sabia ler e escrever. O avô de Amaia era ignorante nas matérias, contudo, era conhecido pela sua habilidade anormal para fazer negócios. Quem chegara a conhecê-lo — e muitos foram, pois morrera com mais de noventa anos — alegava que ele lia as intenções das pessoas e que poderia predizer qualquer clima só de observar a fauna e a flora. Não havia homem mais inteligente no Vale do Paraíba do que o velho Carvalhão, e duvidavam que o seu filho Gracílio o tivesse puxado. Muito menos, esperariam das netas. "Que desperdício de terras!", cochichavam entre si, com o passar dos anos e a falta de um varão na família.

Foram muitas as tentativas de Gracílio de encomendar um rapagão que levasse adiante o nome dos Carvalho. Após três abortos espontâneos e um menino que morrera com cinco meses de idade, Gracílio deixara a esposa em paz e buscara o conforto nos abraços e beijos das suas meninas. Principalmente de Amaia, que parecia esculpida na mesma forja dos

Carvalho — acreditava que Cora havia puxado o lado da mãe, os Teixeira Leite, tanto no físico quanto na arrogância. Por mais que o pai admirasse a filha, ainda que divergências ideológicas os tivessem afastado nos últimos anos, ela não poderia suportar a decepção em seu rosto ao descobrir que havia bebido por demais e poderia provocar um escândalo.

Fechando a cara, Amaia pediu licença. Iria se despedir de Caetana antes de partirem.

5

A porta de ligação entre a saleta de leitura e a alcova estava semiaberta. Montenegro poderia fechá-la para evitar escutar a discussão que se fazia na sala contígua, onde dois senhores brigavam. Não gritavam e nem falavam em voz alta, o que dificultava entender tudo o que era dito. Aparentemente, um acusava o outro de traição e questionava para onde ele havia viajado, de que maneira estava pagando as suas dívidas. O outro, constrangido pelo interrogatório, tentava tangenciar as respostas, o que deixava o interlocutor mais agressivo.

Montenegro não poderia precisar de quem eram as vozes, pois não havia conversado com todos os senhores o suficiente para identificá-las, porém sabia não serem totalmente estranhas. Questionou se o melhor não era irromper na sala antes que algum deles revelasse algo ainda mais constrangedor do que dívidas. E estava prestes a fazê-lo quando escutou a seguinte e bem audível frase:

— Sei que você vendeu informações aos Devassos. E vai pagar por isso, de uma maneira ou de outra.

Montenegro parou. Alguém desconfiava do Clube dos Devassos. Tentou espremer-se na fresta de uma maneira que não conseguissem percebê-lo. Precisava saber quem eram e informar ao Marquês que estavam sob vigilância.

Um dos perfis era o do Sr. Gracílio de Carvalho. Pálido feito cera de vela, ele estava no meio da sala, observando uma pessoa que saía por outra porta. Montenegro tentou se reposicionar. Apenas um vulto se foi aos seus olhos. Era o pai de Amaia quem estava repassando informações ao Clube? Era ele a quem o Marquês havia chamado de "nossa fonte confiável" em Vassouras?

Amaia irrompeu à sua mente, tomando-o por completo em segundos. Não poderia pensar nela agora, tinha coisas mais urgentes a resolver.

Não que Amaia não fosse interessante e absurdamente sedutora. De alguma forma que ele mesmo desacreditava, ela lhe havia remexido de tal maneira que não soube explicar como conseguiu não beijá-la quando a viu aguardando seus lábios. O rosto perfeito esculpido na entrega, a boca em forma de botão, certamente teria mergulhado naqueles lábios se as circunstâncias fossem outras. Havia avistado a tal chave, que tanto procurava, dentro de uma cesta de costuras, sobre a mesa ao lado do sofá em que estavam sentados. Fora preciso fingir um beijo para poder alcançar a chave. Contudo, seu coração acelerara tanto ao se aproximar dela, ao ver a sua respiração subindo e descendo pelo decote, ao sentir o perfume adocicado de flor e os cabelos que lhe roçavam a pele do rosto, que achou que não conseguiria resistir e completar a tarefa, e acabaria tomando-a em seus braços ali mesmo.

Montenegro pegou as rédeas das ideias. Recostou a porta com precisão, sem que o Sr. Carvalho desse por si. Tirou do bolso interno da casaca a chave que havia conseguido pegar. Analisou e teve certeza de que não era a da senzala. Era pequena demais e tinha o cabo diferente da que havia visto. É claro que o Sr. Feitosa não teria escondido num lugar tão à vista. Deveria haver algum cofre, algum esconderijo mais bem localizado, ou deveria ficar com alguém de confiança. E ele tinha que descobrir isso o quanto antes.

O Sr. Gracílio ainda não havia se refeito completamente da briga que havia acabado de ter. Suas pernas tremiam e os olhos pulavam das órbitas, sobressaltado com qualquer movimento mais brusco ao seu redor, ou com qualquer voz que se fizesse um tom mais alta no meio do burburinho. Ao ver que a esposa e Cora o aguardavam no vestíbulo de entrada, deu graças. Queria ir-se o quanto antes de lá. Precisava planejar uma maneira de tirar as suspeitas sobre si, levantar álibis e preparar uma fuga para a sua família.

As duas já haviam vestido os chapéus, luvas e capas, prontas a se retirarem. Também não poderiam ficar mais um minuto ali, cada uma por um motivo diferente.

Faltava apenas uma.

Ao terminar de vestir as luvas e a cartola, o pai deu pela falta da filha mais velha:

— Onde está Amaia?

Cora, que não poderia perder uma oportunidade sequer de falar mal da irmã, mostrou-se bem confortável em criticá-la:

— Disse que foi se despedir de Caetana. Mas o senhor conhece Amaia, papai, sabe que ela deve estar conversando com alguém ou dançando nos braços de algum novo pretendente. Ela não tem o menor senso de propriedade, consideração e, muito menos, responsabilidade. Mas não se preocupe, eu mesma faço questão de ir buscá-la.

E abriu um sorriso maldoso que nenhum dos pais captou. D. Otávia estava preocupada demais contabilizando quantos Pai-nossos, Ave-marias, Credos e Salve-rainhas deveria rezar para salvar a alma de Amaia àquela altura. O marido tinha os olhos cravados nos arredores e o coração pulsando na boca, quase a lhe tirar a vida num ataque cardíaco.

Mal perderam Cora de vista e o Sr. Gracílio soltou um muxoxo. Suava por todos os poros e o vislumbre de alguns rostos fechados, repletos de linhas de acusação, fez com que se tornasse urgente ir embora. Esticou o braço para a esposa:

— Ah, por Deus! Não podemos mais ficar aqui. Vamos!
— Aonde vamos? E as meninas?
— Deixe-as, Otávia. Elas poderão pensar em como chegar em casa.

Incapaz de contestar o marido, D. Otávia aceitou o braço e atravessou o umbral da Guaíba. E suas sombras desapareceram contra a luz avermelhada do sol vespertino.

✿

Não havia paz, ou não parecia haver paz. Amaia tentou se desvencilhar de Cora, mas ela vinha em seu encalce, vociferando num tom acima do murmúrio e abaixo do normal — pretendia não chamar a atenção de outros que não a irmã.

Amaia, Amaia, Amaia, era sempre: AMAIA! Desde criança, desde sempre Cora tinha que escutar aquele nome. Amaia, não faça isso. Amaia, faça aquilo. Amaia, cuide da sua irmã. Amaia, não coma o doce da Cora. Amaia, como você está linda! Amaia, parabéns por ter percebido isso! Amaia! Amaia! Amaia! Basta! Uma vida sob o chamar por esse nome era mais do que suplício, era a confirmação de que Cora não existia. Tão invisível quanto os escravos que vinham lhe servir as refeições, ou preparar o seu banho, vesti-la ou levá-la no coche para algum sarau. Cora sentia-se amarrada a Amaia e a tudo o que Amaia fazia. Era Amaia a querida do pai. Amaia a que deixava a mãe preocupada e ocupava todas as suas preces. Era Amaia a que atraía todos os olhares dos rapazes e todas as fofocas das moças. Enquanto Cora nem era lembrada; às vezes, até mesmo o seu nome esqueciam. Somente Singeon se lembrava dela, falava com ela, perguntava se estava bem, elogiava-a. Era Singeon o único que sabia que Cora existia e nem mencionava Amaia — conhecida pelo cognome: a sua irmã.

— Amaia — chamou Cora. — O que você pensa que está fazendo? O que vão achar que nós somos? Sabe o quanto pode nos prejudicar bebendo e se encontrando com senhores às escondidas?

A irmã suspirou e revirou os olhos. Incapaz de aguentar mais daquele mesmo, voltou-se para Cora, nervosa. Transbordava de impaciência, o que fazia toda a sua figura tensionar. Sua reação repentina fez Cora dar um passo atrás e se autoproteger. Tinha certeza que receberia um tapa.

Por maior que fosse a sua vontade, Amaia ainda se considerava uma dama. Guardou para si as atribulações e a vontade de se agarrar aos cabelos de Cora e atirá-la ao chão. Porém, nada a impediria, de uma vez por todas, de mandar a irmã cuidar da própria vida. Ou quase nada. Quando viu, por detrás de Cora, que Caetana vinha pelo corredor na companhia das gêmeas, Amaia apertou os lábios. Rosária e Belisária haviam escutado as irmãs no corredor e começaram a espalhar fuxicos para metade da festa. Teriam completado a função de acabar com a reputação de Amaia se Caetana não tivesse segurado as suas línguas com uma ameaça que seria bem pior para a reputação delas.

Com a mão na frente do corpo e o rosto repleto de preocupação, Caetana avisou que os pais delas haviam ido embora.

— Eles nos deixaram para trás? — Cora empalideceu e, ignorando as gêmeas, virou-se para a irmã. — A culpa é sua, Amaia! Irritou a papai. O que será de nós? Como voltaremos para casa?

Puderam escutar os risinhos trocados entre as gêmeas, o que deixou Cora arrependida do que havia feito. Era o mesmo que mostrar um osso a um cachorro.

Enviando um olhar malvado — sim, malvado! — para as irmãs, Caetana as calou de imediato. E, provando ser a mais amável da família Feitosa, se propôs a falar com o pai e pedir que lhes preparassem um coche.

Vagueando pelas próprias ideias, Amaia nada comentou. Discretamente, virou-se de costas para as moças e levou a palma da mão à frente da boca e assoprou. O bafo era ainda de álcool. Ficou aliviada ao saber que os pais haviam partido.

Quando Cora aceitou e agradeceu a gentileza da oferta, Amaia avisou que ainda era cedo para irem e que queria aproveitar um pouco mais da festa. E desapareceu ao constatar que ainda estava cheirando à bebida e que Rosária e Belisária poderiam perceber.

Uma nova risada das gêmeas fez Caetana perder a compostura e mandá-las calarem a boca, deixando ambas atônitas. Não era do feitio da irmã mais velha uma coisa dessas.

※

Eduardo Montenegro nunca se considerou um tolo. E nem poderia. Tinha idade e vivência o suficiente para se achar um homem experiente. Também podia se gabar pela maneira com que julgava as pessoas com precisão. Não havia laudo de caráter que fosse errado. Se não confiava em alguém, é porque a pessoa era traiçoeira. Se gostava de alguém, simplesmente havia motivo para tal. Desse jeito ia se construindo a sua vida numa monotonia de quem não se sentia mais surpreso com nada. Nem com o olhar desconfiado do Sr. Feitosa ao lhe pedir ajuda para comprar alguns escravos por debaixo dos panos do mercado, e nem ao encontrar Amaia vagando pelos jardins da Guaíba. Conhecia muitas moças que se refugiavam para calcular os seus problemas, contudo, não havia muito para onde a filha de um cafeicultor pudesse ir.

Pelo pouco que conseguira saber de Canto e Melo — por meio de Caetana Feitosa —, Amaia era uma moça cheia de vontades, muitas delas fora do convencional. Porém, nunca passava de certos limites, temendo ficar má afamada. Com a esperteza de uma pessoa mais experiente, ela poderia "divertir-se" dentro dos limites impostos pela "propriedade e honradez" que a sociedade exigia das senhoritas de sua posição. E ele estava determinado a ajudá-la neste quesito, principalmente após ter tido o prazer de conhecer uma outra Amaia, na sala de costuras. Para facilitar ainda mais a questão, descobriu que estava desimpedida, apesar da falta de um buquê — e não soube o porquê de não estar com um, o que para ele era sinal de uma deliciosa audácia. Amaia não teria um partido o impedindo de se aproximar, por outro lado, a sua "diversão" teria um ponto final: as calçolas — e não o de costume: o que havia por debaixo do tecido.

Montenegro retirou o chapéu que havia colocado. Estava prestes a partir quando a avistara passeando sozinha pelas flores do jardim da frente da casa-grande. Desmontara do cavalo e pedira que o cavalariço aguardasse um instante. Precisava saber se ela estava melhor da bebedeira.

Ao tirar o chapéu, abaixou os óculos escuros e revelou o seu olhar claríssimo, acompanhado de um sorriso sardônico:

— Boa tarde, minha senhora. Que surpresa encontrá-la aqui! Espero que esteja melhor da sua... indisposição.

Ao escutar aquela voz cavernosa e ser apreendida pelo olhar intenso, um arrepio subiu a espinha de Amaia e reverberou pelas ramificações de seu corpo até alcançar a pele feito um toque de seda. Será que ainda estava sob o efeito da bebida? Afora a cabeça que latejava e o hálito ruim do qual não se desfazia — não importava quantos copos d'água bebesse, ou quantos cajus comesse —, parecia completamente restabelecida. Controlando a estranha sensação que fez as suas pernas falharem e o coração bater mais forte, Amaia retrucou num mau humor de quem havia tido seu segredo descoberto e dele havia sido feito joguete:

— Sim, estou ótima. Agradecida pela sua preocupação. — Puxou uma marcha rápida de quem queria ir-se o quanto antes.

— Incomodo? — perguntava, guardando os óculos num bolso da casaca.

Ela parou e tornou-se a ele com o olhar cortante:

— Sim, tanto quanto uma abelha zunindo em meus ouvidos.
— E pronta a lhe picar.

Ignorando o sorrisinho de duplo sentido que ele lhe dera, Amaia levantou o vestido para conseguir andar numa velocidade maior sem tropeçar. Estava tão desbaratada com aquela inesperada visita que o ergueu acima das canelas, revelando sapatilhas de cetim.

— Quem usa sapatilhas no campo? Não tem medo de cobras? — Quis saber Montenegro, curioso. Mordia os lábios ao ver os ossinhos do tornozelo apontando pela meia branca, com os quais deliciava-se.

— Não suporto botinas. Elas me abafam. — Corou ao ver o interesse dele em seus pés e abaixou as saias, abruptamente. — E quanto às cobras, há maneiras de afastá-las e evitar o bote. — Ele contorcia um riso, o que fez Amaia perder a paciência. — Ah, mas o que estou a lhe dizer?! Pois saiba, não gosto do senhor e nem da maneira com que fala comigo. Não sei quem são as suas companhias, Sr. Montenegro, mas eu sou uma dama e me deve respeito.

Apreendida pelo seu olhar, fixo nela, Amaia estremeceu ao ouvi-lo num tom mais sério:

— Se não a respeitasse, teria passado reto em vez de cumprimentá-la, como se faz com uma mulher sem honra.

— Pois não se sinta obrigado.

Ela retornou à sua marcha em retirada. Por causa do diâmetro da saia, mal enxergava o terreno, e poderia cair ou tropeçar em algo. Ao perceber isso, Montenegro se aproximou, oferecendo-se para ajudá-la:

— Cuidado onde pisa.

Amaia deu um tapa em sua mão enluvada e ergueu o queixo. Era capaz de atravessar um mero jardim sem a ajuda de ninguém. Entendia aquele gesto como zombaria pelo seu estado anterior, em que mal conseguia ficar ereta sem um apoio. Quando a injúria subia à sua bela cabecinha, Amaia não enxergava mais nada. E foi quando seu pé foi para baixo de uma raiz de árvore que se levantava da terra. Tropeçou.

O chapéu de Montenegro foi pelos ares, atirado por ele para ter as mãos livres para pegá-la. Escorou-a pelos ombros. Seus olhos se encontraram, tão próximos quanto as suas bocas. Amaia achou que estava com febre. Montenegro rodopiou os olhos sobre ela, antes de lhe perguntar, tão sedutor quanto uma naja hipnotizada pela flauta do encantador de serpentes:

— E se, em vez de uma raiz, fosse uma cobra? Poderia terminar picada. Isso seria muito triste, para mim, ao menos.

Foi crescendo nele o perturbador sorriso repleto de duplo-terceiros-quartos sentidos, que fez Amaia tentar se desvencilhar antes que aceitasse um beijo:

— O senhor, por favor, me solte.

Os dedos de Montenegro estavam cravados nela. Amaia relutava, sacudia os ombros, e ele nem se mexia, impassível. Tinha uma força que não parecia ter e ela era incapaz de se soltar, a menos que ele assim o quisesse. Iria xingá-lo e pisar em seu pé se não a libertasse imediatamente. Montenegro a puxou mais para perto de si. Seus olhos prateados estavam fixos nela, ondulando entre o cinismo e o erotismo. Amaia nunca tinha sido olhada ou segurada por alguém daquela maneira, o que a fazia temer por sua virtude — e querer que ele avançasse sobre ela, mas isso ela não confessava a si mesma.

— Explique-me antes — pediu ele —, o que há que sempre estamos atraindo nossos corpos um contra o outro?

Trincando os dentes, Amaia o encarou com força:

— Sei somente que o senhor é um canalha.

— Verdade. — Diminuiu o agarre, mas ainda manteve uma mão sobre o braço dela. — Nunca escondi isso de ninguém e nem pretendo. — Os seus olhos, no entanto, a prendiam a vontades inconfessas. Inclinou-se sobre ela. Amaia tinha certeza que a beijaria, contudo, dessa vez, não fechou os olhos e nem fez beicinho. — Sou um canalha e, ainda assim, a senhorita está aqui conversando com um canalha. O que poderão pensar disto?

Amaia torceu o braço e soltou-se sem qualquer dificuldade. Estava ofegante pela raiva que crescia cada vez que se deparava com o sorrisinho convencido dele.

— O senhor me horroriza com a sua mente suja!

— Até há pouco, eu era apenas uma inofensiva abelhinha zunzunando em seu ouvido.

— Pois se trata de um urubu bem grande que fica me rodeando. — Montenegro atirou a cabeça para trás e o sorriso transformou-se num riso que deixava Amaia ainda mais furiosa. Odiava se sentir estúpida e ele estava conseguindo isso. — O que foi? Do que ri? Dei motivo para alguma piada?

— A senhorita esqueceu de mencionar que urubus só se alimentam de carcaças e carnes podres.

Todo o corpo de Amaia se enrijeceu. Ergueu a mão pronta a lhe dar um tapa. Jogou o corpo para frente e ele a segurou pelo punho, de novo. Seus olhos se encontravam, dessa vez, desafiantes. Montenegro agora mordia o sorriso com uma vontade que beirava o maquiavélico. Ele a teria soltado se ela não estivesse tão irresistivelmente sedutora com toda aquela empáfia, o que abrilhantava ainda mais seus olhos verdes. Apertou o punho e Amaia exclamou de dor. Notando a sua atitude, Montenegro desfez o agarre:

— Mil perdões, não era a minha intenção machucá-la.

Seu olhar era sincero e Amaia poderia ter percebido que havia vergonha na sua postura, mas estava tão entretida em xingá-lo, que não deu por si aquela transformação repentina nele.

— Ah, é mesmo um canalha!

Era melhor ele ir embora antes que ela o fizesse perder o controle. Poderia ser perigoso para ambos. Dando as costas para as reclamações dela, Montenegro pegou o seu chapéu caído na grama e bateu a folhagem.

— Que bom que isso ficou bem claro e não precisarei mencionar de novo. — Ele abriu um sorriso sarcástico.

Recolocou o chapéu e os óculos escuros. Fez um gesto para o escravo que segurava a sua montaria. Subiu no cavalo e tocou a ponta da aba em cumprimento a Amaia.

— Adeus! — ela esbravejava. — Espero nunca mais encontrá-lo em minha vida!

— Diga isso bem alto, quem sabe um anjo passa e diz "Amém"? — Rindo-se, Montenegro puxou as rédeas.

— Tratante! Canalha! — gritava Amaia para a sombra de Montenegro, que ia se fazendo um pontinho na distância entre o céu e a terra.

Era mais um daqueles malditos escravocratas que só se importavam com os lucros. Ninguém era decente naquelas terras. Ah, a vontade de chorar de raiva era maior do que a sua incapacidade de fazer algo pelos escravos. Teria de dar um jeito. Arrumar alguma forma. Mesmo que o pai a chicoteasse, ela não poderia parar de exigir a libertação dos escravos e provar a homens como Montenegro que escravizar seres humanos era errado. Ah, como ela queria ser muito rica para comprar todos os escravos e libertá-los! Se tivesse metade do dinheiro dos Teixeira Leite, dar-se-ia por satisfeita.

Não soube quanto tempo ficara andando em círculos pelo jardim e resmungando. Voltava para a casa quando reparou numa mulher que vinha com as saias altas, correndo em sua direção. Ao identificar Caetana, ficou surpresa com aquela perda de compostura. Nem se uma mosca estivesse no seu entorno ela se mexeria, nem se fosse um animal feroz vindo na sua direção. Nada tirava Caetana da sua perpétua tranquilidade... ou quase nada. Alguma coisa séria havia acontecido para estar naquele estado. Teve certeza quando Caetana puxou o ar e parou diante de si. Estava consternada e os olhos navegavam numa onda de lágrimas. Será que Canto e Melo havia desistido do noivado? Mataria o tratante se tivesse feito isso! Ou será que ele havia sido pego numa posição comprometedora com outra mulher? Uma escrava ou uma das suas irmãs?! Oh, céus, o mataria a pauladas, para doer bastante.

Mas as notícias eram bem piores do que Amaia poderia esperar. E, no caso, eram para ela.

6

Na lápide estava inscrito: *Gracílio Dias de Carvalho e Otávia Teixeira Leite Dias de Carvalho. Amados pais, saudades.* Ao ler os nomes de seus pais, ainda tão presentes, lágrimas brotaram nos olhos verdes de Amaia. Uma coisa era ter esses dizeres escritos num pedaço de papel, outro era vê-los na pedra e sem a possibilidade de serem apagados ou corrigidos.

Teve raiva de si mesma. Odiava chorar em público, seria demonstrar fraqueza, o que um Carvalho nunca se permitiria. Por sorte, tinha um espesso véu negro cobrindo o rosto, inchado pela falta de sono na noite anterior. Não poderiam criticá-la por ter chorado — muito ou pouco. Se soubessem a verdade, talvez ficassem horrorizados: ela não conseguia sentir nada. As lágrimas saíam, mas seu coração estava oco e sua mente, leve. Nem diante dos túmulos dos pais, que haviam sido enterrados na própria fazenda, ela conseguia sentir o que fosse. Estava vazia e isso era desesperador. Queria gritar, rir, acabar com aquele embotamento, sentir algo além da raiva da sua incapacidade de sofrer. Isso só trazia irrealidade à situação e uma esperança vã de que aquilo era um sonho e que, quando acordasse, deparar-se-ia com os pais, rindo na sala de alguma piada que o pai havia contado.

Um braço enlaçou-a e Amaia se viu confortada pelo ombro amigo de Caetana. Por cima, pôde ver quem estava presente no enterro. Durante todo o funeral, havia ficado com o olhar fixo nos círios e nas diversas coroas de flores que iam chegando e amontoando a sala de jantar — onde os esquifes haviam sido colocados para a despedida final. Não se recordava de quem havia falado ou não com ela, quem estava presente ou não. Nem havia reparado quando os escravos de seu pai trouxeram um festão de flores para colocarem sobre os caixões, e nem na missa que Bá havia providenciado na pequena capela da fazenda. Também não havia notado que haviam penteado os cabelos do pai para o lado contrário, alterando sua fisionomia, e que o caixão da mãe tinha a tampa fechada por causa do estado do seu corpo — estado este que era minuciosamente propagado por Severo aos que tivessem o interesse mórbido de ouvir.

Agora, com as emoções um pouco mais controladas, Amaia pôde contabilizar quantos amigos seus pais tinham. Quase todos os fazendeiros da região estavam lá, alguns comerciantes com quem tinham negócios, alguns rostos que ela não soube identificar — e também não teve interesse em saber quem eram.

Cora, abraçada à Bíblia da mãe, lamentava-se em voz baixa para Belisária e Rosária — sérias como nunca se havia visto. Bá limpava os olhos no avental e algumas escravas lamuriavam-se — elas gostavam de D. Otávia, sempre zelosa, impedindo que os capatazes se aproveitassem delas.

"Que horror, morrer desta maneira!", diziam por entre sussurros, "Não pode ser... Estavam tão saudáveis quando saíram da festa. Ninguém poderia ter dito que seria a sua última reunião", "Ou o cocheiro estava embriagado, ou em alta velocidade, ou os cavalos se assustaram com alguma coisa", "Deus sabe o que faz", "Soube que eles estavam com problemas de dinheiro. Um bom momento para se morrer", "Antes a morte do que a falência", "Imagine se as filhas estivessem com eles?! Teria morrido toda a família!", "Esmagados pelo próprio coche, imagina", "Que Deus os tenha", "O que será feito dessas meninas abandonadas à própria sorte?", "É agora que vem a verdadeira lição". Amaia não podia continuar escutando aqueles murmúrios seguidos de olhares de pena para cima de si. Tentou pensar em outra coisa, olhar para outro lugar, e foi quando se deparou com um par de óculos escuros que pretendiam esconder os olhos de quem a encarava. Ela quis se desvencilhar daquela mirada poderosa que prendia a sua respiração e tentava arrancá-la daquele nada que se apossava dela. Passou reto por algumas pessoas que vinham lhe cumprimentar após o final do enterro. Tentava se afastar, pedindo licença, alegando que não se sentia bem. Queria respirar e continuar sem sentir nada. Doeria muito. Na verdade, não sabia mais o que queria — sentir ou não.

A voz grave paralisou-a:

— Sinto pela sua perda. No que eu puder ajudar...

Ela levantou os olhos para ele.

— Não, obrigada. Estamos bem amparados.

Amaia só queria ficar sozinha, longe de tudo e de todos. Não podia mais suportar aquela procissão de pêsames que não acabava nunca, boa parte deles somente da boca para fora. Contudo, no caso de Montenegro, havia verdade, preocupação e tristeza misturadas nas suas palavras, fazendo com que Amaia se enchesse de lágrimas. Do coração foram sendo liberados os sentimentos de dor, de medo, de aflição, de revolta, de saudades, sentimentos confusos e desconexos que faziam o corpo dela estremecer. Deus, ela finalmente sentia a perda dos pais e a dor lancinante de não ter podido se despedir deles!

Virou-se de costas, não queria que a visse daquele jeito — nem ele, nem ninguém. Também não o viu assentir e partir. Mas, ao escutar os passos se afastando, o choro aumentou junto da vontade de esmurrar algo para ver se a dor passava, se o inconformismo se partia antes que partisse ela ao meio.

Correu para debaixo do carvalho secular, no alto de um morro, de onde poderia ver a casa-grande. O horizonte estava escurecido perto de alguns morros de café. Era a noite que se achegava junto a um vento seco, que ia limpando as lágrimas de Amaia. Não haveria amanhã para seus pais. O seu próprio amanhã chegava, carregado de escuridão e incertezas. A única certeza era a de que aquilo realmente era verdade: seus pais estavam mortos. O pranto reiniciou. Soluçava, caída ao pé da árvore, colocando para fora aquela dor que ia da alma para o corpo. Ali ficou, abraçada pela sombra que se espraiava pelas gerações de sua família, tentando se sentir um pouco melhor — ou seria menos ruim? — até que tudo estivesse bem novamente.

Retornou para a casa somente quando avistou que todos os coches haviam partido. Ao entrar no vestíbulo, reparou que Bá e mais duas escravas cobriam os espelhos da casa com panos negros e varriam a poeira para fora. Ninguém queria que os espíritos dos falecidos retornassem para cobrar algo, ou que ficassem ali presos. Todas as velas e candeeiros, àquela noite, ficariam apagados para não atrair nenhuma alma e, no silêncio da escuridão, Amaia pôde sentir a falta dos pais.

Há duas noites, Amaia revirava na cama, de um lado ao outro, suando. O pouco que conseguia dormir era espantado por pesadelos. Todos eles com o coche de seus pais em alta velocidade, caindo barranco abaixo. Sua mãe havia sido atirada para fora do coche, que por ela rolou e a esmagou. E o pai teve todo o corpo revirado dentro do veículo, braços e pernas deslocados feito uma marionete despencada. Por que ficara para ouvir como haviam encontrado os seus pais? Agora não parava de vê-los, o sofrimento no olhar deles, o desespero de quem encara a morte.

Precisava beber água. Pulou da cama. Toda a sua camisola estava grudada no corpo, de suor. Parecia que havia mergulhado numa tina. Tirou os longos cabelos escuros da cara e foi ao alcance da moringa. Não havia mais uma gota. Havia tomado tudo ao longo da madrugada. Saiu do quarto e, sem temer assombração ou o que fosse, foi andando até a cozinha. Ao passar pelo quarto de Cora, pôde escutar um choro miúdo por detrás da porta entreaberta. Espiou pela fresta e deparou-se com a irmã abraçada a alguém. Antes de se precipitar, procurou enxergar melhor a identidade do amante noturno. Pela luz do dia, que recém iniciava, constatou que era um travesseiro no lugar de uma pessoa. Ela o tinha entre as pernas, movimentando-se de trás para frente, roçando-se nele:

— Singeon, onde você está? Oh, meu Singeon. Por que não está comigo agora? Preciso tanto de você! Das suas palavras! Do seu alento! Singeon, poderemos nos casar, finalmente, e largar para trás essa terra horrenda. Oh, Singeon, largo tudo por você, meu amor. Tudo!

Não era surpresa para Amaia que a primeira coisa que Cora pretendia fazer, quando os pais morressem, seria ir embora da Santa Bárbara. Odiava aquela fazenda tanto quanto a própria irmã. Talvez as únicas pessoas que ainda a segurassem lá fossem os pais. Quanto ao amor por Singeon, Amaia tinha dúvidas se era mesmo um sentimento ou se era uma obsessão. Desde que ele havia ido estudar Medicina na Corte, Singeon correspondia-se todo mês com ela. Uma vez Amaia havia roubado as cartas para lê-las e tentar entender que Amor era esse que perdurava por tanto tempo e sem quaisquer perspectivas de se concretizar. Se havia alguma profanação, era na maneira que Singeon escrevia poesias de amor — o que considerava engraçado, apesar de enfadonho. Deveria ser o Amor labaredas que queimam o íntimo, desejo que corrói as noites, algo como a fogueira de São João que acendiam no terreiro todo 24 de junho. O amor de Singeon era adjetivado, formal, igual a qualquer outro. Cora poderia se dar por satisfeita, mas Amaia, se fosse ela, quereria mais para si. Queria perder a noção de tempo e espaço num beijo, esquecer de si mesma e dos seus desejos por roupas novas e joias. Era o Amor a janela para enxergar o mundo de outra maneira, para querer sair de si e fundir-se no outro. Era parte de um desejo que se espraiava do corpo para a alma.

Amaia arrepiou-se. Era certo que Cora iria embora em breve, e ela deveria cuidar da fazenda — o grande amor de seu pai. Perdida nos próprios devaneios, não reparou que a irmã a vira. Abrindo a porta com injúria, acusava-a de invadir a sua intimidade:

— O que você está fazendo? Escutando atrás da porta?! Ah, como odeio você! Odeio! Queria tanto que tivesse sido você e não eles... — Foi crescendo em si. — Se morreram a culpa foi sua! Só foram embora da festa por sua causa! Assassina! Assassina!

A mão de Amaia calou Cora do jeito que ela pretendia, contudo, dar um tapa não havia sido a melhor opção. Cora nunca havia apanhado em sua vida, e sofrer algo assim justamente da irmã com quem tinha as suas diferenças era ainda pior. O choque inicial passou e Cora gritou:

— Eu juro que nunca vou perdoá-la. Nunca!

E bateu a porta na cara de Amaia.

Diante da madeira, ficou pensativa: *Entre na fila. Eu mesma nunca vou me perdoar por não ter me despedido deles.*

Passos nervosos vinham rangendo as tábuas do corredor. Amaia tomou a moringa na mão, pronta a jogar na cabeça da assombração. Não questionou, em nenhum momento, se o fantasma seria ou não atingido. Quanto mais se aproximava o espírito de camisola branca, mais Amaia tremia. Toda a sua coragem havia ido embora. A menos que fosse sua mãe. Abaixou a moringa. Sua mãe zelaria por ela e por Cora, isto era certo. Será que não haviam varrido direito a casa e queimado as roupas do acidente, por isso seu espírito estava ali preso? Quando a sombra revelou ser a velha Bá, envolvida num xale, Amaia soltou uma longa respiração — nem notara que havia prendido o ar.

— O que foi, Bá? Por que esta cara? Despertamos você?

A velha mucama ajeitou o xale sobre os ombros, que havia caído enquanto tentava andar um pouco mais rápido:

— Tem um senhor aí. Diz que é advogado.

— A essa hora? — Amaia virou o rosto para a janela mais próxima e percebeu que começava a clarear, mas o galo nem havia cantado ainda. — Mal amanheceu... O que será que quer?

— Disse que trouxe o testamento de seu pai.

— Como fui me esquecer disso, Bá?! — Entregou a moringa à velha mucama. — Leve-o para o gabinete de papai. Atenderei lá.

Retornou ao quarto, fingindo não escutar os resmungos de sua antiga ama de leite:

— Sozinha? Não pode. Não é certo. Uma dama não pode ficar sozinha na companhia de um homem estranho.

Um homem estranho? O advogado teria idade o suficiente para ser seu avô, considerava Amaia, a analisar o senhor de longas suíças brancas e trajes que cheiravam a traças. Ele pigarreava muito e tinha um tique na sobrancelha direita, tremendo-a de tempos em tempos. Com as mãos sobre uma pasta, tinha um olhar ressabiado sobre Amaia, sentada à sua frente. A jovem, de cabelos puxados para trás, presos num coque simples, trajava o vestido negro do luto. Não possuía qualquer detalhe de ostentação. Ainda que tão singela, Amaia continuava a mulher mais bela que se tinha notícias naquela região. Mesmo velho, o advogado poderia se dar ao luxo de apreciá-la sem, contudo, perder a pose de negócios.

Atrás de Amaia, encostada na porta do pequeno escritório, estava Bá. Enrolada num xale, a mucama encarava o homem como se querendo entender as suas intenções. Incomodado com o olhar da escrava, o senhor perguntou se era mesmo necessário que ela ficasse, ao que a própria Bá respondeu:

— Eu fico.

Para não causar embaraços, Amaia abriu um sorriso e explicou aquela presença:

— Bá poderá ser testemunha.

O velho se remexeu na cadeira e sua sobrancelha estremeceu:
— Não. Não poderá. Tem que ser gente.
Foi a vez de Amaia estremecer, ela toda:
— Ela É GENTE!
Sem olhar para Bá, o senhor pigarreou, abaixando os olhos, e pediu desculpas:
— Me coloquei errado. Tem que ser livre. Há alguém aqui que não seja escravo?
Não convencida de que ele havia "somente se expressado mal", Amaia ainda manteve a cara fechada e a linha de voz cortante:
— Não.
— Ah, sim — anunciou Bá. — O Severo e os outros capatazes.
— Então me traga este senhor e mais um capataz. Duas testemunhas serão de bom tamanho e que, de preferência, saibam assinar os próprios nomes. E onde está a Srta. Cora? Precisamos dela para a leitura.
— Está descansando. Não quer ser perturbada — explicou Amaia.
— Entendo, mas, sem a presença dela, não posso abrir o testamento.
Amaia se viu obrigada a ir chamar Cora enquanto Bá ia atrás de Severo e de um dos trabalhadores. Ajeitando-se dentro do vestido de luto, bateu à porta do quarto da irmã. Não houve resposta. Bateu de novo e insistiu ao ouvir um objeto caindo dentro do cômodo.
— Cora! Cora! Saia daí! — Batia. — Saia ou irei...
— Irá o quê? — retrucara através da madeira. — Me dar um tapa de novo?
Bem que você merecia...
— Não. — Pigarreou, aquilo seria mais difícil do que havia previsto. — Desculpe-me. Eu me descontrolei. — Soava a falsidade, talvez tivesse alguma, mas, em geral, era no que realmente Amaia acreditava: ela havia exagerado. Às vezes era difícil se controlar, ainda mais quando se via numa situação tão assustadora. De repente, seus pais haviam morrido e legaram uma fazenda endividada e repleta de escravos, o que ia contra os seus preceitos.
Respirando fundo, Amaia sabia que teria que lidar com isso com maturidade. Mais uma vez bateu à porta e chamou por Cora.
— Você só diz isso porque é uma interesseira — respondeu a irmã do outro lado.
— Posso até ser uma interesseira, mas se não abrirmos logo o testamento, não teremos um tostão nem para comprar comida. Cora, está me ouvindo? — Batia mais, quase em desespero. — Cora? Cora!
Escutou os ferrolhos e a porta se abriu, revelando o rosto vermelho e molhado da irmã. Cora, que não ficava tão bem quanto Amaia de luto, puxou um lenço com a borda negra e limpou o próprio nariz.
— Pois saiba que faço isso tão somente para evitar passarmos fome. E espero que tenha isso em mente da próxima vez que erguer a voz comigo.

E foi na frente, sem aguardar Amaia.

Às vezes, Amaia se pegava questionando se não teria sido melhor tê-la deixado se afogar num córrego quando eram crianças. Se não tivesse se atirado na água para salvá-la, ao menos teria poupado todas as vezes que Cora lhe trouxe algum problema. No geral, Cora fazia coisas menores como criticar a irmã para os outros, ou contar algum segredo de Amaia para os pais para vê-la sofrer uma severa punição. Tinha um prazer sádico nisso, o que deixava tanto a própria Amaia quanto Bá e Caetana estarrecidas. Era no sofrimento de Amaia que Cora fazia a sua felicidade, e sem qualquer motivo plausível para tal. Essa raiva travestida de mágoa era tão forte que, certa vez, Cora ultrapassara os limites do bom senso. A vontade de destruir Amaia e sua reputação a havia feito ir longe demais e carregar consigo a vida de duas pessoas.

Amaia estava no auge da popularidade aos dezesseis anos, aparecendo nos primeiros bailes e sendo cortejada por diversos moços das mais variadas idades e situações financeiras. Entre eles havia um menino de quatorze anos chamado João Pedro. Sabia-se que João Pedro não tinha posses, apesar de boa educação, por ser o filho bastardo de um barão do café com uma escrava. O menino, no entanto, tentava fazer jus ao pai que o havia reconhecido e libertado na pia batismal[10], e ter Amaia como sua noiva seria uma amostra do seu lugar naquela sociedade fechada e preconceituosa.

Em meio a tantos rapazes, tantos convites, tanto alvoroço em torno da moça, João Pedro não conseguia se aproximar dela. E quanto mais distante ficava, mais evidente era a sua tristeza. E talvez tivesse sido isso o que havia chamado a atenção de Cora e facilitado a maneira como iria enredá-lo e levá-lo a destruir Amaia, antes mesmo de ser capaz de conseguir um noivo. Aos treze anos, a menina parecia saber muito mais da vida do que Amaia ou qualquer outra moça criada no mesmo estilo de vida. Se era a sua curiosidade que a levava até a senzala para observar o escravo reprodutor[11] fazendo o seu serviço, ou se eram as brincadeiras de médico com Singeon, não se sabe. A questão era que João Pedro seguiu os conselhos de Cora ao aceitar desvirtuar sua irmã — que, segundo Cora, estaria apaixonada por ele e havia sido proibida pelo pai a se casar com João Pedro, obrigando-a a se afastar do rapaz — e impedir que ela se casasse com outro que não ele. A própria Cora havia sido quem havia levado Amaia até o quartinho de víveres onde estava sendo esperada por João Pedro e, se não fosse pelos gritos de Amaia que o rapaz não conseguira impedir, ela estaria casada com ele. Um escravo havia vindo socorrê-la e, no ato de tirar o atacante de cima da sinhazinha, lhe dera uma enxadada na cabeça, partindo-a ao meio. Morria João Pedro e, alguns dias depois, o escravo que havia salvado Amaia, pois naquela terra, escravo não é gente, que dirá herói.

Por mais que Amaia explicasse que havia sido o escravo a salvá-la, todos alegavam que ela havia passado por um forte trauma, que a havia feito confundir o escravo com o rapaz e, assim, na versão final, João Pedro havia tentado salvar Amaia e morrido durante o ato de bravura. Seja lá quem fez o que, a família Carvalho se viu obrigada a retirar Amaia da sociedade por cinco anos e, durante esse período de clausura, ela aproveitara para acompanhar o pai na gestão da fazenda, cavalgando ao seu lado por entre os pés de café, ouvindo como era plantado o grão, sobre os diferentes tipos de terra e analisando os escravos para saber qual era ideal para cada serviço. Foi quando ela dera por si o erro de todo aquele sistema.

Quanto a Cora, Amaia nunca soube que sua irmã era quem havia planejado o ataque. E se Cora se arrependia de alguma coisa, era a de não a ter embebedado e amordaçado quando pôde.

Estavam ambas as filhas diante do advogado. O senhor se dividia entre ler os testamentos dos pais e observar as reações das moças por cima das linhas. O da mãe era mais simples, se restringindo a dividir suas peças e algumas joias. Já o do pai era mais longo e deixava claro que a fazenda deveria ser dividida entre as filhas, assim como os ganhos, escravos, e tudo o mais que viesse da renda dos Carvalho. Por fim, o senhor retirou da pasta um outro papel, este mais amedrontador. Era uma lista com nomes e valores que, a princípio, Amaia não soube como inferir. O advogado explicou, impaciente, quando ela o questionou pela terceira vez — ele considerava inútil uma mulher saber dessas coisas:

— Aqui há uma relação dos devedores, dos valores e, ainda, dos ganhos nos últimos anos.

Os olhos de Amaia retornaram ao papel, incrédulos com aqueles valores:

— Papai mais perdeu do que ganhou com investimentos errados...

Cora arrancou o papel das suas mãos para concluir:

— E se vendermos alguns escravos? Poderemos ganhar algum dinheiro, não?!

— Não farei isso — prontificou-se Amaia. — Vou alforriar todos eles!

O feitor Severo, encostado na parede junto ao capataz, com o chapéu na mão e a cara de pêsames, contraiu-se ao escutar a sua futura sinhá. Teria muito trabalho para fazê-la compreender que escravo não funcionava como gente, era mais bicho que ser humano, talvez nem isso. O animal não reclamava do trabalho e o escravo sempre arrumava desculpa para não fazer nada. Por isso Severo usava duas garruchas cruzadas na cintura, uma para cada mão, feitas para calarem escravo que reclama demais e faz de menos.

Antes que pudesse mostrar qualquer descontentamento, o advogado explicou, em poucas e simples palavras, para que ela "entendesse" — como se o seu raciocínio fosse igual ao de uma criança:

— A senhorita não pode.

Todo o corpo de Amaia se retesou numa exclamação que saiu como uma interrogação. Estava falando no sentido social ou econômico? Se fosse o social, poderia facilmente combatê-lo com a lógica da imoralidade e da fé cristã. No caso econômico era um pouco mais complicado, pois faltavam dados para que pudesse provar que custava menos ter colonos a escravos, no entanto, poderia arriscar os números — o advogado não parecia ser conhecedor do tema.

— Por que não posso?

Pouco à vontade em ser confrontado — ainda mais por um par de saias —, bufou antes de responder:

— Está claro no testamento de seu pai que herdam a terra, os escravos e tudo que sobre ela está, mas há uma cláusula específica que proíbe que sejam alforriados.

Amaia havia paralisado sobre o assento — sem perceber, atrás de si, o sorriso irônico de Severo. Seu pai não faria isso... ou faria? Uma cláusula que impedia alforriar os escravos? Havia escutado sobre essas cláusulas testamentárias que impediam determinadas situações a fim de evitar o esfacelamento do patrimônio familiar, mas achava isso tão absurdo quanto herdar escravos. Amaia não podia acreditar a que ponto Gracílio havia chegado: obrigá-la a manter os escravizados como objetos de família. Eles nunca teriam a sua liberdade? Era uma crueldade muito maior do que era de se esperar. Seu pai mantinha o braço de ferro até mesmo do Além, certo de que ganharia a disputa.

— Deve haver alguma forma...?! — balbuciava, ainda relutante em aceitar tal abominação.

O advogado retirou o monóculo da frente do olho e suspirou, enfadado em ter que dar os miúdos — por isso, odiava ter que lidar com o sexo feminino, elas nunca pareciam entender as coisas mais simples:

— Não há. É a última vontade do Sr. Carvalho. Mesmo que entre na Justiça com uma contestação, não conseguirá obter nada. A vontade do falecido é perene e legítima perante a Lei. Você nunca poderá alforriá-los.

Cora, mais preocupada com outro aspecto do testamento — a sua própria liberdade e sua vida ao lado de Singeon —, mostrou-se tão descontente quanto a irmã:

— Quer dizer que estamos amarradas a esta fazenda?
— Sim. A menos que a vendam.
— Eu não a venderei. Me recuso! — Amaia levantou-se num pulo.
— É a única coisa que nossos pais nos deixaram. Crescemos aqui! Nossa vida é aqui! E o que aconteceria aos escravos? Estão também amarrados a

nós. E quanto a Bá? Não! Não farei isso. Ficaremos aqui.

— Uma terra endividada? Teremos que pagar por ela, Amaia, se continuarmos aqui — avisou Cora, quase caindo num tom de súplica, o que era inédito para ambas.

— Eu não perderei a fazenda. Juro que não perderei — repetia Amaia, sem dar atenção ao que havia sido dito.

No mais, assentiu ao advogado e saiu do gabinete em trote de cavalaria. Ia tão rápido que não pôde enxergar o olhar cortante que Severo havia lhe mandado assim que passou por ele.

Envergonhada pela falta de educação de Amaia, Cora não soube o que dizer ao advogado que limpava o monóculo, resmungando consigo mesmo por que as mulheres tinham que herdar no Brasil. Seria melhor, para todos, que fossem proibidas, deixando a cargo dos homens os negócios.

Por fim, Cora nada disse, guardando para si o quão incontrolável era a sua irmã — e um dos fortes fatores que a impediam de vir a gostar de Amaia; abominava quem agia sem pensar.

As mãos espalmadas, o joelho sobre o genuflexório, os olhos cerrados, a postura era de devoção, mas a mente de Amaia ia longe das preces, fumegando feito o turíbulo. Entre as frases do Pai Nosso e as súplicas à Santa Bárbara — padroeira daquelas terras —, articulava os limites que iam lhe sendo impostos e como poderia lidar com eles. Apertava os dedos, contraindo-os, desfazendo-se no pensar e, após um Amém, antes de fazer o sinal da cruz, ela verbalizou:

— O que faremos agora, Santa Bárbara? Não consigo pensar em nada *decente* a ser feito que nos ajude a pagar estas dívidas. Nada! Vender os escravos ou a fazenda é inquestionável. Mamãe não tem tantas joias de valor para nos ajudar a pagar o que for. Oh, Santa Bárbara, me ajude a pensar.

— Seu pai sempre admirou a maneira como a sinhazinha era forte e determinada, será isso que vai ajudá-la — falaram do fundo da capela.

Todo o corpo de Amaia se arrepiou e foi imediato que ela erguesse a cabeça, surpresa. A sua santinha falava? Era aquilo um milagre? Antes fosse. Voltou-se para trás ao perceber que era Bá quem se achegava no seu passo mole:

— Sei que pensará em algo.

A jovem lançou um olhar desanimador, que transpassava a velha mucama:

— Ou isso ou a morte, Bá — suspirou. — Ou isso ou a morte.

7

A fazenda Caridade era pequena quando comparada às vastidões da Guaíba e um pouco menor do que a Santa Bárbara — pertencente aos Carvalho. Dividida em áreas de cultivo de café e de outros produtos agrícolas, cada lote era cuidado por um grupo de forros a eles destinados. Enquanto 80% do ganho com a venda da produção ia para os próprios trabalhadores, 20% era repassado para Eduardo Montenegro para que fosse possível gerir toda a estrutura da fazenda e ainda aplicar em melhorias, como numa escola para os filhos dos trabalhadores.

Era justamente na pequena cabana de sapé que Montenegro gostava de ficar nas horas vagas, numa cadeira encostada ao fundo da sala, apenas a observar a aula que se desenrolava e o quanto as crianças iam progredindo nos estudos.

A professora, D. Lídia, era uma senhorita vassourense que havia chegado aos trinta anos solteira — não por falta de pretendentes, ela gostava de pontuar, mas pela necessidade de dedicação à sua profissão, o que a impedia de ter um marido e filhos para cuidar. Advinda de uma família de boa posição e costumes, D. Lídia era respeitada por todos e Montenegro não podia falar o que fosse contra ela. Tinha a firmeza necessária para segurar os mais brigões e a candura para os alentar nos momentos difíceis. Rigidez e doçura na medida ideal, o que não só encantava os alunos, como os pais e o próprio Montenegro.

Foi na aula de geografia que Canto e Melo havia encontrado o amigo. Montenegro estava na sua usual cadeira, segurando o riso quanto à resposta de um menino sobre a diferença entre rio e córrego. Tivera que se controlar diante da expressão de reprovação da professora, que era muito estrita quanto a zombarias em sua sala de aula. Ao entrever a cabeça do amigo na porta, Montenegro pigarreou e pediu licença para se retirar.

Canto e Melo o aguardava fora da casinha. De braços cruzados, encostava-se na parede, a analisar as pedras do chão. Não notou quem era ao seu lado, tomando um susto. E a primeira reação foi sacar um revólver. Num golpe que não viu, Montenegro o desarmou com o cabo do chicote de cavalgada.

— Ah! Cuidado — reclamava Canto e Melo, segurando a mão que havia sido ferida.

Estreitando os olhos, Montenegro questionou a atitude:

— Estamos ao lado de uma escola e você saca uma arma?!

— Achei que poderia ser alguém que me seguia. Estou sentindo olhos na nuca. — Mexia no pulso, dolorido.

Montenegro foi ao alcance da arma que havia caído e a pegou, entregando a Canto e Melo.

— O que foi que descobriu?

— Nada. — O amigo guardou o revólver. — Tentei entrar no gabinete dele, mas estava trancado. Ele só abre quando está lá dentro. Nenhum escravo pode entrar, nem para limpar. Perguntei a Caetana o que o pai faz trancado naquele lugar. Ela me disse que resolve negócios, mas deixou claro não saber de que tipo. Pelo que vi, nesses poucos dias que estou com eles, acho que deve ter a ver com as suas suspeitas... Pude escutar uma conversa entre ele e um capataz falando de uma "remessa" que chegaria dentro de dois meses e que precisariam "abrir espaço" na senzala. No dia seguinte, dois velhos escravos foram achados mortos perto do pasto. Dizem que foram picados por cobras. Não cheguei a tempo de ver os corpos, haviam sido atirados no sumidouro. Hoje pela manhã acharam mais quatro com tiro no peito. Os capatazes alegaram que tentaram fugir durante a noite.

— E quanto à chave da senzala?

— Continua grudada nele. Comentei com Caetana se não havia algum feitor de confiança e ela me afirmou que seu pai não confia em ninguém.

— Eu também não confiaria se estivesse envolvido com tráfico ilegal de pessoas[12]. — Um ar pensativo tomou a expressão e a voz de Montenegro. — Não acredito que ele seja o único envolvido. Deve haver outros que dividem as despesas do sequestro. Precisamos descobrir os nomes dos tumbeiros, a rota, aonde aportam e para onde são mandados os africanos.

— Alguém deve fazer os falsos registros para parecer que nasceram aqui.

— Eles não seriam estúpidos de registrarem todos ao mesmo tempo. Levantaria suspeitas. Devem dividir em lotes menores e distribuir pelo país e cada comprador deve cuidar da própria falsificação. O que me intriga é, quem está envolvido?!

— Há alguns nomes de que suspeito, por enquanto, pelo excesso de visitas que fazem e pelas reuniões a portas fechadas.

Montenegro colocou o chapéu e, desfazendo o nó da rédea do cavalo que estava presa num poste de madeira, ordenou que o colega investigasse mais:

— Faça-me uma lista de quem são. Eu mesmo vou sondá-los e ver o que descubro.

— Um deles não poderá mais.

Ia subir no cavalo, mas parou o movimento, tornando-se para Canto e Melo:

— Como assim?

— O Carvalho, lembra?! Ele morreu. Era um dos que mais visitava a fazenda nos últimos meses. Chegou a ficar um dia inteiro trancado com o Feitosa e, quando saiu de lá, tinha a cara chupada de preocupação. Até achei que estavam brigados, pois depois disso ele sumiu e só reapareceu no almoço de noivado.

— E morreu ao sair do almoço... — Os olhos prateados de Montenegro dançavam no ritmo de seus pensamentos, analisando o que havia escutado na festa e sobre Gracílio de Carvalho ser quem repassava as informações ao Clube dos Devassos, inclusive quanto ao próprio tráfico ilegal gerenciado por Feitosa.

— Dizem que foi um acidente, que o cavalo se espantou com alguma coisa. Eu não acredito.

— Eu o vi discutindo com alguém na festa, mas não consegui identificar quem era. — Montenegro segurou na cela e subiu num pulo. — Diga-me, o que você sabe da família Carvalho? — Ajeitou o chapéu sobre a cabeça e colocou os óculos escuros.

— Pouca coisa, e a maioria é pelo que Caetana me conta. Eles não possuem uma reputação muito boa por parte de pai. Parece que o avô do falecido era um capitão do mato[13] que tomou as terras para si e matou todos que foram contra isso. Já a D. Otávia, dizem que era uma santa. Muito boa e temente a Deus, ajudava no parto das escravas da região e vinha de uma família muito influente, os Teixeira Leite. Quando se fala neles, mais propriamente, todos são só elogios para a calma de D. Otávia e o bom humor do Sr. Gracílio, ou pela beleza da filha mais velha.

O coração de Montenegro acelerou e achou que nem conseguiria pronunciar o seu nome corretamente:

— Amaia?!

— Essa mesma! Bem, também falam outras coisas, que Caetana me segredou... Mas não são importantes para o caso.

Controlando o cavalo que queria partir, Montenegro tentou segurar a ansiedade para saber mais da beldade, que todas as noites visitava-lhe os sonhos.

— Tudo é importante. O que é que ela disse?

— Bem, que Amaia também tem uma história sombria. Não entendi

direito. Parece que houve uma confusão envolvendo um escravo e isso gerou muitos problemas para os pais. Não sei exatamente, mas Caetana jura que sua amiga tem uma boa índole e que defendeu o escravo para todos. Não quis me dar detalhes e também não me senti confortável em perguntar mais sobre.
— O que Caetana acha?
— Caetana é amiga de Amaia e vai defendê-la até a morte. Apesar de Amaia exagerar, segundo ela, e gostar de que os homens disputem a sua atenção. Também falou que ela e a irmã Cora não se dão bem por causa de um rapaz por quem Cora é apaixonada.
— Por quê? Amaia o ama também?
— Não sei dizer. Não perguntei a Caetana, mas suspeito que sim. Uma vez, ela desabafou que estava muito brava porque Amaia passara a tarde lendo as cartas do tal e esquecera de ir visitá-la.

A voz do belo senhor de negro se estreitou na sela:
— Deve ser ele o noivo dela, então?!
— Amaia não é compromissada.
— Pode ser que seja em segredo, por causa da irmã. Ela não usava o buquê no almoço e, quando tentei beijá-la, ela sabia o que fazer.

Canto e Melo parou um segundo:
— V-você a beijou?
— Tentei.
— Por quê?
— Para tentar desviar a atenção dela e pegar a chave. Mas me enganei e tomei a chave errada.
— Não me diga que vai ter que beijá-la para pegar a chave certa?!
— Se tiver que beijar alguém, será o Sr. Feitosa, pelo que você me disse. — Puxou as rédeas.
— De Feitosa você não consegue nada, nem que o leve para a cama.
— Veremos... Se tiver que levar alguém para a cama, pode ter certeza que não será o Sr. Feitosa. — Abriu um sorriso irônico.

O cavalo negro de Montenegro relinchou e ele deu o comando do galope, desaparecendo das vistas de Canto e Melo. Atrás de si, o amigo ainda pôde escutar a professora brigando com o engraçadinho que fazia piadas de córregos e rios, adentrando mares e oceanos.

❦

A estrada que ligava a Guaíba à Santa Bárbara era a mesma pela qual Eduardo Montenegro precisava passar todos os dias para ir à própria fazenda. Aproveitando o caminho e as estiagens das últimas semanas, observava os arredores e tentava entender o que poderia ter acontecido para o coche dos Carvalho ter tombado. Já fazia algum tempo desde o acidente, e era provável que não encontrasse uma resposta, contudo, poderia desvendar algumas dúvidas. Achou o ponto em que o coche havia perdido o controle e tombado para fora da estrada. Havia ainda as marcas das rodas na terra, levando a uma curva que não seria feita e terminando no pequeno precipício.

Saltou do cavalo e prendeu a rédea num tronco. Com cuidado, inclinou-se para analisar o grau do declive. Por causa das diversas copas de árvores, era difícil ver o seu fundo. A parte central do coche ainda estava no meio do matagal, apoiado em alguns troncos fortes. Haviam dito para Montenegro que tiveram que içar os corpos do casal e nunca encontraram todas as partes do corpo do cocheiro. Não havia dado muita atenção a essa explicação durante o funeral, pois estava mais preocupado com a dor de Amaia do que com as descrições da morte. Em momento algum a perdera de vista, servindo-lhe água e tendo uma mão em seu ombro por todo o velório — o que somente ela pareceu não notar.

Um pequeno caminho havia sido escavado na ribanceira, possivelmente para chegarem aos corpos. Tirando o chapéu e a casaca negra, Montenegro resolveu descer e estudar o coche mais de perto — se é que conseguiria, uma vez que estava quase que completamente despedaçado. Com cuidado e perícia, foi apoiando os pés onde achava sólido e segurando raízes e pedras ao alcance. Um passo em falso e seria o seu corpo o próximo içado.

As carcaças dos cavalos ainda estavam lá e, num plano mais afastado, uma das rodas jazia inteira no mato.

Uma pedra mal colocada e a bota escorregou. O Barão Negro alcançou a raiz de uma árvore que saía da terra por causa do terreno inclinado. Tinha o espaço debaixo dos pés e todo o corpo segurado naquela raiz. Concentrou as forças em conseguir um apoio para as pernas. Havia aprendido a ter paciência nas aulas de esgrima e a ter força nos braços com a natação. Com o corpo bem escorado, respirou fundo e continuou a sua descida, ainda mais cauteloso. O fim do percurso era mais fácil do que o inicial, permitindo que fosse mais rápido.

Alguns abutres se refestelavam com o final dos cavalos. Como precisava se aproximar, teve de dar um tiro para o alto para afugentá-los.

Reparou que o corpo principal do coche havia se aberto como uma fruta podre caída do pé. O teto havia voado sabe-se lá para onde. Cobrindo o nariz com o braço, tentou se aproximar da parte principal. Conseguiu ver que dentro havia muitas marcas de sangue. Dali não tiraria nada. Talvez tivesse sido uma péssima ideia descer. Parou um segundo. Havia algo errado. Os cavalos estavam caídos no meio do caminho, junto à parte da frente que ligava os arreios ao coche. Apesar de as rodas estarem quebradas, quase todas estavam presas no corpo do coche. A roda detrás estava a metros de distância, no caminho da descida e inteira. Ela só poderia ficar daquela maneira se tivesse se soltado antes da queda.

Montenegro resolveu voltar. O sol começava a cair no horizonte e na escuridão não conseguiria achar nem os próprios pés. Precisaria analisar com mais calma a situação, antes de levantar conclusões. Talvez fosse melhor conversar com as filhas do falecido. Quem sabe elas poderiam lhe passar alguma informação importante? Ademais, seria um ótimo pretexto para rever uma certa beldade.

Isaac Newton poderia ter tido ideias brilhantes debaixo de uma macieira, mas Amaia de Carvalho teria ideias melhores que sobre a Lei da Gravidade. À sombra fresca do carvalho, sob o gorjeio dos pássaros e algum mugido de vaca não muito distante, tentou soltar uma risada de um livrinho de poesias que lia: "É a lua do meu céu estrelado, o brilho que afasta a escuridão da vida". Não conseguia, por mais que se forçasse. Outrora aquelas poesias de amor eram divertidas e, de alguma maneira, alentadoras, porém, no dado momento, não eram nada senão de pouca importância e não ajudavam a esquecer o que havia acontecido com seus pais. Nada a ajudava: nem a casa, nem as companhias e, muito menos, a noite. As madrugadas eram passadas em claro, revirando-se na cama, achando que os pais viriam lhe assombrar. Outras horas, era no silêncio da consternação ao se recordar que se ela não tivesse fugido dos pais após o almoço, certamente ela e Cora teriam sido enterradas juntas. Estremeceu.

Recostou-se no centenário carvalho e ainda ficou lá um sem-tempo, aproveitando o som das folhas ao sopro da brisa vespertina. Observava o tom avermelhado que coloria o céu anil e afastava as nuvens rosa-alaranjadas. Mais um dia terminava na calmaria que, ao invés de amansar o seu coração, deixava-o mais alvoroçado. Era mais um dia que findava e outro que se iniciaria, marcando que precisava fazer alguma coisa, pois nada se resolveria sozinho. Apenas a dor ia sendo atenuada com o tempo — exatamente como Bá havia lhe avisado, até que restariam somente as saudades no final.

Ao longe escutou um relincho. Deveria ser o seu pai, voltando da plantação no seu belo alazão. O lapso a fez paralisar num choro que não saiu. Deveria ser Severo, então. Não gostava do feitor, apesar de ele ser considerado "de confiança" por seu pai. E era certo de que ele não gostava dela, pela maneira com que a olhava. Podia ser "o melhor feitor da região", mas Amaia o considerava da pior extirpe, maltratando os escravos. Estava só aguardando o momento certo para poder conversar com Severo. Primeiro, precisava coragem. Não era um homem com quem ela pudesse usar do seu charme e, muito menos, da sua lábia. Era preciso ser forte e dura com ele.

O trotar do cavaleiro se aproximava. Não estava muito longe do carvalho, porém era distância suficiente para não conseguir enxergar mais do que uma mancha sobre um cavalo negro. A sombra de chapéu ficou por alguns minutos parada. Poderia não ver o seu rosto, porém, sentia estar sendo analisada.

Não era Severo. Suas roupas eram bem simples, quase trapos se comparadas às do misterioso cavaleiro. Num pulo, Amaia ergueu-se do chão e estava decidida a ir perguntar se o cavaleiro sabia que aquelas terras eram privadas, e que não poderia estar cavalgando nelas ao seu bel-prazer.

Antes que desse um conjunto de passos, o cavaleiro puxou as rédeas e tomou o rumo contrário, tragado pelo horizonte pintado de carmesim.

Quem era?

Desejava que fosse uma pessoa em especial. Ao deparar-se com aquela vontade inconfessa, balançou a cabeça. Montenegro haveria de sumir como todos os outros rapazes que haviam desaparecido. Tinha uma teoria para isso: as dívidas. A esta altura — passadas semanas do falecimento dos pais — certamente já era história velha para todos. A maioria das pessoas a quem devia era de fazendeiros da região, gente de nome e posição. Ninguém quereria se casar com uma moça endividada. Era preciso, o quanto antes, quitar cada uma. Agora que o luto passava e o buraco no coração ia cicatrizando, começaria a analisar com calma as suas possibilidades e tentaria chegar a uma conclusão de como pagar tudo e salvar a fazenda.

Um assobio plantado no vento foi se transformando no som de um canto, compassado por rodas e o trotar de dois ou três cavalos. Do topo do pequeno monte em que estava, Amaia avistou duas fileiras de dez ou vinte escravos que voltavam dos cafezais ao cair do dia. Seguiam uma carroça repleta de cestos de café e algumas mulheres e crianças estavam sentadas por entre os grãos. Margeando-os, vinha o feitor e mais dois capatazes com chicotes na mão, gritando. Giravam o chicote, mas em momento algum atingiam os escravos, levantando somente poeira do caminho.

Num susto, Amaia escutou o sino que tocavam chamando para as Ave-marias. Sua mãe iria lhe cortar as madeixas caso se atrasasse para a prece. Erguendo as saias acima dos tornozelos, saiu correndo. Podia chegar descabelada e ralada, só não podia não chegar. Até que parou ao avistar a casa. O sino não tocava. Não havia escravos indo para a missa. Era apenas o silêncio e uma brisa fria que a cortava.

Amaia deu um passo atrás. O pé encontrou o tecido do vestido negro e foi ao chão. A dor explodiu, fazendo força para que chorasse. Apoiou a testa na terra. As mãos agarraram a grama. Arquejou. *Não vou chorar. Não posso. Preciso ser forte.*

Um tremor de terra a fez erguer a cabeça. Pela cadência que sentia debaixo dos dedos, podia concluir que era alguém cavalgando. Não teve tempo de se levantar e tirar a terra do rosto e das roupas. O cavaleiro já havia saltado do cavalo e corrido até ela.

— Está tudo bem? Posso ajudá-la a voltar para casa?

Montenegro se agachou, tocando em seu braço. O toque fora como um choque que a galvanizara. Amaia soltou-se do agarre gentil dele. Com os olhos brilhantes pelas lágrimas, trincou a voz carregada de melancolia:

— Não preciso. Obrigada.

Se antes achava o detestar, agora era inconteste. Ele a havia visto fragilizada e nada poderia ser pior.

O que para Amaia significava vergonha, para Montenegro atraía tanto quanto um ato sedutor. Havia se despido de toda a ironia e, recheando-se de pena, queria tomá-la em seus braços e confortá-la, dizer em seu ouvido que tudo ficaria bem, revelar que estaria sempre pronto a ajudá-la. Mas ele se afastou. Seria dar esperanças a algo que nunca poderia acontecer. Era o Barão Negro, aquele que nunca se casaria, nem com ela, nem com ninguém. Não por questões emocionais, nem por traumas de infância. Não se casaria por questões filosóficas e práticas. Achava que seria um péssimo marido. Sua vida girava em torno da assistência aos escravos fugidos, o que era perigoso, e a dar apoio aos forros, o que era malvisto. Ademais, não era um homem que acreditava no Amor como algo Eterno. Era apenas o sinônimo de Paixão, tão forte que só poderia levar a um lugar: a cama. E que, um dia, acabaria se extinguindo feito chama que arde sem se ver.

Montenegro tentou construir um sorriso que não se firmava. Seus olhos estavam fixos na sua testa suja de terra. Retirou do bolso um lenço e o entregou a ela. Amaia demorou a entender sua atitude. Ele fez um gesto de leve, na altura do rosto. Ela agradeceu e se limpou. Retornou a ele o lenço, contudo, Montenegro gesticulou que não:

— Pode ficar. Assim poderá se lembrar de mim. — Finalmente, conseguiu forjar um sorriso.

— Se é assim que pretende me conquistar, garanto que não conseguirá — disse ela, entendendo a sua simpatia como uma tentativa de sedução.

Montenegro, que era bem vivido, rapidamente captou a reação dela. Compreendeu que as suas atitudes na sala de costura não haviam sido das melhores. Era realmente um canalha. E mais canalha seria se não tivesse retornado para falar com ela, depois de avistá-la chorando debaixo do carvalho. Sentindo-se mais confortável com a pose de canalha do que com a de uma pessoa preocupada com o próximo, colocou uma mão nas costas e fez pose de *blasé*:

— Não. Eu tenho outras maneiras de conquistar uma moça e nenhuma delas passa por um lenço, mas não se preocupe, não pretendo conquistá-la.

De repente, Amaia se esqueceu das dores, dos sofrimentos, dos últimos meses de pranto silencioso. Eram apenas os dois, num embate acalorado, em que o mais esperto sairia vitorioso sobre o coração menos acautelado. Enfurecida, atirou um olhar indignado para ele:

— E por que não?

Tentando controlar o riso, Montenegro olhou para os próprios pés. Amaia era extremamente previsível. Uma mocinha que admitia ser cortejada por todos, o que lhe dava o suporte para a sua vaidade e mantinha sua crença em si própria. Seria preciso dar-lhe uma expectativa de vida, mostrar que ela não era o eixo do mundo.

— A senhorita não faz o meu tipo.

Disse-lhe de uma maneira tão direta e cortante, que achou que ela havia perdido o ar. Arrependeu-se da grosseria. Teria tentado encaixar uma explicação, falar que preferia as moças desimpedidas às "de família", quando ela corou. Crescia dentro do vestido fechado no luto. Achou que ela iria explodir, ou dar na sua cara. O que era bem melhor do que continuar sentindo aquela dor excruciante — ele bem o sabia. Era preferível fazê-la ter raiva de si do que continuar a vê-la sofrer, mesmo que isso durasse apenas alguns minutos. Seria tempo suficiente para esquecer e aliviar o coração.

Amaia soltou numa só frase, direcionada a ele, toda dor, toda raiva, toda a culpa, toda a frustração em não poder ter impedido a morte dos pais:

— É mesmo um canalha! CANALHA!

A boca trincada, os olhos saltando das órbitas, o rosto vermelho, as mãos fechadas em punho, o corpo erguido num ataque. Ele estava conseguindo liberar toda a tensão dela. Faltava muito pouco e ela se sentiria bem melhor.

— Só porque sou sincero — ele continuou — e digo que nem todos os homens do mundo são apaixonados por você?!

Ele a magoara e, de imediato, se arrependia pela segunda vez — o que era também incomum para um homem que nunca se arrependia de nada.

Ela passou do vermelho ao branco em segundos. O corpo relaxara e ela ia diminuindo em si até encolher-se completamente numa expressão de assombro. Contudo, não era do tipo de mulher que deixaria barato:

— Duvido que o senhor tenha coração e que possa se apaixonar por mim ou por quem quer que seja.

Mordendo um sorriso irônico, Montenegro escondeu o contragolpe dela. Realmente não era um homem de paixões e nem pretendia ser. Procurou esclarecer isso com alguma coerência e acabar com aquela discussão boba. Havia causado o efeito desejado e poderiam tentar fazer as pazes — se não fosse tarde demais:

— Uma relação, para mim, não se trata de paixão, nem de sentimentos.

Procuro interesses em comum, objetivos que se cruzam, e, claro, diversão.

— Hah, se o senhor espera que toda esposa possa ser divertida, o senhor vai passar a vida procurando uma mulher para se casar. Duvido que conheça mulheres que realmente sejam interessantes e que consigam trocar meia dúzia de palavras.

— Tolinha, não quero trocar palavras com uma mulher. — Seu sorriso sedutor era de virar a cabeça. — E saiba, eu nunca me casarei.

Amaia ainda estava confusa com a primeira afirmação quando perguntou, intrigada:

— Nunca se casará? E como pretende...?

Todo o seu corpo se eriçou quando Montenegro se inclinou sobre ela. Seus olhos tempestuosos a paralisaram e ela tinha certeza que a beijaria, se não fosse continuar falando:

— Acha que a relação entre um homem e uma mulher depende somente do casamento? Há outras maneiras de se divertirem, sem precisarem estar casados.

— Como...? — Amaia corou ao notar que o sorriso dele crescia diante da sua inocência. — Ah! Não acho a nossa conversa apropriada. Sou uma dama e...

— E eu sou um canalha, esteja avisada — completou, recolocando o chapéu. — Bem, vim ver se estava tudo bem consigo. Com certeza, está melhor do que eu.

— Bem melhor, ainda mais agora que se vai.

Montando o seu cavalo, Montenegro ignorou o que ela disse. Estava satisfeito com o que havia conseguido: direcioná-la e aos seus pensamentos a outro lugar que não à perda — como o Barão de Mauá havia feito com ele, quando jovem. Tocou na aba do chapéu em cumprimento e se foi, a galope, a perder-se de vista.

Respirando fundo, Amaia sentiu-se mais leve e estranhamente mais tranquila. O peso havia desaparecido. Teve, então, capacidade para analisar o que poderia ser pior: a conversa irritante de Montenegro ou os ataques de raiva de Cora, por não receber uma carta de Singeon há mais de um mês — achava que ele a havia trocado por outra. Teria de voltar para casa e enfrentar a irmã. Esperava, ao menos, que Singeon tivesse mandado um telegrama nas últimas horas. Ou ela mesma iria enviar uma carta implorando que ele respondesse para sua irmã e acabasse logo com aquele suplício que se estendia a todos.

Ao se aproximar do casarão, Amaia avistou um cavalo parado na frente. Não era o lindo e bem tratado puro-sangue de Montenegro — e ignorou a vontade que fosse ele, para terminarem a discussão, claro. Também não o reconhecia de nenhum dos rapazes da vizinhança. *Quem vinha?* Já haviam acabado as visitas de condolências.

Bá andava de um lado ao outro da extensa varanda, esfregando as mãos no avental. Ao ver que Amaia retornava da sua caminhada, apressou-se ao seu encontro. Todo seu corpo estava tensionado pelo nervoso e os olhos pulavam num grito:

— Tem um senhor aí. Diz que é mascate. Que seu pai tinha uma dívida de compras com ele e que veio cobrar.

— Papai mal esfriou e já vêm cobrar uma dívida?

— É o que começarão a fazer a partir de agora. Ninguém quer ficar sem receber.

Amaia respirou fundo.

— Está bem. Mande-o para o gabinete de papai. Irei recebê-lo lá. E aproveite e veja de quanto é a dívida, pode ser que eu tenha esse montante guardado do que sobrou do funeral e do enterro.

A velha mucama sabia que não adiantava discutir com Amaia, mais teimosa do que uma parede. Só mesmo um terremoto ou uma marreta muito pesada poderiam derrubá-la e às suas ideias. Balançou a cabeça na positiva e entrou.

Amaia reparou que tinha amassado nas mãos o lenço que Montenegro havia lhe dado. Arrependeu-se. Bem que ele poderia ter lhe dado um dinheiro em vez de um lenço.

8

O Sol nem estava de pé e Amaia já calçava as botas. Sobre calçolas grossas colocou o vestido verde-escuro de montaria que seu pai havia lhe mandado trazer da Inglaterra. Com a ajuda de uma mucama, prendeu as longas tranças num coque e apoiou um chapeuzinho negro, preso por uma agulha de chapéu. Desceu um véu no rosto para protegê-la dos raios solares e ajeitou as luvas mosqueteiras. Tomou o chicote de montaria e, diante do espelho, de pé em seu quarto, observou se estava tudo a contento, se parecia com uma sinhá-dona[14] respeitável. Com as mãos na cintura, sentiu a falta do espartilho. Era como estar nua, contudo, não conseguia se imaginar cavalgando por mais de cinco horas usando um — se sua mãe soubesse, ficaria escandalizada. A lembrança da mãe cortou o reflexo no espelho e, se não fosse pelo véu sobre o rosto, Amaia teria se visto soltar uma lágrima de saudades.

Tinha de ser forte. Apertou o chicote e puxou a cauda do vestido de montaria. Estava na hora de comandar aquela fazenda.

Severo a aguardava no vestíbulo de entrada mastigando tabaco. O feitor tinha os longos cabelos sebosos penteados para o lado e havia colocado uma gravata carcomida sobre a camisa surrada. Havia ajeitado o paletó, remendado por manchas de comida, e segurava o chapéu de aba torta na frente do corpo, em pose de sinhozinho. Severo não era bonito e nem nunca seria visto dessa maneira. A barba malfeita escondia o rosto duro, queimado de sol, e enfatizava os olhos negros e os dentes malcuidados. Havia um cheiro ocre impregnado nele que Amaia não sabia identificar se das roupas ou dele próprio. Afora o cantil que trazia na cintura, repleto de aguardente, carregava duas garruchas das quais nunca se separava. Ao vê-la desembocando do corredor, o feitor cuspiu o tabaco no chão e fez uma pequena reverência:

— Bom dia, sinhá.

Amaia não conseguia gostar de Severo. Não se tratava da sua aparência perturbadora. Era o seu olhar calado de quem não dizia o que realmente pensava, o que, certamente, boa coisa não seria. Também o discriminava por sua origem: seu pai era o antigo feitor que havia estuprado a mãe dele, uma das escravas prediletas de sua avó e, ao que tudo indicava — e pelo que ouvia das mucamas —, o filho trilhava os passos do pai. Não era assunto para uma dama ter conhecimento, porém as paredes e portas do velho casarão — construído no século passado — eram finas e malfeitas; os Carvalho haviam economizado na sua construção. Essa era outra coisa que ela passaria a investigar: não admitiria este tipo de violência em suas terras, muito menos na vida das pessoas ao seu redor. Amaia passou reto por ele e deu ordens quando o sentiu a seguindo:

— Quero que me mostre tudo o que está acontecendo na fazenda. Todos os lugares. Sem exceção! Também pretendo visitar a senzala e ver em que condições estão os escravos.

— A sinhazinha na senzala? Não. O senhor seu pai não gostaria.

Ela voltou-se para ele, batendo a ponta do chicote na saia do vestido:

— Não é meu pai quem manda mais aqui. Sou eu! E você deverá me obedecer, Severo, a menos que você queira ser despedido. Não sou meu pai e muitas coisas aqui irão mudar a partir de agora. Acabaram os castigos corporais e teremos uma limitação de idade e horas de trabalho. Também mudarei a alimentação deles.

Severo não a contradisse, mas sua expressão se fincou na perturbação de quem não admitiria aquilo. Tentou ganhar paciência. Cuspiu no chão o resto de tabaco que havia ficado preso entre os dentes, para poder falar:

— A sinhazinha vai estragar eles. Escravo tem que ser tratado como bicho, senão eles não trabalham direito. E se eles não trabalham direito, a sinhazinha perde dinheiro.

Evitando ficar horrorizada com a massa gosmenta marrom, Amaia manteve a pose de senhorita de boa estirpe. O seu tom de voz, no entanto, era de comando:

— Não mais, Severo. As coisas vão mudar, como já disse. E se você não está satisfeito, aceitarei a sua demissão com prazer.

— A sinhazinha não gosta de mim.

Mirando-o nos olhos, Amaia lhe respondeu com uma coragem que nem ela achou que teria:

— Não, não gosto.

Aquilo foi um acinte que percorreu todo o corpo do feitor e terminou numa expressão retesada de quem chupava limão. Colocou o chapéu sobre a cabeça e a encarou:

— Então, por que não me demite?

Se Amaia dissesse a verdade, era porque não teria como arcar com uma nova contratação — o que seria humilhante. Precisou erguer o queixo na mentira:

— Por consideração por tudo o que fez pelo meu pai. Ele confiava em você e eu terei de aprender a confiar. Mas saiba, Severo, eu não vou admitir que você maltrate quem quer que seja, entendido? Nem que chegue perto das escravas.

Sem aguardar que ele a respondesse, Amaia puxou a saia do vestido de montaria e foi para seu cavalo. Um belo animal branco, de crina feito nuvem, que a acompanhava desde os últimos quatro aniversários. Com a ajuda de um escravo, montou-o, ajeitando-se sobre a sela comum. Era uma das poucas moças da região que podiam cavalgar tanto na sela comum — utilizada pelos homens — quanto na sela inglesa feminina — que era de lado. Dependendo do que fosse fazer e da agilidade que lhe fosse demandada, optava por uma ou pela outra. Como passaria o dia subindo e descendo do cavalo, achou que a comum seria menos problemática do que a inglesa, cuja ajuda extra era necessária para prender seus pés — e não queria ter de pedir isso a Severo.

Com o vestido verde caindo pelas ancas do cavalo branco, os detalhes do chapeuzinho negro e das luvas mosqueteiras, Amaia transformara-se numa pintura contra o céu azul que ia clareando ao sol matinal. Uma inspiração para qualquer artista. Até mesmo Severo, cujos dotes artísticos eram inexistentes, ficou fascinado, contudo, não se ateve muito nisso, pois toda beleza esconde a sua feiura em algum lugar. Tomou ele o seu próprio cavalo xucro e acompanhou a sinhazinha alguns galopes atrás.

A Santa Bárbara era uma fazenda grande, comparada a muitas, mas pequena quando se pensava nos termos da Guaíba. Ainda assim, tivera o seu tempo áureo de produção de café e cana-de-açúcar. Os resquícios do engenho haviam desaparecido, nem mais a roda da moenda havia, tendo sido tudo transformado e adaptado para a plantação de café. Muito dinheiro havia sido gasto nas adaptações — falavam de contos de réis! Amaia não sabia disso e nem que antes eles haviam sido um engenho. Restava-lhe apenas a preocupação com o trato dos escravizados, ao que se mantinha mais atenta do que na quantidade de reses, nos pastos, na qualidade dos grãos, nas pequenas plantações de subsistência.

Quando atingiram o cafezal, todo o seu corpo trincou. O sol já era quase de meio-dia e os escravizados se carregavam pelo calor. Apreensiva, calculava quão magros estavam. Saltando do cavalo, foi até uma escravizada que, de cócoras ao lado de uma panela grande de ferro, cozinhava o desjejum-almoço. Era angu e alguns fiapos de carne seca e toucinho. Quis saber quem havia preparado aquela dieta — que, veio a descobrir, se repetia todos os dias, em ambas as refeições diárias. Mandou que ignorassem as antigas ordens de seu pai. Era ela quem estava no comando. Ordenou que variassem e lhes fosse dado mais carne e alguns legumes. Depois, questionou por que os capatazes andavam com chicotes e armados. Severo tentou explicar que era para se protegerem e inibirem fugas, mas Amaia via apenas uma maneira de se impor e de causar alguma morte usando uma tentativa de fuga como desculpa. Proibiu tanto o revólver quanto o chicote. O feitor relutou, alegava que seria dar abertura para uma fuga. Amaia lhe deu as costas e subiu no cavalo.

Seguiriam para a senzala e para o terreiro, que ficavam próximos. *A senzala era um caso à parte*, pensava Amaia consigo mesma. Era pequena, escura, abafada e haviam juntado os escravizados doentes com os saudáveis. De imediato, mandou que fossem separados.

— Não temos como criar uma enfermaria — avisou Severo, cansado de ser mandado por uma mulher.

— Vi um quarto de víveres que não é usado. — Ignorou o repuxo em seu estômago. — Limpe-o e leve os doentes para lá. Coloque-os em redes para que não fiquem no chão frio e não sejam picados por insetos. Também quero redes nas outras senzalas e que separem mulheres de homens. E arrume dois ou três homens fortes e abram algumas janelas para que possam respirar um pouco e sair daquele abafamento insuportável.

E dava as costas toda vez que Severo tentava contrariar alguma ordem.

Ao chegar na casa-grande, ao fim do dia, Amaia mal conseguia se manter nas pernas. Havia esquecido de almoçar e nem previa o jantar. De imediato, enfiou-se no gabinete do pai e começou a analisar números e livros de registros. Já havia sido cobrada por mais de cinco pessoas e precisava ter certeza se teria como pagar a todos e ainda comprar alguns itens para a fazenda. Havia cortado o que considerava supérfluo; ainda assim, precisava tirar mais alguma coisa. Para piorar, Cora não abria mão da sua pequena mesada, com a qual comprava papel e tinta para as cartas de Singeon. Incapaz de precisar o tempo, com os olhos doendo e o corpo pesado, Amaia não escutou quando a velha Bá bateu à porta. Trazia-lhe um candeeiro para não forçar a vista com a noite que ia se fazendo.

— Vai jantar aqui ou na mesa?

A voz de Bá fez com que erguesse os olhos verdes dos papéis. Nem o chapéu a jovem havia retirado. Ao notá-lo, através da expressão preocupada de Bá, recostou-se na cadeira e desprendeu os alfinetes que o seguravam nos cabelos escuros. Sua coluna estalava como se há muitos anos desconhecesse a posição ereta.

— Aqui. E Cora? Saiu do quarto?

A mucama abaixou o rosto e balançou a cabeça:

— Continua trancada e sem querer comer.

— Ah, Bá, como estou cansada! — Pressionou os olhos. — Não consigo mais raciocinar. É desesperadora a quantidade de dívidas que meu pai levantou. Se todos vierem nos cobrar, teremos que vender a fazenda e, mesmo assim, temo que ainda estaremos devendo alguma coisa. Como era boa a vida sem preocupações e responsabilidades, tendo só que me preocupar com a minha postura e ter as vestes bem-compostas nos bailes e saraus.

— E se a sinhá vender alguns escravos?

Parecia que Bá havia dado um tapa nela pela expressão de surpresa de Amaia.

— Não! Me recuso a vender! Seria como compactuar com um sistema que eu abomino. Pensei em deixá-los fugir, mas se isso acontecer, será pior ainda. As dívidas só dobrarão e perderemos tudo num piscar de olhos. — Soltou o ar de frustração. — Eu realmente não sei o que fazer. Pensei em lotear algumas terras, mas o entorno da fazenda possui apenas cafezais de mais de vinte anos, cuja terra está quase infértil. Não adianta vender a produção antes, pois o comissário Mattos pagará menos. Isso, se ele vier aqui. Mandou uma carta se dizendo muito ocupado até o Natal. Sei que me detesta. Terei de vender alguns móveis e joias. Se as coisas continuarem dessa maneira... Não gosto nem de pensar! Não sei como papai deixou que chegássemos a este ponto. Como ele conseguiu? Se eu soubesse...

— Sua irmã não poderá contribuir com alguma coisa?

— Cora? — Quis rir, mas nem isso conseguia mais. — Ela só pensa em Singeon e quando ele lhe responderá.

— Não há nenhum amigo de confiança com quem possa pegar emprestado?

— Mais empréstimos? Devemos à metade da vizinhança! E duvido que fariam novos empréstimos. Somente de uma pessoa meu pai não chegou a pedir dinheiro, mas eu me recuso a pedir ajuda dele.

— Quem?

— O Sr. Montenegro. Ah, mas seria humilhante pedir um empréstimo a ele. E sabe-se lá como ele poderia me cobrar...

— O que a sinhazinha quer dizer? — Bá cruzou o cenho, demonstrando-se superprotetora. — Ele foi inconveniente? Fez ou falou algo que não devia? Pois mando o Chico e o Venâncio darem uma lição nele. Pode não ter pai para protegê-la, mas tem a mim!

— Não, Bá, obrigada. Antes ele tivesse sido inconveniente! — desabafou enquanto se espreguiçava. — Se tivéssemos intimidade, poderia lhe pedir dinheiro sem prazo.

— Sinhazinha Amaia, não gosto quando fala assim! — A velha mucama cruzou o xale em volta do corpo. — E tenho certeza que ouvi seus pais exclamando do túmulo.

— O que posso fazer, Bá? — Ela se levantou, com as mãos nas cadeiras, tentando se esticar o máximo que podia. — Se não levantarmos dinheiro até o mês que vem, é bem possível que eu tenha que trabalhar na casa de tolerância para podermos comer.

— Pai do Céu! — Fez o sinal da cruz. — Olha como fala, menina!

Bateram à porta. Amaia aguardou surgir a cabecinha de uma outra escrava, menina nova, talvez de quinze anos, no máximo.

— O que foi, Flora? Não me diga que é mais um cobrador?

— Não. É a sinhá Caetana.

Amaia manteve a careta de desânimo:

— Espero que ela não tenha vindo jantar.

Adorava a amiga e era com paixão que ia recebê-la, apesar do cansaço. Contudo, a comida começava a ser reduzida na fazenda e não queria que descobrissem isso. Todo o dinheiro que tinham era para as despesas mais importantes para manter os cafezais funcionando. Usando isso como desculpa, Cora dizia não querer mais sair do quarto. Gritava para todos que não havia nascido para a pobreza. O que, muitas vezes, obrigava Amaia a ceder os melhores pedaços para ela "não se sentir tão infeliz", o que significava parar de perturbar todo mundo.

Ao passar na frente de um espelho, Amaia notou que não só estava com as roupas de montaria como seu rosto estava pálido, chupado e havia bolsas arroxeadas debaixo dos olhos mortiços. Parecia um cadáver ambulante, igual aos das histórias que as escravizadas lhe contavam quando criança. Tentou puxar as bochechas e mordeu forte os lábios para ver se ganhavam alguma cor. Ajeitou a postura e abriu um sorriso que soara tão falso que ela preferiu não manter.

Ao pisar na sala, foi direto ao encontro das mãos que lhe eram estendidas:

— Caetana! Que bom ver um rosto amigo! Já estava enlouquecendo trancada nesta casa por causa do luto.

— Querida! Eu soube das suas dificuldades!

Amaia paralisou. Sim, ela e Caetana tinham uma amizade tão verdadeira, que sinceridade não era algo que faltava entre elas.

— Você soube? Esplendoroso! — ironizou.

Ambas se sentaram no sofá, frente a frente.

— Todos estão comentando a situação. — Amaia estremeceu diante do comentário de Caetana, tentava não parecer desesperada. — Mudar um sistema escravocrata de uma hora para outra deve ser um pesadelo.

— Ah, sim. — Alívio, Amaia achou que falava das dívidas. Reganhou a confiança para explicar. — Mas é o mais humano que posso fazer.

— Papai está descontente. Acha que a morte de seu pai e o luto podem ter afetado a sua razão.

— Não duvidaria também... — Desviou os olhos verdes. — Enfim, conte-me as fofocas! Quero saber quem está de namorico com quem, quem está sofrendo alguma rejeição, quais segredos sórdidos veio a saber pelas suas irmãs? Ninguém mais vem me visitar, não sei de mais nada. Sinto-me uma pária! Uma leprosa em isolamento! Conte-me o que há de mais flébil, volúvel e esplendoroso no momento! — Abriu um fio de sorriso, ainda que cansada demais até para ouvir.

— Nestes últimos meses parece que o mundo parou. Recebemos poucas visitas e todas elas são as mesmas e com as mesmas histórias.

— Não perdi nada, pelo visto — desanimou; contudo, num segundo olhar, reparou que a amiga a evitava encarar, mordiscando os lábios. — O que você está me escondendo? Conte-me!

Caetana levantou-se e deu uma volta na sala antes de falar com algum incômodo, esfregando as mãos uma na outra:

— Há um rumor que você tem recebido senhores... sozinha.

— Sim, negociantes, cobradores, como qualquer fazendeiro da região. — Não entendia o porquê do alarde.

— Amaia, sozinha?! Não é bom para a sua reputação. Sabe como as pessoas falam... e o que falavam...

A amiga retornou ao sofá e tomou as mãos de Amaia. Evitava lhe mirar, dando a certeza de que as fofocas não terminavam aí. Caetana era uma péssima mentirosa, Amaia poderia lê-la de cabo a rabo sem se surpreender.

— O que estão falando? Caetana, não minta para mim.

— Dizem que você está pagando as dívidas de seus pais com favores, por isso encontra os senhores sozinha.

O rosto de Amaia empalideceu, a cabeça latejou e os lábios balbuciaram:

— O quê?

— É melhor você se casar logo, Amaia, e acabar com esses rumores. — Apressou-se em achar uma solução, algo que, aparentemente, já vinha pensando há algum tempo.

— Me casar? — Soltou-se das mãos da amiga e se levantou, injuriada. — Só por que atiram mentiras a meu respeito, EU devo me casar?

— Talvez seja a melhor solução para a sua situação. Um marido rico poderá ajudar a resolver quaisquer problemas e você não precisará se preocupar com a administração da fazenda e poderá voltar para a sociedade.

— Não estou "excluída" da sociedade. É o luto que exige! E o trabalho, que tem me tomado muito tempo. — Pôs as mãos na cintura. — E se até hoje não me casei, não foi por falta de pedido e nem de pretendente. Fui EU quem não quis!

— É. Mas chega um momento, Amaia, que não podemos mais protelar determinadas coisas. O futuro de uma mulher solteira e sem renda pode ser muito cruel. O que será de você se perder a fazenda? Para onde você irá? Quem irá estender a mão a uma moça sem dote?

O rosto de Amaia foi para o azulado:

— O dote! Me esqueci do maldito dote! — Caiu sentada no sofá.

Rapidamente repassou os cálculos que havia feito. Havia dote apenas para uma. Se Cora se casasse com Singeon, o dote iria para ele e não sobraria nada para Amaia colocar na fazenda. Isso não poderia ser pior! Se fosse para Amaia, ao menos, reverteria para a fazenda. Amaia tomou as suas mãos, em súplica:

— Caetana, você terá de me ajudar! Eu preciso me casar o quanto antes!

— Há cinco minutos...

— Há cinco minutos eu era outra pessoa. Me ajude! Preciso saber quem são os rapazes mais ricos da região que me aceitariam.

Confusa com aquele gesto repentino, Caetana balançou a cabeça:

— Qualquer um! Todos a admiram!

Amaia ergueu-se com facilidade por causa da falta do espartilho. Caetana entrou em choque ao perceber:

— V-você está sem espartilho?!

A jovem fazendeira não a escutou de tão concentrada que estava, andando de um lado ao outro da sala, pensando em voz alta:

— Antes preciso entrar na sociedade novamente, acabar com este luto infernal e com as fofocas.

— Faltam ainda dois meses para você entrar no luto moderado!

— Em dois dias não estarei mais de luto e em dois meses estarei casada, se tudo der certo. Espero que dê. — Encarou-a, determinada. — E você terá de me ajudar. Mas antes, me diga uma coisa: você vai ficar para jantar?

9

Um pequeno jantar de condolências oferecido para as irmãs Carvalho, este era o motivo que Canto e Melo havia explicado a Montenegro ao receber um convite para ir à Guaíba. Não era incomum este tipo de reunião e, sim, o fato de o Sr. Feitosa ter se lembrado dele. Da última vez, no almoço de noivado, o fazendeiro havia parecido bem incomodado com ele. Canto e Melo garantia que a oferta era genuína, o que levou Montenegro a suspeitar de que algo tinha por trás. Sendo como fosse, não teria motivos para recusar. Mandou ajeitarem a casaca de jantar e, ao contrário do costume, vestiu uma camisa e colete brancos, como ditava a moda. Dessa vez, também não tomaria o cavalo, preferindo o coche para não estragar as roupas.

A Guaíba, à noite, era tão magnânima quanto de dia. Todas as suas luzes estavam acesas, iluminando-a a quilômetros de distância; uma estrela que afastava a escuridão, transbordando sua luz dourada para o jardim. Deveriam ser muitas velas e candeeiros para mantê-la acesa, o que era impressionante — e uma prova do poderio econômico dos Feitosa. Montenegro saltou do coche e ajeitou a casaca e a gravata enquanto subia os degraus que levavam à varanda. A porta estava aberta para recepcioná-lo, contudo, desta vez, não havia um mar de gente afluindo. Estranhou por alguns segundos se aquilo não seria uma armadilha. Era tarde demais para retornar. Abriu um falso sorriso e foi recebido por um escravo bem trajado. Não trouxera nem cartola, nem sobretudo, sendo levado diretamente para a sala de estar.

O cômodo estava mais iluminado do que o restante da casa, forçando-o a contrair os olhos cinza até que se acostumassem com tanto brilho. Não demorou para que conseguisse enxergar o anfitrião que vinha lhe recepcionar com um sorriso incomum:

— Bem-vindo, Sr. Montenegro! Espero que não tenha tido problemas.

A estrada pode ser bem perigosa à noite, por causa da sua estreiteza e uma ou outra pedra mal colocada.

Não comentou, retribuindo o sorriso e indo cumprimentar a Sra. Feitosa e os outros convidados. Podia sentir em sua nuca o olhar cortante do fazendeiro, que não se deixava antipático, ao contrário, tinha sempre um sorriso e uma gentileza prontas para Montenegro — o que o fazia desconfiar que as coisas estavam piores do que havia imaginado —, o que só se desfizera quando percebeu a maneira como Montenegro havia pego a mão de Amaia de Carvalho para lhe cumprimentar e completar os pêsames. Acariciava os dedos dela enquanto falava e depois beijou-os num estalo, que também incomodou as gêmeas, Rosária e Belisária — ansiosas com a sua chegada.

Não era somente aquele intenso cumprimento que deixava as duas Feitosa injuriadas. Corria entre elas as críticas quanto à roupa que Amaia havia escolhido usar naquele jantar — o primeiro em meses após a morte dos pais. Havia colocado uma saia creme com detalhes em veludo preto e fitas de cetim na mesma cor. A parte de cima do corpete era preta e a renda do decote e das mangas e as fitas eram creme. Usava ainda um par de brincos de azeviche — herdados da mãe — e uma fita de veludo negra com um medalhão de prata pendurado — ao abri-lo, ver-se-iam as miniaturas dos pais. Os cabelos escuros estavam parcialmente presos e alguns cachos caíam pela vestimenta, mantendo o ar jovial.

Sua irmã Cora tinha o luto completo da roupa à alma — o que a fizera relutar em sair de casa. Ficou calada a maior parte da visita, com olhos baixos e um lenço branco com borda negra nas mãos — o qual retorcia toda vez que Amaia sorria ou se animava com algo "esplendoroso". Os cabelos escuros estavam presos numa simplicidade espartana, as roupas eram totalmente negras e fechadas até o pescoço e não havia qualquer adereço que chamasse a atenção para a vaidade. Cora ainda fazia questão de ressaltar o quão imprudente era a sua irmã que, com apenas "alguns dias" de luto, já coqueteava como se nada tivesse acontecido — nisso ela era apoiada pelas gêmeas, pela Sra. Feitosa e pelas outras convidadas.

Ainda que tivesse quase todas as mulheres contra as suas atitudes, Amaia tinha os homens aos seus pés, solícitos em tudo, a disputar quem lhe serviria o refresco, ou a acompanharia até a varanda quando reclamava de abafamento na sala repleta de velas. Havia sido exatamente com esta intenção — de encher Amaia de paparicos — que Caetana havia pedido aos pais que convidassem o Sr. Leite e sua irmã, o Sr. Chaves e sua mãe, o Sr. Astolfo e o Sr. Carlote para o jantar. A alegação, no entanto, havia sido a de que eram bons amigos da família Carvalho e que poderiam levantar os espíritos de Amaia e Cora.

O Sr. Feitosa, cuja relação amigável e comercial se fazia com as famílias em questão, aceitou de bom grado, alegando que, a partir de agora, seria como um pai para as meninas. Porém, ao contrário do que seria esperado de uma figura paterna, ele não se incomodava ao ver que Amaia havia pulado um dos estágios do luto, indo para o luto quase aberto[15]. Quando sua esposa e a Sra. Chaves chamaram atenção para o fato, o fazendeiro discorrera sobre as longas tradições que poderiam ser prejudiciais às jovens casadoiras. Ficar um ano sem circular em sociedade seria um suicídio social e, quiçá, marital, pois todos os pretendentes poderiam estar ocupados com outras.

— Desde quando o senhor meu marido é especialista em casamentos? — ironizava a Sra. Feitosa, algo captando no olhar fixo dele para Amaia.

— Desde o dia em que só tive filhas. Nada poderia ser de suma importância para mim do que as ver bem casadas. Por sorte, casamos uma, casaremos outra e, quem sabe, em breve outras duas. — Levantou as sobrancelhas na direção das gêmeas.

A Sra. Feitosa não contestou e nem tirou os olhos do marido. Analisava todas as vezes que ele sorria, ou era por demais delicado com Amaia e com o seu bem-estar, o que não se estendia à Cora. Era temerário, no mínimo, e ela teria de estar atenta, pelo bem da jovem.

A chegada de Montenegro, contudo, havia transformado quase todos os presentes. Os homens sentiam-se ameaçados e as mulheres ficaram alvoroçadas. Belisária e Rosária encheram-se de encantos, ajeitando os vestidos e procurando as poses que mais lhes favorecessem, rindo alto para captar o olhar do belo senhor. Amaia, porém, ladeada pelo Sr. Leite e pelo Sr. Astolfo, fingia não dar atenção — apesar de ter se colocado numa pose de quem queria ser admirada pela beleza.

Aceitando a brincadeira, Montenegro a ignorou até que tivesse cumprimentado a todos, inclusive Cora, a quem dera os sinceros pêsames. Enquanto ia falando com cada uma das senhoras, enredando-as com o seu charme, seus olhos perseguiam Amaia em segredo, vendo o rosto dela queimar pelo acinte de ser a última — ela procurava manter a pose de moça serena, com as mãos sobre o colo e toda a sua ira recolhida no olhar. Quando Montenegro tomou a sua mão e inclinou-se sobre ela, de perto pôde notar que não era exatamente ira, mas uma melancolia que ela tentava arduamente forjar com bom humor e sorrisos flácidos. Sem que reparasse na própria atitude, Montenegro acariciou-lhe os dedos:

— Como tem passado?
— Esplendorosa! — Fingiu sorrir.
— De fato.

As palavras dele eram repletas de zelo, o que Amaia entendia como pena. Sentindo-se nua através daqueles olhos que, apesar da aparência fria, lhe acalentavam a alma, Amaia soltou a sua mão dentre as dele:

— Ainda bem que o senhor chegou para nos entreter. Diga-nos, o que anda fazendo na Caridade?

Ele apertou os lábios. Havia enxergado a maldade contida naquela pergunta. Todos queriam saber o que ele fazia na Caridade e, possivelmente, esta havia sido alguma conversa iniciada antes dele chegar. Porém, enquanto podia fugir pela tangente com os senhores, com uma dama seria de extrema falta de educação não responder.

— A Caridade é uma colônia agrícola. — Não conseguia manter o sorriso, preocupado com a reação do Sr. Feitosa. — Eu não possuo escravos. São trabalhadores livres que cuidam da terra e me repassam uma parte.

— Mas a terra continua sendo sua? — ela insistia.

— Sim.

— Isto não seria o mesmo que ter escravos? Pessoas trabalhando para o senhor numa terra que não é a delas?

O Sr. Astolfo, sentindo-se injuriado pela beleza de Montenegro, o que o fazia não ter muitos amores pelo concorrente — afinal, todos os homens eram seus concorrentes quando se tratava do amor de Amaia —, retrucou com mau humor:

— Isso é comunismo[16]!

— Não, porque eu repasso aos trabalhadores a venda dos...

— Mas a terra não é deles — Amaia o interrompeu, causando algum mal-estar pela sua falta de educação e ganhando as caretas de repreensão da Srta. Leite, da viúva Chaves e da Sra. Feitosa, além das gêmeas. — O que será deles sem nunca terem o próprio chão? De alguma maneira, ficam presos ao senhor.

Pressionando os olhos claros, esfriados por aquele comportamento acusativo de Amaia, Montenegro tentou decifrar aonde ela queria chegar com aquela conversa:

— Não sei se entendo bem.

— Deixe-me explicar: eles não têm para onde ir. Mesmo que não haja correntes os aprisionando, eles estão fadados a ficarem naquela terra que não é deles, o que é uma espécie de escravidão.

— Eles podem ir e vir.

— Ir e vir? Podem ir, por certo, mas duvido que voltem porque, com certeza, o senhor vai pôr outros trabalhadores no lugar que deixaram vago. Além do mais, irão para onde? Todas as fazendas da região são de escravos. O que o senhor está fazendo é uma falsa promessa de liberdade para que trabalhem para o senhor, acreditando que são realmente livres.

O senhor perdeu toda a expressão — e, até mesmo parecendo uma tábula rasa, continuava bonito. Encarava Amaia de uma maneira que ela não soube identificar se raiva ou curiosidade; o seu coração, no entanto, começou a acelerar. Perpassava a sombra de uma fera por detrás do olhar fixo dele. Será que iria atacá-la? Talvez não tivesse sido uma boa estratégia confrontá-lo na frente dos outros, mas quando se tratava de injustiças, Amaia não se segurava.

Por fim, Montenegro a ironizou, perpassando um olhar para o Sr. Astolfo, que lhe segurava uma bebida:

— Cuidado, Srta. Carvalho, ou o Sr. Astolfo pensará que é uma comunista.

Incapaz de continuar mantendo a aparente serenidade, Amaia corou e todo o seu corpo estremeceu:

— Aqui todos sabem bem o que penso e o que sou: uma abolicionista. Diferente do senhor, que é uma incógnita para nós.

Antes que aquilo se tornasse mais agressivo do que estava sendo, a Sra. Feitosa tomou a frente. Seu marido, que escutava a tudo muito interessado, não se mexeu para pará-los — como deveria fazer o dono da casa —, o que a obrigou a tal decisão.

— O jantar está servido — anunciou, apontando a sala de jantar.
— Vamos passar à mesa? — Cruzou a sala, ligeira, tomando o braço do último convidado. — Sr. Montenegro, poderia me acompanhar? Quero saber onde manda fazer roupas tão bem cortadas. Procuro um bom alfaiate para o Sr. Feitosa.

O jovem dono de terras assentiu e, compreendendo a apreensão da anfitriã, sorriu e começou a listar os lugares em que comprava suas roupas e a qualidade dos tecidos. Atrás deles foram os outros pares, restando o Sr. Astolfo à Amaia. Aceitou com um sorriso profundo o braço que ele lhe estendia. Uma mão a tocou no ombro, parando-a, porém. Era Caetana, de braços com o noivo. A face de apreensão da amiga já lhe dizia o motivo de estar murmurando:

— Você não deveria ter feito isso.

— Isso o quê? O que fiz de mais? Expus apenas o que todos aqui pensam.

— É, ao se expor, você ganhou um inimigo poderoso.

— Poderoso por quê? — questionou o Sr. Astolfo, ainda vexado com toda aquela atenção com o Sr. Montenegro.

Caetana trocou um olhar nervoso com Amaia. A bela amiga abriu um sorriso de desdém e jogou a cabeça para o lado:

— Só se for me indicando um alfaiate. — E, dividindo uma risada com o seu acompanhante, entraram na sala de jantar.

Por debaixo da risada havia preocupação. Amaia havia entendido o recado de Caetana e parou para se questionar se havia sido prudente hostilizar a única pessoa que talvez pudesse lhe emprestar dinheiro no momento — se é que teria coragem de pedir. Seria isso, ou se casar. E entre pedir dinheiro para o Sr. Montenegro ou ser esposa do Sr. Astolfo, começava a considerar que o primeiro era a melhor opção.

Amaia havia sido colocada no lugar perto do anfitrião e ao lado do Sr. Astolfo. Na sua frente, havia o Sr. Carlote e, não muito longe deles, o Sr. Chaves. Na outra ponta da mesa, para sua sorte, sentava o Sr. Montenegro do lado direito da Sra. Feitosa e o noivo de Caetana no esquerdo. Não teria que se preocupar com o que dizia ou fazia, porém, era gritante todas as vezes que captou os olhares do Sr. Montenegro para cima de si, o que a enchia de vaidade e a engrandecia, fazendo dela ainda mais estrela do próprio show. Falava com charme, contava casos engraçados, ria das piadas sem nexo do Sr. Carlote, gesticulava, resvalava a mão sobre a do Sr. Astolfo para lhe chamar enquanto ele respondia algo à Srta. Leite, ou se enchia de comida, aproveitando a mesa farta.

O Sr. Feitosa estimulava Amaia ainda mais, exaltando seus dotes e obrigando os senhores a prestarem cada vez mais atenção nela. Em determinado momento, acreditou-se que estava exagerando na medida que ressaltava as suas qualidades. Foram tantos os elogios, que começaram a perturbar a esposa e as filhas e, em pouco, tanto o Sr. Montenegro como metade da mesa achavam que havia atingido um ponto em que aquilo estava por demais. Não havia mais outro assunto e nem sorriso que se mantivesse para cada enaltecimento, cada exaltação. Nem com as filhas Feitosa era tão atencioso e, quanto mais vinho entrava, mais palavras saíam, favorecendo os dotes da bela órfã. Amaia, notando o mal-estar que ia se fazendo durante a sobremesa, colocou sua mão sobre a dele e agradeceu a gentileza num sorriso cortado:

— Se continuar me elogiando desta maneira, padrinho, ninguém acreditará no senhor.

O fazendeiro, muito andado no vinho, segurou a mão de Amaia, impedindo-a de retirar. Diante dos olhares dos convidados, tomou-a, acariciou-a e beijou-a com tanto fervor, que a Sra. Feitosa, do outro lado da mesa, se levantou, atirando o guardanapo na mesa. Montenegro e Canto e Melo estavam certos de que dali viria um escândalo. A Sra. Feitosa, contudo, deu um sorriso truncado e apontou a porta:

— Vamos tomar café na sala de estar? Acho que lá será mais cômodo para todos.

Antes que o Sr. Feitosa tomasse Amaia pelo braço para conduzi-la até a sala contígua, Canto e Melo foi cutucado pela noiva e tomou a frente. O Sr. Feitosa, que nem havia se levantado ainda, tentando manter o equilíbrio nas próprias pernas, soltou um muxoxo de desaprovação e resolveu terminar o seu vinho antes de seguir. Era evidente o seu aborrecimento, analisando a bebida em mãos, e xingando algo tão baixo que Montenegro — que havia ficado para trás — não conseguiu decifrar.

Ao reparar no par de olhos claríssimos por entre as chamas das velas no centro de mesa, o Sr. Feitosa resmungou:

— Nunca se case. Meu conselho.

Aproveitando aquela abertura de conversa, Montenegro aproximou-se do senhor com um sorriso enviesado:

— Uma pena o acidente dos Carvalho.

— Sim, uma pena. — Terminou o vinho num gole.

— Deve ter trazido muito sofrimento a todos os envolvidos.

— Por certo. Às filhas, sobretudo. Como grande amigo de seu pai, eu irei velar por elas como se minhas fossem.

— Gostaria de outro conselho, quanto aos escravos do senhor. Vi que consegue manter um bom número nessa época de dificuldades, por causa das restrições do governo. Gostaria de saber como consegue. — Sentou-se no lugar em que antes estava Amaia.

O Sr. Feitosa soltou-lhe uma risada:

— Por que um abolicionista quer saber sobre os meus escravos? Pretende fugir com eles? — Apoiou o cotovelo na mesa e inclinou-se, colocando os rostos bem próximos, num duelo de olhares.

Sem deixar o sorriso esmorecer, Montenegro foi ao alcance da garrafa de vinho e serviu ao anfitrião e a si mesmo:

— Não sou abolicionista. Na verdade, posso ser sincero com o senhor, da mesma forma que quero que seja comigo. Eu NÃO sou abolicionista, do contrário, finjo que sou para que os outros senhores não me vejam como concorrência.

O Sr. Feitosa tomou a sua taça:

— E quanto às colônias agrícolas da sua fazenda? — Recostou-se no assento, mantendo o outro preso na desconfiança.

O sorriso de Montenegro era dúbio, impedia que Feitosa conseguisse ir muito além do que ele permitiria mostrar.

— Eu forjo os registros de liberdade e digo aos escravos que eles são livres, assim, eles trabalham melhor e com mais vontade e não questionam as minhas ordens e nem tentam fugir. Sabe quantos perdi desde que formei a fazenda, há dois anos? Nenhum! — Montenegro bebericou e dançou a taça nos dedos, abaixando os olhos para o líquido vermelho. — A miséria que pago a eles parece o suficiente e acham que estão no lucro. Sou eu quem lucra, pois trabalham mais, por mais horas, sem precisar pagar capatazes e, ainda, se autossustentam com o que ganham e compram os utensílios na minha venda.

— Inteligente... muito inteligente.

— Preciso de mais mão de obra e reparei que o senhor tem gente "nova", o que torna mais simples o meu trabalho. Quanto menos conhecem a língua, mais fácil é enganá-los.

O Sr. Feitosa, recostado na cadeira, com o vinho na mão e a conversa na boca, resolveu terminar o vinho e a conversa:

— Case-se com uma das gêmeas e eu lhe ajudo.

— O senhor acabou de me aconselhar a não me casar?! — Abriu um sorriso desconcertado, não esperando por aquela proposta.

— Veja bem, casamento é um negócio e, como todo negócio, deve ser lucrativo para ambas as partes. Me ajude a ajudá-lo, Sr. Montenegro. Case-se com uma das gêmeas e eu lhe ajudo no que precisar, inclusive recebendo mão de obra novinha, vinda diretamente da outra ponta do Atlântico. E quanto ao amor, deixe isso para as amantes. — Gesticulou a cabeça na direção da porta, dando a entender que falava de Amaia.

Montenegro ajeitou-se numa cadeira com a taça na mão. Da posição em que estava notou, por entre as portas, que havia alguém os escutando. Inclinou-se um pouco mais e o rosto assustado de Amaia se desfez no movimento de quem saía com pressa, antes que pudesse ser pega ouvindo às escondidas. Terminou de beber, pensativo, acompanhando o silêncio do olhar do Sr. Feitosa. A ideia de se casar com uma das gêmeas era de gelar a alma, contudo, ter Amaia como amante era de aquecer o corpo e o espírito, feito um bom vinho.

Ao retornarem à sala, Montenegro e o Sr. Feitosa pareciam mais amigos do que quando entraram, levantando as desconfianças da esposa e do futuro-genro. Conhecendo bem o amigo, Canto e Melo imaginou que algo muito bom ele havia conseguido com uma conversa íntima, porém, não entendeu quando Montenegro foi até uma das gêmeas e tomou-lhe a mão:

— Gostaria de dançar? — falava de maneira suave, o que era incomum.

A outra gêmea, sentada ao lado da irmã, corou de raiva. Ergueu-se e foi, abanando o leque, para outro canto da sala.

— Hah? Como? Não temos música — retrucou a escolhida.

O Sr. Feitosa, fazendo gosto, ordenou:

— Caetana, toque algo animado no piano. Quero música!

A Sra. Feitosa, conhecendo o marido, conectou rapidamente os pontos e entendeu o que acontecia. Tocou no ombro dele e lhe sussurrou:

— Não acho apropriado, Caetano. É uma reunião de condolências.

Ele mexeu o ombro com agressividade, afastando-se dela de maneira tão grossa que os olhos da senhora se encheram de lágrimas pela evidente humilhação:

— Ah, deixe-me! Faço o que quiser. — E, num passo rápido, cruzou a sala até Amaia e estendeu-lhe a mão. — Venha!

A jovem soltou um sorriso desconcertado e trocou um olhar

embaraçado com a dona da casa. A Sra. Feitosa virou-lhe a cara e foi para perto de Cora, que encarava a irmã com evidente assombro pela situação que estava causando. Tentando manter a pose, Amaia abaixou os olhos verdes e murmurou:

— Agradeço, padrinho, mas não acho apropriado.

— Na minha casa eu decido o que é apropriado. Venha! — A jovem não se mexeu, o que o fez ser mais ríspido. — Quer ou não dançar comigo? Ou prefere outro? Quiçá o Sr. Chaves? Ou o Sr. Leite? Ah, imagino que prefira o Sr. Astolfo, pela maneira com que passou conversando com ele a noite toda.

Amaia não soube para onde olhar. Buscou pelo Sr. Astolfo que, tão corado quanto ela, levantou-se para buscar um refresco para si. Caetana, sentada ao piano, ao lado do noivo que lhe virava as páginas da partitura, tinha uma evidente expressão de descontentamento — pelo pai, obviamente. O Sr. Leite e o Sr. Chaves evitavam cruzar os olhares com Amaia. A Srta. Leite e as gêmeas seguravam um riso maldoso. A viúva Chaves e o Sr. Carlote a miravam como se fosse o cerne de todo um problema. Quanto ao Sr. Montenegro, bem, esquivou-se dele. Queria fugir dali o quanto antes, mas seu corpo a impedia.

— Está constrangendo a moça, Caetano — avisou a viúva Chaves que, apesar de não ser partidária de Amaia, principalmente quando o filho havia se mostrado interessado nela, notou que a jovem havia ficado encabulada com aquele rompante do anfitrião.

— Constrangendo? Desde quando Amaia se constrange com algo?

Transbordando de vergonha e segurando para não se pôr fora de si, Amaia pediu licença e, tentando forçar um sorriso, saiu da sala.

A primeira lufada de ar noturno foi importante para acalmar o coração. A segunda foi para controlar os pensamentos que ficavam passando e repassando os comentários azedos do padrinho. Somente na terceira é que se sentiu capaz de enxergar a noite escura e o quanto preenchia a sua alma entorpecida pelo vexame. Não havia lua ou estrela, nada que pudesse lhe acalentar, senão a escuridão unidimensional. Demorou para ser capaz de, do alpendre da casa, escutar a música do piano de Caetana e as risadas que iam ganhando compasso no correr a melodia. Se fosse em outra época, se não estivesse tão desesperada em se casar para conseguir reerguer a sua fazenda, poderia ter enfrentado a situação com dignidade. Com as dívidas se assomando e os problemas galopando, quem tinha espírito para driblar humilhações como se nada fossem?

Melhor seria ficar ali por algum tempo, aproveitando a noite e deixando o vinho abaixar. Não que seu padrinho, o Sr. Feitosa, fosse dos homens mais bem-educados do mundo — "Dinheiro não compra classe", sua mãe costumava dizer. Já o havia visto ser grosso com a esposa e com as filhas e de maneiras muito piores. Tinha uma habilidade especial em humilhar as pessoas, mas nunca o havia feito com ela. Tratava-a com tanto respeito, com tanto carinho, sempre atento às suas necessidades, que foi atípico. A morte de seus pais, talvez, tenha afetado mais do que somente a sua vida e a de Cora.

Quanto à fazenda, o jeito seria aceitar se casar ou com o Sr. Astolfo, ou com o Sr. Leite, ou com o Sr. Carlote, ou com o Sr. Chaves. Todos tinham das suas qualidades e das suas deficiências. Ninguém era perfeito — nem ela! —, mas havia aqueles que sabiam esconder melhor as suas imperfeições. No entanto, nenhum deles era bonito como o Sr. Montenegro e, possivelmente, nem tão rico, e, certamente, não tão divertido e, provavelmente, nem tão escravocrata. Ah, que desperdício! Não tanto por querer se manter solteiro — o que, para os homens, aparentemente, não gerava burburinho como para as mulheres —, mas por não ter alma. Para Amaia era muito simples: ser escravocrata era ser desumano. Talvez, se essa questão não lhe fosse tão pessoal e importante, poderia fechar os olhos e aceitar qualquer proposta indecente vinda de Montenegro.

Ao se pegar pensando nisso, Amaia balançou a cabeça. O que estava acontecendo com ela que bastava pensar nesse homem e toda a sua moral e bom-costume ia ladeira abaixo? Imagine ficar sozinha com ele, novamente, o que poderia lhe fazer — ou o que ele poderia fazer com ela?!

Já ia a terceira dança e Amaia ainda não havia ganhado coragem para voltar para à sala. Talvez nem quisesse mais. Apoiada no balaústre do alpendre, tentou buscar uma estrela que fosse. De menina havia aprendido com o pai a fazer um desejo para a primeira estrela que encontrasse no céu noturno: "Primeira estrela que vejo, realiza o meu desejo..." Era tudo tão escuro, tão desolador, que um frio a preencheu de solidão. Amaia temeu, pela primeira vez, que nunca fosse capaz de ser feliz. Achou ter avistado uma estrela, pequena, quase imperceptível por entre o céu cerrado. De olhos fechados, pediu:

— Primeira estrela que vejo, realize o meu desejo: que eu encontre aquele que me fará feliz.

Foi quando ouviu uma voz profunda atrás de si:

— Posso saber o que tanto busca?

Sem se virar para ele, Amaia abriu os olhos e respondeu, sem qualquer remendo:

— Um marido.

— Um marido? — Os olhos de Montenegro se mantiveram fixos nela, em perfeita composição com o fundo noturno. — E por que quer um marido?

— Já tivemos esta conversa anteriormente. — Voltou-se para ele. — O senhor está ficando repetitivo. — Tinha a voz destemida de quem não se daria por vencida, não importando quais obstáculos encontrasse na vida.

— Sim. — Ele pausou. Em passos vagarosos, aproveitando a pouca luz que clareava o alpendre, vinda apenas das velas acesas dentro da casa-grande, tomou a mão de Amaia. — Se quiser, posso ajudá-la quanto a isso. Posso ensiná-la como se divertir sem precisar se casar, sem comprometer a sua imagem ou, até mesmo, a sua... — olhou-a de cima a baixo. — ... pureza. — Beijou-lhe os dedos.

— Como isso é possível? — Ela retirou a mão dentre as dele. — Ah, mais uma vez o senhor zomba de mim, aproveitando-se da minha inocência.

Montenegro nada comentou. Ela era mais ingênua do que poderia esperar. Talvez tudo o que fizesse ou falasse fosse apenas para chamar a atenção dos rapazes. A maneira de se vestir, o jeito coquete, a fala cantarolada, o charme. Ainda assim, havia algo em Amaia que o fazia desejoso como se fosse um rapazote. Maior do que luxúria, era algo que ele ainda não sabia classificar o que, e poderoso o suficiente para ele querer estar perto dela, ajudá-la, e até se sentir enciumado ao imaginá-la casada com outro. Este último pensamento ele ignorou, abrindo um sorriso de quem tinha que manter a pose de cafajeste — ou a palavra seria: canalha?

O corpo de Amaia estava rijo e a vontade de dar um tapa nele era grande, mas não tinha forças senão apenas para xingá-lo com a primeira coisa que lhe veio à cabeça:

— Canalha!

— Está caindo na repetição. — Montenegro mantinha o sorriso, o que era piorado pela mão na cintura. Uma pose que Amaia tomou como de zombaria.

— Pois saiba que nunca vou me "divertir" com o senhor, muito menos me casar! Corto os pulsos, mas não me caso consigo — retrucou ela, furiosa, querendo sair dali.

Ele se pôs diante dela, impedindo a passagem:

— É isto uma promessa?

— Promessa não, um juramento perante Deus!

— Olha que os anjos passam e dizem Amém?!

— O senhor é um enganador! Não quero uma pessoa assim perto de mim. Diz uma coisa e faz outra. Jura que nunca se casará e corteja as gêmeas! Vá lá dançar com a Belisária. Ou será que é a Rosária? O senhor sabe diferenciar uma da outra? — Ao ver que havia conseguido arrancar o sorriso dele, Amaia se deu por satisfeita. — Boa sorte!

Contornou-o e retornou à sala num passo apressado de quem ia buscar a irmã para voltarem para casa.

Montenegro ainda ficou um tempo no alpendre, estudando aquela reação sob o ciciar das cigarras. Havia ciúmes, ou ele se enganou? Reboliu a esperança de que houvesse um interesse por parte dela nele. Ao mesmo tempo, surgiu preocupação de quem temia que ela poderia se apaixonar por ele — e ele por ela —, afinal, não era um homem que se casaria e ela estava determinada a arrumar um marido. Riu. Amaia era mesmo uma força da natureza, como Canto e Melo havia definido, mas Montenegro estava acostumado às tempestades causadas por sinhazinhas adoravelmente mimadas. No momento, porém, precisava esquecer dos olhos ousadamente verdes de Amaia e mirar em quais seriam os seus passos a seguir. O Marquês precisava confirmar o relato de que havia uma rota ilegal de negreiros, aonde aportavam e como eram distribuídos os africanos escravizados. Feitosa não pareceu surpreso quando Montenegro mencionou seus "novos africanos", o que poderia ser uma comprovação de que a fonte estava correta. A "acidental" morte dos Carvalho, inclusive, poderia ser a confirmação de que o pai de Amaia era a fonte do Marquês e quem havia entregue o plano dos cafeicultores e, consequentemente, assassinado por isso. Não só havia escutado os dois fazendeiros falando dele, como Canto e Melo segredara sobre as dívidas da família Carvalho. E, mais uma vez, Amaia retornava aos seus pensamentos e com a força de quem veio para ficar. Talvez ele mesmo ficasse toda a noite ali, se não fosse por uma das gêmeas chamá-lo para uma dança. Quem era? Montenegro teria que descobrir. Deu o braço e foi tentando desvendar se era Rosária ou Belisária — e quem havia sido a primeira com quem dançara.

10

Havia duas pessoas que Amaia poderia considerar como as mais detestáveis no mundo, de quem garantia que nunca se aproximaria, a menos que estritamente necessário. A primeira era, seguramente, Eduardo Montenegro, que recentemente havia ganho o posto de campeão na lista de detestáveis ao ser escravocrata, bulir com ela mais de uma vez e, ainda, fazer uma proposta tão indecente quanto "se divertirem juntos" de uma maneira que não afetaria a sua "pureza". Passou a noite em claro, entre amargurar a sua humilhação e imaginar como seria possível essa tal "diversão".

Tinha conhecimento de algumas coisas da intimidade de casal — o que era praticamente impossível de esconder quando se morava numa fazenda, rodeada de animais. Eventualmente, eram os cães ou vacas que faziam ou, uma vez ou outra, algum capataz era pego no flagra. Curiosa, observava, às escondidas, tentando entender como funcionava "a diversão". Quando novinha, Bá a encontrara enfiada contra um buraco na parede de pau a pique da senzala. Estava atenta a algo que acontecia lá dentro, o que, pelos gemidos, a mucama imediatamente entendera. Achara melhor explicar a ela o que acontecia entre homem e mulher, em vez de levá-la para a mãe, que lhe daria uma coça — pois uma moça de família não poderia ter desses conhecimentos antes da noite de núpcias. Amaia já contava com doze anos e a qualquer momento poderia se casar. Era melhor estar preparada. Sem muito afobamento, levara-a para ver dois cães que estavam cruzando. Aproveitando a situação, pontuara as diferenças anatômicas entre homens e mulheres e como funcionava a relação íntima. Contudo, alertara que uma coisa era imprescindível para que ocorresse: estar casada com o parceiro. Isso havia confundido um pouco Amaia que, ao perceber um escravo ou um capataz se "divertindo", questionava se havia se casado. Nervosa quanto a estes questionamentos, a mucama a expulsava e mandava ir para a capela rezar, porque não tinha nada mais importante para pensar.

O dia, no entanto, que João Pedro a pegara à força, Amaia havia demorado a entender o que acontecia. Cora havia dito que o amigo precisava lhe confidenciar algo muito importante e que estava transtornado a ponto de não poder fazê-lo às vistas dos outros. Quando Amaia entrara no quartinho de víveres, o rapazote pulara sobre ela, tentando lhe arrancar o vestido. Ela acabara gritando mais de susto do que de medo e, se não fosse o tal escravo — Benedito, nunca mais esqueceria o nome dele, em nenhuma de suas preces — a salvá-la, estaria hoje casada com João Pedro e, muito possivelmente, infeliz.

A segunda pessoa que mais odiava era — sem advérbios para mediar — o feitor Severo. Porém, este era obrigada a aturar até determinado ponto. Não tinha dinheiro para mandá-lo embora e para contratar outro. E ele também não reclamava do salário que estava há seis meses atrasado. Da mesma forma que não o tolerava, enxergava a maneira desagradável com que ele a olhava, dando a entender que estava ali por obrigação — em relação a seus pais. Quando ela lhe comentava algo, Severo nem respondia. Quando Amaia perguntava alguma coisa, ele era monossilábico. Quando ela lhe ralhava, ele virava a cara e sumia por todo o dia. Relutava em aceitá-la como sua chefe, ignorando as suas ordens e indicações e fazendo da maneira que queria. E foi desta forma que os dois discutiram a ponto de romper com a aparente bonança que se fazia entre eles.

Amaia voltava da cavalgada matinal em que ia verificar se os escravizados estavam sendo bem tratados por Severo. Estranhava o fato de não ter visto o feitor; apenas os capatazes cuidavam dos escravos, o que era incomum. O feitor adorava urubuzar os trabalhadores da plantação, gostava de vê-los sofrer sob o sol escaldante. Sentado numa pedra, ficava bebendo aguardente e ameaçando os escravizados com castigos que estes sabiam que não seriam permitidos por ela.

Também poderia estar doente, apesar de nunca o ter visto adoecer.

Saltou do cavalo e entregou-o ao escravizado que cuidava dos animais. Contornava o terreiro quando escutou um grito abafado. Parou e ficou onde estava para ter certeza se era de gente. Um pássaro grasnou, voando de uma árvore até o telhado do quarto de víveres. Deveria ter sido isso. Prosseguiu. Um baque de algo caindo no chão, seguido de um grito de mulher e de um resmungo a fez parar. Vinha do quartinho de víveres. O pássaro negro grasnou e o estômago de Amaia se revirou.

Com o chicote de cavalgar na mão, Amaia entrou no quartinho às semiescuras. Havia estantes por todos os lados, repletas de itens armazenados, comida, carne salgada, barris de bebida e também havia sacos com grãos no chão. Chutou algo e tomou um susto. Seria o espírito de Benedito, ou de João Pedro? Ao se aproximar, reparou que o efeito da luz escassa, que passava pelos vidros sujos da janela alta, a havia enganado. Não era uma pessoa de cócoras, era um saco. Se acreditasse em assombração, muito possivelmente teria gritado. Ainda bem que guardou para si o susto. O coração e a mente estavam acelerados, as pernas e a língua pesavam e o estômago estava de ponta-cabeça. Estar ali era reviver algo que acreditava ter já esquecido. Mas o cheiro, a sensação do olhar sobre si, não havia como não se recordar. O silêncio dentro do quarto abafado era tamanho que ela se perguntou se não poderia ser um rato que guinchou. Odiava ratos. Sim, deveria haver ratos e seria melhor que se fosse. Precisava sair dali antes que desmaiasse — o que era bem possível se visse um rato de verdade. Ao virar-se, escutou um gemido abafado. Vinha dos fundos, por entre um grupo de sacos, no mesmo local em que ela havia sido atacada por João Pedro. Aquilo não era um rato. Talvez fosse uma ratazana, daquelas bem grandes, mas das quais Amaia não tinha o menor medo. Os olhos foram se acostumando com a escuridão e reparou que havia uma pessoa agachada, o que lhe trouxe mais firmeza do que temor — poderia lidar com os vivos muito melhor do que com os mortos.

— Quem está aí?

Não houve resposta. Desta vez era alguém, podia ver os cabelos e partes do rosto.

— Não se esconda. Sei que está aí! Revele-se, ou irei...

Um gemido baixinho, quase imperceptível a fez ir mais adiante. Avistou o que seria um homem encurvado sobre algo. Debaixo dele havia uma cabeça sendo segurada pela boca e dois imensos olhos escuros encarando Amaia. Uma chicotada, esta foi a única reação de Amaia. O chicote bateu nas costas de Severo e ele soltou a escrava num urro, saindo de cima dela. A mulher, assustada, de saias arregaçadas, tinha o rosto vertido em lágrimas. Amaia fingiu não notar que Severo abotoava as calças com pressa e foi ajudar a escravizada, aos prantos, a se levantar do chão.

Tinha-a debaixo dos seus braços, tremendo pelo que havia acabado de lhe passar, e todo o ser de Amaia se inundava de asco daquele homem. Severo, acuado, tentou explicar-se, apontando a moça:

— Foi ela quem pediu! Diz! Diz para a sinhá, sua maldita! — Deu um passo para elas, e a escrava se agarrou a Amaia. — Diz que foi você que me atraiu para cá! — Ele estava furioso, saindo de si.

Se não estivesse tão escuro, era possível que Amaia lhe acertasse um merecido tapa.

Ao perceber que a sinhá abraçava a moça, Severo compreendeu que havia apenas um fim para ele. Respirou fundo, para ajudar a controlar os nervos, e ergueu os olhos:

— A sinhá vai me demitir?

Bem que eu gostaria. Contudo, Amaia não podia — e ele o sabia? Aquele maldito sabia, por isso, fazia o que queria? Achou ter visto um sorriso no rosto de Severo, de quem se aproveitava da situação. Não importa o que ele fizesse, ela nunca poderia mandá-lo embora da fazenda, não sem antes pagá-lo.

Amaia não conseguia desviar os olhos do desespero da jovem escrava, vendo-se nela e enxergando muitas outras que vieram antes e que ainda viriam — pois parecia ser uma maldição que as mulheres daqueles tempos carregavam. Fechando os olhos e respirando fundo, Amaia foi direta e valente:

— Você está demitido, Severo.

Havia deixado claro para o seu pai que a terra não valia tanto quanto as pessoas.

Ela havia ganhado coragem e dignidade, mais do que Severo poderia esperar de uma "sinhazinha mimada e gananciosa". O sorriso dele havia murchado e todo o seu corpo se contraiu de raiva. Teria atirado nela e na escrava em outras circunstâncias. Se o fizesse, o seu "verdadeiro patrão", que vinha lhe pagando para contar sobre o que Amaia fazia na fazenda, ficaria furioso, e Severo não queria briga com um homem poderoso daqueles.

Contendo a explosão, abaixou os olhos e a voz:

— Vou pegar as minhas coisas.

Ia saindo do quartinho quando Amaia ergueu a voz e o queixo, fazendo-se dona de si e da situação:

— Não quero nada seu nas minhas terras e nunca mais quero vê-lo passando na minha frente. Entendeu?

Tomou a mulher debaixo dos braços e foi guiando-a para fora daquele lugar de tristes memórias.

O feitor poderia engolir muita coisa quieto, mas havia outras que não dava para suportar mais — principalmente, sinhazinha vestindo as calças de sinhô. Parado no meio da escuridão, Severo aproveitou-se do ponto fraco dela, aquilo de que todos tinham conhecimento e começava a se espalhar feito erva daninha.

— E quanto ao que me deve? Quando vai pagar?

Amaia apertou o cabo do chicote. Conteve-se a responder:

— Será pago. Como disse antes, não quero nada seu aqui. Vá!

— A sinhá vai se arrepender — murmurou. Por estar de costas, Amaia não pôde ver a cara que Severo fizera. Todo o seu ódio se concentrou em seu punho e ele deu um soco num pedaço de carne que secava. Em seguida, pegou suas duas garruchas e as pôs cruzadas na cintura.

Bá conhecia a sua menina bem demais. Poderiam dizer tudo sobre Amaia, de mentirosa à flerteira, menos que ela era covarde. Nunca havia conhecido ninguém mais nobre e defensora daqueles que amava. Era assim desde criança, protegendo os moleques dos capatazes e arrumando briga com aqueles que caçoavam dos mais fraquinhos. Quando houve a confusão com Benedito, ela havia ficado ao lado do escravo — ainda que não tivesse conseguido salvá-lo do seu destino: morte por enforcamento numa árvore no pasto.

Quando Amaia entrou furiosa na cozinha, carregando consigo a menina escravizada, a choramingar em seu ombro, Bá havia entendido o ocorrido. Não teve estômago para perguntar até onde as coisas foram — pelo estado dela, haviam ido longe demais — e Amaia, em seguida, confirmou:

— Cuide dela, Bá. Prepare uma daquelas suas ervas para evitar que ela conceba.

A velha mucama gaguejou. Como é que Amaia sabia que dava beberagem para que as escravas não emprenhassem e gerassem mais escravos infelizes? Se o falecido Sr. Carvalho soubesse, que-Deus-o-tenha!, poderia a ter espancado até a morte — havia feito ele "perder muito dinheiro" com isso ao longo dos anos. Sem retrucar, a mucama assentiu. Algo, porém, havia remexido por demais com a sua menina. Debaixo daquela capa de heroína havia uma alma delicada que custava a se mostrar. Amaia já havia saído da cozinha e atravessava o corredor quando Bá a chamou:

— Como você está?

— Esplendorosa! — respondeu Amaia, virando o rosto antes que Bá enxergasse as lágrimas em seus olhos.

Com a mão em seu estômago, Amaia tentou segurar a vontade de vomitar. Parou alguns passos depois, quando teve certeza de que Bá havia voltado para a cozinha, e apoiou-se num móvel do corredor. O corpo de Benedito balançando na forca, o corpo sem cor de João Pedro aos seus pés. Tudo havia voltado com uma violência que ela não poderia se dar ao luxo de vivenciar agora. Era preciso cuidar dos vivos e não dos mortos. Quanto ao quartinho de víveres, que deveria ter sido transformado em enfermaria, talvez fosse melhor derrubá-lo e fazer a enfermaria em outro local. Bá e as outras escravizadas contavam que havia lugares que eram locais de desgraças e destes devia-se manter à distância.

Amaia entrava no escritório, onde calcularia tudo o que devia pagar a Severo — mesmo que fosse obrigada a tirar do próprio prato de comida — quando Bá ressurgiu para lhe lembrar que ela tinha uma reunião de negócios na Fazenda Raridade, de Luiz Mesquita. A jovem soltou um ar de desânimo. Estava em pé desde às seis da manhã, cansada de tanto cavalgar, havia passado por uma situação emocional complicada e ainda teria de se arrumar e flertar com o intuito de fechar algum negócio lucrativo com os senhores — e, quem sabe, arrumar um marido? Um muxoxo. Não havia jeito! Precisava salvar aquela fazenda e aqueles escravizados e evitar que pessoas como Severo continuassem fazendo as suas maldades ao bel-prazer. Ordenou que Bá lhe preparasse um banho bem cálido — não poderia estar cheirando a suor, fosse seu ou do cavalo — e que mandassem arejar o vestido carmesim.

A mucama balançou a cabeça na negativa:

— Você não pode usar esse vestido. Ainda está de luto.

— Ah, quem se importa, Bá?

— Eu!

— Ele tem detalhes em preto, tanto na barra quanto nas mangas. Será o suficiente. Agora, ande, Bá! Ah, e jogue algumas ervas aromatizantes na água. Preciso pensar com clareza e estar revigorada para a reunião.

— Entrou no escritório, retirando o alfinete e o chapeuzinho, e apoiou-se na escrivaninha, enxergando o corpo inerte de Benedito, suspenso pelo pescoço, bailando na brisa do entardecer do Passado.

A reunião com Severo havia finalmente acabado e Amaia pôde respirar aliviada. Ele havia levado boa parte das economias que ela guardara para uma emergência. Teria de vender alguns objetos de casa, quadros e prataria, para poder repor o valor. Havia tanto prazer em entregar a ele aquele dinheiro e avisar que nunca mais aparecesse na sua frente, que ela pouco parecia se importar. Ao menos, as escravizadas estariam a salvo por ora.

Largou-se numa cadeira no seu quarto. Estava aliviada por não estar de espartilho. Desabotoou a parte de cima do vestido e aguardou uma escrava vir lhe tirar as botas de montaria. Aproveitava para pensar quais seriam os seus planos a partir de então. Não poderia demorar muito para conseguir um marido. Bá havia trazido uma série de itens de comida que faltavam e era preciso comprar, além de coisas menores como tecidos de chita para as roupas dos escravos, linhas, vasilhas, até pratos que haviam sido quebrados e precisavam ser repostos. Era tanta coisa que sua cabeça pesou. Atirou-a para trás, apoiando a nuca no espaldar da cadeira. No teto cintilava um arco-íris, contraponto da luz solar que entrava pela janela e transpassava as peças de cristal do candelabro sobre a mesa. Aquelas cores bailando à brisa morna lembravam da época em que bailes eram o tema de sua vida. Dançava da hora que chegava até o adentrar da madrugada, quando saía ainda rodopiando na ponta dos pés e de ponta-cabeça pelo excesso de *champagne*. Ah, quantos beijos trocados nos jardins, ao som das valsas e das risadas, da conversa miúda de salão! Agora, estava tudo tão distante, tão esfumaçado em sua memória, que nem mais parecia a sua vida e sim, algo que havia lido num livro debaixo do carvalho da família.

A possibilidade de rever um desses "beijos" a deixou esperançosa. Luiz Mesquita tinha a idade próxima, nunca havia se proposto a nada, a não ser cuidar da própria fazenda. Era um rapaz tímido, típico do interior, daqueles que gostava de passar a vida sobre um cavalo e dando ordens aos escravos. Escravocrata, sim, mas quem sabe ela seria capaz de mudar as suas perspectivas? No momento, Amaia não tinha muitas opções. Depois do vexame na Guaíba, tanto o Sr. Astolfo quanto o Sr. Chaves e o Sr. Leite sumiram — o Sr. Carlote nem se fala, comprometeu-se com a Srta. Leite em dois dias! Nem os seus convites para vir visitá-la eles aceitaram. Havia sempre uma desculpa malfeita: "Estou passando mal", "Numa próxima vez, estou ocupado esta semana", "Viajo para Rio das Flores dentro de dois dias". Ela não precisava de nenhum deles! Havia ainda uma longa lista de pretendentes a quem poderia recorrer. Listava os nomes, tentando se lembrar se havia alguma noiva — para não causar mais embaraços —, ou se estavam livres. Também buscou coisas em comum, as quais poderia usar a seu favor, como o súbito desejo por saber mais da Grécia Antiga, ou a vontade enlouquecedora de cavalgar pelas margens do rio, ou visitar alguma parenta adoentada.

Terminou de tirar as roupas de cavalgada com a ajuda de uma mucama e colocou-se na tina repleta de água quentinha. Ensaboou-se com uma mistura de ervas que Bá fazia e que mantinha a pele limpa e sedosa. Cheirava a água aromática, tentando relaxar o máximo que seu corpo dolorido pelo trabalho permitia. Sentiu Bá fazendo cafuné em seus cabelos e cantando daquelas cantigas de infância que ela adorava. Iria dormir se não fosse por Cora irromper no quarto, exigindo que lhe explicasse o que estava acontecendo.

O que está acontecendo? Você quer saber o que está acontecendo depois de meses trancada em seu quarto, sem querer falar ou ouvir ninguém? Por onde começar? Ah, sim, vou ter de me casar para salvar a fazenda. E claro, vou usar o dote que temos. E não, não vamos este ano comer pato, o seu prato predileto.

Segurando na beirada da banheira, Amaia refreou a língua e não o tom irritadiço:

— Do que você está falando?

— Por que eu não fui informada dos nossos problemas financeiros? Das dívidas? Dos credores?

— Não foi "informada"? Você não reparou que economizamos nas velas? Nas roupas de cama? Nos remendos nas cortinas e sofás? Na comida reduzida a um prato e um acompanhamento? No café da manhã simplificado?

Cora arregalou os olhos, confusa do que estava acontecendo, como se tivesse acabado de chegar de uma longa viagem, ou despertado de um sono da carochinha:

— Achei que era tudo por causa do luto! E o que faremos?

— Estou pensando nisso... há semanas.

— Pensando? Temos de fazer algo! Ah, eu deveria era mesmo aceitar ir embora com o Singeon, assim, não precisaria passar por nenhuma situação degradante como esta! Pobres! Não posso me imaginar pobre! Nada poderia ser mais humilhante do que ser pobre! Pobre e ainda ao seu lado.

Amaia, que acariciava a superfície da água, aproveitando aquele pequeno momento de prazer que nem Cora e sua negatividade conseguiriam destruir, paralisou. Havia escutado aquilo ou era delírio do cansaço?

— Singeon respondeu a você?! Qual foi o motivo do silêncio dele?

A caçula poderia ser uma boa irmã e contar a verdade. Estava ocupado com as provas finais para se formar em Medicina e não poderia se distrair lendo as imensas cartas de Cora. Como ela não era boa, nem parecia irmã, saiu pela contramão:

— Não lhe interessa. E lhe aviso, Amaia, que se ele me propor, saio daqui e nunca mais volto para essa terra ingrata. E levo a minha parte da herança.

— A sua parte?

— O meu dote e o que mais cabe a mim. Não pretendo ficar com essa fazenda. Não quero mais viver neste inferno, muito menos tendo que dividi-lo com você.

Da mesma maneira que entrou desarvorada, Cora saiu e bateu a porta, impedindo que Amaia protestasse.

— Jesus! — Bá fez o sinal da cruz. — O que deu nessa menina?

— Ela nasceu! — reclamou Amaia, farta da ingratidão de Cora. — Acontece com ela o que acontece com todas: a imensa vontade de se casar para fugir de uma situação e para se ver metida em outra, às vezes tão complicada quanto a primeira.

A velha mucama soltou um longo olhar de esguelha:

— Só ela?!

Amaia ignorou a crítica e pediu que lhe passasse uma toalha. Estava ficando tarde e precisava terminar de se arrumar. Teria de estar esplendorosa aquela noite!

Da mesma maneira que Amaia nunca podia contar com Cora, esta considerava que a irmã nunca entenderia o que era ser ela, ou passaria pelo sofrimento constante que era ser ela. Cora não era bonita como Amaia, ou extrovertida, ou simpática, muito menos tinha tantas amigas ou admiradores. Era pequena, retraída, simplória. Não havia sorrisos para Cora, nem elogios, ou beijos, quiçá adjetivos. Era como se Cora não existisse, somente Amaia, mesmo quando era para criticarem a mais velha: "Vê, Amaia, deveria ser calma feito a sua irmã". Cora nunca era o nome principal das orações, sempre o objeto, o segundo lugar, a raspa do tacho. Mesmo assim, Singeon preferia a sua companhia. Ele costumava dizer que o silêncio de Cora era reconfortante como um colchão de molas após um dia no lombo de um cavalo. Singeon não era um mestre das palavras ou das metáforas, no entanto, Cora apreciava as suas construções verbais, sempre tangenciando o que ele sentia e levando-a a ser o sujeito de todas as suas orações. Singeon não falava exatamente sobre os seus sentimentos por Cora — e nem seria ela a falar para ele —, porém, foi num rápido beijo que ele havia confirmado as suspeitas dela de que, talvez, naquele silêncio dividido, houvesse dois corações batendo em uníssono. Infelizmente, ele foi estudar na Corte e ela teve que continuar presa às histórias em que Amaia seria a personagem principal.

11

A sala incendiava-se de charutos acesos, espalhando fumaça pelas cabeças masculinas e preenchendo os pulmões dos escravos — que, feito estátuas, nos cantos, seguravam bandejas com bebidas e um ou outro quitute para acompanhar os licores daquele fim de dia. As risadas masculinas altas, as vozes graves que contavam piadas repletas de fel e luxúria, nada disso assustava Amaia. Nem os olhos claríssimos que a miraram assim que entrou na sala da Fazenda Raridade. Amaia abriu um imenso sorriso, bateu as pestanas e ergueu a mão na direção de Luiz Mesquita, que veio recepcioná-la à porta do aposento.

Ao notar que os homens perderam a graça e trocaram a postura relaxada pela de cavalheiros, seu sorriso cresceu:

— Por favor, senhores, continuem. Pensem em mim como um de vocês.

E tendo dito isso, com todo o charme que lhe era inerente, Amaia surrupiou um copo de bebida e pediu o charuto que um senhor segurava. Baforou e fez um brinde ao ar, dando um gole em seguida. Segurou-se para não tossir. Apesar da garganta queimada, tinha de demonstrar que estava em pé de igualdade com aqueles senhores, ainda que vestida de carmesim. O vestido de corte princesa — mais conhecido para bailes — era todo em veludo vermelho-escuro e com um decote em V que não se aprofundava muito, porém o suficiente para cativar algumas imaginações. Para trazer alguma sobriedade à sua aparência, tinha sob a bela cabeça um pequeno chapeuzinho negro com penas.

Quase todos os senhores presentes riram da sua atitude — inclusive o Sr. Feitosa, o seu padrinho — e rodearam-na para cumprimentá-la. Ela devolveu o charuto e a bebida para recebê-los. Um por um.

Ao ter a sua mão segurada por Montenegro, Amaia estremeceu e tentou manter o sorriso como se aquele gesto dele não mexesse com ela. Os olhos metálicos buscaram o seu rosto levemente corado, e surgiu um sorriso malicioso que fez o coração dela acelerar. Teve de achar forças para ficar sobre as pernas bambas quando os lábios quentes dele encontraram a pele de sua mão desnuda. Ela suava por debaixo do espartilho e teria soltado um gemidinho se não se controlasse ao ouvi-lo sussurrar:

— Ousada.

— Ousada? Não. — Afastou-se dele, mantendo um tom de voz pouco acima do sussurro. — Esplendorosa.

Foi para o próximo que queria cumprimentá-la, sem desgrudar os olhos de Montenegro que, ao reparar, enviava sorrisinhos para ela. Estavam em bons termos, novamente, o que seria ótimo para os negócios.

Alguns senhores, avessos quanto a uma mulher estar negociando, mantiveram-se nos seus lugares, de cara fechada, quase a ponto da implicância. Quanto a estes, Amaia achou uma solução. Nos braços de Luiz Mesquita, foi cumprimentar cada um deles com um aperto de mãos. A maioria lhe cumprimentou assentindo de leve e alguns foram educados ao lhe segurarem os dedos. Contudo, tiveram dois que solenemente lhe viraram a cara. Amaia não se fez vexada, ao contrário, abriu o sorriso, manteve a mão estendida e disse da maneira mais sedutora que havia encontrado:

— Ah, Sr. Hilário e Sr. Radiz, como é bom reencontrá-los. Espero que estejam fazendo bons negócios.

O Sr. Radiz se sentiu na obrigação de respondê-la com um aceno de cabeça. O Sr. Hilário, conhecido pela sua falta de lapidação social, fez questão de verbalizar o seu descontentamento:

— Seriam melhores sem a sua presença.

— Senhor, por favor! — Luiz Mesquita chamou a atenção do outro.

— Aqui só há borra-botas! Sejamos todos sinceros: quem quer fazer negócios com uma mulher? Vocês mulheres só servem para limpar a casa e se deitar em nossas camas.

— Senhor, por favor, tenha compostura! — O Sr. Feitosa deu um passo à frente, tomando para si a briga.

— Não, padrinho, deixe que fale... — retrucou Amaia, mantendo um olhar firme. Era a sua hora de provar que não estava ali para "brincar de homem". — Quero ver o quanto desagrado esse senhor que, visivelmente, teme que uma mulher possa negociar tão bem quanto ele, além de limpar a casa E ainda se deitar na cama. O que somos nós, senão capazes de tudo?!

— Sim, capazes de tudo... — o Sr. Hilário acercou-se dela. — Mas até onde você está disposta a ir?

Mantendo o olhar firme, sem se deixar rebaixar, Amaia respondeu num sorriso:

— Garanto ao senhor que bem longe. Talvez mais longe que o senhor.

O Sr. Hilário encurvou-se e, com o nó do dedo, alisou o tecido do decote:

— E o quanto está disposta a pagar por isso?

A cabeça de Montenegro, que escutava a tudo calado, rodopiou. Deu alguns passos à frente. Tinha o punho fechado e o maxilar trincado e teria pulado em cima do homem se não fosse por Canto e Melo controlá-lo com um olhar. Não poderia pôr tudo a perder. Haviam sido aceitos naquela sala, ainda que com alguma desconfiança, e teriam de manter a pose de escravocratas para conseguir o maior número de informações sobre o tráfico ilegal que, possivelmente, aqueles senhores engendravam. Ele não poderia desistir disso por uma mulher "desmiolada" que não sabia se controlar — sim, por mais que Caetana defendesse a amiga, Canto e Melo achava por demais as atitudes de Amaia, fosse no caso de provocar os homens para receber elogios, fosse ao tentar negociar com eles como se fossem iguais.

Luiz Mesquita tomou as rédeas da situação:

— Senhor, por favor, não estamos aqui para ofender a ninguém. Peça desculpas à senhorita.

— Pedir desculpas? — o Sr. Hilário bufou. — Ela é quem deveria me pedir desculpas por sua presença. Falta-lhe um homem que a dome. Coisa que nem seu falecido pai foi capaz de fazer. Uma vergonha! E vocês, seus ludibriados, não sabem levar a sério um negócio! Deixam que uma mocinha faça parte da reunião como um bibelô de decoração, incapazes de lhe dizer a verdade: ninguém aqui está disposto a negociar com você, florzinha, por mais bem vestida que esteja. Agora, se tirar essas roupas, pode ser que alguém o faça...

A vontade de Amaia era dar um merecido tapa nele, mas nem sempre vontade e determinação andam juntas. Teve de se manter acima daquela conversa e provar que nem ele, nem nenhum outro senhor com ideias parecidas, a afugentaria dali.

— Retire-se, por favor — esbravejou o Sr. Feitosa. A casa não era a dele, contudo, era o líder do grupo. Poderia ordenar quem permaneceria ou não lá, e sem contestações.

O Sr. Hilário não iria contrariar o Sr. Feitosa. Ninguém iria querer um inimigo do calibre dele. Soltou um muxoxo e preparou a sua partida largando a bebida numa mesa e acenando para que um escravo preparasse o seu coche. Considerando-se "homem de verdade", ainda transpassou um longo olhar para Amaia, de cima a baixo, e lhe rotulou silabicamente:

— Ra-mei-ra!

Vários ânimos se sobressaltaram. Montenegro ia tomar satisfações quando Canto e Melo o segurou pelo braço e mexeu a cabeça na negativa. Poderia ser pior se envolver quando havia algo maior em jogo do que a honra de uma senhorita.

Os olhos de Amaia se encheram de lágrimas e ela mastigou um sorriso que não se fixava na boca. Não sabia onde se esconder. Era humilhação atrás de humilhação. Porém, nada, nem ninguém, a faria correr dali sem antes conseguir um negócio ou um marido. Ergueu o rosto e encarou-o. Não se deixaria abalar, por mais que tremesse por dentro.

Alguém também se fez bem ofendido com aquela afirmação. O Sr. Feitosa foi até o Sr. Hilário, parando-o na porta:

— Desculpe-se com a senhorita.

— Não. É o que disse e ponto final. E são todos vocês uns vendidos!

— Senhor, está não só desrespeitando a senhorita, como a casa em que está e os senhores aqui presentes.

— É antes um desrespeito a mim ter essa rameira aqui. E tenho certeza que muitos aqui pensam como eu, mas fingem sorrisos.

— Está nos chamando de mentirosos? — questionou um.

— Pior. Chamo de hipócritas — o Sr. Hilário gritou para a sala inteira bem ouvir.

— Basta! O senhor não tem esse direito — alertou o Sr. Francisco, que escutava a tudo quieto. Sem mais, atravessou a sala em passos determinados, retirou do bolso uma luva de pelica e deu um tapa na cara do homem.

— Menino, não deveria ter feito isso... Tenho o dobro da sua idade e da sua experiência... Arrepender-se-á por ter feito isso... Perder a vida para quê? Por uma rameira?

Amaia teria lhe dado um soco se Montenegro não tivesse se dirigido a ele. Segurando o punho apertado, forjou cordialidade e, com alguma educação, passou a mão sobre o seu ombro, cochichou algo em seu ouvido e o acompanhou até a entrada da casa. A aparente gentileza dele encheu Amaia. Agora eram dois a quem ela queria destruir: Sr. Hilário e Montenegro. Poderia fazer isso depois. Antes tinha assuntos mais urgentes, como prestar contas ao Sr. Leite e ao Sr. Astolfo. Logo que os avistou e eles perceberam que ia em direção deles, os dois tentaram se esconder atrás de outras pessoas.

— Sr. Leite! Ora, vejam! Achei que estivesse viajando... Era Rio das Flores, não era? Oh, o senhor aqui, Sr. Astolfo? Espero que esteja melhor de saúde. — Estendeu a mão a eles, junto a um sorriso malicioso que os deixara desconcertados.

✿

O Sr. Hilário andava rápido, nervoso, bufando pelas ventas,

reclamando consigo mesmo, fora de si. Havia posto as luvas ao contrário e só não fez o mesmo com o chapéu porque não havia como. A presença de Amaia era sintoma de uma doença que se espraiava. Não era a primeira vez que tinha de lidar com "essas rameiras", sim, havia tido de tratar de negócios com D. Eufrásia Teixeira Leite, que havia acabado de herdar uma imensa fortuna dos pais — o equivalente a 5% das exportações daquele ano. Mulheres negociantes, o maior absurdo que ele havia escutado desde a Lei Eusébio de Queirós — que lhe havia feito perder o negócio de tráfico de escravos. Ao menos, o seu conhecimento estava sendo bem usado e bem remunerado, mas não como na época áurea dos tumbeiros.

— Como permitem uma meretriz dessas?! — continuava a ladainha.
— Deve ser para fazerem alguma orgia ou coisa do tipo, em troca de algumas sacas de café. Seu pai era igual, um vendido! Aceitava qualquer proposta. Estava tão endividado que estava quase a perder a fazenda. Deve ser por isso que ela está aqui. Atrás de dinheiro em troca de favores.

Montenegro ia atrás, calado, cabeça semiabaixada.

Ao se virar para se despedir, o Sr. Hilário caiu de joelhos no chão com um soco dado em seu estômago. Zonzo com a falta de ar, demorou a entender quem o havia acertado. Trincando os dentes, com os olhos fixos na ferocidade, Montenegro puxou a sua cabeça para trás e avisou:

— Nunca mais se aproxime da Srta. Amaia, fale dela e, muito menos, pense nela.

O fazendeiro tentou reagir, puxando uma pistola que trazia debaixo da casaca — no caso de um ataque quilombola. Num instante, Montenegro acertou-lhe um chute na mão e um soco no rosto, fazendo-o cair para trás. O Sr. Hilário, cuspindo sangue, tateou pela sua arma. Não conseguiu pegá-la. Montenegro o tinha puxado pelo colarinho.

— Garanto que da próxima vez será pior. — E largou o homem sobre a própria poça de sangue e mijo.

Ajeitando a gravata e as vestes que lhe davam a alcunha de o Barão Negro, Montenegro entrou na sala. Tanto o Sr. Feitosa quanto o Sr. Mesquita lhe dirigiram olhares reprovadores, os quais ele ignorou com um sorriso confiante no canto dos lábios. Este sorriso era fundamental para esconder a frieza ameaçadora da fera que o habitava. Fazia-o tão bem, porém, que foi impossível que Amaia lesse outra coisa do que apoio da parte dele ao Sr. Hilário. Ao deparar-se com a expressão cortante dela, compreendeu que Amaia havia entendido errado. E teria ido se explicar se ela não estivesse rodeada de senhores.

Canto e Melo, que o bem conhecia, a ponto de saber o que deveria ter acontecido no vestíbulo, discretamente lhe passou um lencinho para que limpasse as manchas do sangue do Sr. Hilário de seu punho. Aproveitando a proximidade, e que os outros se entretinham em distrair

Amaia da situação lamentável que havia sido criada no seu entorno, murmurou em seu ouvido:

— Ela tem mais culhões que muitos aqui, confesso. Se fosse comigo, eu teria ido embora. Talvez, até chorando. — Ao que Montenegro foi só aprovação e interesse.

※

A negociação não foi em nada proveitosa para Amaia de Carvalho. Os poucos senhores que vieram lhe falar preocuparam-se mais em saber se estava bem e perguntar sobre amenidades do que realmente discutir os negócios ou fazer arranjos. Luiz Mesquita, o dono da casa, mal lhe dirigia a palavra, afrontado pelo mal-estar que "ela" havia provocado. Mais de uma vez, Amaia aproximou-se dele com alguma cordialidade, batendo as pestanas e sorrindo, e em todas elas ele arrumou uma desculpa para ir para o outro lado da sala. Francisco lhe falava pouco também, por mais que ela lhe agradecesse a delicadeza de ter posto sua vida em risco para salvar a sua reputação — o que poderia ser o sinal de um futuro pretendente. Na primeira vez que o mencionou, ele trocou um sorriso farpado e na segunda vez que ela o fez, estipulando um contato físico ao segurar a manga da sua casaca, o Sr. Francisco foi bem claro com ela:

— Fiz porque ele me chamou de hipócrita. — Mais um que se afastava dela, indo para junto do Sr. Leite e do Sr. Chaves.

Amaia sentiu-se isolada, sentada numa cadeira, batendo o leque preto chinês de sua mãe, distribuindo sorrisos aos senhores e não colhendo mais do que gentilezas. Ninguém queria o seu café, ninguém queria dividir as mulas que levariam a colheita até a Corte[17], ninguém, sequer, olhava para ela senão com incompreensão. Aquilo era demais! Teria ido falar com as únicas duas pessoas que lhe tratavam normalmente, sem qualquer olhar ressabiado, o Sr. Canto e Melo e o Sr. Feitosa, se eles não estivessem na companhia de Eduardo Montenegro. Tinha cada vez mais horror daquele homem e dos seus olhos claríssimos que iam despindo-a a cada vez que a miravam. Não só se sentia nua como também com a alma sugada. Ademais da Razão a lhe lembrar que era escravocrata, como boa parte dos homens que conhecia, o que, dadas as circunstâncias, não faria grande diferença, uma vez que teria que se casar com um escravocrata se quisesse salvar a fazenda e os escravos — ao menos, esperava que fosse com algum "de bom coração", se é que isso não seria um contrassenso.

Foi para perto de uma janela e na paisagem escondeu o rosto triste. Sentia as têmporas pulsarem de dor, como os pés, e todo o seu corpo moído. Havia acordado cedo e precisava descansar o quanto antes. Nem na época em que varava a noite valsando nos mais diversos braços ela ficava tão cansada. Escondeu o bocejo por detrás do leque. Talvez fosse melhor voltar para a Santa Bárbara, Bá a deveria estar esperando aflita — nunca descansava até estarem todos em casa. Pouco ela poderia fazer pela fazenda se continuasse ali.

Um peso entalou no peito e o ar não passou. Era vontade de chorar. Não sabia mais o que fazer para conseguir salvar a fazenda das dívidas. Era casar-se ou casar-se. E com alguém bem rico, que poderia lhe comprar as dívidas e reerguer a Santa Bárbara à sua glória passada. Teria de ser antes que Cora pegasse o valor do dote e fugisse com Singeon. Se tivesse coragem, dormiria com quem fosse, se isso significasse não perder a sua fazenda. Corou só de pensar na possibilidade. Não se achava capaz, apesar de ser uma última solução — surpreendeu-se ao pensar que talvez o Sr. Hilário não estivesse tão errado sobre ela.

Ao erguer os olhos para o vidro da janela, pelo reflexo notou que Montenegro vinha na sua direção. Sem tempo para reclamar consigo mesma que estava cansada demais para discutir com ele, viu o lépido Sr. Leonel cortando a frente do outro e indo falar com ela.

— Sr. Leonel! O senhor me traz tanto alento! — Amaia lhe recebeu com um imenso sorriso, deixando o rapaz vaidoso e Montenegro, irritado.
— Como é bom ver um rosto amigo! — Sem pensar, tocou na casaca de Leonel, num gesto de carinho, daqueles que uma moça não poderia fazer sem que se tratasse de alguém íntimo.

Talvez fosse o cansaço que fizera Amaia agir assim. O mesmo cansaço que a fez pensar ter visto, por cima do ombro do Sr. Leonel, uma película de ciúmes sobre a expressão estática de Montenegro. Ainda que ela tivesse reparado, ele não percebeu aquele "pequeno incômodo", pois Eduardo Montenegro era tudo, menos um homem ciumento, quiçá apaixonado.

— A senhorita é quem é um alento a nós e a essas reuniões maçantes — o Sr. Leonel retribuía a gentileza. — Perdoe-me pelo "incidente", o Sr. Hilário perdeu o filho na guerra no Paraguai e uma filha da sua idade, de escarlatina. É um homem que sofreu muito e se tornou menos tolerante à vida.

— Entendo. — Amaia abaixou os olhos, fingindo compreender, pois tudo o que ela ainda queria era jogar na cara do Sr. Hilário e de todos os homens ali que ela era capaz de reerguer a fazenda sem a ajuda deles. — O que é a vida senão somente perdas? — Respirou fundo. — Tenho de ser compreensiva e solidária com o Sr. Hilário, eu mesma perdi recentemente minha família. — Tocou a mão do senhor. — Não sabe como é importante que o senhor esteja aqui, me dando apoio, o quanto reconforta o meu coração. — Apertou-lhe os dedos. — Nunca serei capaz de agradecer tamanho ato de gentileza.

— Hã! — Ele corou — A-a senhorita não precisa…

— O que seria de mim hoje, sem o senhor? Ficaria imensamente agradecida se pudesse me ajudar com alguns cálculos. Quem sabe, me visitar na fazenda? Uma moça órfã como eu precisa de um homem inteligente, requintado e de bom coração como o senhor... — Pôs a mão na frente da boca. — Oh, o que estou fazendo? Desculpe-me, devo estar parecendo oferecida. Por favor, não me interprete mal... É que... — Abaixou os olhos para o leque.

— Sim, diga-me, por favor. — Estava tão ansioso, que todo o seu corpo vibrava aguardando as palavras dela.

Amaia poderia não saber negociar sacas de café, mas para sentimentos ela era excelente. Apertando o leque contra o peito, fechou os olhos, respirou fundo e os abriu, verdes inebriantes feito Absinto[18], tragando Leonel para dentro:

— É que o senhor faz meu coração bater mais rápido e não consigo ser outra coisa que sincera com o senhor.

— Srta. Amaia... eu... — *Ele estremeceu?* — Ah, senhorita... V-vou ajudá-la no que for capaz. Amanhã mesmo irei vê-la na fazenda e poderemos repassar os números e o que mais for. Ah, D. Amaia. Posso chamá-la de Querida D. Amaia?

Fingindo acanhamento, Amaia abaixou a cabeça e a balançou positivamente.

— O senhor é o que há de melhor. Acho que nem conseguirei dormir esta noite de tanta alegria ao saber que irei reencontrá-lo amanhã. Só lhe peço uma coisa: não zombe do meu pobre coração. — Apertou a mão dele de novo.

— Nu-nunca seria capaz disso. — Ele beijou-lhe os dedos com tanto furor que Amaia corou de vergonha dos senhores próximos.

Seria um bom momento para se afastar, ficar sozinha e aguardar que o Sr. Leonel fosse atrás dela marcar a hora e dar o bote final. Um beijo simples, casto, que selaria o compromisso entre eles. Pediu licença e se retirou para o vestíbulo com ares de noviça fugitiva.

Leonel não era o seu tipo de homem, nem o ideal pelo qual se apaixonaria, disso Amaia tinha mais do que certeza. Sua aparência era bem comum, o que não era um problema. A questão estava na sua personalidade. Amava a própria voz e adorava exaltar a si e ser exaltado. Todas as vezes que dançaram juntos, ele ficava concentrado em contar o quanto havia treinado e quais os passos preferidos. Quando se sentavam lado a lado num jantar, ele se gabava do que gostava de comer e o que já havia experimentado de exótico. Nas conversas de sala de estar, adorava monologar sobre o que havia lido ou visto e o quão importante considerava a própria opinião. Bem, era quem havia fisgado e, desta vez, o seguraria até o altar. Era preciso coragem e aceitar que determinadas escolhas deveriam ser feitas em prol de outras — ainda que significasse abrir mão de um casamento por Amor.

No vestíbulo de entrada, Amaia sentiu alguém atrás de si. Deveria ser o Sr. Leonel. Ajeitou as roupas e abriu um imenso sorriso ao se voltar para ele. Ao descobrir quem era, o sorriso foi se desfazendo, dando lugar a uma expressão de consternação. Não era nem hora, nem lugar, para discutir justamente com *ele!*

Montenegro não se fez ofendido. Aquilo, de alguma maneira, o estimulava.

— A senhorita passa bem? Vi que saiu da sala um tanto nervosa.

Ou ele era burro, ou se fazia de sonso. Ou achava que era ela a burra.

— Estou ótima, muito bem e obrigada por perguntar. Gostaria de ficar um pouco sozinha, se me permite.

Na verdade, esperava o Sr. Leonel e não queria o sarcasmo de Montenegro envolvido. Parecia que ficar muito tempo com ele piorava o seu humor e ela perdia todas as sociabilidades, pondo para fora o seu pior, aquilo que não mostraria nem ao seu confessor.

— Minha presença a incomoda tanto a ponto de preferir ficar sozinha?

— Não, faço isso pelo senhor.

— Por mim? — Finalmente demonstrou alguma expressão que não a de sarcasmo ou seriedade: estava curioso. — Ilumine-me, por favor.

Amaia achava melhor acabar logo com aquela conversa, pois o Sr. Leonel poderia aparecer a qualquer instante; ela estava cansada, com dor de cabeça e Montenegro havia conseguido retirar a sua concentração na conquista de um marido. Tomando conta de si, ela ergueu o queixo e os olhos e o encarou:

— Eu acho que o senhor tem medo de mim.

Ele pausou, examinando o que ela havia acabado de dizer, tão curioso quanto pelo dito anteriormente. Amaia estava conseguindo cativar a sua atenção duas vezes seguidas e surpreendê-lo — ainda que em algum pequeno grau. As moças muito bonitas e ricas que conhecia achavam-se acima de tudo, donas das verdades criadas por suas cabecinhas lindas e limitadas pela falta de vivência que o dinheiro trazia, porém, nenhuma delas havia conseguido cativar sua atenção o suficiente para querer conversar, além de beijá-las e levá-las para a cama — não necessariamente nesta ordem.

— Medo da senhorita? E por quê?

— Medo de se apaixonar por mim. Por isso, brinca tanto comigo. É uma tentativa de me repelir.

Ele se achegou ainda mais, ficando a um passo de distância, prendendo a respiração dela com o seu olhar direto:

— E por que eu temeria me apaixonar pela senhorita?

— Não sei, talvez algo em seu passado, uma relação amorosa mal resolvida, um problema no histórico familiar. A questão é que o senhor tem medo de amar e, por isso, me trata dessa maneira lasciva. — Abriu um sorrisinho de escárnio que o atraiu para a sua boca. Ela tinha lábios perfeitos para serem beijados.

— Você acha mesmo que eu temo amá-la? — Os joelhos dele tocaram as saias dela. — Vejamos...

As mãos envolveram a cintura dela. O peitoral dele roçou no decote dela. As respirações se misturaram e os olhares se entremearam quando os lábios de Montenegro tomaram os de Amaia. Havia sido rápido o suficiente para que ela não conseguisse — e nem quisesse — escapulir, aceitando aquele beijo como quem, após um dia cansativo, depara-se com um delicioso e relaxante banho escaldante. Seus corpos se beijavam, apertando-se um contra o outro, tentando dominar o outro, se sobrepor para, por fim, fundir-se. As mãos leves de Amaia subiram pelas costas dele e apertaram a sua casaca. O cheiro dos cabelos dela mexia com ele tanto quanto o calor aveludado de seu corpo, incitando a aprofundar o toque. De leve, Amaia abriu a boca para soltar um gemido de prazer e foi invadida por Montenegro. O beijo ganhava proporções maiores, intensas, que os reviravam. Tudo os envolvia numa levitação acima das águas do deleite.

Amaia correspondia o beijo com tanto vigor que Montenegro decidiu ser melhor se afastarem, antes que se afogassem naquele furor. Ela estava conseguindo tirá-lo do seu centro de calmaria — e temia pela honra dela. De olhos fechados Amaia ficou, ainda envolvida pelo que havia acabado de acontecer. Abriu-os somente ao escutá-lo falar:

— Acho que não temi, como também acho que não me apaixonei. Canalha, eu sei. Cafajeste, entendi. Agora é você quem vai entender uma coisa: eu faço o que quero e agora quero beijá-la novamente.

Era irresistível. E quanto mais brava ela ficava, mais ele a queria beijar. Tomou-a, prendendo-a de tal maneira pela cintura, que Amaia pôde sentir todo o corpo dele colado ao seu. Ela apertou os ombros largos dele e, mais uma vez, era jogada no beijo, tendo a sua boca invadida pela língua dele. O corpo dela foi se atiçando e os braços envolveram o pescoço dele. Cravara as suas unhas na nuca. Montenegro soltou um gemido e suspendeu Amaia pela cintura. Carregou-a contra uma parede ainda a beijando freneticamente, provando o seu poder varonil. Suas grandes mãos perpassaram a cintura dela, subindo e descendo por suas costas, sentindo um frustrante espartilho. Isso não o impediu de descer os lábios pelo pescoço dela. E quanto mais Amaia revirava o corpo, estremecendo de prazer, mais aquilo o fazia descer, até encontrar o seu decote. Bastou uma lambida e Amaia abriu os olhos. Ainda de cabeça virada pelas sensações nunca antes sentidas, ela pressentiu a necessidade de parar com aquilo, antes que se entregasse para ele e todo o seu plano de salvar a fazenda fosse por água abaixo. Era preciso se manter pura para se casar.

Pisou-o com a ponta do salto e o empurrou:

— Canalha!

Refazendo-se da pequena agressão, Montenegro estava confuso. Nem ele havia entendido o que acontecera naquele beijo, em que ambos haviam despido suas almas — e, por pouco, as roupas. Desconcertado por ter se revelado, ele tentou forjar um sorriso sedutor, complemento de um olhar sexual. Em vão. Estava tão trêmulo e perpassado pelas emoções quanto Amaia. Ela, no entanto, pareceu se recompor melhor do que ele — não que estivesse menos abalada. Puxou a saia do vestido e tentou ficar de pé, abstraindo que todo o seu corpo parecia gritar de prazer. Fechou os olhos, respirou fundo e retornou à sala de visitas.

Ao se dar de encontro com a cara fechada do Sr. Leonel, próximo à porta, Amaia gelou. Tentou retomar a conversa, mas ele parecia incomodado com a sua presença. Sem lhe dizer nada, foi embora. *Será que ele viu o beijo? Um beijo insignificante daqueles?* — ficava tentando se convencer.

12

Canto e Melo arregalou os olhos e reacomodou-se no sofá, incrédulo com o que havia acabado de ouvir. Era preciso perguntar uma segunda vez, para ter certeza — ou para descobrir se já havia bebido demais e passava a escutar coisas:

— Você a beijou? E por que você a beijou? Não me diga que está apaixonado por D. Amaia?

Montenegro, de cabeça abaixada para o copo de Porto[19], abriu um pequeno sorriso de quem não pretendia continuar aquela conversa íntima. Nem sabia como haviam chegado naquele assunto. Nem por que havia compartilhado algo que nem ele mesmo conseguia compreender. Deu uma volta no seu gabinete inglês, sentando-se atrás da escrivaninha, e tentou desconversar:

— Não estou apaixonado. — Colocou sobre a mesa a garrafa de Porto, da qual servira o amigo. — Mas uma coisa é certa: ela sabe beijar. Todo o corpo dela sabia e eu senti que me queria o quanto eu a queria.

— Eu não acho certo brincar com ela dessa maneira… — Balançava a cabeça em negativa. — Por mais que eu desaprove as atitudes dela, não acho certo. Não se brinca com o coração das pessoas, Montenegro.

— Não estava brincando. Ela precisava ser beijada e eu a beijei.

O tom poderia ser relaxado, mas Canto e Melo poderia ver, por debaixo dele, que Montenegro havia sido mais enredado por Amaia do que gostaria que o amigo fosse — o que poderia ser prejudicial às investigações do Clube. Caetana o havia alertado e ele tentara avisar a Montenegro: "Amaia é apaixonante!" Não era apenas o nome diferente, havia nela algo que Montenegro nunca havia encontrado em mulher alguma, um diferencial que vinha de uma força, tal como o carvalho, cujas raízes iam se infiltrando pela terra e fortalecendo o seu tronco.

— É uma moça desmiolada! — retrucou Canto e Melo. — Acabou

de perder os pais e tem uma fazenda toda endividada nas costas para administrar!

O endividamento da fazenda Santa Bárbara não era novidade para ninguém, falava-se vastamente sobre o assunto. Falava-se, apenas, ninguém parecia propenso a ajudar. Diante de tanto zunzum, pouco importava a Montenegro. Depois do beijo deles no vestíbulo da casa de Mesquita, de mais nada se recordava, senão dos seus corpos entrelaçados e das faíscas que iam lhe comendo a alma toda vez que se lembrava dos gemidos dela em seu ouvido.

— Tem dívidas com metade de Vassouras — reforçava o noivo de Caetana. — Se os credores resolverem cobrar as dívidas ao mesmo tempo, ela estará perdida. E é bem possível que não só perca a fazenda.

Por fim, Montenegro levantou os olhos do Porto — por cuja superfície escura havia se deixado navegar pensativo:

— Ela não tem uma irmã?!

— Pelo que Caetana deixou escapulir, as duas não se dão bem e Cora está se preparando para ir embora. Irá na primeira chance, deixando toda a confusão para Amaia. Deve ser por isso que Amaia está desesperada atrás de um pretendente, à caça de convites. Precisa que alguém queira se casar com ela para arcar as dívidas da fazenda.

O rosto de Montenegro contraiu:

— Pretendente?

— O que resta a uma mulher, Montenegro? Viu como ela foi rechaçada pelos senhores na reunião de negócios. Ninguém vai negociar com ela, por maior que seja o seu charme. Para uma mulher, só há três caminhos: casamento, convento ou bordel.

Montenegro havia paralisado. Demorou alguns segundos para levar o Porto até a boca e dar um gole. Sua respiração estava rala, suava pelas palmas das mãos. De repente. Poucas vezes havia se encontrado dessa maneira, e nenhuma delas havia sido boa porque indicavam medo. E por que ele estaria com medo? De quê? De que Amaia, após o beijo, achasse que ele era um pretendente e viesse atrás de si com um pedido de casamento? Ela não era tola e ele havia deixado claro os seus termos: diversão, apenas. Porventura, por debaixo desse medo houvesse sentimento mais forte, mais intenso, que ele ainda não havia percebido, tão desacostumado estava: era medo de que Amaia viesse a passar por um sofrimento e ele não pudesse impedir.

Canto e Melo não exagerava, nada poderia ser mais cruel do que a situação de Amaia. Era preciso se vender para conseguir manter o seu lar. Era também preciso coragem, força e muita determinação. De fato, era única e, a cada dia, crescia sua admiração por ela. Outras senhoritas teriam entregado a fazenda, vendido os escravos e ido à Corte[20] atrás de um casamento. Já Amaia ia pelo caminho mais difícil — e, naturalmente, o mais certo de dar errado. Só não entendia a razão. O que havia naquela fazenda que era tão importante para ela, mais importante do que a sua própria felicidade?

— Deve haver alguma maneira... Espera, você disse que o pai dela possuía muitas dívidas?

— Sim.

— E sabe quem era o seu maior credor?

— Não. E duvido que Caetana saiba. Disse que descobriu das dívidas através do pai dela, pois Amaia não conta a ninguém sobre isso. É um caso de humilhação para ela.

— Eu também não contaria. Não nesse lugar em que a posição faz toda a diferença. — Montenegro girava a taça de vinho em sua mão, estudando a situação.

— Mas por que quer saber quem é o maior credor? Pretende comprar a promissória dele?

— Não. Fui ao local em que ocorreu o acidente do Sr. Carvalho. E começo a suspeitar que possa não ter sido um acidente. Foi algo premeditado. Algumas horas antes, escutei o Carvalho brigando com alguém, mas não consegui identificar quem era. Falavam de dívidas e que ele estava vendendo informações.

— Vendendo informações? Para quem? Para os Devassos? — Montenegro não respondeu, mas o seu silêncio foi a resposta positiva que Canto e Melo aguardava. Assombrado, ele recostou-se no sofá. — E imaginar que D. Amaia e a irmã também estariam no coche e igualmente teriam morrido se...

Os olhos cristalinos de Montenegro se fixaram em Canto e Melo e o interrompeu, verbalizando o seu raciocínio:

— A fazenda seria posta a leilão para o pagamento das dívidas. Quem comprasse poderia fazê-lo por uma bagatela e ainda reaver o seu dinheiro e impedir que ele continuasse passando informações. Precisamos descobrir os portadores dessas dívidas.

— Por quê? O que pretende com isso? — Canto e Melo ainda não havia conseguido alcançar a ideia de Montenegro, ao menos, a parte que levava ao leilão.

— Se essa pessoa foi capaz de matar o Sr. e a Sra. Carvalho, ele poderá tentar matar Amaia e sua irmã para obter o que deseja.

Estava ficando mais confuso do que Canto e Melo era capaz de decifrar. Montenegro pensava rápido, no entanto, nunca havia chegado a conclusões com tanta velocidade, deixando-o tão para trás. Deveria ser o Porto. Largou o copo sobre uma mesinha e sentiu que era hora de perguntar — já desconfiando a resposta:

— E o que você fará a respeito? Irá se casar com ela para protegê-la?

Montenegro largou um olhar vexado, que fez o amigo estremecer. Por mais que se sentisse atraído por Amaia, ainda não o havia convencido de que era capaz de se casar. Apesar da certeza de que seria um péssimo marido, ela não era tão insuportavelmente sedutora para que cogitasse isso.

— Sabe que não sou um homem que se casa. Eu irei descobrir quem fez isso e impedir que aconteça algum mal às filhas do falecido.

Uma resposta benevolente! Isso era novidade para Canto e Melo, acostumado ao sarcasmo e ao desdém a tudo que não fosse Abolição. Evitando mostrar a Montenegro o quanto D. Amaia poderia estar mudando-o, ele apenas cruzou os braços e abriu um sorriso canhoto:

— E como fará isso?

— Me aproximando de Amaia e descobrindo esses nomes.

— Céus, isso não dará certo. — Engoliu o riso que vinha a seguir.

— Sempre dá! — Entornou o resto do vinho, concentrado na própria determinação. Teria de sistematizar como chegaria até Amaia, sem que ela achasse que ele era um pretendente em potencial.

Bateram à porta. Montenegro mandou que entrasse. Ao ver que era a professora Lídia, ele e Canto e Melo se levantaram para recepcioná-la. A professorinha, dentro da sua timidez, que lembrava muito a uma governanta inglesa que Montenegro havia tido, vinha de olhos baixos. Não era de uma beleza inquestionável, como Amaia, mas era agradável de se apreciar. Talvez pecasse pelas roupas simples e pelos cabelos presos num coque austero. Um pouco mais de cor e ela poderia se destacar das demais — sugestionava Canto e Melo a si mesmo.

— Por favor, não quero incomodá-los... — falava devagar, de uma maneira tão suave que parecia miar.

Montenegro abriu um sorriso simpático e lhe apontou uma cadeira:

— A senhora não nos incomoda em nada, professora. Por favor, sente-se. Gostaria de uma taça de Porto?

— Não, obrigada. — Ela se manteve de pé, com as mãos na frente do corpo. — Vim apenas avisar que pretendo fazer as provas orais de História depois de amanhã e, como sei que o senhor gosta de ver, bem... — Corou ao levantar os olhos e deparar-se com os de Montenegro. —... é para que esteja lá.

— Por certo que estarei. É tudo?

— Sim. — E saiu com a mesma calmaria da entrada, deixando um rastro de perfume de rosas.

Canto e Melo aguardou o tempo que achava suficiente para ela estar longe e ele poder comentar, sem serem ouvidos:

— Ela gosta de você.

— Claro que não. — Montenegro fez uma careta, incrédulo.

— Ela vem aqui quase todos os dias "manter você informado" — flexionava uma voz feminina, fazendo pouco caso da cegueira do amigo.

— É porque é uma boa profissional. Muito séria e competente.

— Sim, e seria a mulher ideal para você: calma, inteligente, experiente. Não uma moça mimada e cheia de vontades.

Era evidente o desgosto de Canto e Melo por Amaia — o que nem Caetana, nem Montenegro conseguiriam, aparentemente, mudar. Odiava mocinhas que se colocavam acima dos outros, flertando com todos, agindo como se no mundo apenas as suas vontades fossem as primordiais. Poderia até estar tentando salvar a fazenda, porém, tinha certeza que era mais pelo orgulho ferido pelas dívidas do que por qualquer outra coisa.

— Sabe o que é melhor para mim, meu amigo? Continuar solteiro. Não vou me casar nem com Amaia, nem com ninguém. — Riu-se Montenegro.

Levantando uma sobrancelha, Canto e Melo o ironizou:

— Está determinado a isso?

Montenegro calou-se com um gole de Porto e deixou os olhos metálicos vaguearem pelo líquido até que terminasse a bebida.

13

Quando Amaia reparou que Rodrigo e Ricardo tinham as mãos sobre os joelhos e um sorriso falso no rosto, pressentiu que poderia estar incomodando. Ansiedade esta que eles dividiam com a mãe e o pai, também sentados na sala. O que é que estava acontecendo? Metade dos rapazes não queria conversar com ela e, muito menos, ficar no mesmo ambiente. Sim, havia sido uma visita inesperada, não havia avisado que viria, o que já fazia com um certo costume. E todos adoravam aquelas visitas surpresas! Diziam que eram muito melhores do que as combinadas, trazia um sabor às tardes. O único sabor que Amaia sentia ali era de amargor. E, para piorar, chegaram mais convidados — estes haviam marcado. Era o Sr. Tomás com a prima de Leonel — com quem diziam que iria se casar — e o próprio. Tanto Tomás quanto Leonel não olhavam para Amaia e nem a teriam cumprimentado se esta não fosse uma falta grave.

Não queria aceitar, mas talvez sua irmã Cora estivesse certa: sua coqueteria um dia seria a sua ruína. Nenhum rapaz decente aceitaria se casar com uma moça que flerta com todos os homens numa sala, ainda mais uma que acabou de perder os pais e mal aceitou passar pelo luto. Quem, inclusive, se vê reunida com outros homens e sem acompanhante. Amaia creditava inveja por ela ser mais bonita e extrovertida que a irmã caçula, atraindo mais olhares e simpatias do sexo oposto, contudo, naquele momento, tudo indicava que Cora avaliara a situação melhor do que ela.

Se por teimosia ou por determinação — no caso de Amaia, ambos se confundiam —, ela alargou ainda mais o sorriso e fez questão de mostrar que estava acima daquela situação constrangedora. Puxou conversa com a prima de Leonel, elogiou-lhe as roupas e a cútis, brincou que fazia "um mau negócio" ao se casar com Tomás, por ser "muito charmoso e um ótimo partido", o que "causaria muita inveja". Também prometeu lhe ajudar a preparar o enxoval, o qual ela teria aceito de imediato se não fosse pelo olhar repressor de seu primo e do noivo.

Amaia tentou se engajar numa conversa com o jovem Ricardo, perguntar se pretendia seguir a carreira do irmão mais velho e cursar a Politécnica[21]. Ao pular para este assunto, os recém-chegados pediram desculpas e avisaram que voltariam em outro momento. Amaia desconfiou que ela fosse o motivo para aquela retirada repentina, menos de meia hora depois, e teve certeza quando a mãe dos rapazes pediu que fossem ver se estava tudo a contento na plantação. Era já fim do dia e faltava apenas uma hora para o jantar. Aquilo era mais uma indireta para a jovem partir.

Desta vez, Amaia fechou o sorriso e agradeceu a gentileza de a terem recebido em hora tão inoportuna. Ficou chateada por não terem lhe oferecido o coche — igual às outras vezes — para voltar para casa. Como a fazenda deles era próxima, havia ido a pé na esperança de lhe darem carona. Havia criado o plano de jantar lá — fatalmente a convidariam, uma vez que, desde sempre, fora amiga dos rapazes — e obrigar um dos meninos a acompanhá-la no coche. Quem resistiria a ela à noite, sob o balançar das estrelas e o sacudir do veículo? Uma sacolejada e uma "quedinha" sobre o outro, mais um solavanco e um resvalo, e estaria noiva no dia seguinte.

Amarrou o chapéu debaixo do queixo, calçou as luvas, despediu-se com uma última esperança. Nada. Toda a família estava rija feito num daguerreótipo[22].

Meteu-se a andar, arrependida de estar usando sapatos de salto. O terreno não era muito íngreme, contudo, a terra fofa fazia com que afundasse os pés, tendo o dobro de trabalho a cada passo. Ainda era obrigada a levantar a saia acima dos tornozelos para impedir que o vestido branco se sujasse. Odiava a ideia de estar com aquele vestido rendado, marcado por uma fita vermelha na cintura. O chapeuzinho, também vermelho, a incomodava quando precisava ficar de cabeça abaixada, observando onde pisava. Sentiu que algo a prendeu por trás. Talvez uma pedra ou uma planta mais alta. Tentou continuar andando e, ao ouvir um rasgar, Amaia quis chorar. O vestido era relativamente novo — fora comprado pouco antes dos pais morrerem e nunca o havia usado. Não se desesperaria. Só não olharia o estrago, por enquanto, para ser capaz de seguir andando e sem chorar — lágrimas poderiam atrasar a sua chegada.

Aqueles sapatos só a estavam retardando. Amaia aproveitou uma árvore próxima e se apoiou no tronco para tirá-los. Também retirou as meias para evitar que as furasse. Guardou as meias na bolsinha e ficou carregando os sapatos nas mãos. Até que era agradável sentir a relva fresca e as cosquinhas que faziam em seus pés. Lembrou-se das cobras que Montenegro havia avisado que poderiam lhe picar. Ah, também não pensaria nisso agora, mas seria um bom incentivo para apressar o passo.

Foram vinte minutos de caminhada até que se deparasse com as cercas que delimitavam a sua propriedade. Respirou fundo e sentiu-se em casa.

Tinha que passar o arame farpado. Poderia tentar dar a volta e entrar pelo portão da fazenda. Se o fizesse, seria obrigada a mais vinte minutos de caminhada e mais sabe-se lá quantos até a casa. Chegaria ao anoitecer e Bá já teria enfartado a essa altura.

Suas luvas de pelica a impediriam de se cortar no arame farpado. Calculou que não conseguiria passar por cima. Era alto e não poderia erguer as pernas por causa do vestido e do espartilho. Melhor seria passar entre um arame e outro, que estavam em paralelo. Foi andando ao longo da cerca para ver qual poderia ser o mais espaçado e achou um local que parecia ser o ideal. Tentou pôr a mão e segurar o arame para baixo, mas não conseguiu e quase espetou o dedo. Teria de tomar cuidado e atravessar do jeito que fosse. Atirou os sapatos e a bolsinha para o outro lado. Ergueu o máximo que conseguiu as suas saias e passou uma das pernas. Depois seria a cabeça e o corpo. Ao tentar se encurvar, ouviu outro estalo. As costuras das costas haviam arrebentado e alguns botões de madrepérola se perderam na relva.

Tinha de continuar. Passou a cabeça e o corpo. Não foi adiante. O chapeuzinho havia ficado preso no arame. Amaia respirou fundo e teve a ideia de soltar o chapéu. Puxou o alfinete que o prendia ao penteado. Liberta dele, passou a outra perna. Ao perder o equilíbrio, caiu sentada no chão. Por sorte, não havia se ferido, e o seu chapéu havia ficado preso de tal maneira no arame, que duvidava que o libertasse sem o estragar. Não havia sido somente o chapéu que ali ficara na cerca: parte da saia voava com o vento como lençol no varal. *Antes a saia do que os olhos.*

Tentou se levantar do chão. O espartilho a impedia de fazer o movimento, obrigando-a a rolar para o lado. Ficou de quatro. Teria que se apoiar em alguma coisa. Foi engatinhando até o pau que segurava o arame farpado e, apoiada nele, ergueu-se. Que alívio! Pensaria duas vezes antes de pedir que Bá lhe amarrasse o espartilho bem apertado.

Ajeitou os cabelos como pôde, tentou bater a mão na roupa para tirar a sujeira. Sujou-se mais ainda. Tinha as luvas imundas. Aceitou o fato de que estava com uma imagem tão ruim quanto a de alguns minutos atrás, na sala de estar dos ex-amigos. Era daquela maneira que a enxergavam: enlameada. Ergueu a cabeça e ajeitou novamente os cabelos que lhe caíam na cara, suada e vermelha pelo exercício. Não se daria por vencida, nem hoje, nem nunca! Era teimosa o suficiente para seguir com seus planos. Perder a fazenda começava a se tornar mais uma questão de dignidade — da sua — do que de honra familiar. Queria provar a todos os fazendeiros que ela era capaz — mesmo que precisasse da ajuda de um marido.

Os raios vespertinos iam pintando o céu de laranja e rosa e resolveu apressar o passo. Moça nenhuma que se digne deve andar sozinha à noite.

Ao caminhar de uma brisa, veio o canto dos escravos. Melodia cruel, apesar de linda, sinal de que aquelas terras ainda estavam amaldiçoadas pela escravidão. Foi seguindo o cântico. Estava numa das áreas da plantação. Os escravos menores e mais magros e as mulheres estavam enfiados por entre os pés de café. Por causa das mãos pequenas e braços finos, podiam chegar até os grãos mais próximos aos troncos sem danificar os galhos. Atiravam-nos numa cesta que colocavam aos seus pés, ou numa peneira de palha amarrada em seus pescoços. Quando chegava a uma quantidade, derramavam os grãos num cesto nas costas, ou levavam até um balaio no carro de bois. Algumas escravas mais velhas ficavam no carro, cantando, catando piolho nas crianças ou fazendo cafuné. Aguardavam a hora de preparar o angu em imensos panelões de ferro, ali mesmo na plantação.

Era a primeira vez que Amaia via de perto a dinâmica da plantação sem perturbar o seu mecanismo. Quando ia visitar junto a Severo, os escravizados ficavam perfilados, de cabeça baixa, enquanto ela conversava com o feitor.

Reparou que os capatazes andavam de um lado ao outro, fumando cigarro de palha e girando o chicote na mão. Paravam para secar o suor da testa, conversar entre si, dividir o cantil e dar alguns gritos com algum escravizado.

O que mais horrorizava Amaia eram duas mulheres que tinham, presos às suas costas, bebês. Envoltos em panos, com os quais eram amarrados nas mães, as crianças dormiam.

Um capataz, ao vê-la parada no estado lastimável, aproximou-se:

— Sinhá tá bem?

— Não. Isso não pode mais acontecer. Não quero ver nem mães, nem crianças nos cafezais. Essas crianças são livres. — A cabeça doeu. Precisava pensar como iria cuidar daquelas crianças, não poderia afastá-las das mães, como é o certo por Lei, como também não poderia alforriar as mães. Precisava pensar e a única coisa que seu cérebro lhe dizia era que precisava descansar.

Num passo apressado, foi andando pelo meio da plantação, apontando ao capataz todos que ela não queria mais que trabalhassem lá. Ia escolhendo a dedo, cada mãe, cada criança, cada idoso. Todos eles seriam poupados a partir de agora.

— Mas, sinhá, o que vamos fazer? Se tirarmos mais da metade, não teremos como colher os grãos.

— O importante é não sacrificar quem não pode aqui estar.

Arrancando as luvas, Amaia arregaçou as mangas diante do incrédulo capataz. Meteu-se no meio de um pé de café e foi colhendo os grãos. Se as mães recém-paridas e os velhos poderiam, ela também iria conseguir.

Criou-se um assombro. Os escravos se cutucavam, se ajuntavam para ver aquela sinhazinha colher os grãos. O próprio capataz tentou persuadi-la a deixar para lá, mas Amaia tinha de ser um exemplo. Os galhos arranhavam suas mãos, alguns grãos deixou cairem ao chão — o que certamente teria feito levar uma chicotada se fosse uma escravizada. E mesmo que suas finas mãos fossem criando feridas, ela não se importava. Havia ali uma prova, um conceito a ser demonstrado, muito mais forte do que qualquer outra coisa. Amaia queria que todos vissem que, apesar das suas diferenças, eles eram iguais: seres humanos. Fosse numa sala de estar, num gabinete de negócios, numa plantação de café, homens e mulheres, qual cor de pele tivessem, todos deveriam ser respeitados, principalmente nas suas diferenças.

Sua atitude, no entanto, parecia um acinte para os capatazes que a observavam. De cara amarrada, achavam que era um mau exemplo para os escravos. Já estes não entendiam aquela atitude, achando que a sinhá havia enlouquecido.

Uma pessoa compreendeu o seu gesto mal interpretado.

No alto do seu cavalo negro, Montenegro tinha os olhos claros fixos em Amaia e no seu esforço.

Por maior que fosse a sua falta de habilidade, mais determinada ela estava a continuar até a hora de o serviço acabar. Depois, iria conversar com Fábio — antigo capataz — para trocar alguns escravos de posição. Ele havia ficado no lugar de comando de Severo e, diferentemente do antecessor, a escutava e tratava os escravizados com alguma dignidade. Não houve reclamações quanto a Fábio, contudo, os capatazes não pareciam muito contentes com a mudança, alegando que o novo feitor não tinha "pulso firme". Amaia não queria que os escravizados trabalhassem além das forças e Fábio não só concordava como havia dado a ideia de mudar a dieta dos que estavam na plantação — que, por causa do excessivo esforço físico, comeriam melhor e dormiriam em camas de feno que mandaria as escravas costurarem.

De costas para Montenegro, Amaia não saberia da sua presença se não a tivesse chamado pelo nome. Não demorou para identificar a sombra negra contra o céu que ia se pontilhando de estrelas acima do horizonte avermelhado.

Ainda sobre o cavalo, Montenegro estendeu a mão à Amaia. Ela abriu um sorriso maroto e explicou que seu vestido a impedia de fazer movimentos como o de montar o cavalo. Montenegro saltou do animal. Pediu licença e tomou uma parte da saia dela que estava parcialmente destruída — por causa da cerca — e a terminou de rasgar, deixando a anágua e as pernas de fora. Amaia corou e, antes que protestasse, foi erguida pela cintura, numa facilidade que ela não pôde crer, e a sentou de lado na sela. *Ainda bem que usei uma anquinha retrátil, senão teria sido vexaminoso.*

Tomando as rédeas e segurando a sela, Montenegro montou o cavalo. No galope, seu corpo escorava o dela. Amaia podia sentir o cheiro doce do perfume dele. Oh, ele deveria estar sentindo o suor dela! Pediu para descer — por mais cansada que estivesse. Não poderia se dar ao luxo de ficar naquelas condições diante dele. Parecia que Montenegro fez questão de a ignorar. Estava calado, de cara fechada, com os olhos na estrada. Foram necessários três pedidos para descer e uma tentativa de se jogar do cavalo para que Montenegro parasse.

Podia-se ler a tristeza em seus olhos cinza, mas sua boca se contraía de troça:

— De agora em diante, vou chamá-la de "a baronesa descalça".

— Sabe que não sou baronesa. Meu pai não era barão e, ainda que fosse, não é um título hereditário.

— Eu sei, mas acho que combina com você.

— Preferiria que não dirigisse a palavra a mim.

E nada mais foi dito entre eles, o que Amaia estranhou. Teria certeza de que Montenegro insistiria em manter um diálogo e, pela primeira vez, ele a obedecia. *Frustrante!*

Ao chegarem à frente da casa-grande, Bá e Cora vieram correndo ver o que havia acontecido. Amaia estava num estado lastimável e dividia a sela com aquele senhor de negro. Sem dar explicações, Amaia saltou com a ajuda de um escravo. Marcou um sorriso de chacota e, ao se virar para agradecer, Montenegro bateu em retirada.

Seu silêncio soava a ela tal uma reprovação. *Mais um hipócrita.*

※

Montenegro não estava chateado com Amaia. Ele estava furioso. Não pela maneira como ela havia se portado diante dos escravos. Era louvável a sua atitude. O problema era o estado das suas roupas e não querer contar o que lhe havia acontecido. Imaginava o pior e queria arrebentar a cara de quem teria feito aquilo. Se Canto e Melo não chegasse com a boa notícia de que não havia sido nada de mais, ele teria atirado uma garrafa de bebida contra a parede. Segundo Canto e Melo, Caetana havia ido visitar Amaia e a própria garantira que aquilo era por causa de uma cerca farpada.

— Ela não teria usado uma desculpa tão ruim se fosse mentira. Aparentemente, é um costume dela andar por aí. — Canto e Melo balançava a cabeça na negativa, reprovativo. — Eu não consigo entender essa sua fixação nela, tendo tantas outras aos seus pés. Rosária e Belisária... — Pelo olhar cortante de Montenegro, repensou o que falaria. — Correto, não são o melhor exemplo, mas só falam em você. Querem saber quando você vem e ficam disputando quais qualidades fariam você se interessar em alguma delas. Em vez de persistir em levar D. Amaia para cama, você poderia se focar nas gêmeas. Serão elas que levarão você até as informações que o Marquês precisa, e não a teimosa. — Um olhar enfurecido de Montenegro fez com que Canto e Melo achasse melhor guardar os comentários para si.

    O amigo não estava errado — não totalmente. Era verdade que Amaia, de alguma maneira, havia feito Montenegro perder o foco do que havia vindo descobrir. Porém, era ela um alento para alguém que, há muito tempo, não se sentia tão vivo e feliz ao lado de uma mulher. Suspeitava que Amaia mexia com ele, não só pelo lado físico como também pelos sentimentos, o que se provou ao vê-la naquele estado deplorável no meio dos cafezais e, em seguida, repudiando a sua gentileza ao levá-la para casa em seu cavalo. Amaia o repelia e isso, estranhamente, doía — ainda mais em alguém que nunca havia sido repelido por quem quer que fosse. As mulheres se derretiam diante da sua beleza e fortuna, os homens o aceitavam pela sua posição e bons negócios. Amaia muito bem poderia aceitar ser a sua amante em troca dos cuidados da fazenda. Por que não? Ele quitaria as dívidas e investiria para que ela tivesse o seu meio de subsistência garantido. E essa proposta nem parecia passar pela cabecinha dela, focada em arrumar um marido. Um marido! Isso angustiava Montenegro, tirava a fome e o sono. Ela queria se casar, por quê? Era evidente, inclusive, que estava apaixonada por ele — ou não? E por que ele estava irremediavelmente apaixonado por ela?

14

Ao ver Amaia entrar no sarau que era dado para celebrar o noivado do Sr. Tomás e da prima de Leonel, Acácia, Montenegro sentiria todo o seu corpo repuxar, porém, manteria o rosto liso e sereno, caído no mistério, como se não tivesse acontecido.

Ambas as famílias de Tomás e Leonel tinham alguma fortuna e fazendas produtivas, mas, comparado ao almoço dos Feitosa de Vasconcelos, o sarau era uma verdadeira reunião íntima, sem qualquer pompa. Tinham uma boa diversidade de quitutes servidos em bandejas de prata carregadas por escravos bem arrumados, as bebidas eram de qualidade e havia um pequeno quarteto de cordas, a fim de evitar que as senhoritas disputassem o piano. Por mais que essa fosse a vontade dos pais dos noivos, era impossível mantê-las apartadas. Bastava que um músico parasse para beber algo e uma delas corria para o instrumento. Em pouco, havia duas ou três se perfilando para tocarem e mostrarem os seus talentos. As mães das moças casadoiras participavam daquela disputa tanto quanto as filhas. Teciam comentários maldosos sobre a concorrente, ou aplaudiam bem baixo para não incentivar o êxito. A maioria delas tocava sofrivelmente, o que fazia Montenegro trocar olhares de diversão com um apático Canto e Melo — este, irmão de musicista famoso, tendo ele mesmo tido aulas no Conservatório, queria fugir da sala na primeira oportunidade, antes que alguém lhe pedisse amostra de talento.

As moças não eram ruins: eram desesperadas. Queriam tanto provar suas habilidades musicais que erravam notas, cantavam desafinadas, ou tinham compassos atonais. As gêmeas não poderiam faltar a tal disputa. Primeiro foi Rosária ao piano e Belisária cantando. Em seguida, elas trocaram de posição. Se não fosse pelas cores dos vestidos, Montenegro teria pensado ser a mesma pessoa. Sob as palmas desanimadas das outras moçoilas e de suas mães, elas se curvaram.

O que Montenegro não imaginava é que existia também uma disputa interna ocorrendo entre as gêmeas. Logo que se afastaram do piano, uma delas desviou em sua direção e pediu que ele lhe virasse as partituras. A outra, que burra não era, correu com o pedido que cantasse com ela um dueto. Não poderia negar a nenhuma das duas, não quando tinha a mirada constante do Sr. Feitosa sobre si. Precisava ganhar a confiança dele e provar que era mesmo um escravocrata se aproveitando de uma situação. Era primordial saber qual a localização do porto clandestino[23] em que recebiam os escravos, qual seria a rota deles país adentro e os principais compradores.

Montenegro resolveu que faria ambos. Restou a elas decidirem quem iria primeiro. Num par ou ímpar, ganhou o dueto e Montenegro se viu arrastado para o centro da sala, sob o burburinho dos convidados. Não era comum, naquela região, homens cantarem — música era diversão das senhoritas. Canto e Melo, que perecia na cadeira toda vez que alguém se aproximava do instrumento, ao ver que era o amigo, ajeitou-se no assento. Sabia dos seus dotes musicais e mal poderia esperar por mais uma rara sessão.

Os acordes soaram e a gêmea soltou a voz. Era fraca, apesar de melódica, e não sustentava muitas notas. Os olhos dela iam se enchendo de lágrimas e a garganta falhava cada vez mais ao perceber que estava cantando mal — muito mal —, o que era enfatizado pelas risadinhas mal-disfarçadas da plateia. Montenegro adiantou a sua entrada para incentivá-la a continuar. A voz dele a cobriu. Era clara, límpida, de barítono. Se antes ele tinha a atenção das mocinhas casadoiras, agora tinha a das mães delas, das viúvas e das casadas. Estavam todas a seus pés, deliciando-se com aquela voz e porte imponentes que nada poderia parar, nem a entrada de Amaia na sala.

Num atípico vestido cinza-azulado, que lhe ressaltava os cabelos escuros e as sobrancelhas bem-feitas, ela cumprimentava algumas pessoas. A maioria desculpava a falta de atenção por causa do dueto. E foi com algum assombro que Amaia reparou que era Montenegro quem cantava com uma das gêmeas Feitosa. Amaia não teria acreditado se tivessem contado. Montenegro era um magnífico cantor, quem diria!

Não houve quem duvidasse. Toda a plateia havia parado de respirar quando as últimas notas soaram e Montenegro terminou num Lá de arrepiar. Num impulso, levantaram-se batendo palmas. Ele agradeceu com um sorriso e um aceno de cabeça. Pegou a mão da gêmea cantora, beijou-lhe os dedos e fez uma reverência a ela. Ele mesmo bateu palmas para a jovem que corava com aquela recepção positiva.

A outra, a do piano, fechou a cara e saiu correndo da sala aos prantos. Caetana, ao lado de Amaia, pediu licença e foi atrás da irmã.

Amaia nunca tinha visto Montenegro retraído, fechado numa timidez que perpassava os olhos cinza, fazendo-os quase humanos. Riu dos próprios pensamentos. Montenegro conseguira elevar todos à própria condição humana. Remexeu com os sentimentos de tal maneira que Amaia o desejou. Muito. Não conseguia desviar dele, nem quando falava com Canto e Melo:

— Não sabia que seu amigo tinha esse talento.

Canto e Melo segurou o riso diante da perplexidade dela:

— Ele tem muitos talentos.

Toda a expressão de vontade de Amaia sucumbiu diante da cena. Montenegro segurava a mão de uma das gêmeas ao falar com ela. Sorria e acarinhava os dedos e a moça corava. Deveria estar dizendo algo muito bonito, pois a Srta. Feitosa pôs a mão no coração e abriu um sorriso que deixou Amaia extremamente aborrecida. Talvez mais do que isso, ficou enciumada. Resmungou algo para Canto e Melo. Ao notar que Montenegro se dirigia para eles, quis escapar. Incapaz de ser rápida — devido ao comprimento da sua saia, que prendera no pé da cadeira — teve de cumprimentá-lo:

— Oh, o senhor aqui! Que esplendoroso! Nem pude acreditar que era o senhor quem cantava! Bem, ao que tudo indica, caiu nas graças das gêmeas. Conseguiu descobrir quem é Rosária e quem é Belisária? Conhecendo-as, poderia apostar que a de lavanda, que saiu correndo, é Rosária, e a de rosa é Belisária. Mas, o que sei? — Deu os ombros. — Diga-me, qual das duas é a sua cortejada? — Não o deixou falar. — Ah, esqueci-me! O senhor nunca se casará, não é mesmo? Melhor avisar às gêmeas. Mas cuidado. Pode ganhar inimigas poderosas se o fizer. Destruirão a sua reputação em dois segundos.

Toda a fala dela era de quem estava morrendo de ciúmes, ou inveja, ou alguma coisa que Montenegro gostou de enxergar. Algo como um sinal de que ela também o queria. Este pequeno detalhe, que preenchia os olhos dela de brilho, fez com que ele alargasse o sorriso e levantasse as sobrancelhas:

— Por que a reputação é tão importante? Apenas impede que as pessoas aparentem quem realmente são e nunca se conheça ninguém de verdade.

— A reputação está vinculada ao dinheiro. Ah, não me diga que nunca reparou que uma moça pobre é considerada menos honrada do que uma moça rica, ainda que tenham cometido o mesmo delito? Para a rica existe uma "explicação" para o seu deslize. Ou foi enganada, ou forçada... A pobre é acusada de ser indecente, desleal, de má índole.

— A expressão aberta e risonha dele de simpatia foi traduzida como de escárnio por Amaia. — Se ser mãe é padecer no Paraíso, ser mulher é padecer no Purgatório comandado por homens. Até a Igreja nos condena como as causadoras da Queda de Adão. E não se iluda, ninguém pode conhecer outro de verdade, afinal, nós nem nos conhecemos por completo até que tenhamos passado por determinadas experiências.

O sorriso dele se fechou e os olhos calcularam Amaia:

— De fato.

Estava impressionado, verdadeiramente impressionado com o raciocínio rápido dela e com tantos conceitos juntos e intrincados — ainda que expelidos na pulsão dos sentimentos. Nunca havia conversado com uma mulher que pudesse expressar de maneira tão clara a sua posição na sociedade. Sexo frágil? Amaia não tinha nada de frágil, fator de sua admiração extrema. Além de bonita, sensual e volátil, era inteligente. Aquilo ficava cada vez mais interessante... — e ele mais apaixonado.

Ao considerar que Montenegro não iria lhe refutar, ou congratular — como seria esperado de qualquer outro homem —, Amaia acenou para um rapazote que passava, cortando qualquer possibilidade de diálogo entre eles.

— Sr. Junqueira! — Sem qualquer educação, Amaia largou Montenegro sozinho e foi ao encontro do outro.

É um menino!, indignava-se Montenegro. Por que ela preferiria um menino a ele? Certo estava, o menino seria "bem mais seguro" do que ele. Os beijos já haviam atestado isso. Igualmente mais manipulável, o que ele pôde verificar enquanto observava a conversa dos dois. O sorriso de Amaia fazia o rapazote se retesar dentro das vestes, evitando demonstrar que estava "emocionado" em tê-la só para si. O rosto corado deixava-o mais juvenil e o seu sorriso tremia com a excitação. Foi um espasmo que Montenegro assistiu quando Amaia agarrou o braço dele?

— Esplendoroso! Meu alento — dizia ela, de braços dados com o jovem de quinze anos, numa intimidade que o deixava sem palavras. — Que festa aborrecida! E os cantores! Hah! Alguém acha que aqui é o teatro. Ah, devo lhe agradecer, do fundo do coração, por me salvar das mãos do desprezível Sr. Montenegro! E quanto ao seu primo Francisco? Soube que ele levou um tiro de raspão no duelo com o Sr. Hilário. Espero que esteja bem. Pretendo visitá-lo em breve. O senhor poderia me acompanhar! O que acha?

— Si-sim...

Inácio estava reticente, recordando-se do que a mãe havia lhe dito sobre Amaia: não o queria próximo dela. Cora havia feito questão de acusar a irmã pelo duelo entre o Sr. Francisco e o Sr. Hilário, repassando a todos que Amaia incentivara o Sr. Francisco a chamar o Sr. Hilário para um duelo para proteger a honra dela, manchada por este. Por mais que um ou outro explicasse que a honra ali não era a dela, mas a do próprio

Sr. Francisco, acusado de hipocrisia, Cora enfatizava que Amaia só sabia brincar com a vida das pessoas, inclusive a sua, pois poderia ter a fama manchada pelas atitudes da irmã. E tecia um tear de lamentações sobre as atitudes erradas dela, sobre voltar tarde da plantação e das festas, sobre andar sozinha pelo mato ou tentar negociar com senhores. Inácio não duvidava que os outros pensassem o mesmo que sua mãe: que Amaia era uma manipuladora. Podia enxergar os olhares compridos, as repreensões, as conversinhas por detrás dos leques, críticas por todos os lados. O jovenzinho, porém, não se deixaria levar pelo que Cora dizia. Amaia sempre lhe foi muito simpática e amigável — e apaixonante — e iriam ter que provar que ela era tudo isso que Cora a acusava.

— Soube que sua mãe está pior de saúde. Posso ajudar em alguma coisa? — quis saber Amaia, comprovando a Inácio ser a boa moça que conhecia.

— Ah-ah, não. Ela piorou muito. Talvez eu nem retorne ao-ao colégio e fique para cuidar de-dela. Meu pa-pai está para chegar em bre-breve.

Era de conhecimento comum que o pai de Inácio, o Sr. Oto Junqueira, era um bem-visto homem de negócios na Corte, que tinha contatos no Senado, o que poderia ser útil para Amaia. Ele lhe apresentaria a pessoas influentes que poderiam lhe ajudar a salvar a fazenda e os escravizados. Amaia apertou o braço do rapazote, animada:

— É um filho esplendoroso! — O seu sorriso fez com que ele puxasse o comprido paletó para a frente do corpo; ainda bem que sua casaca estava lavando. — Garanto que será igualmente um marido exemplar! — Inclinando-se sobre o rapaz, Amaia lhe sussurrou: — Há muitos olhares intrometidos aqui. Gostaria de encontrá-lo a sós para conversarmos com mais privacidade sobre a saúde de sua mãe e o que virá a fazer da sua vida.

— A-a s-sós?

A cabeça de Inácio ficou rubra feito uma rosa vermelha desabrochando. Ele teve que pedir licença, não aguentando mais em si, e desapareceu pela porta da sala, escondendo-se atrás do paletó.

Tentando segurar a alegria por ter a atenção de Inácio e, quiçá, convencê-lo a levá-la até o seu pai, possivelmente a sua salvação, Amaia não reparou Montenegro atrás de si, atento a tudo. Ela podia não ver, mas para Montenegro estava claro: Amaia estava criando um novo problema para si.

※

O local que Amaia havia escolhido para se encontrar com Inácio era longe da festa e reservado o suficiente para que ninguém os perturbasse. Ela precisava conversar com ele afastada da bisbilhotice alheia, principalmente a de Cora, que havia decidido acabar com a sua reputação. Caetana havia ido alertar à Amaia que Cora estava se sentando ao lado de cada senhora ou senhorita do sarau e contando "as peripécias de sua irmã pelo matagal". Amaia queria rir-se; se tivesse feito metade do que a imaginação daquelas senhoras permitia desenhar, estaria rica agora. De qualquer maneira, achou ser prudente seguir o conselho de Caetana e tentar "aparecer menos" — Caetana falava quanto ao seu jeito flébil, mas Amaia havia compreendido que era resolver as coisas às escondidas. Por isso, aguardava Inácio numa saleta pequena, afastada da festa. Lá havia um par de poltronas velhas onde poderiam se sentar e conversar calmamente. Inácio era um bom menino, sentia que poderia se abrir com ele e tinha certeza de que ele a ajudaria com alguma ideia ou solução.

Havia uma vela sobre uma mesinha e um espelho pendurado numa parede. Deveria ser ali que a família da noiva recebia os mascates. Como as venezianas da janela estavam fechadas, Amaia sentiu-se obrigada a acender a vela. Achou na mesa uma gaveta com fósforos. Ao ter luz, vislumbrou um vulto na parede. Soltou um grito abafado, o que fez a vela se apagar. Aguardou se acalmar para reparar que o vulto era o seu reflexo no espelho. Rindo da própria tolice, foi à cata do fósforo para reacender a vela. Deveria ter caído quando ela gritou. Agachou-se para procurar. Foi quando sentiu um par de pernas masculinas atrás de si. Havia deixado a porta aberta para que Inácio a achasse facilmente.

A pessoa encostou a porta e o quarto mergulhou na escuridão.

— Achei que não viria mais. Estava esperando por você. — Apoiando-se na mesinha, ela se levantou. — Preciso acender a…

Em três passadas, haviam tomando a sua cintura por trás e enfiado os lábios úmidos em sua nuca. Todo o corpo dela entrou em alerta. Qualquer toque a seguir a convulsionaria de prazer. A ponta da língua dirigiu-se para um ponto no pescoço que fez com que a cabeça dela caísse para trás e Amaia soltasse um gemido. Inevitável. A mente girava e a língua subiu até o lóbulo da sua orelha. Mordiscaram-na. Uma das mãos dele estava na altura de seus seios enquanto a outra a mantinha firme na cintura, puxando-a contra a pélvis dele. A de Amaia foi para trás, para o corpo dele, apertando-o na cadência do seu gemer. Ao perceber que ele havia afrouxado o toque, sussurrando em sua orelha o quão gostoso era aquilo, ela virou-se. Segurando-o com força pela gola, puxou o homem contra si, enfiando o seu corpo no dele o quanto as roupas permitiam. Os lábios se explodiam num beijo, as línguas disputavam uma corrida em suas bocas, os corpos lutavam para ocuparem o mesmo espaço, a respiração falhava. Sem ar, Amaia afastou-se. Não por muito tempo. A mão dele pousou em sua nuca e a puxou para si para mais um beijo. Nunca havia reparado como ele era alto. Ele precisou se encurvar para seus lábios vagarem pelo pescoço desnudo dela, largando um rastro de arrepios. O decote descia e a mão deslizou para dentro dele. Havia emagrecido e suas roupas estavam frouxas, o que facilitaria a entrada da mão por entre o tecido da *chemise* e a pele desnuda. Todo o corpo dela estremeceu de prazer. Aquilo era indecente e gostoso. *Devo pará-lo, mas não quero. Não agora.*

— Nunca pensei que você fosse tão... ahhhh... — gemia ao sentir os dedos quentes em seus seios. — É isso... que ensinam... nos colégios da Corte? — arfava com o dedilhar que acordava a pele para novas sensações.

— Não sei, não estudei em um — murmurou. — Garanto que o que sei não é ensinado em colégio. Poderiam prender os professores por isso. — As mãos desceram para as saias dela e começaram a lutar com o tecido para levantá-lo.

O breu poderia praticamente tomar o quarto, mas estava longe de tomar a cabeça de Amaia. Aquela voz era indelével e a confirmação da identidade do sedutor — cuja sombra havia visto parada na porta, antes de se agachar para pegar os fósforos no chão. Era preciso, no entanto, fingir que havia sido enganada. Manter a pose de moça casta, honrada, mesmo tendo reconhecido o beijo, o cheiro, a "pegada". Não poderia deixar claro a Montenegro que não o havia parado porque estava gostando do que ele fazia com ela — seria aquilo a "diversão" que ele se dizia perito? Se fosse, tornaria a sua proposta tentadora.

Soltou-se dele. Os olhos — que estavam fechados a maior parte do tempo, mesmo que quase na escuridão completa — acostumaram-se com a pequena réstia de luminosidade que vinha da porta. Amaia fez uma careta — que continha mais vergonha de si do que assombro — e pôs a mão no peito:

— Montenegro! — seu assombro soara tão falso, que ela corou ao reparar nisso.

A porta do quarto foi aberta. A luz do corredor encheu os olhos dela e demorou um pouco a se acostumar. Ao enxergar a face misteriosa de Montenegro — não soube decifrar se aterradora ou sedutora —, Amaia abraçou o próprio corpo. Era preciso convencê-lo de que aquele havia sido um gigantesco — e delicioso — engano. O sorriso de Montenegro, os olhos ardentes sobre ela, se tornavam um perigo à sua virtude e, consequentemente, aos seus planos de casamento.

Ele ainda tentou desfazer a distância entre eles e retomar de onde haviam parado, mas Amaia deu uma volta em si e foi para trás de uma poltrona. Ao perceber a relutância dela em aceitar o seu desejo por ele, Montenegro manteve o sarcasmo:

— Eu entrei e você me beijou. Não tive tempo nem de dizer quem eu era. Espere, quem você estava achando que era? Aquele meninote? Amaia, que coisa feia... — Balançava a cabeça na negativa, segurando o riso.

Montenegro muito bem sabia que ela estava entregue a ele e não a qualquer outro. Seus corpos se reconheciam. E tirou a poltrona dentre eles tão facilmente, sem qualquer esforço, que Amaia teve certeza que se ele a "atacasse", não conseguiria escapar. Pelo seu caminhar, pelo sorriso safado e pelo olhar voraz, era certo de que ela havia atiçado a fera e não teria mais como controlá-la.

O melhor seria erguer o queixo e agir com calma:

— Eu-eu... Ora, não devo dar explicações ao senhor. — Calou-se diante do olhar sério dele.

— Certamente não a mim, mas a ele.

Amaia estava tão nervosa com a revelação de que sentia desejo por ele, que não havia reparado que Inácio estava no cômodo e escutava a discussão. Montenegro só o havia percebido porque havia entrado na mira do espelho, e havia visto o reflexo de Inácio Junqueira próximo à porta. O que, no entanto, não o impediu de mostrar, a quem fosse, que Amaia tinha dono a partir de agora — por mais que esse pensamento não fosse racional.

Todo o rosto de Amaia empalideceu. O menino tinha os olhos mareados e a boca repuxada para cima. Ela o magoara! Era evidente que ele sentia algo por ela. Como havia sido tola em não pensar nisso. Estava tão preocupada em ter a ajuda dele e em elogiá-lo para que conseguisse isso, que acabou não estudando as consequências. Era preciso explicar o quanto antes, para que ele não continuasse sofrendo.

— Inácio! — Ele saiu correndo porta afora. — Espere! — Ela voltou-se para Montenegro, enraivecida. — Viu o que você fez? O que ele vai pensar?

— O que eu fiz?! — O sorriso de Montenegro desapareceu e toda a sua expressão endureceu. Seus passos até ela eram firmes e determinados, e o seu olhar fixo a fez congelar. — Diga-me, Amaia, por que você precisa se casar com qualquer um? Até mesmo com esse meninote?

Casar-se com Inácio? Ele estava maluco! Ou seria ciúmes? Não tinha tempo e nem paciência para explicar agora. Precisava desfazer o mal-entendido.

— Ah, não lhe devo explicações.

— Não, não deve, de fato. Eu só gostaria de saber, num golpe de sinceridade, uma vez, ao menos, por que não vender a fazenda e os escravos e saldar a dívida?

Todo o corpo de Amaia paralisou. *Ele sabe da dívida! Todos devem estar sabendo a essa altura.* A sua chance de contrair matrimônio estaria comprometida! *Ah, de que adianta continuar mentindo?* Numa humildade que Montenegro nunca imaginou ver em Amaia, ela abaixou os olhos e explicou:

— Não posso. É herança dos meus pais, o seu legado.

Sua voz era tão acanhada, tão simples, sem a pompa e a cantoria de sedutora, que aquilo mexeu com Montenegro. Entrevia uma outra Amaia, tão apaixonante quanto a dos salões, no entanto, que não duraria muito tempo à mostra. Era como se ela tivesse se percebido e voltado ao estado anterior: a pose empinada, o olhar malicioso e a audácia de mulher forte.

— Amaia, eu já me ofereci para ajudá-la. — Foi até o seu alcance, mas Amaia evitou que tomasse suas mãos.

O olhar dele não era de canalhice, havia carinho, havia preocupação, porém Amaia não conseguia enxergar isso, tão abalada que estava por ele ter visto um lado seu que procurava manter bem escondido, e por toda a confusão de situações que estava se envolvendo sem pensar. A cabeça estava girando. O estômago estava contraído. Ela mal conseguia respirar. Precisava sair dali o quanto antes e, se Montenegro a impedia, ela seria obrigada a forçar a passagem:

— O senhor me enoja com sua proposta desonrosa.

Montenegro franziu o cenho:

— Você ainda não escutou a minha propos...

— Não quero! — ela lhe interrompeu, agressiva.

O corpo de Amaia estava encolhido, e o que poderia ser vergonha do flagra fora interpretado por Montenegro como a pura verdade: ela o considerava um nojento, um devasso, um canalha *ipsis litteris*. Poderia admitir muitas coisas, mas em momento algum ele havia sido canalha o suficiente para poder ser insultado.

— Por quê? Por ser sincero? Antes a minha sinceridade em deixar bem claro que tenho desejo por você e quero levá-la para a cama, do que a senhorita que se faz de quem não é para atrair pretendentes e levá-los ao altar. Quero algumas noites e você quer toda a vida deles. Pobres coitados os que caem em seu poder!

A ironia dele foi um golpe para ela. Segurando o choro, Amaia tentou manter a compostura:

— O senhor não sabe quem sou. Não tem a menor ideia.

Tentou passar, mas ele se colocou na frente, impedindo. Não a deixaria ir até terem tudo esclarecido.

— Em momento algum você pensou no pobre rapaz? No que ele pode estar sentindo por você? Acha que os homens são joguetes?

— Joguetes? Os homens? Hah! Ao contrário. — O rosto dela se encheu de fúria e, desta vez, os corpos estavam a pouca distância, mas em lados opostos. — Vocês são manipuladores. Fazem conosco, mulheres, o que querem. Somos obrigadas a passar a vida esperando que vocês decidam se nos querem ou não. Uma palavra de vocês e nossa vida cai por terra. Uma mulher pode ter a sua reputação e o seu futuro prejudicados para sempre com um comentário maldoso de um homem. Se é o homem quem faz algo errado, desculpas são aceitas e, às vezes, são até mesmo parabenizados. O senhor me acusar de usar os meus atributos para levar os homens ao altar! Que poder nós mulheres temos, senão nossos atributos? Ou fazemos isso, ou morremos de fome, ou o senhor nunca se questionou por que para nós é tão importante casar-se? É a garantia de não morrer.

Um passo.

— Às armas, então — concluía ele.

Mais um passo.

— Cada um usa as armas que tem para obter o que precisa — retrucou ela, sem se diminuir em nada.

Os narizes quase se tocavam e nenhum dos dois se desviava do outro. Seria provar que tinham medo que a atração fosse maior que a razão.

Montenegro deu um passo atrás, retirando os olhos de cima dela. Amaia não estava errada ao tentar se casar para salvar um patrimônio familiar, só não deveria estar usando as pessoas ao fazer isso. Ao menos, se ela fosse sincera... No que ele estava pensando? Por que ela importava tanto? Por que sentia ciúmes ao pensá-la nos braços de outro homem? Estava ficando maluco?

Entendendo o silêncio dele como uma afronta à sua dignidade — a qual ela mesma se via questionar quando entrava "em ação" — Amaia enfureceu-se. Nem ele e nem ninguém iria dizer como ela deveria salvar a sua fazenda e os escravizados, muito menos um devasso escravocrata e mais-sabe-se-lá-o-quê.

— Sei que espécie de homem é o senhor e espero nunca mais revê-lo.

— O seu desejo é uma ordem, minha senhora. — Assentiu.

Foi Montenegro quem saiu e fechou a porta. E foi Amaia quem desabou sobre a poltrona. Sua irritação com a discussão havia acabado com o pouco de energia que ainda tinha.

Após toda essa confusão, apenas uma coisa restava certa para ela, a de que perder aquele olhar sobre si era mais cruel do que estar sob ele.

15

Não havia sido surpresa quando Amaia aparecera na casa da família de Francisco, e menos surpreendente havia sido a maneira ríspida com que fora tratada. Proibiram que ela visse o convalescente. Creditavam a ela a culpa do duelo — era o que se falava nos salões — e, consequentemente, quem o havia feito levar o tiro. Ela poderia não ter a melhor imagem no momento, contudo, alegar uma coisa destas estava acima do que era aceitável, até mesmo para Montenegro, que escutava as acusações com um ar de incômodo.

Belisária e Rosária — que se dividiam em disputar a sua atenção e lhe oferecer docinhos — eram incapazes de perceber outra coisa do que a sua beleza. E entristeceram quando Montenegro, solícito, pediu licença após terminar a xícara de café para a qual havia sido convidado. Havia aceito o convite no intuito de descobrir a localização do porto ilegal de Feitosa. Não obteve sucesso nem em falar com o senhor — que havia se retirado numa pressa suspeita. Detido pelas "fofocas" das gêmeas, concluiu que, se talvez as tivesse trabalhando para si, conseguisse todas as informações que precisasse. Ideia essa que lhe enredou num sorriso e fez ambas as gêmeas ofegarem de emoção.

— Quem sabe mais uma xícara? — Retornou ao assento. — Este café está tão saboroso quanto a companhia.

Os leques das duas bateram em velocidade para esconder as bochechas coradas. Montenegro era o sonho de ambas, e motivo para pequenas discórdias — quem está mais bonita, quem canta melhor, quem come as mesmas coisas que ele... Era de enlouquecer Caetana, considerada a grande fonte de informações sobre o misterioso senhor, por causa do noivo, amigo de Montenegro.

Aproveitando que a mãe das meninas se retirou para pedir mais café aos escravos, Montenegro quis saber se elas e os pais viajavam pelo Brasil. Ambas mexeram as cabeças na negativa, em sincronia.

— Apenas papai.

— Seu pai tem viajado muito?

— Uma ou duas vezes ao ano ele vai para a Corte e fica um tempo lá e outro em Macaé — falou a outra, num desespero em agradar a Montenegro.

— Macaé?

— Sim, temos uma fazenda lá. Coisa pequena — continuou. — Papai se hospeda lá com o comissário Mattos para negociarem as sacas de café diretamente com os importadores. Menos atravessadores nas negociações faz com que o lucro seja maior, pelo que papai explicou.

— Shiu! Papai não gosta que falemos sobre isso.

— Como vocês sabem? — Ao escutar os passos e a voz da senhora no corredor, retornando para a sala, Montenegro tomou pressa. — Já estiveram nessa fazenda?

— Oh, não! Nem sabemos o nome.

— Sabemos sim.

— Shiu!

As duas se encararam.

— Chama-se Paraíso — contou uma delas, junto a um sorriso. — O que é um pouco contraditório. Papai costuma dizer que é pequena, feiosa e quase não tem móveis. É mais usada para pernoite.

Uma pista! Era necessário confirmar, pois não acreditava cem por cento nas gêmeas. Quem cuidaria disso seria Canto e Melo. Deixá-lo-ia investigar sobre a tal fazenda em Macaé com Caetana. Trocando sorrisos com a que havia lhe dado as informações — sob os protestos da outra irmã, arrependida de não ter sido ela a fazê-lo e estar recebendo a atenção do belo senhor — Montenegro mudou o assunto para o calor dos últimos dias. A Sra. Feitosa chegou com o café. Ele aceitou mais uma xícara, elogiou os docinhos e as moças, como de praxe, e as deixou encantadas ao comentar que aquela havia sido uma das tardes mais agradáveis que tivera em sua vida.

Ao montar o cavalo, tentou encontrar o dono da Guaíba. Feitosa havia sido tragado no ar, sem deixar rastros. Nenhum capataz ou escravo o havia visto — ou não queria dizer para não sofrer as consequências. Puxando as rédeas do seu cavalo negro, deu mais uma volta pelas terras na esperança de avistá-lo. E estranhou quando os seus pensamentos o conduziram à Amaia. Ela tomava toda a sua mente, desta vez de uma maneira bem distinta. Sua beleza e inteligência haviam sido apagadas pelo egoísmo e orgulho que ele tivera o desprazer de conhecer na saleta. Tornava-se tão preciosa quanto uma jazida pirita — vulgo "ouro de tolo" —, era o suficiente para lhe fazer voltar à rota dos seus objetivos, muito maiores e mais importantes do que um par de olhos verdes.

Porém, este par de esmeraldas, ainda mais esverdeadas pelo choro, foi o que o fez parar, saltar do cavalo e correr até a moça caída na beira da estrada.

Amaia estava de joelhos como se tivesse acabado de cair de exaustão. Tinha os cabelos desgrenhados, soltos pelo vestido amarelo claro. Pelo estado da barra da roupa, ela deveria estar caminhando há algum tempo. A manga e parte do corpete estavam rasgados e faltavam botões. Um pouco do seu espartilho estava à mostra, sem revelar o seu conteúdo. Ela não parecia consciente disso, sua preocupação estava em limpar a boca suja de sangue no próprio punho do vestido. Ao perceber alguém atrás de si, Amaia estremeceu e se encolheu. Não tinha coragem de levantar a cabeça — temendo ser o seu algoz.

— Vou levá-la para casa.

Ao escutar a voz profunda, ela ergueu os olhos chorosos. A boca trincou e se atirou às pernas de Montenegro, abraçando-as.

Não houve uma reação imediata por parte dele. Sua mente estava em branco e seu coração havia parado de bater. Era como se ele tivesse morrido ali, com ela, naquele instante. Demorou para reganhar consciência e passar a mão em sua cabeça. Um gesto de carinho, era tudo o que ela precisava e o que ele poderia fazer naquele instante.

Montenegro pediu que o aguardasse enquanto ia pegar o cavalo. Tomou-o pelas rédeas, parando-o diante dela. Sem qualquer demonstração de dificuldade, ergueu Amaia pela cintura, sentando-a na sela à inglesa. Assim que ele montou, ela recostou-se em seu tórax e fechou os olhos, aninhando-se como se aquele fosse o único local seguro no mundo para ela estar. Com uma das mãos, segurava-a pela cintura para que não caísse, e com a outra batia as rédeas para ir o mais rápido possível. Montenegro não sabia o que havia acontecido, mas poderia imaginar pelo seu estado. E a raiva foi se alastrando, silenciando-o.

※

No balançar do galope, à brisa fresca, Amaia sentia-se voando. Planando pelos pés de café, escutando o cântico dos escravos, seguindo na direção do terreiro que ardia com uma bela fogueira de São João. Havia um batuque gostoso, que fazia seu corpo querer remexer — uma dama não o poderia. Aproximou-se daquele calor gostoso e deparou-se com grãos de café sendo queimados. As labaredas aumentavam quando jogavam algo. Eram pedaços. Partes de gente. Todos negros. Todos escravos. Buscou os arredores e notou os que festejavam. Dançavam. Eram os senhores de escravos. Usavam máscaras dos rostos dos mortos feitas de papel machê. Escondiam-se nos risos. As risadas iam entrando pelos ouvidos de Amaia e ela pedia que parassem. Não paravam. *Nuncaaaaaa!* O grito de Amaia estremeceu a casa.

Na sala de estar, Montenegro, que aguardava notícias junto à Cora, assustou-se. Tomando a frente, apressou-se a ir para a porta do quarto dela. Ia bater para entrar quando Bá saiu. A velha mucama, carregando uma vasilha e panos, tinha a cara pesarosa. Montenegro sufocou-se. Alargou a própria gravata e tentou aceitar o que a velha mucama falaria, sem querer quebrar algo ou alguém. E tudo o que Bá tinha a dizer era que a febre havia abaixado.

— E o grito que ouvimos?

— Um pesadelo. Acho melhor que ela durma um pouco. Precisa descansar.

Cora, que vinha mais devagar pelo corredor, com um olhar suspeito para cima de Montenegro e sua reação extremamente preocupada, avisou que havia mandado prepararem uma chávena de chá de camomila. Montenegro, nervoso demais para ficar sentado tomando chá, preferiu se manter de pé, próximo a uma janela na sala. Com uma das mãos nas costas, esquadrinhava o que poderia ter acontecido e quem teria feito aquilo. Fechou o punho e o apertou. Acabaria com o maldito. Era provável que Cora ou Bá soubessem quem havia sido. Amaia deveria ter contado a elas aonde ia mais cedo. Porém, achou indelicado perguntar no momento. Quando descobrisse, sim, o desgraçado ia sentir na própria pele o que havia feito com ela. Maldito! Por que Amaia não usava o bom senso e parava de se encontrar com senhores a sós? Por quê?

Com a xícara na mão e uma expressão calma, Cora ia tomando o seu chá e observando Montenegro. Eram espasmos mínimos, o suficiente para que examinasse com a perícia de quem estava acostumada a viver às margens da sociedade, adivinhando — e acertando — ações e reações. Amaia era sortuda até mesmo quando algo terrível lhe acontecia. Havia pescado o maior e melhor partido de Vassouras nos últimos meses. Cora havia escutado de Belisária que ele tinha mais de 700 contos de réis, o equivalente ao dinheiro do Imperador! Havia estudado na Inglaterra e era pessoa importante na Corte. A irmã caçula não poderia permitir que Amaia fosse feliz. Pessoas como ela, que agiam fora das regras, que tentavam burlar leis e etiquetas com charme e esperteza, não mereciam ser felizes enquanto pessoas como ela, Cora, faziam tudo correto e apenas sentiam dor e mais dor. Amaia tinha que sofrer como ela sofria a cada dia longe de Singeon. Tinha Deus como testemunha de que se alguma vez fez algo considerado ruim, era porque a pessoa precisava pagar pelos seus pecados, e não deveria ser diferente com Amaia.

— O que será que aconteceu para ela ficar desta maneira? — Estendia um longo olhar sobre Montenegro. — O senhor disse que a encontrou na estrada?

Com o canto dos olhos, Montenegro a mirou:

— Exato. E a trouxe logo para cá. — Sentou-se de frente para Cora. — Ela disse aonde ia hoje cedo? Mencionou alguma visita? Ou se iria para a plantação?

Estava nervoso, beirando o desesperado. Era engraçado, segundo Cora, ver a fraqueza em um homem tão importante. Escondeu um sorrisinho dentro da xícara de chá. Deu um gole, calmamente, antes de responder a ele:

— Não. Apenas que ia fazer uma visita. — Em gestos vagarosos, colocou a xícara sobre o pires. — Sr. Montenegro, minha irmã é teimosa. Ela não é mais aceita nas famílias distintas por causa da maneira como se porta, e continua insistindo em fazerem recebê-la. Bem-feito que algo assim tenha lhe acontecido. Aprenderá a se portar como uma dama deve, ou será permanentemente excluída.

Não podia acreditar nas palavras de Cora. Montenegro não tinha irmãos, mas poderia imaginar que uma irmã não iria querer o mal da outra dessa maneira. A frieza no olhar de Cora, no seu tom de voz manso e nos gestos vazios a transformava em um ser cruel, que ia crescendo à medida que ia reclamando de Amaia, tal fosse a ofendida:

— Reunir-se com homens a portas fechadas, negociar com credores, ir para a plantação com o feitor, colher os grãos como uma escrava! Outro dia chegou aqui toda destrambelhada, alegando que havia passado a tarde colhendo. Colhendo! Coisa de escravo! Começo a questionar a sua sanidade.

— Pelo que sei, ela quer apenas saldar as dívidas e salvar a fazenda.

— Hah! Você e todos os tolos que acreditam nela... Ela quer motivos para ser admirada. Sempre foi assim, desde pequena. Adora chamar a atenção! O senhor mesmo já presenciou a maneira como ela se porta, querendo que todos a rodeiem e a encham de elogios. Minha irmã é uma mulher fria e sem coração. Não se importa com os outros, nem com o que sentem. Se ela está fazendo tudo isso é só para mostrar o quão incrível ela é, e conseguir um marido o quanto antes. Se teve o que teve, foi por merecimento, coisa de quem queria. Os vestidos decotados, a maneira flerteira, estava pedindo por isso a cada homem por quem passava.

Montenegro se calou por alguns segundos. Depois pediu licença, pois anoitecia e ele tinha de voltar para a sua fazenda. Antes de montar o cavalo e partir na noite, pediu que Cora lhe avisasse caso algo mais acontecesse. Ambos sabiam que isso não aconteceria, mas ela fingiu que o faria e ele fingiu que havia acreditado.

Cora ficou ainda alguns minutos parada na porta da casa. Não iria contar para ela. Iria deixá-la continuar a sua busca desenfreada por um marido, até cair no conceito de Montenegro, a ponto de ele nunca mais querer olhar para ela. Se é que o quereria, dado o que poderia ter acontecido na casa de Inácio Junqueira. Sim, Cora sabia exatamente aonde Amaia havia ido e guardaria isso para si.

<hr />

Enquanto Montenegro tentava descobrir o que havia acontecido com Amaia, a moça ia se recuperando à medida que a sua memória também retornava, a ponto de se recordar de tudo o que lhe havia passado com uma clareza que a enchia de vergonha. Quando se sentiu pronta para dividir o fardo a alguém, chamou Bá. A única que guardaria segredo e poderia lhe ajudar com algum dos seus chás de ervas. A velha mucama sentou-se na beira de sua cama e, tomando a sua mão, apenas a escutou.

Amaia havia decidido, na manhã do ocorrido, que iria colocar um dos seus vestidos mais alegres e iria tentar conversar com Francisco pela segunda vez. Achava cruel a maneira com que havia sido tratada e precisava esclarecer os fatos, forçando-os a ouvirem-na. Desta vez, não seria a carrasca de uma situação da qual não tinha culpa. Francisco havia deixado claro que entrava no duelo pela própria honra e não por causa dela, o que o impediria de falar isso para todos? Como ele era primo de primeiro grau de Inácio Junqueira, havia resolvido pedir que este a acompanhasse e fizesse frente à família para que ela tivesse acesso a Francisco. Inácio sempre havia sido muito bonzinho com ela, aceitando ser sua companhia quando estava aborrecida com alguma coisa, fazendo-a rir com algum comentário inocente, ou contando uma piada muito ruim. Era o irmão caçula que ela desejava ter. Tinha medo, também, do que ele poderia ter visto ou entendido quando a encontrara sozinha com Montenegro no sarau. Era preciso explicar isso a ele.

As terras da família de Inácio eram próximas — bastava atravessar a estrada —, assim sendo, Amaia resolvera aproveitar a bela e fresca manhã e ir a pé. Se andasse dez minutos entre a sua casa e a da família Junqueira, seria muito. E teria um bom motivo para pedir que Inácio a acompanhasse até Francisco no caminho de volta.

O casarão dos Junqueira era ainda resquício dos portugueses do século XVII, com poucas comodidades, diferente da Guaíba e da Santa Bárbara. Entrava-se na casa pelo segundo andar — tinha de subir uma escadaria na frente da construção — e chegava-se numa sala de visita, ladeada por salas menores e pela cozinha. Quando se descia por uma escada interna, alcançava-se os quartos. Aquela estranha arquitetura, de poucas janelas e muitas alcovas, deixava Amaia um pouco incomodada. Possivelmente, era isso que fazia Inácio querer estudar fora de Vassouras. Um rapazote de quinze anos gostaria de viver aventuras e não ficar abafado num lugar velho e escuro como aquele.

Amaia sabia pouco da família Junqueira. A mãe, D. Cesária, tivera Inácio já tarde, com quase trinta anos, e agora vivia reclusa por causa da doença que ia minando a sua saúde física — e, diziam, mental. O pai, Oto, vivia viajando a negócios. Tinha uma casa na Corte onde se encontrava com uma amante fixa — era o que alguém havia visto e repassara a todos os conhecidos. Quem praticamente adotara o jovem Inácio haviam sido os tios, pais de Francisco. Eles que o incentivavam a estudar e a deixar para trás a vida reclusa na fazenda ao lado da mãe tuberculosa.

Quiçá fosse isso, gerando pena, que fizesse Amaia ser tão atenciosa com Inácio — mais do que ela mesma supunha ser. Nas férias de verão, cavalgavam juntos de vez em vez, dançavam nos bailes, apreciavam as estrelas enquanto dividiam um charuto por eles afanado. Amaia via nele um espírito livre e acreditava que era vista da mesma maneira.

Ao chegar à casa deles, havia algo incomum. Não era o perfume de ervas que os escravos acendiam antes que os convidados sentissem o cheiro de remédios e emplastros usados pela sinhá. Nem era o fato de todas as janelas estarem fechadas para evitar correntes de ar. Era uma estranha escuridão em que mal se podia enxergar mais do que alguns passos à frente de si. Havia um grande espaçamento entre as velas e havia, no máximo, duas ou três "iluminando" um ambiente de mais de vinte metros quadrados. Amaia perguntava-se como era possível que Inácio estudasse com aquela parca luz, e se seria mais alguma doença que a sua mãe havia contraído, cujo sintoma era a perturbação pelo excesso de luminosidade.

Ao tirar a capa, as luvas e o chapeuzinho, entregou-os ao velho escravo Rafael, de quem Amaia tinha pena — aos inacreditáveis setenta anos, ainda trabalhava quando o melhor seria deixarem-no num canto, terminando a vida. Tinha as costas encurvadas num quase C e a perna esquerda havia sido deformada pela elefantíase. Que tipo de serviço Rafael poderia fazer? Seria uma maldade mantê-lo recebendo os convidados. O estado dos outros escravos não era muito melhor. Havia cegos, alguns que não tinham os dedos dos pés ou das mãos, e aqueles que mal conseguiam ficar em pé. Era desumano o estado em que eram mantidos, quase aos farrapos. E, por nada mais valerem no mercado, nem poderiam ser vendidos. O Sr. Junqueira não dava importância a isso, metido no decote da sua cocote, mantendo os escravos melhores consigo e a pose de "grande cafeicultor" nas mesas de bilhar na Corte. Distante o suficiente da fazenda e da esposa que caíam aos pedaços. Seu herdeiro varão muito pouco conseguia fazer. Ficava no leito da mãe, todas as férias, e, de vez em quando, visitava os amigos de infância para poder respirar um ar que não o contaminado.

Quando surgia, então, uma visita como Amaia, Inácio se caía de alegria, mal se contendo e querendo conversar sobre tudo, mostrar seus livros de estudo e o que estava aprendendo. Era impossível não o enxergar como uma criança, ainda que tivesse surgido uma fina barba no rosto que ia se tonificando com ares de masculinidade, assim como a voz que escorregava cada vez menos na infância.

— Que surpresa! — A voz de Inácio não era tão profunda e adulta como aquela que a recebia. Era um tom conhecido, mas Amaia não conseguia se recordar de onde.

Ao se voltar para trás, reparou que era o próprio Oto Junqueira que vinha recebê-la, somente de calça e em mangas de camisa. Amaia teve certeza de que o havia pego descansando. Acanhada, pediu desculpas pela intromissão e tentou explicar que vinha visitar Inácio, mas ele a interrompeu antes:

— Como vai, Amaia? Posso dizer que muito bem! Cresceu bastante desde a última vez que nos vimos!

Fazia muitos anos que o pai do jovem não via Amaia de Carvalho. Mais de dez anos, seguramente. E não a teria reconhecido se não fossem pelos olhos verdes e os cabelos escuros. Ela mudara — e que mudança! Amaia era de deixar rijo qualquer homem do seu calibre. Oto Junqueira fez um sinal com a cabeça para que Rafael se retirasse. Aguardara o vagaroso escravo sumir nas salas adjacentes para que guiasse Amaia até a sala de estar.

O olhar dele preocupava Amaia, era como se a queimasse. Teve uma leve sensação de que não era prudente ficarem a sós por muito tempo. Não havia lógica no seu raciocínio, apenas intuição. Preferia ignorar, pois lembrara-se de que poderia ajudá-la a pagar as dívidas da fazenda, apresentando algum pretendente — os seus começavam a minguar — ou encontrando alguma solução honrada na Corte, quiçá um investidor. Mesmo que ela procurasse não demonstrar que se sentia insegura em sua presença, sua voz e sua pose não escondiam o temor. E ele parecia enxergar isso — e gostar.

— Achei que ainda não havia chegado... — disse ela, considerando melhor ir embora.

— Cheguei pela noite. Percebo que não veio me visitar... — Apontava uma marquesa[24] para que ela se sentasse, e abrira um sorriso ao estudar o corpo dela de maneira acintosa, sem quaisquer escrúpulos.

— Não, desculpe-me, vim convidar Inácio para uma caminhada. — Ela se manteve de pé, com as mãos na frente do corpo.

— Sinto, mas ele não está.

Aquilo havia sido o suficiente para Amaia ter certeza de ir-se. Preparava uma despedida, quando o senhor tomara a sua mão e, acarinhando-a, manteve-a presa pelos dedos:

— Tenho certeza de que Cesária ficará muito satisfeita em revê-la. Fará muito bem a ela.

Tentando escapar dele, Amaia ia construindo uma desculpa:

— Estou com uma certa pressa... — Ele não a soltava.

Apertando o agarre, Oto Junqueira inclinara-se sobre ela, metendo os olhos no seu decote:

— Estamos muito preocupados. O médico esteve aqui e avisou que são os seus últimos meses de vida e ela quer se despedir de todos. Por favor, faça esta caridade. Cesária sempre gostou muito de você. Dizia que queria que Inácio se casasse com uma moça feito você.

O vestido amarelo, que tão bem contrastava com a sua pele e seus cabelos, a deixava radiante. Ele não evitava que seus olhos se demorassem no decote dela, que era bem preenchido por um par de seios perfeitos. Apertava ainda mais as suas mãos, ásperas pelo trabalho da colheita, e aproximara-se dela a ponto de degustar o seu perfume. Havia sabido, através do amigo Hilário Gouveia, o que a jovem "andava aprontando", chamando a atenção dos homens sobre si para conseguir alguém que lhe pagasse as dívidas da sua fazenda.

— Imagino o quanto está sofrendo. — Ele continuava a segurá-la. — Eu mesmo sofri muito com a perda dos meus pais e quero que saiba que estou aqui para o que precisar. Pode me chamar a hora que for.

— Obrigad...

— Venha comigo, por favor. — E foi puxando-a casa adentro. — Vou levá-la à Cesária. Você será o bálsamo que ela precisa.

Se a sala de estar, onde recebiam os convidados, já tinha o seu quinhão de desgaste, com o teto rachado, as paredes precisando de pintura, alguns quadros faltando — restando apenas a marca — e os móveis bambos e velhos, quanto mais ia para dentro, pior ficava a situação. Havia paredes com o reboco caído, deixando à mostra o pau a pique da construção. Em algumas alcovas, não havia mais forro e animais ali faziam os ninhos nas vigas à mostra. Faltavam objetos, faltavam móveis. Deveria ser muito angustiante morar lá. O cheiro, então, de umidade, mofo e remédios fazia com que o estômago de Amaia se embrulhasse junto à sensação de que já havia vivido aquilo.

Pararam diante de uma escada que levava ao andar inferior. Jurava que haviam colocado D. Cesária no térreo, para facilitar o acesso das visitas mais íntimas, contudo, poderia ter entendido errado.

— Segure no corrimão. E cuidado para não tropeçar. Esta escada pode ser um perigo aos incautos.

Descer aquelas escadas às escuras era como entrar num lago à noite. Um frio subira pela coluna de Amaia e ela estremecera. Sua respiração pesara e achava que poderia cair. A cabeça zonza a fez rever a imagem

de João Pedro sobre si. Ela segurara a respiração a fim de evitar um grito.
— Não enxergo nada — por fim, disse.
Amaia ia apalpando os degraus com os pés. Aos poucos, os olhos iam se acostumando à escuridão para a qual eram tragados. Ao atingir o andar inferior, depararam-se com um brilho de luz fraco. Era uma vela sobre uma velha cômoda, encostada numa parede de um longo corredor repleto de portas e sem qualquer janela. Deveria se assemelhar a um calabouço, como nos livros que lia, de chão e paredes de pedra e tão escuros que mal podia enxergar o próprio nariz. Havia um eco fantasmagórico causado pelas passadas dos escravos que rangiam as tábuas do assoalho de cima.

Diante de uma porta, igual a todas as outras, Oto Junqueira havia parado. Empurrara o puxador vertical — aqueles de ferro, comuns no século XVII. Mal entraram no quarto às semiescuras e Amaia decidira sair dali o quanto antes. A imagem das mãos de João Pedro a sufocavam.

Estavam num quarto. Havia uma cama. Havia um armário. Havia um urinol, uma jarra de louça e uma tina para banho de asseio sobre uma mesa. Porém, não havia nem a Sra. Junqueira, nem ninguém mais ali. Da mesma maneira que não havia janelas nem outro meio de sair. Era uma daquelas alcovas antigas em que pernoitavam os negociantes — para evitar que abusassem das mulheres da casa ou roubassem alguma coisa, eles eram trancados nestes quartos sem janelas.

— Onde está D. Cesária? É alguma brincadeira? — Sua voz era de temor, de quem havia sido enganada e, por maiores que fossem as desculpas, não aceitaria nenhuma delas.

— Você está mais linda do que antes.
— Acho melhor eu ir. Estão me esperando.

Uma mão tomava o seu braço e a segurara com força. Amaia escutara a manga do seu vestido rasgando.

— Vou ajudá-la a salvar a sua fazenda, se você for boazinha comigo e fazer o que eu mandar.

Oto fizera um movimento, e Amaia sentira o corpo rodopiar e cair. Tentava se agarrar a algo para não ir ao chão. Foi quando suas costas deram contra algo macio. Ele a havia atirado na cama. Ela engolia ar e não saía grito. A sombra dele, contra a luz da porta, se fazia grande e aterradora até mesmo para uma mulher forte como ela. Não poder ver o rosto dele, vestido de sombras, só piorava a situação, pois não poderia imaginar o que estava planejando. E nem precisava de muito. Oto se encaminhava a ela, abrindo os botões das calças, abaixando-as sem qualquer pudor. Falava num tom baixo, mais comedido e ainda mais preocupante:

— Agora, fique quieta para não doer. Quanto mais relutar, pior será para você.

Encolhida em si, Amaia tentava ainda trazer razão, pois sabia que não teria como lutar com ele como havia lutado com João Pedro, anos antes:

— O senhor tem esposa! Tem filho! Inácio o ama tanto! O que ele fará se souber que o pai está tentando abusar de uma amiga?

— Ele aprenderá como um homem de verdade deve agir, em vez de ficar pelos cantos choramingando que a viu beijando outro. — As calças caíram nos tornozelos. — Ah, eu soube do beijo no quarto escuro. Diga-me, foi apenas um beijo ou teve mais?

Puxara-a pelas pernas e tentava virá-la sobre a cama. Amaia debatia-se, impedindo o que desse. Ela lhe arranhava, dava socos, pontapés, o que fosse, o que mais o confundia do que provocava dor. A pouca luz também não o ajudava. Achando que eram as saias dela que levantava, havia puxado o cobertor da cama e ela se emaranhara no meio, evitando que ele arrancasse suas vestes.

Oto havia conseguido encontrá-la na cama, atirando-se sobre ela. Lambia seu pescoço, do lóbulo à clavícula, e Amaia relutava, tentando se desvencilhar das mãos que haviam agarrado os seus pulsos:

— O... que... você... pensa... que está... faz...endo... sol... te-me! Vou gritar!

— Grite! Grite o quanto quiser! Ninguém poderá ajudá-la. Você será minha, Amaia. Minha! E terá sua fazenda a salvo. Prometo!

E quanto mais falava, mais agitada ela ficava e mais animado ele se fazia. Ao beijar-lhe os lábios, Amaia aproveitara para lhe morder, o que só o deixara mais excitado ao sentir o sabor do próprio sangue. Tentando sair de baixo dele, ela se remexia, batendo e esperneando no que fosse, empurrando qualquer coisa. E quanto mais demorava para se soltar, mais ele parecia dominá-la. O corpo pesado do senhor a pressionava contra a cama, encaixando-se nela. As mãos dele iam encontrando os caminhos da sua pele e se libertando dos tecidos. Escutara o rasgar de algum tecido e uma boca que se jogara contra os seus seios. Mãos deram-se com a pele das suas coxas e por elas foram subindo, erguendo as saias. Ao depararem-se com as calçolas, ele parara como se confuso — talvez estivesse acostumado com mulheres que não usassem nada por baixo. Aproveitando as pernas livres do tecido do vestido, Amaia dera-lhe uma joelhada nas partes rígidas.

— SOL-TE-ME!

Ele rolara para o lado. Uma cotovelada no rosto dele e Amaia tentara correr até a porta aberta. Atrás de si o escutava, por entre gemidos de dor, reclamar:

— VOLTA AQUI, SUA PUTA!

Os olhos dela se encheram de lágrimas, mas não ficaria ali esperando que os dois pudessem discorrer sobre o assunto. Era preciso sair o quanto antes. Quando tocara a maçaneta, uma mão a puxara para trás e dera com a cabeça dela contra a porta para ficar zonza e parar de relutar. O mundo só não rodopiara mais porque Amaia estava determinada a sair dali, e retribuíra o gesto com uma cotovelada que teria quebrado o nariz dele. Não esperaria para descobrir. Havia corrido escada acima, atravessado a casa, passando reto por Rafael — quando este tentara lhe entregar os seus apetrechos. Havia corrido alguns quilômetros, quando, finalmente, parara sem ar. Então, deparara-se com o gosto de sangue nos lábios. As roupas estavam rasgadas, a sua cabeça girava, todo o corpo doía e ela apagara, sem saber como havia chegado em casa.

Bá soltou um longo suspiro de alívio. Em algo havia sido bom ter deixado Amaia brincar com os moleques quando era pequena. Havia aprendido a bater neles e a evitar situações como esta. Poderia se dar por orgulhosa, se a sua menina não tivesse deitado a cabeça em seu colo e caído aos prantos. Às vezes, Amaia era igual a todas as outras mocinhas dos romances: frágil.

16

Passaram-se duas semanas para que Montenegro recebesse notícias de Amaia. Ele havia estado na Santa Bárbara dia-sim-e-o-outro-também. Todas as vezes havia sido recebido por Cora, que tinha o prazer de listar as excentricidades de Amaia — de forma mais acusativa do que explicativa —, deixando claro que ela tinha o que merecia. Poderia inferir que o ocorrido era uma tentativa da própria Cora de se desvencilhar da irmã, contudo, o que ela ganharia com o ataque à Amaia?

Aproveitando uma visita aos Feitosa, em que estavam somente ele, Caetana e Canto e Melo, perguntara sobre a tensa relação entre as irmãs Carvalho. Caetana, na sua solenidade de amiga fiel e protetora, esclarecera somente que as duas não se davam bem, o que vinha da infância — talvez por uma predileção da mãe pela caçula e do pai pela mais velha. E nos restos do seu silêncio, Montenegro previa que ainda pioraria se ambas continuassem numa situação ruim por muito tempo. Havia reparado no estado da casa-grande, observado as infiltrações que se iniciavam e não terminavam, a falta de alguns quadros e objetos que dias antes estavam lá, a comida que era servida somente a ele, o estado em que se encontravam boa parte dos escravos — magros e apáticos — e a própria Cora que sumia a cada dia dentro dos vestidos cerzidos.

Diante da oportunidade de entrar no gabinete do falecido Carvalho, Montenegro vasculhara os papéis que iam se amontoando sobre a escrivaninha à medida que Amaia permanecia acamada. Por entre contas e balancetes, encontrara uma longa lista com nomes de fazendeiros e valores ao lado. A maioria eram nomes conhecidos — os quais não precisava se esforçar para lembrar, pois faziam parte do mesmo círculo. O maior cobrador era o Sr. Feitosa, o que não era de se surpreender. Era seguido por Luiz Mesquita e alguns outros. Apenas dois ele nunca havia escutado, mas como estavam riscados, deduzia que haviam sido pagos. Pelos seus cálculos, Amaia teria não só que vender a fazenda, mas ainda pagar a dívida por anos.

Montenegro teria se aprofundado na busca se Cora não tivesse entrado no escritório:

— Ah, o senhor está aí! Estava procurando-o — disse, com o chapéu e o chicote de montaria do senhor nas mãos, dando a indireta de que era hora de ir-se. — Achou alguma coisa que pudesse lhe interessar?

A irmã mais nova poderia parecer sisuda e discreta, porém, era também ardilosa. Em poucas mulheres Montenegro havia identificado aquele olhar, uma malícia embasada mais no rancor do que na maldade. Sim, Cora agia com mágoa e raiva, não com maldade, e isso era prova o suficiente para que Montenegro a tirasse da lista de suspeitos — por enquanto.

— Estava pensando se havia como me venderem uma escrivaninha desta?! Ela é grande e na medida que preciso. — Sentara-se na cadeira atrás da papelada e colocara a mão sobre as anotações de Amaia. — Sabe onde seu pai a mandou fazer? Ou veio da Corte?

— Posso perguntar à Amaia. É ela quem está a par de tudo.

Reparando na feição antipática de Cora, de quem não havia gostado de tê-lo encontrado por lá, Montenegro abriu um sorriso, pegara seus pertences e agradecera a hospitalidade. Podia não ter virado para trás, mas, ao colocar o chapéu sobre a cabeça, sentia a nuca queimar. Cora e sua raiva latente o miravam de tal maneira que ele teve pena da moça e da sua irmã.

No caminhar das duas semanas, Montenegro nem possuía mais esperanças de receber qualquer notícia de Amaia. Ela estava em total reclusão e, desde que fora encontrado no gabinete bisbilhotando, nunca mais havia sido recebido por Cora.

❦

Estava em sua fazenda, a Caridade, em mangas de camisa, atirado sobre uma poltrona, lendo o *Jornal do Commercio* que mandava vir da Corte, quando uma senhora negra, em roupas bem-compostas, apesar de simples, entrou no seu gabinete pedindo licença. Montenegro abaixou o jornal e, assim que seus olhos a miraram, ela anunciou que tinha uma visita. Havia tanto espanto no rosto dela quanto surpresa no dele. Estranhou. Canto e Melo sempre entrava sem ser anunciado. Não havia recebido nenhum aviso de visita. Quem seria? Antes que conseguisse dobrar o jornal e levantar-se da poltrona para vestir a casaca, Amaia foi entrando e agradecendo à senhora pelo anúncio.

Vinha num passo volante que combinava com a roupa de listras azuis e brancas. Tinha um chapeuzinho azulão sobre os cabelos parcialmente presos em cachos, que iam serpenteando pela delicada roupa e elevando o tom de seus olhos à categoria de azulados. Trazia também uma leveza que lhe era mais do que comum e muito bem se assentava nela. Entregando a mão a ele, sem lhe tirar os olhos, abriu um sorriso, mais frívolo do que contente:

— Acredita que estava com saudades do senhor? Quando soube que não foi mais me visitar para saber como estava, cheguei a me ofender e a odiá-lo tanto, que achei que nunca mais o perdoaria. — E o sorriso se estendeu. — Mas não consigo sentir raiva do senhor por muito tempo, por mais que tente. E juro que tentei.

Por fora, ela poderia parecer coquete e contente, mas Montenegro a conhecia o suficiente para captar que, detrás do sorriso, escondia-se uma imensa tristeza. E, por mais que ela procurasse se manter altiva, forte, uma fênix renascida, ele ainda via a sua fragilidade. Era de se admirar ainda mais. Só gostaria que ela fosse sincera e largasse o orgulho uma vez. Daria tempo e confiança para que ela o fizesse. Por enquanto, para não abrir feridas que poderiam já estar cicatrizadas, Montenegro se fez de crédulo e manteve o compasso daquela dança:

— Eu acredito. — Tomou as suas mãos e as beijou. Sentiu-as ásperas. Era provável que Amaia ainda estivesse trabalhando nos cafezais para provar a sua teoria de igualdade. — E como está a Santa Bárbara? Prosperando, pelo visto, para precisar de mais mãos para a colheita.

— Esplendorosa! — Ela mordeu o sorriso, retirou as mãos dentre as dele e deu uma volta no gabinete para não só poder o admirar, como permitir que o senhor tivesse uma vista melhor das suas curvas. — Sabe que nunca estive antes em sua casa?!

Avaliava o local, os móveis e os objetos de decoração com olhos gordos. Somava os valores e puxava uma estimativa de quanto dinheiro Montenegro tinha. Havia escutado, por detrás de uma porta, Cora choramingando para Bá que Montenegro estava aos pés da Amaia e que tinha tanto dinheiro quanto D. Pedro II. Afora o bláblábá usual — de que Amaia não merecia ser feliz — Cora havia deixado claro que agora que era uma moça de reputação marcada — ainda que nada de pior tivesse acontecido —, ninguém a quereria para esposa, somente para amante. Amaia, pelo que se lembrava, sabia de uma pessoa que adoraria tê-la e esta estava bem diante dela.

Aproveitando o "passeio" de Amaia pelo cômodo, Montenegro se recompôs ao colocar a casaca e ficou a observá-la de longe, imaginando a cabeça dela calculando os valores das peças.

Poderia se considerar não só culto como sóbrio e extremamente rico, o que ficava claro na decoração da sua casa. Os tons mais escuros e masculinos davam o ar de seriedade que lhe era inerente, contudo, havia quadros e objetos que trazia das suas viagens pelo mundo, ou que mandava vir de fora, que coloriam e traziam vida. Tudo muito elegante, muito bem escolhido e de muito valor. Havia uma mistura do estilo inglês com o japonês/chinês — que estava virando moda. Se não se soubesse em Vassouras, Amaia poderia jurar que estavam na Corte. O gabinete dele era quase como aqueles de curiosidades que ela havia visto num livro. Animais desconhecidos empalhados, belas peças orientais, armas que ela não sabia classificar, uma infinidade de coisas que ela se perguntava quem limparia tudo aquilo. Havia visto apenas uma "escrava".

— Como pode ver, sou um homem de gostos variados. — Aproximou-se dela, o suficiente para que sentisse a voz dele na sua nuca. — E como você está? Melhor?

Havia preocupação em seu olhar, mas Amaia tentou não se distrair com isso e manter o foco no que havia ido fazer lá — negócios.

— Ah, sim, esplendorosa! A minha gripe passou e estou renovada! Acho que precisava descansar alguns dias. — Forçou um sorriso.

— Sim, o sol da plantação não faz bem a ninguém.

Ela chegou a fechar o sorriso diante do tom sarcástico dele, não por muito tempo:

— Não vou me irritar com o senhor hoje, estou de muito bom humor. Esplendorosa, eu diria. — E deu a volta nele, acomodando-se num sofá.

— Bom humor? E posso saber o porquê disso? — Ele se sentou ao seu lado.

— Ora. — Ela, que alisava o tecido do sofá, abaixou o rosto propositalmente, como se intimidada pelo olhar direto dele. — O senhor deve saber... Por que uma moça como eu viria aqui, sem avisar, e toda arrumada?

— Não consigo imaginar — mentiu, tentando segurar o riso diante daquela tentativa de seduzi-lo. Teria sido melhor que nem tivesse tentado.

— Ah, sei que consegue, sim.

Encarou-o e Montenegro entendeu o tamanho poder do charme de Amaia. Os olhos verdes sombreados pelas longas pestanas, os lábios avermelhados em forma de coração, o decote que arfava. Era preciso ser muito forte para não querer beijá-la. Porém, ele ainda se considerava um cavalheiro e ela era uma dama.

— Amaia...

— Quero agradecer por ter me salvado. — Inclinou-se sobre ele, tocando em sua mão. O encostar das peles foi elétrico, subindo por ele e galvanizando o seu corpo na direção dela. — Não sei o que seria de mim se não tivesse me encontrado na estrada. Estava tão perdida, tão fora de mim. Estava muito atordoada com o calor e, quando caí de meu cavalo, oh, céus, eu nem sabia quem eu era! Obrigada.

Montenegro não era estúpido e o estado dela não era de quem havia passado mal com o calor e caíra do cavalo. Queria a verdade, a sinceridade, por que ela não poderia ser ela mesma para com ele?

Amaia o testava para ver até onde ele tinha conhecimento. Ela mesma pouco se lembrava do ocorrido e não tinha qualquer memória de quando ele a encontrara. As poucas informações haviam sido passadas por ele à Bá, que contara a ela como havia chegado em casa.

— Não há o que agradecer. — Apertou os seus dedos sobre o assento do sofá.

Seus rostos estavam próximos. Próximos demais, a ponto de sentirem a respiração um do outro, os perfumes que se entrelaçavam, os olhos que apreciavam em detalhes, sem conseguirem se afastar.

— Há, sim. Há muito o que agradecer... — Ela fechou os olhos e seu rosto encostou no dele, feito uma gata acariciando-o.

Aquilo havia sido por demais para Eduardo Montenegro. Sem se aguentar, tomou-a em seus braços, apertando-a contra o corpo. Queria fundir-se a ela, que todas as partículas de seus corpos se misturassem numa só. A Lei da Física era cruel, dois corpos não poderiam ocupar o mesmo espaço, então, era preciso desbravar as reentrâncias que ele conseguiria penetrar. Caçou os lábios, lambendo-os para que os abrisse. Não houve regateio. Amaia, totalmente entregue, envolveu os braços no entorno do pescoço dele e seguiu a dança de sua língua num compasso que ia ficando a cada minuto mais nervoso, mais explorador. Ambos buscavam mais naquele beijo, naqueles corpos colados, naquelas carícias que se iniciavam. As pontas das unhas dela fincaram em sua nuca, enfiando os dedos por seus cabelos, eriçando-o ainda mais. Montenegro a apertava contra si, descia os lábios por seu lóbulo até o pescoço. Se não fosse por um gemido de aprovação, teria parado. Prosseguiu para o decote dela. A língua contornou o raiar dos seios e o gemido se fez mais intenso. As unhas dela se cravaram em seu couro cabeludo e Amaia estremeceu nos seus braços. Isso o deixou ainda mais teso. Arrancar-lhe-ia as roupas se não se controlasse por um minuto. Um simples minuto que o fez segurá-la pelos braços e afastá-la de si.

Amaia tinha os olhos fechados e estava à cata de ar. Seus nervos ainda estavam eletrizados pelo beijo caloroso. Andava em nuvens e não teria reparado no rosto de incômodo dele se Montenegro não tivesse lhe dito:

— Desculpe-me.

Abriu primeiro um olho e depois o outro, desconfiada do que ali acontecia. Montenegro havia se levantado e se colocado entre ela e a escrivaninha, distante o suficiente para que ela ficasse segura dos seus arroubos e ele pudesse se recompor. Contudo, Amaia se provou mais inocente do que ele poderia esperar e, infelizmente, mais sensual.

— Por que se desculpa?

Ele não podia fazer isso. Não com ela. Nem com ninguém. Ela havia passado por um trauma e ele não poderia lhe causar outro. Montenegro respirou fundo, tentou se trazer de volta a si, e retornou para perto dela. De joelhos, diante dela, tomou as suas mãos e seus olhos cinza, repletos de ternura, aprisionaram-na:

— Eu preciso lhe dizer: não sou um homem que se casa. Eu nunca vou me casar, Amaia. Eu não acredito no casamento. Acho que ele apenas tolhe o amor verdadeiro com obrigações e responsabilidades que não deveriam existir numa relação. O que acontecer aqui não a levará ao altar.

Falava com uma verdade tão direta e sem rapapés, que Amaia ficou confusa. Demorou a conseguir entender que ele não queria se casar com ela, apesar de querê-la muito em uma outra circunstância nada cavalheiresca. Ele deve ter desconfiado do que havia acontecido entre ela e Junqueira. Cora havia mencionado que todos saberiam em breve, Junqueira não era homem de segredos, muito menos o seu amigo Hilário Gouveia, que odiava Amaia. A jovem guardou para si o nervosismo. Envolta pelas brasas do beijo incandescente, Amaia tentou persuadi-lo de uma maneira simplória, ainda que provocativa:

— Uma relação não é só diversão. Pode haver outras coisas...

— Quando se tem uma vida como a minha, é a única coisa que posso querer. E é a única coisa que posso lhe oferecer.

Diante dessa perspectiva, Amaia teve certeza de que ele sabia do ataque de Junqueira. Sua reputação estava manchada. Ao menos, esperava que ele pudesse manter o sigilo por enquanto.

Tentava concatenar as ideias, aceitar aquela recusa tão fria — apenas enxergava isso, no lugar da sinceridade e da preocupação dele com ela —, que se sentiu expulsa quando ele se levantou e ergueu-lhe a mão:

— Melhor você ir, Amaia.

Ela estreitou os olhos, preenchidos por uma decepção que ele preferiu ignorar. Era preciso, pelo bem de ambos. Montenegro tinha de ser sincero com ela quando ninguém mais havia sido. Não poderia deixá-la se passar por ridícula ou, até mesmo, dar um passo maior que poderia afastá-la de um bom casamento. Se ele pudesse não pensar nas consequências, pegá-la-ia ali, à beira da porta, e lhe daria um outro beijo, tão intenso quanto o anterior, e a carregaria nos braços até a cama, onde a faria sua. Limparia todas as suas mágoas, cuidaria de todas as suas dores, ajudaria-lhe com a fazenda. Faria tudo por ela se Amaia não tivesse enfiado na cabeça que precisava se casar. Porém, era o certo aos olhos da sociedade, não poderia julgar que fosse de outra forma.

Amaia parou ao lado da porta do gabinete. Ao voltar-se para ele, havia apenas raiva e ofensa no seu rosto:

— Prefiro morrer a pedir a sua ajuda novamente. Ah, como eu o odeio! Odeio-o com toda a minha alma!

— Até há pouco, dizia que não conseguia me odiar por tanto tempo. Então, aguardarei passar a raiva. — Ria-se somente por fora. Seus olhos demonstravam que havia medo de nunca mais vê-la, um temor que ele ainda não havia reparado ter.

— Você é igual aos outros homens! Só pensa nos prazeres que uma mulher pode proporcionar. Ninguém enxerga a mulher como algo que não carniça. Você, Junqueira, são todos iguais! Só querem me levar para a cama! Pois saiba, eu não vou desistir de salvar a minha fazenda e nem você, nem homem nenhum, vai me impedir de fazer isso! Não importa o que tenha de fazer, eu vou salvar a minha terra e os escravos! — E se foi, num vendaval de emoções que o deixou bambo.

De tudo o que Amaia havia dito, contudo, ao final, apenas uma coisa havia ficado clara para Montenegro: o nome Junqueira.

O galope era apressado.
...
Estava atrás de uma moita, de onde poderia ter a visão ideal.
...
As patas do cavalo levantavam grama, terra, girando o mundo.
...
Os olhos estavam fixos nos corpos que brincavam às margens do riacho. As moças riam, atirando água uma na outra; molhavam as peças de tecido, deixando-as coladas contra o corpo. Algumas se desvencilhavam, retirando as roupas e pulando na água sem qualquer pudor. Os respingos, à luz do sol, pareciam prata contra as peles negras.
...
O cavalo relinchava e o cavaleiro de preto bufava feito fera, traçando os planos do que faria a seguir, tão rápidos e destemidos quanto o animal que dominava.
...
Os seios o atiçavam, assim como as pernas e as coxas e o que havia entre elas. Agachado atrás da moita, à espreita das escravas que se banhavam no riacho, Inácio Junqueira abaixou as calças. Estudava os corpos na medida em que o seu ia crescendo na empolgação.
...
Montenegro era daqueles homens que faziam o próprio Destino. Ao avistar o rapazote atrás da moita, bateu o chicote no lombo do cavalo para ir mais rápido ao seu encontro.
...
No relincho, Inácio virou-se e avistou um cavaleiro negro desatinado em sua direção, sem se desviar. Por um segundo, se perguntou se o havia notado, do que teve certeza ao deparar-se com os olhares vorazes sobre ele. Teria de correr se quisesse não virar sola de botina.

Deu um pulo e, segurando as calças, foi correndo para qualquer lado. As pernas pareciam curtas para a velocidade do cavalo que o perseguia. Faltava-lhe ar e sentia a bunda arejando quando a calça escorregava. Não poderia parar para abotoá-la, senão, ele seria pego.
...
Uma mão resvalou nos cabelos de Inácio. Seu rosto era de susto. Conseguiu se esquivar, mas as calças foram parar nos joelhos. Tropeçou, caindo de cara na terra. Levantou-se num estalo e puxou as calças para conseguir correr.

Desta vez, o cavaleiro estava tão perto que o identificou:

— Montenegro?!

O cavaleiro puxou-o pela casaca e o subiu sobre o cavalo num gesto tão forte quanto coordenado, deixando o rapazote impressionado.

— O que foi que fiz? O que foi que fiz? Elas só estavam tomando banho! Que mal há em olhar?

Calado, Montenegro puxou os arreios e o cavalo parou. Saltou e pegou Inácio pela gola, atirando-o no chão. Seus olhos estavam vermelhos e havia trincado os lábios no ódio:

— O que você fez com Amaia? — Pegou-o pela gola novamente e sacudiu-o.

Bem menor e mais magro que Montenegro, o rapaz foi e veio no vai-e-vem, sem qualquer resistência. Tentava alegar inocência, mas parecia difícil diante do temor que lhe ia corroendo as entranhas:

— Não-não fi-fiz nada-a! Ju-ro! Juro!

— Eu vi o estado em que ela saiu de sua casa! Conte-me a verdade! — Balançava-o com força, a ponto de se escutar o rasgar do tecido. — Você nos viu nos beijando e, achando que ela é uma mulher fácil, atraiu-a para a sua casa e tentou abusar dela!

Inácio arregalou os olhos. Amaia era muito querida e, sim, já havia tido vários sonhos repletos de lascívia com ela, mas nunca abusaria dela, nem tentaria nada vil. Era inconcebível! Se a tivesse, seria por amor e não à força. E, quando os viu se beijando na alcova, por certo que ficara magoado, depois entendera que felicidade dela estava acima de qualquer sentimento que ele pudesse ter por ela. Ele só queria ver Amaia feliz.

Aquela falsa acusação o deixou mais tranquilo — afinal, não havia feito nada de errado — e a gagueira de medo diminuiu:

— Juro pela alma da minha mãe! Ela foi sim na-na minha casa. Mas eu não estava... Juro! Estava aqui! Estou sempre aqui! Pergunte a Ra-Rafael! O nosso escravo! Ele vai poder con-confirmar! — Montenegro diminuiu o agarre, no entanto, os seus olhos ainda aprisionavam o jovem, analisando se estava falando a verdade. — Vo-você disse que ela foi à minha casa. Soube que ela esteve lá há algumas semanas. Rafael e meu pai confirmaram isso. Ela foi visitar a minha mãe, e...

— O seu pai estava na casa nesse dia?

— Si-sim... Ainda está.

A fúria de Montenegro era tamanha que pensou em dar-lhe umas palmadas assim mesmo. Era feio espiar as moças tomarem banho. Controlou-se. Deveria resolver a questão de Amaia antes, depois "educaria" Inácio, conversando com ele.

Soltou o menino — que recompôs as suas roupas e fechou as calças. Incapaz de aceitar que poderia ter errado na sua conclusão, Montenegro demorou alguns segundos para pedir desculpas para Inácio. Amaia estava virando a sua cabeça e não via mais nada na frente quando pensava que alguém poderia ter-lhe feito algum mal.

— Perdoe pela maneira que o tratei — disse ao montar o cavalo.

Inácio segurou o arreio, impedindo-o de ir. Tinha os olhos fixos nele. Parecia um reflexo do jovem Eduardo Montenegro, que vivia sob a opressão de um pai abusivo.

— Você a ama tanto assim?
— Do que está falando?

Aqueles olhos instigavam a acreditar que era o próprio Montenegro que estava se estudando:

— Sim, você ama Amaia. Se-senão, não teria vindo atrás de mim para tirar satisfações. Eu teria feito o mesmo, se eu soubesse o que está acontecendo. E se meu pa-pai estiver por trás disso, eu não me surpreenderia. Ele não vale na-nada. Deixa minha mãe morrer numa cama em vez de levá-la ao médico, maltrata os escravos como se fossem bichos, abusa de tudo e de todos... — O rosto de Inácio ia se vertendo em lágrimas. — Você precisa salvá-la, protegê-la, ajudá-la, amá-la. Amaia é muito orgulhosa e carente. Ela parece alegre, mas por dentro está chorando, está solitária, quer atenção. Ajude-a a ser feliz, por fa-favor.

Estava ali, diante de Montenegro, o gérmen de um homem de honra. Gostaria de conhecer melhor Inácio, conversar com ele e ensinar que não se deve espiar as mulheres tomando banho. Porém, tinha que ter uma "conversa" com o Sr. Junqueira antes. Uma "conversa" bem distinta daquela que o Barão de Mauá havia tido com o pai dele.

Bateu o chicote no cavalo e foi levantando poeira.

— SOCORROOOOOOO... PELO AMOR DE DEUS! PARAAAAAAAA!!!!! SOCORROOOOOOO!!!!!! ACUDAM!!!!! DEUS, AJUDAAAA!!! NAOOOOOOOOO!!!! PARAAAAAAA!!!! PARA! — a mulher gritava, tentando soltar os pulsos presos nas algemas.

Toda vez que ela jogava o corpo contra a madeira, mexendo os ferros, doíam mais as feridas abertas nos pulsos, os músculos suspensos dos braços e uma nova lasca das suas costas o chicote tirava. O corpo arquejava, ardendo, a cabeça girava e ela só via agonia diante da dor. Atrás de si, a voz avisava, tão cansada quanto a dela, de tanto girar o chicote pesado:

— Sua negra! Vai ver o que é bom para quem desrespeita o seu senhor — dizia Oto Junqueira, ele mesmo no comando do artefato.

Gostava de mostrar aos escravos quem era que mandava de verdade ali e o quanto deveria ser respeitado, principalmente às escravas que se recusavam ir para a cama com ele. Para essas era pelourinho e cinquenta chicotadas.

Os escravos faziam roda em volta, estupefatos. Haviam sido obrigados a ficar ali de testemunho e, caso algum virasse os olhos, por um segundo que fosse, acabaria levando cinco chicotadas. O que mais impressionava era a satisfação do homem. A cada grito de dor, a cada gota de sangue derramada, ele se reavivava e tirava mais um naco da escrava. Tão entretido estava com o sofrimento da mulher que lhe recusara, que não reparara no cavaleiro negro que chegava a galope.

Com o cavalo ainda em movimento, Montenegro saltou do animal.

No chão, tirou a casaca, ergueu as mangas da camisa negra e correu na direção de Oto Junqueira.

Num soco, fez o homem perder o eixo e deixar o chicote cair.

Ainda tentando entender o que acontecia, Junqueira via aquela sombra negra pegar o seu chicote e, diante do assombro dos escravos, girar contra ele.

— Quem é você? O que faz aqui? — questionou antes de sentir o primeiro resvalo do couro.

— Isso é pela Amaia! — Montenegro deu uma chicotada, esta que lhe acertou as pernas, abrindo as calças. — Isso é pelo seu filho Inácio! — Acertou os braços que ele pôs na frente do corpo para se proteger, rasgando a manga da camisa e tingindo o branco de sangue. — Isso é pela sua esposa! — O chicote bateu nos seus pés e Oto caiu no chão. Tentou rastejar em fuga, esticava a mão para que os escravos o ajudassem, mas todos permaneciam apenas testemunhas. O chicote lhe acertou as costas e Junqueira golfou sangue. — Isto foi pelos seus escravos! — Montenegro largou o chicote, puxou o homem pelo colarinho e deu-lhe uma cusparada na cara. — E isso foi por mim! — Largou-o no chão e pisou o seu tórax, para que não conseguisse se levantar sem que terminasse o que havia vindo falar. — Nunca mais se aproxime de nenhum de nós! Volte para a Corte! E se eu souber que você pisou nessas terras, eu vou acabar com você.

O olhar de Montenegro, os cabelos anelados para todos os lados, as roupas negras, era um diabo que vinha atormentar. Não havia outra explicação lógica para Oto Junqueira. Nunca havia visto aquele ser antes — e nem quereria vê-lo novamente. Havia se borrado, literalmente, de medo daqueles olhos cinza recaídos sobre ele.

— Que... que demônio é você? — balbuciava, atônito, incapaz de reagir.

Montenegro pressionou o pé sobre ele. Junqueira achou que iria parar de respirar se ele continuasse a pressão, o que durara apenas o suficiente para deixar o recado:

— Você não experimentou nem metade da minha fúria. E acho melhor você não querer conhecê-la toda.

E partiu, virado no redemoinho que se fez atrás das patas do seu cavalo negro.

17

Amaia estava arrependida. Um sentimento incomum para quem nunca se arrependia de nada, para quem procurava desculpas para as suas atitudes e buscava olhar para frente, para o amanhã, sem retorno.

Metida num bocejo, recostou-se no centenário carvalho. Para analisar o que fosse, não havia lugar melhor do que à sombra daquela imensa árvore, cujas raízes iam solo abaixo e acima, criando uma cama para se deitar confortavelmente debaixo da sua copa. Reclinada, entre o arrependimento e a culpa, Amaia podia contemplar a vastidão da fazenda que cobria a paisagem, indo de horizonte a horizonte, preenchida por cafezais e pastos. O mundo lhe crescia tão repleto de possibilidades que os problemas ficavam tão pequenos quanto as vaquinhas distantes. Ficou um sem-tempo, tentando ignorar a própria ansiedade, aproveitando o som das folhas ao sopro da brisa vespertina, observando o tom avermelhado que coloria o céu anil e afastava as nuvens rosa-alaranjadas. Mais um dia terminava na calmaria que, ao invés de amansar o seu coração, deixava-o mais alvoroçado com o que teria de fazer a seguir. Tinha a carta de Singeon para Cora amassada contra o peito e um peso por tê-la pego para ler.

Se por sorte, azar, ou por vontade divina, havia sido Amaia a receber a correspondência àquela manhã. Cora, ainda metida em seu luto e no mau humor, havia passado o dia rezando pela alma dos pais na capela da fazenda, e esquecera-se do correio. Ao ver as cartas nas mãos de Bá, que ainda se despedia do cavaleiro que as havia trazido de Vassouras, Amaia arrancara-as em busca de alguma novidade que pudesse ajudá-la. A comida escasseava e todos os objetos de valor tinham sido vendidos, inclusive as joias da mãe que haviam ficado para si — as de Cora estavam escondidas e ela se recusava a entregá-las.

Amaia procurava, talvez, a notícia de pêsames de algum primo distante, ou de um tio rico que ela nunca soubera existir. Por entre algumas condolências atrasadas e algumas ameaças de dívidas, havia encontrado a carta de Singeon. Reconhecia a caligrafia só de olhar. Pegara-a antes que Bá reparasse para quem era e guardara-a na manga da blusa. Após o parco almoço, fora para o seu recanto no carvalho e lá pudera ler com calma o que ele havia escrito para sua irmã, com o intuito de descobrir quais as pretensões de Cora a seguir. Iriam embora e legariam à Amaia todas as dívidas e o ônus da escolha sobre o que fazer com os escravizados? Ou haviam terminado a relação a distância e Amaia teria mais tempo para convencer Cora a ajudá-la?

O que mais irritava nas cartas de Singeon — além dos poucos sentimentos expostos através de poesias sem qualquer verve romântica ou literária, tal fosse apenas a descrição de fatos — era que ele parecia totalmente inseguro quanto aos sentimentos de Cora, o que levava, com toda razão, ao mau humor perpétuo de sua irmã. Afora isso, havia uma formalidade medonha presente nas primeiras linhas reservadas às condolências. Havia também desculpas sobre o atraso da correspondência e uma explicação sobre provas e testes na Faculdade de Medicina. O meio da missiva estava repleto de questionamentos: se ela ainda gostava dele e a necessidade de se reverem para descobrirem se realmente havia afeto entre eles. E terminou com uma notícia que havia deixado Amaia pensativa: ele chegaria dentro de alguns dias.

Um médico! De que forma um médico poderia ajudá-la a salvar a fazenda? Deveria saber administrar alguma coisa, ou poderia ir às reuniões com os senhores — já que Amaia não era bem-vinda a nenhuma —, ou colocar os capatazes no devido lugar, apoiar Fábio diante de todos e ter algum dinheiro para pagar as dívidas das terras. Conhecendo Cora, sabia que a irmã nunca deixaria Singeon "cuidar da fazenda", fugiria com ele e largaria a Santa Bárbara em suas mãos. Cora iria atrapalhar tudo, até mesmo a sua conversa com Singeon. Era preciso encontrar uma solução...

Os olhos verdes de Amaia ficaram ainda mais esverdeados com uma ideia que foi abrilhantando toda a sua expressão e gerando um sorriso no rosto. Ela precisava ficar a sós com Singeon, sem Cora, sem ninguém. Poderia convencê-lo a ajudá-la não só com as dívidas como com o que fazer a respeito dos escravos. A cada dia lhe incomodava o fato de não poder alforriá-los e, como Singeon morava na Corte, poderia conhecer alguma sociedade emancipadora, ou alguma instituição que pudesse resolver a questão juridicamente.

Oh, mas o que ele ganharia com isso? Não poderia pagá-lo se não tinha dinheiro nem para as despesas comuns. Talvez... O sorriso se fechou e balançou a cabeça na negativa. Não, ele talvez amasse Cora — isso ainda era duvidoso — e, por mais cobra que a irmã fosse, não poderia roubá-lo dela. A menos que fosse irremediável. E se fosse?! Não ousou pensar nisso por muito tempo. Deveria haver outras maneiras.

A ideia de conversar a sós com Singeon veio com mais força e necessidade assim que pisou em casa e Cora veio lhe cobrar dinheiro para que comprasse renda para arrumar um vestido. Por mais que Amaia tivesse explicado que o dinheiro dos objetos vendidos era para comida e para cuidar dos escravizados, a irmã exigiu a sua metade. Alegava que poderia fazer o que quisesse com a sua parte da herança, era o seu direito. Amaia não pôde refutar. Foi até o quarto e retirou de dentro de uma caixinha de madeira alguns réis que seriam suficientes para consertar os vestidos.

— Tenho direito à metade de tudo isso que está na caixa — protestava Cora, contando os vinténs que Amaia havia lhe entregue.

— Precisamos de dinheiro para comer, Cora, pagar os capatazes, ao menos até a venda da safra.

— Pouco me importa tudo isso. Quero que se partam os escravos, o café, a fazenda. É meu direito e faço o que quiser com a minha parte. Você que pague os capatazes com a sua metade, afinal, não é você que quer tanto esta fazenda? Por mim, já a teria vendido, pagado as dívidas e cada uma teria seguido o seu caminho. — Estalou a língua e arrancou a caixa das mãos de Amaia. — Vou ficar com tudo! O justo é isso! Você já vendeu muita coisa e não me pagou. E ainda usa os MEUS escravos. Poderia muito bem vendê-los para comprar vestidos novos, se não o faço é porque eu também penso em ajudar você. — E saiu do quarto, levando consigo toda a raiva da irmã mais velha.

Amaia teria puxado Cora pelos cabelos e rolado com ela no chão se não tivesse o dobro da idade da única vez em que havia feito isso — da qual não se arrependia. Cora havia pegado o chicote de cavalgar para bater numa menina escravizada que, ao lhe fazer os cachos nos cabelos, havia lhe queimado os fios sem querer. Em defesa da menina, Amaia havia pulado sobre a irmã e os restos da história ficaram marcados a ferro na memória de Cora e a fogo no coração de Amaia.

Puxando um xale sobre os ombros, Amaia resolveu caminhar um pouco e pôr os pensamentos em movimento antes que atacasse a irmã e não restasse um fio de cabelo sobre a sua cabeça. Cora não facilitava a situação difícil de ambas, piorando-a o quanto podia e propositadamente. Havia a escutado conversar com uma das gêmeas Feitosa sobre querer que Amaia sofresse tudo o que havia sofrido ao vê-la humilhando a todos com o seu jeito amoral nas festas e bailes. E a própria Bá havia vindo alertar Amaia, há alguns dias, que Cora estava roubando comida e escondendo em seu quarto, alegando ser o quinhão dela, ainda que a irmã passasse fome. E se tivesse sabido que, há algumas semanas, Cora havia encontrado a Srta. Leite e a viúva Chaves na saída da missa e para elas lamentado-se de que a irmã se encontrava sozinha com toda a espécie de homens — deixando a entender que pedia quitação das dívidas em troca de favores especiais —, Amaia teria, muito certamente, expulsado Cora da fazenda, pois era de plena consciência que a caçula a impedia de ter um bom casamento e, consequentemente, a resolução de todos os problemas que se estendiam há meses. Ou seja, todo o trabalho e esforço de Amaia estava sendo em vão por causa das mentiras que Cora espalhava — motivada por nada senão ressentimento; Cora não admitia que Amaia detivesse as atenções enquanto ela, cristã correta e moral, não era nem lembrada de existir.

Amaia ia perambulando pelas alamedas da fazenda, organizando o que faria com Cora, com Singeon e com a fazenda, quando se deparou com a estrada. Se ter avistado a estrada a fez ter a ideia, ou se havia sido apenas coincidência, pouco importava, a questão era que havia uma maneira de resolver tudo. Um pouco cruel, contudo, mas não iria dar escala de valores às suas atitudes — muito menos quando seu estômago roncava. No retorno à casa-grande, foi rabiscando mentalmente a carta que mandaria a Caetana, e pôs-se a escrevê-la assim que entrou no gabinete. Tão concentrada estava que não viu quando Bá bateu à porta perguntando se iria jantar e também não notou quando a velha mucama lhe trouxe uma bandeja com uma sopinha de legumes e meio cálice de vinho. Em algum momento ergueu os olhos do papel para a comida e voltou a olhá-la apenas quando o carrilhão da entrada batia uma hora da manhã e o chão era recoberto de rascunhos amassados e rabiscados. O estômago roncou e puxou a sopa para si. Estava gelada, mas era melhor do que nada, não poderia se dar ao luxo de desperdiçar o que fosse. Verteu a cumbuca nos lábios, como faziam os escravizados, e os poucos pedaços de legumes — que eram plantados em sua horta — que haviam ficado no fundo da tigela, ela comeu com a colher.

Esfregou os olhos e largou um bocejo. Achava que tinha escrito uma carta decente para Caetana. Bastava aguardar o dia raiar e enviá-la através de um escravo. Ao se erguer da cadeira, sentiu todo o corpo estalar. Havia ficado muitas horas naquela posição. Espreguiçou-se e os músculos foram pedindo arrego, um por um. Melhor seria dormir um pouco. Antes do sol raiar, teria que estar de pé para ver o que Fábio andava fazendo para impedir que os capatazes maltratassem os escravos durante os dias que havia ficado de cama. Desde que Severo havia sido mandado embora, havia uma fofoca azeda de que eram os escravizados que estavam mandando em Amaia e que Fábio fazia tudo o que ela ordenava porque ela lhe abria a cama e as pernas.

❦

O galo cacarejava quando Amaia conseguiu fechar os olhos. Tinha acabado de arrumar uma posição na cama, depois de tanto virar e revirar, e o sol subia pelas venezianas da janela, invadindo o quarto. Puxou o lençol para a cabeça a fim de evitar a claridade, mas o barulho de uma escrava entrando no quarto, trazendo uma jarra com água para seu banho de asseio matinal, a despertou — melhor seria dizer, a fez desistir de dormir. Tropeçando nas próprias pernas, pôs-se de pé diante do toucador. Verteu a água na bacia e enfiou a cara em vez de molhá-la com uma toalha. Precisava acordar e nada melhor do que água fria para isso. Retirou o rosto bufando, olhos arregalados, camisola parcialmente molhada. Havia funcionado! Pegou a toalha, a umedeceu e passou nas axilas, na região do pescoço e colo e nas áreas íntimas. Com a ajuda de uma escrava, vestiu a roupa de montaria e percebeu que estava larga na cintura, dava a impressão de que havia perdido de dois a três quilos nos últimos dias. Se continuasse assim, nenhum homem nunca mais a olharia. Sentou-se numa cadeira, diante da penteadeira, e deixou que prendessem suas longas madeixas escuras num coque pouco elaborado — precisava economizar os apliques falsos para os saraus e havia perdido tantos grampos que não poderia comprar mais por enquanto — e duvidava que Cora emprestasse um que fosse.

Diante do seu próprio reflexo, Amaia não se reconhecia mais. O rosto estava afinado pela perda de peso e corado de sol nas maçãs e no nariz. A maneira simples com que haviam prendido o cabelo e a roupa, que era fechada até o pescoço, passavam a impressão de uma mulher velha e sem qualquer atrativo — mesmo que continuasse linda para muitos. Queria chorar, porém não havia tempo para isso, chorar era um luxo que não fazia mais parte da sua realidade e ela precisava trabalhar. Terminou de calçar as botas de montaria e saiu do quarto, deparando-se com Cora, em luto completo, com um lenço negro sobre a cabeça e abraçada à Bíblia da mãe.

— Está desperta a esta hora?
— Resolvi rezar.
— Tão cedo?
— Nunca é cedo para rezar pela alma daqueles a quem se ama.

Ao ver Cora, Amaia lembrou-se da carta a Caetana. Voltou ao seu cômodo, atabalhoada, perguntando-se onde havia guardado o papel. Talvez a sua expressão de surpresa, talvez o fato de ter deixado a porta aberta e se enfiado debaixo da cama à procura de algo, uma dessas coisas aguçou a curiosidade de Cora.

— Procurando por alguma coisa?

Amaia bateu a cabeça no estrado da cama.

Havia desconfiança no tom da irmã, mas ela sempre desconfiava de tudo, então, não haveria por que Amaia temer.

— Sim, meu chicote de cavalgada! — Andou de um lado ao outro, enfiando-se por debaixo dos móveis, por trás, buscava a carta antes que Cora a encontrasse.

— Aqui está!

Amaia estremeceu. Ao voltar-se para Cora, achou-a segurando o chicote que havia largado sobre a cama. Não muito longe dele, debaixo do travesseiro, a ponta da carta para Caetana e a de Singeon. Amaia abriu um sorriso, puxou Cora pelo braço e a levou para fora do quarto, fechando a porta atrás de si:

— Vou rezar contigo antes de cavalgar.

— Quão incomum — resmungou Cora, olhando para a irmã com um rabicho de olho. — Uma mulher da sua laia não reza senão para pedir por favores a Deus. Duvido que alguma vez tenha lhe agradecido por algo, ou pedido por alguém.

Cora não estava errada, Amaia nunca havia rezado senão em benefício próprio — "Deus, por favor, me ajude", "Deus, eu gostaria disso", "Deus, eu preciso daquilo". Talvez por isso Deus a estivesse punindo através daquela situação descabida. Fosse qual fosse o motivo de estar passando por tudo aquilo, Amaia não poderia se dar ao luxo de pensar nisso agora. Seria filosoficamente confuso e demandaria muita Fé e Razão para apaziguar o coração e os medos de uma punição divina, tal como sua mãe havia pintado toda a sua infância. Era mais fácil somente evitar a capela, por enquanto, e guardar suas preces para Santa Bárbara.

Estavam na metade do corredor, quando Amaia fingiu ter esquecido as luvas de montaria e retornou ao quarto. Pegou as cartas debaixo do travesseiro e as escondeu dentro do vestido. Vestiu as luvas e um chapeuzinho e foi rumo ao seu cavalo.

Cora, à porta da capela, questionou se não iria rezar com ela. Amaia, que ia distraída, parou no espanto. Em segundos, uma desculpa saiu de seus lábios, junto a um sorriso bem-humorado:

— Esqueci que preciso dar umas ordens aos capatazes antes da ida para a plantação. Rezaremos outra hora.

— Era de se esperar... — Cora reclamou e entrou na capela. Iria pedir a Deus que fosse mais severo com Amaia, pois ela ainda não havia aprendido a lição da humildade e da importância de Deus na vida.

Amaia nem havia dado dois passos e catara o primeiro escravo que passava por ela. Puxando-o pela camisa, pediu que lhe fizesse um favor, e rápido. Deu uma olhadela em volta — para ter certeza de que não os ouviam — e pediu que fosse o quanto antes levar uma mensagem na Guaíba. Deveria entregá-la nas mãos de D. Caetana.

— Somente para ela, entendeu?! Se estiver dormindo, espere-a acordar. Não diga nada sobre o remetente e nem que é importante.

Depois, aguarde uma resposta dela.

— Ela vai responder, sinhá?

— Vai! Por isso é muito importante que aguarde. — Abriu alguns botões da roupa diante dos olhos assustados do escravo, e retirou a carta endereçada à amiga. — Vá! Vá!

O escravizado pegou a carta e foi correndo para o estábulo, onde pretendia pegar uma mula para ir mais rápido. Uma caminhada até a Guaíba durava mais de meia hora e a sinhá estava com pressa.

Para disfarçar o sumiço do escravo, Amaia foi encher os capatazes de perguntas e questionamentos e deu uma e outra ordem que sabia que eles refutariam, contrariados, e iriam reclamar com Fábio, e este passaria o dia tentando remediar e encontrar uma solução meio-termo.

Foi somente no fim do dia, um pouco antes do jantar, que Amaia parou de andar de um lado ao outro da sala. Fingia que lia de pé, andando com o livro na mão. Eram alguns passos, um olho no livro e outro no relógio, na porta, na janela. Aguardava o escravo com uma resposta de Caetana. Céus, por que era tão difícil que Caetana fizesse o que havia pedido? Apenas algumas linhas e já bastava!

Ao escutar um bufar e alguém abrindo a porta da casa, correndo pelos corredores, Amaia jogou-se no sofá e aguardou entrarem na sala.

Cora, que bordava num canto, de olho espichado para a irmã, desconfiava de que estava aprontando alguma. Assustou-se quando a porta da sala de estar foi aberta.

— Sinhá! — Era o tal escravo, pálido como a camisa rota que vestia.

De imediato, Amaia temeu que ele não tivesse conseguido entregar a missiva. Ao vê-lo controlar a respiração e retirar da cintura uma carta bem dobrada e dá-la à Cora, ela se recostou no sofá, evitando sorrir de alívio.

Todo um estranhamento tomou conta da expressão e dos gestos de Cora. Lia a carta, calada, sem qualquer comentário, o que deixava Amaia ainda mais ansiosa, mexendo no livro, remexendo os dedos sobre as páginas. Ao final, Cora dobrou a carta, colocou-a sobre uma mesinha e continuou o seu bordado como se não fosse nada. Aquilo era desesperador! O que Caetana tinha escrito? Por que Cora não reagia? E o pior, teria de fingir que não sabia de nada e aguardar a irmã fazer algo! Foram trinta minutos de angústia até Cora terminar o seu bordado, colocá-lo de lado e reler a carta para, enfim, dizer:

— Que incomum.

Amaia, que mal aguentava em si, fez uma careta:

— O que é incomum?

— Caetana mandou-me uma carta pedindo que vá passar uns dias com ela. Quer que a ajude nos preparativos do enxoval e vá com ela e com as gêmeas para Vassouras.

Todo o corpo de Amaia relaxou. Sua querida amiga havia feito exatamente o que havia pedido. Ufa! Tentando manter a "ignorância", Amaia franziu o cenho, mas sem levantar os olhos do livro:

— E o que tem de incomum nisso? Ela vai se casar dentro de algumas semanas e precisa de ajuda.

— Incomum é o fato de ela ser SUA amiga mais do que minha. — Fuzilou Amaia com um olhar que, se a outra estivesse a olhando, era bem capaz que se engasgasse.

— Sim, sim — virou a página. — Caetana havia pedido para mim, mas estou muito ocupada resolvendo as questões da fazenda.

— Ou seja, fui uma segunda opção?!

Abaixando o livro, Amaia mirou Cora:

— Talvez tenha sido a melhor opção. Não tenho o menor senso do que deve haver num enxoval, do que é apropriado e qual o melhor tecido ou objeto para se comprar.

— Por certo que não sabe mais nada do que de café. — E tendo dito isso, Cora levantou-se e rumou para fora da sala.

Amaia pulou do assento, perguntando para onde ia. Não havia nem confirmado e nem dito que recusaria aquele convite.

— Aonde mais iria? Vou responder à Caetana que me prontifico a ajudá-la. E vou preparar o meu baú. Ela quer que eu vá ainda hoje para a Guaíba. Partiremos amanhã cedo para Vassouras.

Amaia soltou um sorriso junto de uma cara de espanto:

— Ora, essa! Esplendoroso!

Somente quando Cora estava enfiada no coche que a levaria à Guaíba é que Amaia pôde ter certeza de que seu plano estava num bom caminho. Despediu-se da irmã procurando não parecer contente, nem muito triste — em ambos os casos, Cora desconfiaria de que ela estava planejando alguma junto a Caetana.

Amaia teve a sensação que dormia, àquela noite, em cama de plumas e coberta de seda de tão leve e doce que havia sido o seu sono. Pela manhã levantara-se quase esvoaçando, abrindo as persianas do quarto e cantando feito passarinho. Pediu que uma escrava lhe preparasse um banho completo e com um pingo de leite para suavizar a pele. Mandou separarem um dos seus vestidos mais belos — um verde-esmeralda de manguinhas curtas e decotado — e catarem os grampos de Cora. A roupa e o penteado deveriam ser perfeitos. Também ordenou que limpassem a prata e colocassem na mesa de jantar para o desjejum e que este fosse completo — bem diferente do que estavam fazendo nos últimos meses, em que só havia pão, queijo e café.

Todo aquele rebuliço matinal era estranho para Bá. Há muito a velha mucama não via Amaia tão alegre, despreocupada. Era como quando criança, logo depois que aprontava alguma e não descobriam o feito senão muito tempo depois. Tirando as escravas do quarto, Bá resolveu que seria ela mesma a puxar os ilhoses do espartilho e a ajudar com os cabelos — Amaia queria fazer o mesmo que havia visto num jornal feminino, realçando o decote e escondendo os ossos aparentes.

Enquanto se admirava, dando voltas em si na frente do espelho e puxando o decote para baixo, dizia para a mucama:

— Tenho de estar linda! Linda e radiante! Esplendorosa!

Bá havia criado aquela menina, a conhecia melhor do que a si mesma. Havia sido muito suspeito o tal convite de Caetana à Cora e tão em cima da hora. Aquela "despreocupação" com a fazenda também era extremamente peculiar. Desde a morte dos pais, Amaia só falava em dinheiro e café — e, eventualmente, o quanto gostaria de "esfregar no sorriso do Sr. Montenegro um rico e poderoso marido".

Mirando-a pelo reflexo, a velha mucama pôs as mãos nos quadris largos:

— O que a menina está tramando?

Pelo espelho, Amaia soltou um sorriso malcomposto:

— Tramando? Eu? Hah, Bá! Nada! — Voltou-se a ela e tomou as suas mãos calejadas, acarinhando os grossos dedos. — É que hoje acordei me sentindo esplendorosa! E com a impressão de que teremos visitas.

Bá poderia ser escrava, mas não era burra. Poderia não ter estudo, mas era observadora, tinha conhecimento das coisas e das pessoas. E quando bateram à porta da casa-grande, ela rapidamente entendeu o que ali acontecia.

Amaia parou o escravo encarregado de abrir a porta e pediu que aguardasse. Correu para a sala de estar e pegou o bordado que Cora havia largado na noite anterior. Em um segundo olhou para aquilo, achou horroroso, porém fingiu que o estava fazendo. Somente quando respirou fundo e controlou os nervos é que gesticulou para que o escravo atendesse a porta. Entreouviu uma outra pessoa entrando no vestíbulo. Tentou se segurar no lugar e testar a cara mais falsa que conseguiria fazer. Ao entrarem no cômodo, ela se levantou e virou-se para trás, surpresa:

— Singeon! Oh! Cora não me avisou que vinha nos visitar — e lhe sorriu.

Singeon Phillip Stewart, vulgo Espantalho, não havia se tornado um homem feio. O tempo melhorara muitas questões que a adolescência fizera questão de arruinar. Continuava pálido e magro, no entanto, estava mais alto e seus membros eram mais proporcionais. A cara era ainda de cão perdido, um cãozinho bem bonitinho, com os olhinhos miúdos e doces, que combinavam com o nariz e boca proporcionais. Tinha as costeletas bem-aparadas, porém, deveria ter cuidado melhor dos cabelos, ressecados e bagunçados — quiçá, pela viagem. Até poderia considerá-lo bonito, se não tivesse conhecido Eduardo Montenegro, incrivelmente belo. Odiou-se por estar comparando os dois. Como Montenegro ousava aparecer em seus pensamentos num momento importante como aquele, em que ela teria que estar cem por cento entregue a Singeon?

O jovem médico pareceu um pouco consternado com a situação. Nada poderia ser pior do que chegar de visita sem ser esperado. Tentando manter a educação que sua mãe inglesa havia lhe dado, Singeon assentiu e comentou com alguma preocupação:

— A senhorita sua irmã não avisou que vinha? Enviei uma carta há algumas semanas. — Ele não parecia confortável, como se sem saber de que maneira reagir diante de Amaia, o que a fez gostar ainda mais da excelente ideia de estar a sós com ele.

Um sorriso confiante se estendeu por todo o rosto dela, iluminando a sua expressão. Amaia ofertou para que se sentasse próximo a ela, o que ele fez com algum incômodo. Procurando a sua melhor pose, empinando os seios e jogando o rosto para o lado, dizia num tom de voz ameno, quase cantado:

— Não vamos culpá-la. Cora está muito atarefada. Desde que nossos pais morreram, ela tem vivido para ajudar os outros, o que não deixa de ser um egoísmo da parte dela.

Ao ouvir o termo "egoísta", Singeon se empertigou:

— Sinto contrariá-la, D. Amaia, mas não há nada de egoísta nisso. Cora é uma pessoa amável e que vive para o outro, o que é louvável.

Certamente, não falamos da mesma Cora. Amaia pôde ler no rosto dele que havia cometido um erro e teve de se corrigir, soltando um sorriso de acaso:

— Pois há, ela só pensa em se satisfazer através da caridade e se esquece de todos nós que a amamos. Diz que vai ser freira! Acredita? Que somente o Amor de Cristo a preenche de verdade! E que o amor dos homens é muito flébil e pequeno perto do Divino. Você mesmo é um exemplo disso! Ela se foi, sem se importar em me avisar e poder me preparar para a sua chegada. — Reparou que ele havia corado e abaixado os olhos. Amaia, sem notar, estava indo muito além do que havia planejado, como se a sua própria língua tivesse vida e decidisse o que falar. Procurou se refrear; por mais que quisesse desmascarar a sua irmã, precisava de um amigo e não de um inimigo, mesmo que isso a obrigasse a erigir odes de Amor à Cora. — Fico tão feliz que esteja aqui! Cora, certamente, deve ter me avisado e eu, na confusão que está a minha vida, posso não ter escutado.

Cora nunca falharia com fato tão importante como a sua visita. — Tocou em sua mão sobre o sofá que dividiam. — Tão bom amigo de Cora. Minha irmã tem muita sorte em tê-lo.

— Obrigado. — Ele retirou a mão, pondo-a sobre a perna.

Por cima do ombro dele, Amaia viu que Bá entrava na sala com a cara carrancuda. Não poderia permitir que ela lhe atrapalhasse os planos de convencê-lo a ajudar com a fazenda.

— Não é mesmo, Bá, que estamos todos felizes com a sua visita?! Nosso querido Singeon! — Inclinou-se para frente e tocou a mão dele de novo. — E como estão seus pais? Espero que bem! — Abriu um sorriso ao ver que os olhos dele resvalavam em seu decote. — Ah, mas antes de me contar todas as novidades, por favor, me acompanha no desjejum?! Amanheci esfomeada. Acho que comeria uma vaca inteira. Não é mesmo, Bá?

Singeon nem respirava, ainda absorto pela vista. Ao vê-la de pé, aguardando que se levantasse, deu um pulo e murmurou desculpas, arrumando as calças. Não se lembrava do quão bela era Amaia. E nem poderia! Cora não o deixava junto da irmã nunca, proibindo-o, inclusive, de se dirigir a Amaia, sob a ameaça de nunca mais deixá-lo a beijar — e um jovem como ele nunca perderia essa oportunidade.

Apontando a porta da sala de jantar, Amaia ficou alguns passos mais atrás ao entender que Bá queria lhe falar. A mucama sussurrou em seu ouvido:

— Você é incorrigível!

— Tomarei isso como um elogio, Bazinha linda. — E apressou o caminhar, tomando o braço do médico. — Devo chamá-lo de Dr. Singeon? Dr. Stewart? Ou posso ousar da intimidade e chamá-lo de Singe?

Corado por aquela intimidade inesperada, tão próxima quanto aconchegante, Singeon abaixou os olhos tímidos e murmurou:

— Do jeito que preferir.

Não se pondo em si, Amaia abriu um sorriso e apertou-lhe o braço, roçando-o contra o seu corpo:

— Singe será!

E foi para a sala de jantar certa de que tudo estava sob controle — menos Bá, atrás de si, balançando a cabeça na negativa.

※

O que Amaia sabia a respeito de Singeon, além do fato que não sabia escrever poesias? Ele era versado em línguas — o que não era o caso dela, por mais que sua preceptora tivesse tentado fazê-la aprender inglês —, havia se recém-formado em Medicina — provavelmente não teria uma carteira de clientes, o que era positivo, pois não estaria preso à Corte.

Sua mãe estava adoentada, morando em Petrópolis, onde o ar era melhor para doenças dos pulmões. Seu pai havia falecido havia alguns anos, ou seja, nenhum grande vínculo familiar o prenderia. Por certo que não deveria ter herdado grande coisa do pai, pois este era pastor anglicano missionário no Brasil. Havia apenas a casa onde a mãe se restabelecia e um imóvel que ele havia dito, em alguma carta, onde pretendia abrir um consultório — "caso fosse do desejo de Deus".

Falava pouco, comia pouco, até mesmo se mexia pouco. Era tudo reduzido, tudo quase parando, como as suas poesias. Havia momentos em que isso angustiava Amaia a ponto de ela querer sacudi-lo e mandá-lo "fazer algo", "dizer algo", nem que fosse alguma coisa muito ruim, do tipo, "Onde está Cora? Não quero estar com você!" Mas não, ele era absurdamente e irritantemente educado, gentil e CALMO. Chegava a causar bocejos. Podia enxergá-lo observando o entremear da casa, os espaços vazios dos objetos que Amaia havia vendido para que tivessem uma mesa farta para oferecer a ele durante a sua estadia. E Singeon nada fazia, a não ser alguns comentários a respeito do que havia vivido ali na sua infância.

— Sim, foram bons momentos. Lembro-me bem deles, quando subíamos nas árvores, íamos brincar perto do riacho, corríamos pelos cafezais — Amaia enumerava cenas que eram comuns à sua infância, sem dar caso se Singeon havia participado delas.

Ele a olhava entre o estarrecido e o apreensivo:

— Acredito que nunca brincamos perto do riacho. Ao menos, não que me lembre. Nem nos cafezais.

Amaia engoliu o pedaço de queijo e abriu um sorriso. *Ah, sim, você tinha medo de água.* Pondo a mão sobre a dele, sentado ao seu lado, ela procurou se justificar:

— Nós tivemos uma boa infância, realmente, repleta de boas lembranças. Foram tantos bons momentos, como aquele em que... — o sorriso se apertou. Não se recordava de um para contar e aguardou que ele mesmo comentasse, mas Singeon apenas esperava. — Aquele! Lembra-se? Em que nós.... Ou teria sido você e Cora? Em que vocês... — Forçou um riso e aguardou que ele completasse a frase. — Foi tão engraçado aquilo, não é mesmo, em que vocês... vocês, sabem... naquele dia... quente... — E enfiou um pedaço de pão na boca para se calar. Mastigava sem tirar os olhos dele, imaginando o que ele deveria estar pensando a seu respeito. Precisava ser esperta. Talvez, mudar a maneira de se aproximar para conseguir abrir o assunto sobre os problemas da fazenda. — É uma pena que os bons tempos tenham ficado no passado e nem a casa, nem a fazenda, sejam as mesmas.

— Nós não somos mais os mesmos.

— Sim, por certo.

Amaia aguardou que ele perguntasse pela irmã, mas Singeon não mencionou Cora. Era como se ela não existisse, o que a fez questionar se ele havia vindo terminar qualquer possibilidade de futuro entre eles. Será? Era de estremecer só de pensar em como Cora ficaria se Singeon terminasse com ela. A menos que com ela também estivesse ocorrendo a mesma coisa. À medida que os dias passavam, o nome de Singeon ia perdendo espaço nas frases de Cora, até não mais aparecer. Talvez o que ele havia dito na última carta tivesse sido um sinal de ruptura. Eles deveriam analisar os próprios corações para ver se havia ainda algum "afeto" que os ligava — sim, ele havia usado a palavra *afeto* em vez de amor ou paixão, e nada mais frio do que *afeto*. Era preciso investigar, ainda que não fosse fazer qualquer diferença, pois, depois que Amaia conseguisse o apoio de Singeon na administração da fazenda, ele e Cora poderiam ir para onde quisessem — juntos ou separados.

Apertando os dedos dele, imóveis sobre a mão dela, Amaia inclinou-se para perto:

— Cora deve chegar em breve. Imagino que ficarão felizes em se rever.

— Estou muito feliz em revê-la, D. Amaia.

— Eu também. — Soltou a mão e aprumou-se em seu lugar ao perceber onde pousavam os olhos dele, novamente. — Estava precisando de um amigo. Desde que meus pais morreram, a vida tem sido muito difícil. Não só pela saudade que nos causa, mas pelo fardo em administrar essa fazenda. Da hora em que acordo à hora em que vou me deitar, tudo o que faço é cuidar da Santa Bárbara, o único legado de meus pais. Algumas pessoas falam que deveríamos vendê-la, mas eu não ouso, exatamente por causa das boas memórias que temos aqui. Seria como...

— Se desfazer das boas lembranças e, consequentemente, dos seus pais.

Aquelas palavras de Singeon, apesar de econômicas, haviam resumido tudo o que Amaia sentia a respeito da sua luta constante para manter aquele lugar. Havia sido uma injeção de ânimo que Amaia, há muito tempo, precisava. A todo momento as pessoas apenas lhe criavam obstáculos e problemas, nenhuma lhe proporcionava solução ou, ao menos, parecia lhe entender. Ninguém, a não ser Singeon.

Com os olhos brilhando, Amaia apertou a mão do médico e abriu um sorriso que se espraiou por todo o seu corpo, afirmando o quão genuinamente feliz ela estava:

— Exatamente!

No entanto, se Amaia esperava que Singeon comentasse mais alguma coisa, sobre o que fosse, ela acabou por desanimar. O jovem médico, ao vê-la entusiasmada daquele jeito, incapaz de conter em si mesma a emoção, retraiu-se no seu assento e terminou o café da manhã, incapaz de lhe dirigir a palavra senão monossilabicamente e entre gaguejos.

Assim foi até o fim do primeiro dia. Amaia tentando se aproximar de Singeon e ganhar uma abertura que lhe permitisse falar sobre as dificuldades na fazenda, aguardando que ele propusesse lhe ajudar, e ele fechado em si mesmo, lendo a Bíblia. Após o jantar, quando não havia assunto — se é que houve algum entre eles que não fosse sobre o clima e a comida —, Singeon se propôs ler a Bíblia em voz alta para Amaia, o que ela aceitou sem grande relutância. Ela, que fingia bordar, escondia o bocejo atrás de um sorriso e tentava não se focar na maneira monótona com a qual ele lia, num quase zumbido constante, sem ondulações. Talvez fosse melhor costurar os próprios dedos na tela do que ter que ouvir Singeon lendo o que fosse. Se pegou uma vez e outra fechando os olhos e ele aumentando o tom de voz para que ela acordasse, sem que criasse uma situação embaraçosa para Amaia. Era um cavalheiro — bem diferente do canalha do Montenegro.

Montenegro. Lembrar-se dele lhe deu arrepios. Se bem que ele não estaria lendo a Bíblia e sim, algum livro proibido para mulheres. E não duvidava que só o leria como uma espécie de manual, testando nela o que encontrava naquelas páginas adoravelmente sórdidas. Ao perceber que havia soltado um gemido, Amaia arregalou os olhos e fez o sinal da cruz.

— Acho que é hora de me retirar. — Levantou-se. — Imagino que está cansado da viagem e eu mesma preciso resolver algumas coisas da fazenda logo pela manhã.

Algumas coisas? Amaia estava à beira do desespero. Boa parte do seu café estava ensacado e preparado para ser enviado à Corte e não havia quem quisesse comprá-lo. E ainda havia uma parte a ser colhida nos cafezais e faltavam braços para isso. Se o comissário Mattos não fosse um homem cruel, poderia propor algo. Teria, no entanto, de recorrer a outra pessoa, talvez não tão cruel, mas a quem ela igualmente preferia evitar: Caetano Feitosa. Aproveitando que Cora estava com Caetana em Vassouras, poderia ir até a Guaíba pedir se o café dela poderia ser negociado junto ao dele. E levaria Singeon junto para, diante de qualquer coisa, ter um homem ao seu lado. Não, seria uma péssima ideia. Seu padrinho poderia comentar com Cora que Amaia estava na fazenda na companhia de Singeon e ela viria correndo para casa. Melhor seria se Amaia fosse sozinha.

Os dois se despediram e Amaia pediu que Bá levasse Singeon ao quarto que haviam preparado para ele. Nem Amaia, nem Cora tiveram coragem de ocupar o quarto dos pais, guardando-o para visitas especiais. O maior da casa, que ficava na ala contrária à das filhas, o mais apartado das salas e da confusão das visitas ocasionais — que vinham junto às homéricas enxaquecas de D. Otávia.

Distante de Singeon, Amaia não conseguia parar de pensar nele. Não em termos amorosos — esses nem lhe passavam rente —, mas em como se aproximaria dele para convencê-lo a ajudar. Pelo seu jeito lerdo, precisaria mais do que um par de dias para isso — quiçá, um mês inteiro! Ademais, seria ele escravocrata ou abolicionista? Não o percebeu aborrecido junto às escravas, como se abominasse aquela prática. Seria um assunto complicado para se tocar, porém, infinitamente mais importante a ser conversado. Havia escutado os fazendeiros irritados com um tal de Luiz Gama[25], um rábula que libertava os escravos pelas brechas da Lei. Questionava-se se não seria pelo fato do inteligente abolicionista ser negro. Como seria bom conhecer alguém como o Sr. Gama, ele poderia ajudá-la com o testamento.

As dez badaladas do carrilhão tocavam e Amaia revirava-se na cama, sem conseguir desligar a mente e simplesmente dormir — por mais que precisasse disso para estar bem ao conversar com Feitosa. Ao reparar que precisava contar toda a verdade do que acontecia na fazenda para Singeon, e do tanto que precisava dele, pulou da cama. Deveria fazer isso logo, antes que ele fugisse ou Cora resolvesse aparecer. Vestiu um xale por cima da camisola e cruzou a casa com uma vela na mão.

Amaia tinha de atravessar um pequeno corredor de tábuas velhas para chegar nele. Retirando os chinelos, foi passo por passo, devagar, modulando o seu peso para que não rangessem. Ao ouvir uma das escravizadas, enfiou-se num canto escuro do corredor — o primeiro Carvalho naquelas terras havia construído uma pequena casa que, a cada geração, ia aumentando em alas; era uma colcha de retalhos de estilos e labirintos fáceis de se esconder. A escravizada passou com um candeeiro na mão, apagando algumas velas. Caminho livre, Amaia se colocou atrás da porta do quarto dele, espetando o ouvido na madeira. Precisava ter certeza de que ele não estava dormindo ainda.

Outro detalhe daquela construção era que nenhum dos seus antepassados gostava de gastar muito, economizando o suficiente na hora de fazer portas e janelas. E, uma das poucas coisas que Amaia não chegou a aprender, apesar de Montenegro ter lhe tentado ensinar, foi que dois objetos não podem ocupar o mesmo espaço e ao mesmo tempo. Pressionava tanto o corpo contra a porta que ela se abriu e Amaia caiu para dentro do quarto. Singeon, em vestes de dormir, deu um pulo. Estava parado no meio do cômodo, com cara de sonolento, dirigindo-se ao penico.

É, os antepassados também economizaram nos ferrolhos.

18

Canto e Melo era um homem de porte grande, mais devido à sua altura do que aos seus músculos, o que não gerava muito medo em quem o conhecia. Também era bonito, com os olhos azuis escuros e os cabelos castanhos caindo sobre o rosto de formato perfeito. Por mais belo e grande que fosse, ele não usava isso como uma arma contra mulher ou homem. Era uma das pessoas mais humildes e sensíveis que Montenegro havia conhecido em sua vida. Se Canto e Melo, então, aparecesse de madrugada em seu gabinete, empunhando uma cara fechada de preocupação e olheiras de quem havia passado a noite em claro, era porque algo grave deveria ter acontecido, ainda mais quando, no lugar de dar bom dia, ele começara lhe questionando:

— O que você fez?

Montenegro, acomodado numa poltrona, abaixou o livro que lia. Era de comum conhecimento de ambos que ele fazia muitas coisas. A começar pela administração da Caridade, depois as estratégias que precisava engendrar para conseguir fugir com os escravos das senzalas da região e, por fim, descobrir quanto ao porto ilegal de Feitosa. Esta última tarefa, no entanto, vinha se tornando a mais complicada, tomando mais do seu tempo e inteligência, pois não conseguia tirar nenhuma informação do fazendeiro, a menos que se aproximando das gêmeas. E tudo o que Montenegro não queria era ter intimidade com qualquer uma delas. Não pelos fatores comuns como o interesse romântico — ele o bem poderia, se fosse há alguns anos, em que somente a Abolição o impelia na vida e abolia qualquer problema Moral ou de Virtude. O obstáculo era outro e se chamava Amaia. Ela havia se enraizado nele de tal maneira, que não conseguia se aproximar de outra mulher sem que ficasse embaraçado e começasse a pensar nos lábios de Amaia, na pele sedosa de Amaia, nos olhos verdes de Amaia. Quando dava por si, estava apaixonado por

Amaia e não conseguia nem conversar com outra dama.

Portanto, quando Canto e Melo surgiu no seu gabinete, pela manhã, Montenegro questionou-se se estavam falando do último jantar na Guaíba, há alguns dias, em que mal havia conversado com Rosária — ou seria Belisária? — e só parecera ganhar vida quando Feitosa comentara, entre a sobremesa e o licor de caju, que ajudaria Amaia na venda do seu café, mais por piedade do que por lucro: "Serei o pai que ela precisa", teria dito, levantando um ar de incômodo na mesa. Tanto a Sra. Feitosa quanto Montenegro sabiam que ali havia muito mais do que "interesse paternal" e isso era patente na maneira como Feitosa pronunciava o nome da jovem, ou seu olhar se perdia em pensamentos que cheiravam a devassidão.

— Bom dia — respondeu Montenegro a um revolto Canto e Melo.

Sua pose relaxada, a convicção de que não havia nada de mais em qualquer feito seu, fez com que Canto e Melo se sentasse num sofá e o encarasse mais com repreensão do que com raiva, feito um irmão mais velho:

— Montenegro, endoideceu? Chicotear um senhor de escravos na frente dos próprios escravos? O que vai acontecer com o seu "disfarce" de escravocrata? Feitosa, outro dia, me perguntou sobre o que realmente acontecia na Caridade e eu enfatizei que você era um homem de negócios, que seria incapaz de aceitar algo como a Abolição, mas que também não poderia defender a escravidão abertamente, pois já havia uma movimentação contra os negociantes escravocratas na Inglaterra, para onde você vendia o seu café diretamente. Tem ideia das consequências que a sua atitude com o Junqueira pode ter se chegar aos ouvidos de Feitosa? Se é que já não chegou! A esta altura ele pode estar preparando o seu túmulo e o meu, por conseguinte. Quando Caetana chegar de Vassouras, se saberá viúva antes mesmo de ter se casado! Diga-me, por que chicoteou o Junqueira? Nunca o vi perder a compostura, muito menos quando uma ação dessas pode impedir que salvemos milhares de vidas.

Fechando o livro e colocando-o sobre uma mesinha lateral, Montenegro cruzou as pernas e o cenho, disposto a contar o mínimo possível. Não queria que o segredo de Amaia fosse descoberto e sua reputação acabasse mais carcomida do que já estava através das mentiras que eram espalhadas pelas fazendas feito praga:

— Como você soube?

— Inácio contou à Caetana. Queria saber o que havia se passado com Amaia para o pai ter merecido aquele tratamento. O rapaz gosta muito dela, apesar de estar prometido para Lavínia desde que ela nasceu.

Inácio Junqueira e Lavínia Feitosa estavam prometidos? Há muitos anos Montenegro não sabia de casamentos arranjados, ainda mais na infância.

— Ainda fazem isso?

— Feitosa faz isso, mas mantém o noivado em segredo para ter certeza se Inácio é "confiável", ao menos foi o que Caetana me confidenciou. — Enquanto Canto e Melo ia explicando o medo de Feitosa em ter genros "abolicionistas" e o quão custoso era se passar por um escravocrata para não levantar suspeitas, inclusive para a própria noiva, por quem tinha grande estima e admiração, Montenegro começou a andar de um lado ao outro da sala, pensativo. Ao captar que estava esquematizando alguma coisa, o amigo parou. — Ah, não! Não, não, não! Não gosto quando sorri deste jeito. No que está pensando? Coisa boa não deve ser...

Montenegro não revelou o seu plano ao amigo, certo de que ele o criticaria e tentaria persuadi-lo a não seguir adiante, porém, Canto e Melo pôde deduzir quando cruzou com Inácio Junqueira na Caridade, mais de uma vez.

O cavalo de Eduardo Montenegro era uma bela criatura negra que, com o cavaleiro que se vestia todo na mesma cor, dava a impressão da Morte que se achegava a galope, anunciando o Apocalipse. E talvez o fosse, no caso de um Apocalipse da sociedade brasileira ao querer acabar com a escravidão. Sim, Montenegro poderia enganar a outros cafeicultores e, até mesmo, o seu futuro genro, mas não a Caetano Feitosa. Eduardo era astuto demais para alguém com quase a metade da sua vivência e que, certamente, havia sido criado a pão de ló, ainda que pelo Mauá, ou até mesmo pela Rainha da Inglaterra. O que, no entanto, ainda lhe era mistério, era o que Montenegro queria de Feitosa, e somente por isso aceitava as suas visitas e a corte a uma das gêmeas. Feitosa esperava que, em algum momento, Montenegro, cego pela sua sagacidade, perdesse o equilíbrio e caísse no erro, revelando o seu verdadeiro intento.

Sentado no alpendre da Guaíba, tomando refresco e conversando com Amaia sobre os detalhes do envio do café dela, ao perceber quem vinha no horizonte, o fazendeiro estremeceu. Sua aversão a Montenegro era quase palpável, ainda mais quando ele e Amaia se encontravam. Sim, Feitosa odiava vê-los juntos, sem qualquer motivo específico para tal, e seria capaz de quebrar o pescoço dela só para ver qual seria a reação de Montenegro. E poderia fazê-lo naquele exato instante, se não tivesse consideração pela afilhada. A sorte de Amaia era que Feitosa gostava dela — até demais — e queria ajudá-la, ainda que a jovem não lhe pedisse nada. Fosse por orgulho — afinal, os Carvalho eram conhecidos por terem as cabeças duras feito um tronco de árvore centenária —, ou por qualquer outra coisa, Amaia deixava claro ao padrinho que não precisava dele, e isso Feitosa adoraria ver até quando duraria. Da mesma forma que um velho carvalho poderia ser comido por dentro e apodrecer, Amaia também poderia estar sendo destruída pelas dificuldades que iam surgindo a cada dia, até que cederia a Feitosa, aceitando o que fosse em troca de ajuda.

Amaia, de costas para o galope, continuava a comer os biscoitos oferecidos, aproveitando a brisa fresca da manhã, e a enumerar quantas sacas tinha e quantas mulas seriam necessárias para levá-las até a Corte. Não tinha dinheiro para transportar por trem, o que fez o padrinho — numa "gentileza" a qual ela havia se desacostumado nos últimos meses — oferecer espaço no seu vagão. Bastava que Amaia levasse as mulas até a estação e os próprios administradores de Feitosa cuidariam de tudo, inclusive da comercialização na Corte. Não havia como ela recusar a oferta, uma vez que aquela venda era essencial para pagar boa parte das dívidas. Ainda havia grãos a serem colhidos, o que permitiria ganhar mais um pouco. Talvez, numa boa estimativa, ano que vem conseguisse quitar a grande maioria dos débitos. Casar-se poderia acelerar o processo — ainda mais a libertação dos escravos, pois poderia convencer o marido a fazê-lo —, no entanto, estava se tornando uma possibilidade muito aquém da realidade. Seu nome estava manchado — não acreditava que era por causa de Junqueira, soubera que ele havia voltado à Corte poucos dias após o episódio e colocado a fazenda à venda. E ainda lhe era difícil aceitar um casamento sem Amor. Amaia nunca havia sido uma moça de dotes românticos como Caetana, estava sempre à procura de uma paixão avassaladora que a levaria ao altar, mas a ideia de um casamento sem sentimentos lhe deixava tão nervosa quanto dívidas a serem pagas — eram ambas negativas. Chegou a cogitar se Montenegro poderia ser essa paixão, no entanto, independente do que fosse, ele havia esclarecido que não se casaria com ela, o que se tornava um impasse: se perdesse a sua virgindade com ele, não conseguiria mais se casar depois que ele a largasse. Sim, porque um homem que só queria diversão, e deixava isso em termos diretos e limpos, quase contratuais, era sinal de que havia um prazo de validade e uma hora ela seria descartada. E tudo o que Amaia não poderia permitir era que ela fosse descartada feito café apodrecido.

Ao perceber que seu padrinho mirava algo por cima de seu ombro, a jovem voltou-se para trás. Todo o seu corpo se enrijeceu e ela corou quando Montenegro saltou do seu cavalo, entregando as rédeas para um escravo que vinha recebê-lo. Em alguns passos vigorosos, o belo senhor subiu os degraus do alpendre e retirou os óculos escuros e o chapéu, imediatamente tomando a mão dela para lhe cumprimentar.

— Espero que passe bem.

— Esplendorosa — respondeu ela, mantendo o sorriso flébil de quem estava acostumada com mais cordialidades do que as socialmente permitidas.

Diante do beijo estalado em sua mão, o sorriso de Amaia sumiu, e ela empalideceu quando os olhos de Montenegro a captaram naquele pequeno momento íntimo de quem havia sido pega pensando em como seria ter aqueles lábios em partes mais sensíveis do corpo. Por fortuna Montenegro não lia pensamentos — ou será que lia?

Passando para Feitosa, Montenegro aceitou quando lhe foi ofertado se sentar junto deles. Optando por uma cadeira próxima a Feitosa — e de frente para Amaia —, Montenegro pegou o refresco que lhe foi servido e recusou os biscoitos com uma desenvoltura de quem estava acostumado a ser recebido naquela casa. Foi imediata a reação de Amaia: ciúmes misturado com despeito. Caetana havia comentado, mais como gesto de curiosidade do que com tom de fofoca, que Montenegro visitava as gêmeas constantemente e que era esperado um pedido de casamento em breve — só não se sabia se para Belisária ou Rosária. Amaia havia achado que era lorota, uma vez que Montenegro alegara que nunca se casaria, porém, ao perceber o jeito confortável dele, era possível que fosse verdade. E isso só significava uma coisa: Montenegro era como grande parte dos homens que conhecia, separavam as mulheres entre as "casáveis" e as "desfrutáveis" — nada poderia ser mais humilhante para uma mulher do que ser classificada como alguém que não merecia, sequer, decidir se poderia ser ou não uma escolha para uma vida a dois. Era-lhe tirado esse direito de escolha, feito milhares de outros, tornando a mulher mais um objeto a ser escravizado pelos desejos masculinos.

Não mais podendo admitir uma situação daquelas — bastavam-lhe as humilhações e o que Oto Junqueira havia lhe feito —, Amaia se levantou e pediu licença:

— Preciso ir. Tenho uma visita me esperando.

Feitosa, que havia notado a mudança de humor na afilhada — o que muito lhe agradara —, estranhou aquele pingo de informação que Amaia não havia mencionado em qualquer momento da conversa que tiveram.

— Uma visita?

— Sim, padrinho, esqueci de falar. — Apesar de se dirigir para Feitosa, ela tinha o olhar diretamente ligado ao de Montenegro, como se a ele passando um recado. — O Dr. Singeon Stewart. Um velho amigo. Não posso deixá-lo sozinho por muito tempo. — Tomando a mão de Feitosa, Amaia lhe apertou os dedos. — Querido padrinho, muito obrigada pela ajuda. Mandarei prepararem as mulas e amanhã cedo estarão a caminho da estação. Pedirei que o feitor, Fábio, as guie pessoalmente, junto aos seus homens de confiança. Obrigada, novamente.

E se foi, sem se despedir de Montenegro, saindo o mais rápido que podia, sem olhar para trás, temendo chorar se avistasse aquele olhar gélido que lhe acendia a alma. Gesticulando para que o escravizado lhe trouxesse a carruagem em que havia vindo, Amaia aguardava distante deles, da conversa deles, da visão deles. Subiu no veículo com a ajuda do cocheiro e se foram, tomando rumo da Santa Bárbara.

※

O coração de Amaia ia a mil e ela mal podia aguentar o ar que ia batendo contra o seu rosto, impedindo-a de respirar direito, ou de pensar direito, ou de fazer qualquer outra coisa do que chorar direito. Amaia queria chorar com tanta força — e sozinha — que pediu que o cocheiro parasse próximo à plantação e fosse chamar Fábio, tinha que dar as ordens finais para a preparação das mulas. Enquanto aguardava o feitor, as primeiras lágrimas foram rolando por seu rosto e o peso no peito foi diminuindo à medida da cadência do pranto. Obrigada a pôr a mão na frente do rosto, queria esconder de si mesma o que a levava àquilo. Ela havia se apaixonado por Montenegro e tinha o seu coração destruído ao perceber que ele se casaria com uma das gêmeas e não com ela.

Entregue que estava à própria dor, não escutou o galope que vinha atrás de si, nem viu quando o cavaleiro saltou do cavalo e correu até ela, nem quando ele se apoiou na carruagem e a puxou pela cintura, nem quando ele a tinha em seus braços e perguntava o que havia acontecido. Amaia só foi perceber quem era quando ele, com sua voz profunda, disse que não a suportava ver daquele jeito.

Ao levantar os olhos inchados e se deparar com a expressão de preocupação de Montenegro, Amaia tentou segurar o choro apertando os lábios. No entanto, era mais forte do que ela. Sem lhe explicar, ela o abraçou e enfiou a cabeça contra o seu peito firme. Podia escutar o seu coração acelerado, o que — de alguma forma irracional — a acalmava. O calor que emanava era gostoso, reconfortante como o seu perfume, e os braços firmes que a seguravam davam a sensação de uma estabilidade que ela havia perdido desde a morte dos pais. Era como se aquele fosse o seu lugar e Montenegro fosse capaz de trazer toda a calma que precisava para encontrar as soluções adequadas.

Alisando os seus cabelos sem conseguir soltá-la, Montenegro murmurava, acalentando a sua alma:

— Vai ficar tudo bem. Eu estou aqui. Eu vou ajudá-la — e apertou o abraço.

Um pequeno bichinho negro, tal um microbesouro, pousou na manga do vestido branco de Amaia. Sem dar intento, Montenegro o afastou num abano; estava mais preocupado em deixá-la se abrir para ele do que com qualquer anúncio nada auspicioso.

19

Broca-do-café. Era este o nome do microbesouro. Fábio tinha alguns grãos na mão e um punhado de preocupação no rosto quando se aproximou de Amaia e de Montenegro. Os dois, sentados na carruagem, aguardavam a sua chegada. Dividiam o silêncio como se há muito casados, em que estar calado era tão reconfortante quanto dividir ideias afins. Sem perceber, Montenegro havia pegado a mão de Amaia e a segurava firme, lhe dando apoio. Nada havia sido dito entre eles — nada a não ser a afirmação de que Montenegro a ajudaria se preciso. Ao reparar no rosto de Fábio, contraído pelo temor da sua reação, Amaia soltou a mão de Montenegro e se levantou:

— O que é tão grave?

Fábio era um homem parrudo, de cabelos claros e feições suaves, tonalizado pela vivência constante sob o sol. Não era uma ameaça para Montenegro, mas este começava a achar que qualquer homem ao redor de Amaia poderia lhe ser concorrência, e esse sentimento lhe angustiava mais do que se encontrar apaixonado. Enquanto a paixão lhe vivificava, o ciúme lhe entorpecia e o impedia de pensar.

Humilde, Fábio tirou o chapéu sobre a cabeça e esticou a mão para que Amaia visse bem os grãos carcomidos por pequenos besouros, pretos e de casca dura, aparentemente inofensivos.

— Praga, minha senhora, praga nos cafezais — explicou pifiamente, mais em choque do que a própria moça, incapaz de entender como isso havia acontecido.

— Praga? — ela murmurou, caindo sentada no assento. — Como?

O feitor balançava a cabeça pesada na culpa que não era sua:

— Não sei dizer. Estavam todos os pés bem cuidados, bem tratados, não havia motivo de ser. Essa praga não se propaga assim, de repente, do dia para a noite. É como se alguém tivesse plantado a praga para destruir a senhora.

— Não duvidaria que pudessem fazer isso... — Amaia pensou em voz alta, imediatamente captando a atenção de Montenegro. — E há como resolver?

— Não há. Os que estão infectados estão perdidos. Precisamos impedir que se espalhem e prejudiquem as próximas colheitas. Eles atacam o grão do café em qualquer fase, o que dificulta muito lidar com essa praga. Conheço alguém que pode ajudar, mas ele cobra... e caro — falava com algum pesar, pois era sabido por todos, incluindo os escravizados, que Amaia estava sem dinheiro e que qualquer gasto extra era um problema muito maior do que seria em outras épocas. Para tanto, todos tomavam um cuidado redobrado para evitar estragos, eles mesmos consertando o que fosse possível. No caso de uma praga, no entanto, a boa vontade não era o suficiente.

Sem poder remediar, Amaia respirou fundo e concordou:

— Está bem. Chame-o. E prepare as mulas para amanhã cedo. Temos que levá-las à Estação do Desassossego. Meu tio estará esperando por elas. Quero que você mesmo as comande, Fábio, pois temo que essa "onda de azar" possa se espalhar por mais do que apenas alguns pés de café.

O feitor arregalou os olhos castanhos numa inocência que fazia o estômago de Montenegro se revirar:

— Você acha que foi proposital, senhora?

— Se acho? — Soltou um muxoxo que estalava entre a preocupação e o cansaço. — Poderia dar uma lista de nomes que fariam isso de bom grado. A começar por Severo, aquele detestável. De que adianta agora falarmos nisso? Conhecer o culpado não irá resolver o problema. Temos que cuidar dos pés doentes, proteger os sadios e ainda colocar pontos de ronda nos cafezais. E justamente agora que tenho poucos homens para cuidar disso?! Forme alguns grupos de homens jovens que possam dividir entre si as rondas. Monte para eles palhoças no meio da plantação e ordene que lhes seja servida comida todos os dias, assim evitando sair de seu posto. Nunca pensei que gerir uma fazenda fosse tão cansativo.

A praticidade de Amaia, a força que ela demonstrava frente a uma situação dessas, era louvável e fez com que crescesse ainda mais aos olhos de Montenegro. Poderia esperar que ela chorasse em seu ombro, implorasse por ajuda, e o que Amaia fazia era analisar e pensar numa resposta, sem pedir conselhos a quem fosse. Amaia era, sem qualquer dúvida, uma mulher extraordinária e isso o fazia querer tê-la para si, com mais vontade do que antes. Não queria apenas o seu corpo, queria a sua alma também, a sua mente e o seu coração. Queria-a toda.

Tomando a sua mão, Montenegro apertou os dedos de Amaia e, em seguida, beijou-os um a um antes de lhe propor ajuda:

— Deixe-me cuidar da sua fazenda, coloco-a do jeito que você gostaria, trago-a para os tempos áureos como uma vez foi e, em troca, você se entrega a mim.

Aproveitando que Fábio havia retornado para junto da plantação,

Amaia repetiu, em voz alta, para ver se havia entendido o que Montenegro havia acabado de lhe dizer. Se era mesmo isso, ou se a emoção de ter todos os dedos beijados com tanto carinho a haviam feito escutar as coisas de outra forma.

— Me entregar a você? Quer dizer, me casar com você?

Montenegro soltou a sua mão. Os olhos dele, no entanto, estavam pregados nela, sugando a sua alma para fora do próprio corpo, desnudando-a a cada palavra.

— Eu não me caso, Amaia, sabe bem disso. Já havia dito anteriormente que não sou homem para marido. Eu sou apenas amante.

Ela demorou a concatenar as informações para conseguir responder a ele:

— Ou seja, você quer que eu seja a sua amante enquanto cuida dos cafezais. E quando se cansar de mim, me abandona à sorte? É isso?

Ele franziu o cenho, estranhando aquela lógica. Não iria entrar em detalhes, nem pedir que ela desenvolvesse o raciocínio. Havia a encontrado muito emotiva, mais cedo, e ela tinha problemas mais urgentes para resolver do que discutir as miudezas do que ele pensava ou acreditava sobre relacionamentos. Tudo o que Montenegro queria, naquele exato instante, era pegar Amaia no colo, levá-la até o mato mais confortável que encontrasse, e beijá-la em todas as partes do corpo, disposto a descobrir quais as mais sensíveis para que, mais tarde, pudesse desbravá-las na intimidade da noite e no conforto da sua imensa cama vazia.

— Eu... nunca... ab... — Ele abriu um sorriso de quem não continuaria aquela discussão. — Eu sou um homem de negócios, Amaia, não posso fazer um negócio apenas na bondade. Tenho que ganhar algo em troca.

— Então, estamos nos termos da negociata?

— Se quiser ver dessa maneira?! Você oferece algo que eu procuro, e eu tenho algo que você quer, e nada pode ser mais perfeito. — Se queria ser engraçado, ou charmoso, ou brincar de canalha, ele errou, e muito, logo se arrependendo ao perceber que ela contraía a boca e seus olhos se enchiam de lágrimas.

— Nunca mais ouse mencionar isso. Nunca mais! — Ela pulou da carruagem, afastando-se dele. Toda a sua expressão era de enojada. Seu rosto, vermelho pelo exercício e pela alteração, começava a se manchar de lágrimas, e a voz falhava. — Eu não sou uma meretriz que se vende por dinheiro.

— Eu nunca pensaria isso de você. — Montenegro saltou atrás dela, mas Amaia fez questão de colocar o veículo entre eles.

— Pode não pensar, mas é isso que você está me fazendo sentir. Uma prostituta! Alguém que se vende por um punhado de dinheiro, ou ajuda, ou o que for. Eu não sou esse tipo de mulher e estou farta de todos acharem que sou. EU NÃO ESTOU À VENDA! — Bateu o pé no chão, bufando de raiva.

Diante daquele desabafo, Montenegro ficou perplexo. Ele já havia visto Amaia brava, xingando-o de canalha e acusando-o de outras coisas, porém, nunca a havia visto tão sensível a ponto de perder a compostura daquela maneira. Amaia estava não só fragilizada como esgotada, e ele havia piorado o estado dela — e nada poderia ser mais tolo do que isso. Estendendo a mão para ela, tentou se explicar:

— Perdoe-me por fazê-la se sentir dessa maneira. Talvez não tenha me compreendido corretamente. Amaia, o que é o casamento senão uma troca também? No nosso caso, só não será de papel passado e o faremos às escondidas, sem o olhar incriminador da sociedade. Teremos nosso Amor resguardado e protegido. De resto, seremos como marido e mulher.

— Sua amásia?! — Os lábios tremeram e a voz quase não saiu ao pronunciar essa palavra. Amaia estava sem forças até mesmo para continuar aquela conversa, e nem mais o controle do seu choro ela detinha. Se estava de pé, era mais por teimosia do que por esforço. — Você está me humilhando com esse tipo de proposta e não sabe o quanto. Por favor, saia daqui e nunca mais pise nas minhas terras. Eu não suportaria mais encontrá-lo. Por favor.

— Amaia... — Montenegro insistia como nunca antes em sua vida. Não poderia perder a mulher que amava e por causa de uma discussão tão torpe quanto aquela. Não depois dela ter dado os indícios de que o amava também.

E Amaia, não suportando lhe olhar, esbravejou:

— EU DISSE PARA SAIR DAQUI! Ou terei que chamar os capatazes para tirarem o senhor à força? — seu grito fez com que Fábio e um grupo de escravizados se aproximassem, correndo em seu socorro e inibindo que Montenegro continuasse com aquilo. — Prefiro perder tudo, mas continuar uma mulher honrada, do que me deitar com você por dinheiro. Adeus, Sr. Montenegro, passar bem.

Quando deu por si, Fábio entregava as rédeas do cavalo a Montenegro e Amaia era levada pelo cocheiro de volta para a casa-grande. E nada ele poderia fazer senão aguardar que ela estivesse mais tranquila e pudessem conversar, sem mal-entendidos e sem interrupções.

<hr />

Ao saltar da carruagem, Amaia correu para os braços de Bá, que varria a entrada da casa. Sem entender o que acontecia, a velha mucama deixou a vassoura cair da mão, batendo contra o assoalho de pedra — e chamando a atenção de Singeon, que por ali passava, a caminho da capela.

Tomando a menina em seus braços, Bá apertou-a contra si. Ao escutar que ela chorava em seu cangote, acariciou-lhe os cabelos e aguardou que ela lhe contasse o que havia acontecido desta vez. Pela manhã havia ido, tão feliz e repleta de esperanças, conversar com o Sr. Feitosa sobre a venda do café, e retornava daquele jeito choroso? O que aquele fazendeiro miserável havia feito? Os escravos falavam — e muito — das crueldades dele e dos seus capatazes, como também se comentava bastante sobre a fome que ele tinha pelas escravas — o que, possivelmente, não o saciaria diante de uma moça bonita e desprotegida como Amaia. Bá o saberia, no entanto, porque os escravos sempre falam, e ela mesma cuidaria dele, se fosse o caso. Podia ter deixado Oto Junqueira escapar, mas não permitiria que com Caetano Feitosa ocorresse o mesmo — a mesma erva que cura, pode ser danosa.

— Menina, o que foi? Por que esta cara? Aconteceu algo? Aquele maldito tentou algo com você?

Limpando as lágrimas na manga do vestido, Amaia procurou controlar as emoções e responder, ainda que o mínimo, para que a sua querida mucama não se alarmasse. Estava mais magoada do que machucada — ou seria o inverso? Era difícil saber quando havia acreditado, por debaixo da intimidade do silêncio que ela havia dividido com Montenegro, que ele a amava.

— Não, Bá, não foi *aquele* maldito, foi outro tão maldito quanto.

Não teve tempo de Bá perguntar mais. Atrás veio Singeon, carregando a sua Bíblia debaixo do braço e uma expressão de preocupação — inédita em quem pouco revelava sobre o que pensava ou sentia.

— D. Amaia, posso ser de auxílio em alguma coisa?

Sem qualquer charme, sem qualquer sinal de que ela iria se postar com um sorriso sedutor ou lhe mostrar o decote, Amaia encarou-o e lhe encheu de perguntas, tantas eram e em tamanha enxurrada, que Singeon envergou para trás e levantou as sobrancelhas, tentando responder a, pelo menos, uma delas antes que fosse engolido pelos acesos olhos verdes de Amaia.

— O senhor conhece algum bom negociante de café na Corte? Alguém que aceitaria, ao menos, 50% da venda e que não fosse terrível com os próprios escravos? Ou alguma instituição financeira que poderia fazer empréstimos em cima de pés de café? Sei que estão evitando hipotecar as plantações, mas garanto que a Santa Bárbara ainda tem muita terra boa a ser cultivada. Ou teria alguma sociedade abolicionista, quem sabe, uma irmandade de alforrias que me ajudasse com meus escravos? Pode também ser algum advogado?

— Hã, não...

— Então, como o senhor pode me ajudar?

A afronta dela havia sido de entristecer.

Singeon não era uma pessoa de rodas sociais, mas das poucas pessoas que conhecia — todas elas desinteressantes para os intentos de Amaia —, nenhuma era tão vivaz e repleta de emoções como a senhorita, o que o impedia de ser grosseiro. Era como se Amaia não pudesse ser condenada por ser ela mesma. Então, tudo o que ele poderia fazer era lhe estender a mão:

— Um ombro amigo, talvez? Alguém para rezar junto a Deus e pedir auxílio na hora da dor? Alguém com quem dividir o fardo?

— E como Deus pode me ajudar? Só se for me emprestando dinheiro.

— Ao perceber que ela o havia destratado, a única pessoa que, literalmente, lhe estendia a mão, Amaia abaixou os olhos, envergonhada. — Ah, desculpe-me, estou muito preocupada. Os cafezais estão com praga e se não conseguirmos levar as mulas até o trem, poderemos perder a fazenda de uma vez por todas. Estou na beira de mim mesma.

— Sinto em não poder ajudar. — Uma sombra de incômodo passou pelo rosto dele. — Sua irmã sabe dessa situação e, ainda assim, a abandonou?

Se por polidez ou se por falta de real interesse, Singeon nunca perguntava por Cora. Parecia mais preocupado com o bem-estar de Amaia que, aproveitando-se do "ombro amigo", na noite passada — quando havia batido à sua porta —, deixou-se chorar de saudades dos pais e pelo cansaço em administrar uma fazenda sozinha. Era, no entanto, a primeira vez que ele perguntava pela irmã caçula diretamente.

Amaia poderia dizer a verdade, porém, num desses momentos de consolação em que Singeon havia lhe prometido ajudar, se Cora surgisse entre eles, ela faria o impossível para afastá-lo e os escravos e a fazenda estariam em má situação.

Evitando Bá — pois sabia que a velha mucama arregalaria os olhos e mexeria a cabeça na negativa, não concordando com a sua atitude —, Amaia pôs a mão sobre o braço de Singeon e o apertou:

— Oh, Singe, desde que papai e mamãe morreram, Cora enlouqueceu. Só pensa em festas, bailes e namorar. Vive à procura do "verdadeiro" amor. — Abaixou o rosto para evitar mirá-lo e não conseguir continuar mentindo. — É muito triste lhe dizer isso, mas acho que não a reconheceria mais. Ela mudou completamente desde o dia em que se viram pela última vez. — Diante do silêncio usual dele, ela continuou, sem acreditar nas próprias palavras que saíam sem controle, provando haver um rancor de Cora que ela nunca havia reparado. — Vive a se corresponder com vários rapazes ao mesmo tempo... Confesso que já a peguei rindo das cartas que lhe mandam, sobretudo as poesias. Ela zomba dos pobres coitados, dando esperanças onde não há. Começo a suspeitar de que minha irmã não tenha coração.

Ela mesma se sentiu queimar por dentro de vergonha do que havia dito. Era mentira. Era desespero. Enojada de si mesma, descrita naquelas palavras como se fosse Cora, Amaia tentou levantar o rosto e abrir um sorriso, que surgiu tão triste quanto qualquer choro. Singeon não merecia que brincasse com seus sentimentos. Não merecia nem isso, nem Cora. Era certo que a irmã faria da vida dele um inferno — alegava a si mesma — e essa era a motriz que Amaia usaria a partir de então, para convencer a si mesma que a mentira era menos dolorosa do que a verdade.

— Por que havia me dito que ela queria ser freira?

— Por quê? — *Havia me esquecido dessa mentira, tenho de anotar para não errar novamente e ele suspeitar.* — É-é porque achei que você sofreria ao saber a verdade. Ach-achei que seria melhor assim.

Singeon, pela primeira vez, tirou o braço das mãos dela. Amaia achou que ele a xingaria, ou iria embora em meio à revolta, no entanto, ele a surpreendeu ao pegar-lhe a mão e a aproximar do próprio peito. Tinha os olhos enfiados em Amaia, mas suas palavras não pareciam para ela — era o que Amaia sentia:

— Obrigado por pensar em mim, D. Amaia. Vamos rezar pela salvação da sua irmã e da fazenda.

Foram juntos para a capela e Amaia se postou de joelhos, com as mãos espalmadas. A princípio, não sabia o que rezar. Estava constrangida diante de Deus e, talvez, toda a gama de artifícios e mentiras que havia construído ao seu redor era o que a impediam de postar-se em prece. Amaia tinha vergonha de Deus e dos sentimentos de rancor que sentia por Cora e por tudo o que ela havia feito consigo no passado. Ainda assim, reparando na devoção de Singeon perante a cruz, Amaia resolveu rezar de todo coração, sabendo que era por ela mesma que o fazia. Havia perdido a dignidade e a alma em troca de salvar o patrimônio de sua família. *Eu vou para o Inferno*, falava repetitivamente para si mesma, *vou e ainda encontro o desgraçado do Sr. Montenegro*.

Tanto durante o almoço quanto o jantar, Amaia e Singeon trocaram um par de frases. Ela não conseguia parar de ficar repassando em sua mente as palavras cruéis de Montenegro, o seu olhar metalizado, a frieza com que ele a tratava, e pouca atenção ela dava ao médico. Singeon, por outro lado, preocupado com o incômodo silêncio dela, tentava saber alguma coisa sobre ter um administrador, ao que Amaia respondeu, sem qualquer vontade, que era ela quem cuidava de tudo desde a morte dos pais. Ao perceber que não estava disposta a falar sobre os problemas da fazenda, após as refeições, Singeon meteu-se a ler a Bíblia para ela. E, ao fim do dia, ao se despedirem, lhe tomou a mão e afagou seus dedos com alguma apreensão — como se ele mesmo estivesse cometendo alguma espécie de pecado. Ao perceber que ele poderia estar consternado por causa de Cora, Amaia retirou a sua mão dentre as dele e abriu um sorriso simplório. Somente uma coisa ela conseguia pensar ao olhá-lo: *Eu vou para o Inferno*.

E o Inferno estava ali, a poucos quilômetros, horas depois de sair da capela. O Inferno cujas labaredas queimariam as esperanças de Amaia ao saber que os arreios em que haviam sido presas as sacas de café nas mulas haviam se soltado e um tiro havia acertado o ombro de Fábio, fazendo-o cair do cavalo antes de perceber o que havia acontecido. As labaredas que transformariam em cinzas as lágrimas pelos escravos que não conseguiram fugir da tocaia e morreriam. A língua de fogo que lamberia as mulas, guiando-as ao precipício e dando perda de toda a carga de café de Amaia.

20

Ao amanhecer, Amaia vestiu as roupas de montaria e bateu com a ponta do chicote à porta de Singeon. Escutou um barulho de tropeço, algo caindo no chão e depois o rosto dele apareceu pela fresta da porta. Os cabelos cobriam os olhos pesados de quem mal havia dormido — provavelmente, passara a noite em claro examinando as revelações a respeito de Cora. Mantendo um sorriso refrescante, Amaia perguntou se Singeon não queria lhe acompanhar numa cavalgada pela fazenda. Durante o jantar, ele havia comentado que queria conhecer mais a Santa Bárbara, pois se considerava um admirador do bucólico — *o que não seria de se surpreender*, ironizava Amaia. O passeio também a ajudaria a segurar a ansiedade sobre a leva do café até a Estação de trem em Vassouras. A essa hora, Fábio deveria estar na metade do caminho e, em breve, estaria tudo indo para o Rio de Janeiro e ela receberia o suficiente para quitar quase todas as dívidas.

Singeon, confuso, piscava, ainda dormitando. Agradeceu e pediu que o aguardasse alguns minutos. Amaia assentiu num sorriso fresco e foi para a sala.

Andava tanto de um lado ao outro, que gastara o salto das botas e o chão. Singeon era mais demorado para se vestir do que Cora, ou do que a própria Amaia. Pediu que Bá fosse verificar o porquê de tanta demora e, em pouco, ele surgia desperto, cabelos aprumados e penteados para trás, barba bem-feita, roupas compostas e colônia. Amaia questionou-se se ele havia entendido que iriam cavalgar. Sua expressão deve ter sido muito explícita, porque Singeon se olhou de cima a baixo e levantou as sobrancelhas:

— Não trouxe roupa de montaria. Tudo o que tinha eram essas botinas gastas e a calça surrada.

— Não, está esplendoroso! Você tem algo especial, Singe: fica bem de qualquer maneira. — Fingiu um sorriso. Na noite anterior havia sorrido tanto para ele, que os seus lábios doíam só de pensar que teria de sorrir. *Se continuar sorrindo nesta frequência, precisarei de um emplastro de Bá para pôr na minha boca, de tão inchada que ficará.*

Amaia achou tê-lo visto corar antes de puxar o seu braço e dirigirem-se para a frente da casa, onde os aguardavam com os cavalos. Ao subir num banquinho para alcançar a sela inglesa, Amaia ergueu a mão para ele lhe dar suporte. Singeon montou o seu sem dar caso a ajudá-la. *Não deve ter reparado.* Mordendo o sorriso, ela montou e puxou as rédeas, indicando o caminho que iriam fazer.

— Que tal uma corrida? Quem chegar primeiro, ganha uma prenda.

— Não. Sou um péssimo cavaleiro. É bem possível que eu caia. Prefiro ir com mais calma.

— Está bem — ela não conseguia mais manter o sorriso. *Que amolação!* Tudo o que fazia parecia que agastava o rapaz de alguma maneira.

Foram a passo largo, emparelhados, curtindo o sol matutino que ia cobrindo o chão da Santa Bárbara. Singeon lembrava aqueles exploradores da Colônia. Anotava as coisas num caderninho que trazia no bolso com um lápis pendurado por um fio num botão do colete. Observava, comentava o que achava "notável" — Amaia descobriu que ele adorava essa palavra. Ela segurava o bocejo, tentando manter uma conversa. Falava do quão cansativo era cuidar daquilo tudo, mas o jovem médico estava mais entretido em se lembrar do nome de um pássaro que ele achava ter visto numa enciclopédia.

Pararam no alto de uma colina, próximo ao carvalho centenário, de onde se poderia ver boa parte da terra que ia se alastrando de marrom a caso da infertilidade — cada vez mais próxima do cafezal. Aquilo entristecia Amaia, pois sabia que, mais alguns anos, e aquele chão talvez só desse para pasto.

— O que acha? — perguntou ao rapaz, certa de que ele estava admirando a paisagem com atenção, uma maneira de fazê-lo se interessar em ajudá-la.

— Estou na dúvida entre cotovia-de-poupa ou galerida. Não sei bem.

Ignorando-o, Amaia tocou em seu braço de leve. Ao erguer os olhos claros para ela, Singeon corou. O olhar dela era mais poderoso do que qualquer sorriso que lhe desse.

— Singe, você moraria num lugar como este?

— Oh! Sim, acredito que sim. — Voltou às suas anotações, tentando esconder um desconforto que ela entendeu como "timidez". — É bem calmo. Gosto de calmaria.

Esplendoroso! Amaia abriu um sorriso.

Um relincho ao longe chamou a atenção dos dois.

— Quem é que vem lá? — quis saber Singeon, guardando as suas notas no bolso, franzindo a testa para enxergar a pessoa contra a luz da manhã. Era cedo demais para visitas.

Amaia demorou alguns segundos para identificar. Ficou na dúvida se era o Destino que brincava com ela, ou se era Montenegro que a perseguia.

— Meu vizinho. Senhor desprezível. Melhor irmos antes que nos alcance. — Batendo as rédeas, Amaia apressou o galope.

Singeon, embananado com as rédeas e o chapéu que não assentava na cabeça, desacostumado a cavalgar em velocidade, atrasou a fuga. Ao se virar para trás, a amazona teve de retornar. Via-se obrigada a cumprimentar Montenegro, que ganhava velocidade atrás deles. Agora era impossível escapar e teria de alegar não tê-lo avistado, e ainda engoliria aquele sorriso metálico que ela adoraria destruir com um tapa.

Tocando a ponta do chapéu negro, o garboso cavaleiro cumprimentou a ambos com "bons dias". Singeon assentiu e Amaia murmurou alguma coisa que fez Montenegro abrir o sorriso malicioso, tal como se nada tivesse acontecido entre eles em menos de 24 horas. Tinha de reconhecer: ele adorava irritá-la.

— Não vai nos apresentar? — Emparelhou seu cavalo com o de Singeon e lhe ergueu a mão. — Eduardo Montenegro.

— Singeon Stewart.

Montenegro transpassou um olhar sarcástico para Amaia:

— Oh, sim. Ouvi falar de você.

Ela ofendeu-se ainda mais a ponto de virar-lhe as costas quando ele foi cumprimentá-la. Havia sido bem clara quando havia pedido que nunca mais pisasse em suas terras, então, o que ele estava fazendo ali e por que agia como se não a tivesse tomado por uma meretriz? Deu a volta com o cavalo e colocou Singeon entre eles.

— Passar bem, meu senhor. — Ia bater o chicote no lombo do cavalo, mas se lembrou que Singeon não poderia correr.

E o que temia aconteceu, ainda mais rápido do que havia imaginado que seria.

Montenegro, numa pose despojada, de total domínio do animal — de quem poderia cavalgar até de costas —, alargou o sorriso para a dubiedade:

— Posso acompanhá-los? Está um belo dia e não quero apreciá-lo sozinho. Sabe como gosto de me divertir em sua companhia... — E, por cima das lentes dos óculos escuros, piscou para Amaia como faziam os homens sem moral para as mulheres sem honra.

Corada, mais de raiva do que de vergonha, Amaia trincou os lábios, mas nada disse. Montenegro sabia, e isso era patente, que ela precisava manter a pose diante de Singeon, e que não iria lhe destratar. Ela tinha uma reputação a zelar e bastava que Montenegro a tivesse tirado de si uma vez, para nunca mais. Talvez a melhor maneira de mostrar o "quão inferior" Montenegro era — aproveitando-se da presença de terceiros — seria provando a superioridade de Singeon. Amaia iria demonstrar que aquele, sim, era um verdadeiro cavalheiro e não um homem que "só queria se divertir" com ela. Queria mostrar que alguém poderia amá-la e se casar com ela — ainda que de mentira.

— Singe é um médico da Corte.

Montenegro ergueu as sobrancelhas se fingindo de impressionado. Havia rapidamente captado a atitude dela, achando graça no quão perturbada ficava na sua presença. Mais engraçado ainda foi quando o rapaz adendou:

— Recém-formado.

— E muito bom — ela enfatizou, acarinhando o braço de Singe.

Aquele gesto, o olhar atirado dela sobre o "médico recém-formado" fez Montenegro contrair o sorriso e ajeitar os óculos escuros no rosto. Ignorando o próprio ciúmes, aproveitou que "Singe" havia pedido licença e ido observar mais de perto um pássaro pousado numa árvore, e a cutucou:

— Ah, então já se aproveitou dos dotes do doutor?

— Minha saúde é perfeita — retribuiu com um sorriso ao ver que Singeon olhava para eles, apontando o pássaro, extremamente feliz: "Rouxinol!".

Ao vê-lo retornar, sacolejando no cavalo feito um saco murcho de batatas, Montenegro se sentiu ainda mais enciumado. Amaia estava interessada "naquilo", por isso havia se recusado a ser a sua amante? Por um momento havia acreditado que ela tinha princípios e que se tratava de uma questão de honra — para tanto, passara a noite em claro, arrependido de suas palavras e pronto a fazer a emenda —, no entanto, ao vê-la na companhia de "Singe", começou a suspeitar que era por causa do outro homem. De alguma forma, tentou manter a pose de quem não se perturbava, nem quando ela mandava sorrisinhos para o médico, ou batia as pestanas ao falar com suavidade, ou tocava em seu braço com delicadeza. Porém, havia sido impossível continuar escondendo quando se encheu de sarcasmo ao falar:

— E a que veio? Alguém caiu doente? Talvez, Cora?

— Não! — Amaia se aperreou, soltando um olhar de esguelha para Singeon que, de imediato, prestou atenção na conversa ao ouvir o nome da outra. — Cora está em ótima saúde. Melhor não poderia ser... — pausou, para depois enfatizar —...como o SENHOR BEM SABE.

Montenegro estranhou aquela indireta, seguida do olhar acusativo do rapaz:

— Sei?!

— O que é aquilo? — Apontou Singeon.

Ao borde do monte, próximo a um riacho, havia um grupo de escravos em meio às sombras de algumas árvores. Os capatazes, no entorno, também se refrescavam, alguns na água, com lenços umedecidos. A cena era bucólica o suficiente para que o jovem médico dela quisesse se aproximar.

— Os escravos estão descansando — explicava Amaia, mudando o tom de voz para o sério, o que capturou Montenegro. — Com este sol forte, deixo que descansem meia hora, próximo ao rio, porque é mais fresco. Não quero vê-los sofrendo mais do que já sofrem.

O Barão Negro ia comentar o quão ficava feliz com a sua "humanidade", mas Singeon foi mais rápido, elogiando-a a ponto de Amaia corar e Montenegro não gostar que ela corasse tão facilmente para outro que não ele. Singeon pediu licença e se afastou para junto dos escravos. Amaia ia atrás, sendo impedida por Montenegro, que segurou as suas rédeas. Não a deixaria fugir dele. Precisavam conversar. Inclinou-se sobre ela, quase a lhe tocar o rosto com a ponta do nariz, e a encarou por cima dos óculos.

Um calafrio correu a espinha de Amaia.

— O que você está aprontando?

— Como disse, não preciso da sua ajuda, meu senhor. Tenho tudo sob controle. Em breve, serei a Sra. Stewart e minha fazenda estará, enfim, salva. E não precisarei mais ouvir coisas desagradáveis de ninguém, nem de você, caso queira saber. Basta-me tudo o que disse que pensa a meu respeito ontem.

— A Sra. Stewart? — Cruzou o cenho e afastou-se dela. — Quando foi isso? Antes ou depois de me declarar a você? — Amaia deu os ombros como pouco se importasse. — Cora sabe disso? Pelo que me disseram, sua irmã é apaixonada por esse homem desde criança.

— Cora não entende as coisas da vida, as necessidades e sacrifícios que temos de cometer por um bem maior.

Ela tentou fazer o cavalo andar, mas Montenegro apertou o agarre das rédeas para que não se fosse. Sua expressão jazia entre o repreensivo e o frustrado, beirando ao bravo. Amaia seria capaz de se casar com o namorado da irmã para manter a sua fazenda? Havia algum coração naquela mulher, ou era apenas flébil e coquete, sem se preocupar com os outros, como alegavam as gêmeas Feitosa? Mirando-a, Montenegro tentava ler a sua alma, encontrar algum resquício de quem era realmente ela debaixo de tanta autoproteção. Ontem havia visto uma mulher forte, que não desistia perante os obstáculos, e honrada o suficiente para não aceitar qualquer proposta que lhe fizessem. Ele não poderia ter errado tanto a seu respeito — e novamente. Deveria haver alguma outra coisa que a estimulasse a agir dessa maneira, algo muito maior do que um pedaço de terra.

— Um bem maior? — ele questionou, fulminando-a com seu olhar.

Amaia, impaciente com o caminhar daquela conversa, achou melhor esclarecer os fatos de uma vez, assim, Montenegro a deixaria em paz e ela poderia continuar o seu plano de se aproximar de Singeon para ajudá-la a conseguir um advogado na Corte — o médico poderia não conhecer um, mas certamente algum amigo seu poderia conhecer:

— Os escravos. Quero libertar todos os meus escravos e não posso. Por isso, preciso manter a fazenda e os escravos.

— Por que não pode libertá-los?

— Meu pai deixou um testamento que me impede de alforriá-los.

— E por que não os vende para conseguir o dinheiro das dívidas da fazenda?

— Vender os escravos? — Ela fez cara de asco. — Quem pensa que sou? Vendê-los seria o mesmo que aceitar a escravidão. Prefiro me vender a um casamento sem amor do que condenar centenas de almas ao purgatório da servidão.

Seu olhar era duro, com resquícios de mágoa, fazendo-os mais verdes. Ela estava falando a verdade — deixava que Montenegro a entrevisse de novo. O tom dele mudou para o mais sereno, quase carinhoso, de quem adoraria pegá-la no colo e confortá-la:

— Amaia, não faça isso, não se case com alguém que não ama só por dinheiro. Você pode se arrepender. Eu posso ajudar você... — pausou diante do sorriso de escárnio dela. — Eu... Amaia, eu estou apaixonado por você. O que disse ontem é verdade. Eu quero estar com você como marido e mulher.

— E sem contrato? — Ela fechou o sorriso. Se de choque com aquela afirmação, ou de raiva, Montenegro não soube averiguar. Amaia aproveitou que ele aguardava uma reação positiva dela e arrancou-lhe as rédeas da mão. — Se você é um negociante, eu também sou. Tenho mais a perder sendo a sua amante do que sendo esposa de um médico. Não é um negócio rentável. E quanto a me arrepender?! Nunca! Eu nunca me arrependo de nada! Eu me casarei em breve com Singeon e vou pensar se convido você ou não. Não quero ninguém agourando a minha felicidade. E guarde o seu discurso sobre o "estar com você como marido e mulher" para as gêmeas, pode ser que elas aceitem. — Ela chicoteou o cavalo e partiu em disparada.

Eduardo Montenegro tentou não aparentar que havia ficado abalado com a convicção dela em se casar com o ensebado médico, o que soava a uma recusa à sua paixão declarada. Por mais que compreendesse que uma mulher como ela precisasse se casar para ter relações com quem quer que fosse, o seu desejo por ela tirava-lhe toda a razão e o impedia de enxergar o Amor que ia se alastrando por sua alma e tomando conta do seu ser e de todas as suas vontades. Ainda não havia reparado que, se havia desejo por Amaia, é porque havia Amor. Era mais do que algo passageiro, como havia sido com as outras. Quiçá por isso fosse tão teimoso em conquistá-la, ou em aproveitar o seu tempo ao lado dela.

Devido à velocidade com que ela cavalgava, por um segundo Montenegro achou que ela poderia cair, porém descobriu que Amaia havia nascido para cavalgar e melhor amazona nunca havia visto. Abriu um sorriso e foi atrás, tentando ultrapassá-la. Imaginou-a nas caçadas pela Inglaterra e quão charmosa era a sua figura em cima de um cavalo. Ao vê-la saltar a sela e correr para Singeon, que estava debruçado sobre um escravo estirado, acometeu-lhe uma crise de ciúmes que ia enchendo a sua garganta. Ficou distante, observando a maneira como ela tocava o braço do doutorzinho e parecia admirar o jeito que ele analisava o pobre coitado. Com cuidado, Montenegro desceu do cavalo e foi andando para ver o que ali estava acontecendo, e escutar o "casalzinho":

— Este homem está muito doente — alegava Singeon, estudando as suas pálpebras.

— Oh! O que será que tem? — Amaia apertava o seu braço, nervosa, o que deixava Montenegro ainda mais infeliz. — Faça algo por ele, Singe, por favor!

— Farei todo o possível.

O escravo estava sob uma árvore, balbuciando coisas sem sentido, mexendo o corpo e a cabeça de leve, num pesadelo em que não se acorda. Ao seu lado havia um cantil. Pelo seu conhecimento, Montenegro sabia que muitos capatazes davam aguardente para os escravos manterem o vigor e continuarem o trabalho exaustivo sem reclamar. Era bem possível que aquele escravo tivesse roubado o cantil e o bebido todo. Levou-o ao nariz. O cheiro forte de álcool fez com que Montenegro virasse o rosto de nojo e concluísse:

— Ele só está bêbado!

Os olhos verdes de Amaia penetraram nele como alfinetes. Ergueu uma das sobrancelhas e ironizou:

— Virou médico, por acaso? Como disse antes, não precisamos da sua ajuda.

Montenegro arrependeu-se de ter ido ver se ela estava bem após a briga. Mastigou um sorriso, acenou com a cabeça. Entregou o cantil a Singeon e voltou ao seu cavalo, tomando o rumo da sua fazenda.

Era evidente que havia alguma coisa estranha entre ele e Amaia, uma animosidade que Singeon rapidamente captou, só não soube entender:

— Posso saber por que não gosta do senhor?
Amaia respirou fundo, tentando sentir-se aliviada com a partida de Montenegro — de alguma maneira estranha, no entanto, o peso em seu peito só aumentara.
— Presunçoso, intrometido e irritante.
— E poderia ser um bom médico, pois tem um afiado senso de observação. — Ela o olhou, surpresa. — Este aqui está mesmo bêbado.
Buscando ignorar o mal-estar com a partida de Montenegro, Amaia bateu as pestanas para Singeon, abriu o seu melhor sorriso e buscou falar com uma voz aveludada:
— Duvido que melhor que você, Singe. — E apertou-lhe o braço de tal maneira que Singeon se arrepiou. Era a primeira vez que uma mulher lhe tratava daquela maneira. Dadas algumas ordens aos capatazes, Amaia tomou o seu braço para que voltassem aos cavalos. Ela queria lhe mostrar uma coisa. O médico engoliu em seco. O que será que ela queria lhe mostrar com aquele sorriso?
Era o pico mais alto da fazenda, em que a vista se tornava a vastidão de um mundo sem fim. Singeon, embasbacado, desmontou e foi para perto de uma árvore apreciar as espécies de aves e tentar desenhar para poder buscar na enciclopédia. Amaia ficou observando-o, levitando sobre o som da brisa nas folhagens e na sensação refrescante que havia. Achava que era capaz de se apaixonar por Singeon e pela sua tranquilidade — se Cora permitisse. Amaia sabia que dentro de alguns dias a irmã voltaria e iria complicar o acesso ao médico. Preocupada com as próprias tempestades internas, Amaia não havia notado que o tempo virava — e que o céu se pintava de cinza no horizonte, anunciando mudanças —, nem que no fundo de seu cérebro a frase "estou me apaixonando por você" ficava se repetindo incansavelmente.
Diante de uma trovoada, ela e Singeon decidiram retornar à casa-grande. A esta hora, poderia ter notícias da partida do trem. E o teve, de fato, não da maneira que gostaria. Ela e Singeon tinham acabado de saltar dos cavalos quando, de dentro da sede da fazenda surgiram Feitosa, Mesquita e um outro senhor — que seria o administrador do padrinho. O sorriso de Amaia, que os recepcionava, foi se fechando ao notar as expressões tempestuosas deles. Eram más notícias.

21

Um médico. Um médico? Montenegro não conseguia compreender o que Amaia iria fazer casada com um médico. Poderia imaginá-la esposa de um cafeicultor importante, de algum nobre cheirando a rapé, quiçá um advogado de alguma Alta Corte, mas um médico? Não tinha qualquer problema com médicos, do contrário, achava extremamente louvável a profissão. Ele mesmo os admirava porque nunca teria a coragem de ser médico e ter a responsabilidade da vida de outra pessoa em suas mãos de maneira tão direta. Ainda que ser abolicionista fosse salvar vidas, era um ato indireto, quase abstrato, muito diferente da de ser médico. Um médico, oras! Poderia vê-la com Mesquita, ou com o próprio Inácio Junqueira, se ele tivesse dez anos a mais, nunca com Singeon Stewart que, além de ser médico, era ainda um tipo estranho, calado e introvertido, muito mais apropriado para Cora.

Amaia merecia um homem destemido e de personalidade forte, capaz de dar apoio às suas loucuras e dar-lhe limites também. Alguém que tivesse dinheiro o suficiente para fazer todas as suas vontades e moral o bastante para evitar que ela se tornasse uma pessoa frívola e sem coração. Um homem maduro, inteligente, que tivesse vivido o suficiente para conhecer as pessoas e não permitir que nenhum mal acontecesse a ela, fosse causado por ela mesma ou por outrem. Alguém como... ele.

Retornou os olhos metalizados para as letras do *Jornal do Commercio* e tentou concentrar-se na leitura. Nem assim Amaia o deixava em paz. A cada linha lida, pelas letrinhas do texto bicolor, ia se formando o nome de Amaia junto ao de Singeon. O que ela havia visto nele? Dinheiro? Todos sabiam que ela precisava — inclusive, desconfiava que muitos haviam se afastado dela por causa disso —, no entanto, Singeon não parecia ser uma pessoa de posses, tanto pelo estado de suas roupas, quanto pelo jeito. Nome ou fama também não pareciam ser a questão. Quando se faz parte do Clube dos Devassos, têm-se à disposição uma maravilhosa rede de contatos que permite descobrir boa parte dos segredos de outrem. O nome dele já teria aparecido se ele fosse alguém importante. Beijaria bem? Bufou. Que importa?! Não iria beijá-lo para saber e nem poderia perguntar a Amaia, de brincadeira ou não, dado o último encontro.

Contrato! Amaia havia enlouquecido ao pensar que ele iria assinar um contrato de casamento. Não que não a amasse. Amava-a — e começava a suspeitar mais do que se propunha amar alguém —, contudo, Montenegro não acreditava em casamento. Ele só acreditava no Amor e achava que isso bastava para unir duas pessoas sob um mesmo teto, ou numa mesma cama. Como qualquer contrato social e de negócios, o matrimônio trazia cláusulas que, muitas vezes, poderiam delimitar as emoções e restringir a fluidez do Amor. Com ou sem contrato, ele nunca trairia Amaia, mas também não acreditava que estar ligado a ela por um pedaço de papel faria com que a amasse mais ou menos. Na verdade, só faria diferença para a sociedade, não para ele. E da mesma forma que um contrato tolhia a liberdade, o mesmo era o casamento: exigências, crises, brigas, gasturas cotidianas que enfraqueciam o Amor. As pessoas poderiam mudar assim como os seus sentimentos poderiam, e um contrato não só inibiria as consequências dessa mudança como poderia prendê-los a uma infelicidade sem fim, impedindo a ambos de serem felizes com outras pessoas.

Montenegro sabia, no entanto, que ela não entenderia o seu raciocínio. Muito menos quando adicionasse que, por maior que fosse a tentação em se casar com ela — ainda que isso significasse um futuro infeliz mais adiante —, não poderia permitir que Amaia viesse a sofrer com uma eventual viuvez, dado o estado das coisas para os abolicionistas. A cada dia tornava-se mais difícil passar-se por escravocrata — ainda que necessário para levantar informações relevantes para a libertação de alguns escravizados — e não seria de hoje que poderia sofrer alguma espécie de assalto —, o que o obrigava a ficar mudando de caminho todo dia.

Quis rir quando ela, furiosa, havia dito que ser sua amante era um "negócio não rentável". Esposa ou amante, ajudá-la-ia a reerguer a fazenda e a ter a segurança de um futuro financeiro, sem precisar depender de casamentos, porque tudo o que Montenegro queria era ver Amaia feliz e protegida. E não havia outra pessoa mais apta a isso a não ser ele — nem médico, nem ninguém.

— Nunca pensei que fosse tão baixo a esse ponto!

Ao escutar a voz Montenegro pensou que estivesse alucinando de tanto pensar nela — ou deixá-la invadir a sua leitura vespertina —, porém, ao escutar as tábuas do assoalho gemendo com passos determinados, teve certeza de que era Amaia que se achegava, tão forte e teimosa como sempre. Abaixou o jornal e já preparava um sorriso audacioso para recebê-la, quando notou que havia algo estranho com ela. Não eram as roupas simples que vestia — era comum estar pronta para um encontro amoroso às escondidas — e nem a palidez de sua expressão. O brilho de seus olhos havia desaparecido e ela tremia, encurvada em si como se tivessem lhe rompido a alma.

Montenegro se levantou e estendeu a mão para ela, indicando que se sentasse. E veio o tapa. Um inesperado tapa que ele não previu, nem conseguiu evitar. Não ficou marca no rosto, e nem lhe doeu fisicamente. O que doeu, contudo, foram as lágrimas em profusão que ela soltou em seguida e a voz de decepção e raiva que as acompanharam:

— Você destruiu a minha fazenda! Você me destruiu!

Aquela alegação era mais do que séria. O que ele poderia ter feito para que a tivesse destruído? Teria sido porque disse que o escravo estava bêbado e o médico se sentiu diminuído, desfazendo o noivado? Não poderia ser para tanto. Quiçá ele havia arrumado uma desculpa e ido embora e Amaia, agora em desespero, corria a Montenegro numa tentativa de chamar a atenção para si mesma — como das outras vezes, após uma briga entre eles, ela sempre dava um jeito de reaparecer como se nada tivesse acontecido. Desta vez, não havia o jeito brincalhão e charmoso que ele tanto adorava, nem os desaforos dos quais ele se ria ao relembrar. Ela estava ferida. Não era humilhação, não era abuso, era um ferimento de complicada cicatrização, algo que ele nunca iria querer ver nela, e do qual era íntimo: o ferimento causado por quem se ama e confia.

Esquecendo-se do tapa — entendendo que havia sido um escape para a dor — Montenegro procurou se manter firme, ainda que preocupado. Tinha a impressão que se ele se aproximasse demais dela, Amaia iria fugir pela porta de seu gabinete e nunca mais voltaria:

— Do que está falando?

Foi difícil vê-la chorar e ficar parado como se insensível, tanto quanto foi difícil não a puxar para si e envolvê-la em seus braços e proibi-la de sair de lá sem que estivesse calma. Não podia fazê-lo, não sem entender, não sem ser capaz de encontrar uma solução que a impedisse de fugir dele novamente.

Amaia puxou o ar e limpou as lágrimas nas mangas do vestido.

— Você... Como ousa fingir que nada aconteceu? Que você não sabe de nada? — Teve que se segurar e evitar que o choro atrapalhasse o que tinha a dizer, pois se lá estava, contrariando tudo o que ela acreditava, era porque, de fato, era muito importante expor tudo para ele. Fechou os olhos, respirou fundo e prendeu-se a um ponto de serenidade. — É assim que me tratará? Como uma burra, ou uma inocente, ou sei lá o que possa vir a pensar de mim? Como pode? Foi vingança? Pelo quê? O que foi que fiz de tão cruel para merecer isso? Você... — Olhar para ele era duro, pior do que evitar chorar na sua frente. Neste caso, era uma questão de ego, no outro, era de coração partido. — Você destruiu tudo que eu batalhei para construir e tenho Deus como testemunha do tanto que lutei. Lutei contra mim mesma, contra as minhas crenças e as minhas forças, lutei contra as pessoas que não acreditavam que eu era capaz, lutei contra o preconceito, lutei contra a descrença e o desdém, lutei tanto e para quê? Para que você viesse e me tirasse tudo em poucas horas. Tudo o que há meses eu lutava para construir, destruído em um dia. E para quê? Para que eu me jogasse nos seus braços? Era por isso? Para me deitar com você, lhe dar prazer sexual, para você se sentir acima de mim quando em cima de mim? Por isso você destruiu a minha vida? Para me obrigar a ser sua amante? Eu nunca vou me deitar com você, seja por dinheiro ou não. Prefiro morrer de fome do que estar na sua cama depois desse golpe baixo, dessa atitude suja sua.

A consternação pelo estado dela passou para o que ela falava:
— Queria saber qual a acusação contra mim. O que fiz de tão tenebroso para tanto ódio? Ao menos, se me contasse, eu poderia me defender.
— Defender o indefensável? Como pode mentir tão facilmente? Pois bem, se quer brincar de inocente, vamos jogar. Qual a sua defesa para que uma praga repentina aparecesse na minha plantação? Qual a sua defesa para colocar atiradores de tocaia para matar os meus escravos e o meu feitor e impedir que as sacas de café chegassem na Estação de trem?
— Como? O quê...?
— Somente duas pessoas sabiam o quão importante era que essas sacas fossem vendidas na Corte. Você e o meu padrinho. E, entre vocês dois, confio mais nele do que no senhor. Meu padrinho não teria nada a ganhar com isso, até mesmo as dívidas de meu pai ele perdoou para que eu não tivesse que arcar com elas. Já você... não posso falar o mesmo. Teria muito a ganhar se eu não conseguisse quitar as promissórias.

Injustiça era uma palavra que incomodava Montenegro tanto quanto a palavra casamento. Seu ar de preocupação pelo estado de Amaia deu lugar pelo de defender a si mesmo daquelas falsas acusações:
— Eu só soube quando a encontrei com seu padrinho, como poderia...? — Ao perceber que ela não iria acreditar sem qualquer prova, teria de arrumar uma, ainda que só usando a lógica. — Sejamos sensatos, Amaia, eu nunca faria uma coisa dessas. Não só por questão de tempo, pois ninguém coordena uma tocaia de um segundo a outro, como eu não teria benefício algum com a perda do seu café.
— Sem café para ser colhido dos pés, com a plantação sofrendo para

a próxima colheita, e sem o dinheiro da venda das sacas do café colhido, eu não tenho como pagar as dívidas que vencem até o fim do mês e serei obrigada a vender a fazenda. O pior nem é a terra, por mais que ame o chão onde nasci, mas são os escravos. Serei obrigada a vendê-los, a participar de algo que abomino... — a voz enfraqueceu e ela atirou os olhos para o teto, tentando se concentrar para não chorar. — Meus Deus! Eu prometi a eles que não iria deixá-los nas mãos de pessoas cruéis, que iria tentar livrá-los do fardo, e eu não vou poder cumprir com a minha palavra por causa da crueldade de um homem que pensa mais nos próprios benefícios do que nos outros seres humanos. Eu confesso, eu já fui assim, e talvez seja essa a minha punição. Antes de tudo, eu era uma moça mimada que só queria me divertir e encontrar uma paixão avassaladora. Não me importava com ninguém a não ser comigo mesma. Com a morte dos meus pais, com tudo o que passei desde então, percebi que a minha vida é pequena em comparação com outras tantas. Aceitei que se tivesse que deixar a minha própria felicidade de lado, abdicar da minha liberdade, coisa que sempre superestimei, eu o faria desde que pudesse salvar várias pessoas. Veio, então, você com seu jeito sério, de quem está acima de tudo e de todos, certo de estar no controle de todas as situações... — A voz falhou de novo e o peso da dor fez com que lágrimas rolassem pelo rosto contraído. — Pensei muito... muito mesmo... se viria aqui falar com você... enfrentá-lo. Estava com muita raiva, muito machucada... Preferia que Junqueira tivesse me tomado do que ter passado o que hoje estou passando aqui... Sabe por quê? Porque eu me apaixonei... por você.

Ao escutar aquilo, Montenegro deu um passo à frente, indo ao alcance de suas mãos:

— Eu te am...

Ela se afastou:

— Mas hoje, o que tenho é apenas nojo. Nojo por ser uma pessoa tão baixa e tão vil. E nojo de mim mesma por ter me apaixonado por você. Por isso, eu imploro, me deixe em paz. Você conseguiu destruir a minha vida e o que resta aqui, diante de você, é apenas a carcaça da mulher que um dia eu fui. Por favor, suma da minha vida. Se você me ama mesmo, como diz, por favor, esqueça que eu existo.

Amaia não podia continuar ali, ela sabia, ficar seria desmaiar. E ela não poderia se dar por vencida diante dele. Suas pernas tremiam e ela achava que nem chegaria até a porta do gabinete, mas era preciso. Tão preciso quanto encontrar alguma nova solução. Pensaria em algo quando distante o suficiente de Montenegro — e dos seus sentimentos por Montenegro. Aquele encontro, de alguma maneira, havia lhe dado forças para querer lutar, para mostrar a Montenegro, ou a qualquer outro homem, que ela não iria desistir do que acreditava, independente do seu sexo ou da sua pele.

No caminho de casa, somente uma coisa lhe corria pelas veias, entremeando-se pelos neurônios e fechando-se numa contração do olhar determinado: ela teria de se casar e até o fim da semana. Tendo isso em mente, precisava sistematizar como iria se aproximar de Singeon — sua única chance de um casamento rápido. Uma ideia traiçoeira, ela tinha consciência, por causa de Cora, mas diante de tudo que havia acontecido, da praga e das mulas, era a única solução. Não havia mais tempo, já havia prometido aos credores o pagamento das promissórias no fim do mês, e era certo que sua imagem estava maculada, impedindo que conseguisse conhecer, cortejar, noivar e casar com o futuro marido em apenas duas semanas. Ninguém mais a recebia, todos lhe viravam o rosto — graças às gêmeas — e não havia senhor que aceitasse negociar com ela sem que a troca fosse de outra espécie — nem mesmo Montenegro. Restava Singeon, apenas Singeon que lhe dava o apoio que ela precisava.

Quanto a Cora, não pensaria na irmã, por enquanto. Tomava o seu noivo por um bem maior e disso havia se convencido, reforçando todas as vezes que olhava para ele, sorria para ele, resvalava em sua mão para pegar algo, abaixava o decote para ele. Era o seu dever salvar os escravos e a fazenda, acima dos seus desejos ou dos de Cora.

❦

Eduardo Montenegro, o Barão Negro, estava sentado na escuridão do seu gabinete quando Roberto Canto e Melo entrou no cômodo à sua procura. Num primeiro momento não o avistou, pois as roupas escuras sumiam junto à falta de luz na sala engolida pela noite que caía. Só o percebeu quando, achando ter visto um sombreado em forma humana — e crendo ser uma assombração, mas isso guardaria para si —, parou por alguns segundos para analisar.

— Onde estava Feitosa ontem e hoje pela manhã?

— Essa pergunta é um tanto estranha, ainda mais quando feita por alguém no escuro, sabe-se lá fazendo o quê.

O silêncio de Montenegro foi a deixa que Canto e Melo precisava para entender que algo grave deveria ter acontecido e não era momento de piadas. Com Caetana, ao menos, não era. Aquela manhã havia recebido uma carta da noiva avisando que dissesse à Amaia que, em dois dias, ela e Cora estariam de volta. Seria com Amaia? Mais cedo havia visto seu sogro recebendo o administrador junto ao Mesquita. Ambos queriam lhe falar e parecia urgente. Um pouco antes do almoço, eles saíram do gabinete onde estavam reunidos a portas fechadas e seguiram para a Santa Bárbara. Soube que haviam ido à fazenda de Amaia apenas quando dela já voltavam e na companhia da própria moça. Os três homens e Amaia seguiram para uma das alcovas reservadas aos mascates que na Guaíba pernoitavam[26]. Não pôde se aproximar sem que chamasse atenção. Obrigou-se a manter certa distância, pois queria investigar o que acontecia sem ser visto. Conseguiu ver que havia um homem deitado no catre e uma escrava saindo com panos ensanguentados. Ele parecia ferido. No mais, não viu nada, pois fecharam a porta, como também não pôde escutar o que ali era discutido.

Após contar com as minúcias e os detalhes sobre o que havia visto pela manhã, Montenegro apoiou o queixo na mão e se manteve pensativo tempo o suficiente para Canto e Melo servir-se de *whisky* e beber o copo enquanto folheava o jornal.

Por fim, o Barão Negro perguntou ao amigo:

— Você tem certeza disso que me relatou?

Não, Canto e Melo não tinha certeza nem quando tinha certeza, mas diante do olhar sombrio de Montenegro, não ousaria dizer que não tinha. Então, apenas balançou a cabeça em positivo e engoliu o medo de que o outro desconfiasse que ele nada sabia e de tudo apenas desconfiava.

Algo, porém, dava a sensação de que Montenegro poderia saber o que havia sido falado naquela alcova apertada, quem era o homem que havia se ferido e por que Amaia estaria envolvida. E seria uma questão de minutos até que Montenegro lhe revelasse não só esse mistério como o que faria a seguir para resolvê-lo. Porque uma coisa era certa para Canto e Melo: se havia um problema envolvendo Amaia, Montenegro seria a solução.

22

Antes de se apaixonar por Singeon, Amaia precisava fazer uma coisa. Na verdade, eram duas, mas ela ignorava a "primeira coisa", que era esquecer o quanto a declaração de Montenegro havia mexido com ela — pois, se estivesse mesmo apaixonado por ela, já a teria pedido em casamento há muito tempo, o que teria evitado toda a confusão da perda do café. Queria também acreditar que não havia sido ele quem causou o ataque ao comboio, que havia tirado a vida de quatro escravizados inocentes e quase havia matado Fábio. Porém, Montenegro seria o único que se beneficiaria enquanto o seu padrinho não ganharia nada com o incidente e os outros cobradores ignoravam o envio do café à Corte. Se culpava Montenegro era mais por falta de quem culpar.

Uma coisa, no entanto, era estranha... Fábio havia dito que quem o havia tocaiado tinha duas garruchas cruzadas na cintura. Apesar de usar um lenço em volta do rosto, para esconder a sua identidade, somente uma pessoa naquela região costumava levar duas garruchas consigo: Severo. Amaia duvidava que Montenegro teria contratado o ex-feitor para fazer o serviço — ou teria Severo se oferecido, dado o ódio que tinha da moça ao tê-lo despedido? Ninguém na região gostava de Severo e ele vagava atrás de emprego. Pelo que Amaia veio a saber, há algum tempo, através de Fábio, a crueldade de Severo para com os escravos era tamanha, que acabava gerando um alto prejuízo que nenhum cafeicultor queria arcar — "Escravo bom é escravo produzindo", seu pai costumava dizer.

Amaia não queria mais pensar nisso. Estava desgastada por demais e era preciso seguir em frente e parar de chorar pelo café derramado. Os escravizados foram enterrados e restava apenas aguardar que as dívidas pudessem ser pagas com a ajuda de Singeon. Esperava que, ao se casar com ele, como a Sra. Stewart, Amaia conseguisse prorrogar o pagamento das promissórias e ir à Corte hipotecar a Santa Bárbara.

A primeira coisa, portanto, que Amaia precisava fazer era conquistar Singeon.

Havia pedido que Bá preparasse uma mesa idílica, com flores, velas, castiçais e talheres de prata, os cristais, o serviço de porcelana alemã e a toalha de renda — os poucos itens que ainda não tinha vendido, na esperança de não precisar abrir mão deles. Aos escravos havia pedido que colhessem o máximo possível de frutas no pomar, ou que pedissem aos escravos vizinhos que colhessem algumas nos pés, fingindo que eram para eles próprios. Havia mandado pegarem as últimas levas de batatas, carne de porco e arroz e fazerem disso uma lauta ceia. Às escravas, queria que lhe preparassem um banho completo, com um pouco de leite, e desembrulhassem o último pedaço de sabão francês que tinha.

Das suas roupas, mandara arejar um vestido de baile branco com um cinto de veludo negro e detalhes pretos por todo o corpete e na barra da saia. Pegara os brincos de azeviche — última lembrança da mãe, guardada a sete chaves para evitar que Cora se apossasse deles — e utilizara uma fita de veludo negra no pescoço com o *locket* pendurado, no lugar do colar de pérolas que teve que vender. Penteara-se à moda, com o coque para o alto com alguns cachos caindo pelo decote, e colocara algumas rosas brancas no meio das madeixas, uma vez que também havia sido obrigada a abrir mão de comprar novos enfeites e os seus já estavam gastos de tanto repetir.

Por meio de um escravo, enviara um bilhete a Singeon anunciando que teriam um jantar especial e que estivesse com os trajes formais.

Singeon se considerava um homem simples e de gostos simples. Preferia ficar no quarto, a observar a fazenda da sua janela, sentado atrás de uma pequena secretária, onde ia anotando tudo o que via e ouvia. Também gostava de se deitar na cama e ler a enciclopédia, em especial a parte sobre aves. Ainda assim, havia sido educado sob restritas regras de etiqueta e, entre elas, a de ter uma roupa especial para jantares formais. Só não entendia por que Amaia o chamava para um jantar desses. Haveria algum convidado especial que ela havia esquecido de mencionar? Estava lá há quase uma semana e nunca jantavam mais do que alguma proteína e um acompanhamento. Eram apenas os dois, o que ele achava maravilhoso — não somente pela parcimônia, característica dos espíritos nobres, como pelo despojamento que permitia que os dois conversassem ou ficassem em silêncio sem qualquer mal-estar.

No toque do carrilhão, Singeon saiu do quarto e foi para a sala onde acreditava que Amaia o estaria esperando. Parou à porta ao ver que havia apenas algumas parcas velas abrilhantando o ambiente — em vez dos vigorosos lampiões. A sensação era de calidez que, misturada a algum perfume adocicado que não soube identificar, possuía uma sensualidade que o fez desconfortável.

A garganta secou ao ver Amaia, no seu lindo vestido de festa, no meio da sala feito alguma aparição. Se acreditasse em santos, poderia dizer que ela era uma, sob a luz tremeluzente das velas que acariciava a sua pele, fazendo-a ainda mais sedosa.

Amaia abriu-lhe um sorriso e Singeon paralisou por completo. Havia perdido o chão e as horas. Ela foi até ele, num caminhar suave, uma ave régia a voar que pousou em seu braço com a sutileza de um bico de passarinho a dar de comer aos filhotes.

— Que bom que chegou. Estava esperando-o ansiosa. — Corou, desviando os olhos verdes dele numa falsa timidez.

— Ha... é... Sim. Está muito bela esta noite.

— Somente esta noite?

— Não... hã... sim... Quero dizer, está sempre bela. Mas hoje está excepcionalmente bela.

— Ah, quão gentil! Vamos à mesa?! O jantar já está servido. Sabia que seria pontual.

Ele balançou a cabeça, tentando dissipar o nervosismo. O olhar direto que Amaia lhe lançava o envolvia feito uma torrente quente que lhe acalentava a alma e o corpo de tal maneira, que Singeon não sabia lidar senão com pigarreios e sorrisos tensionados até que "esfriasse". O toque dos seus dedos sobre o braço dele o fez bulir.

— Hrum... — pigarreou e sorriu para ela quando Amaia lhe perguntou se estava bem e explicou. — Uma coceirinha na garganta, apenas.

— Ainda bem que temos um médico aqui — gracejou.

Ela lhe devolveu um sorriso tão sensual que Singeon sentiu a necessidade de se afastar e tomar um pouco de água ao entrarem na sala de jantar.

— Ainda com o pigarro? — As palavras de Amaia eram pronunciadas com tanto charme, que ele teve que pensar nos corpos das aulas de Anatomia.

Foi para trás dela e puxou-lhe a cadeira para que se sentasse. Reparou que ela estava de frente a ele, desta vez, e não na cabeceira. Em toda a sala havia um ar de diferença. O cheiro adocicado vindo dos tachos de doce da cozinha, as flores enfeitando a mesa, as velas que iluminavam ainda mais os olhos verdes de Amaia, o ciciar das cigarras anunciando o verão.

Estava enlaçado.

Tomou todo o copo d'água.

Amaia fez um sinal para que um escravo enchesse as taças de vinho. Havia guardado uma das melhores safras para uma ocasião especial — que acreditava ser o dia que fosse pedida em casamento por alguém. Ela bebericava o vinho com delicadeza, saboreando cada gole, e com os olhos fixos em Singeon. Ele se remexia na cadeira e tomou o vinho num gole também. Amaia teve pena que estivesse desperdiçando um bom vinho com o seu aparente nervosismo, contudo, isso só reforçava que ela estava fazendo a coisa da maneira certa — ainda que não fosse a coisa certa, mas evitaria pensar nisso. Fez um sinal e os escravos trouxeram os pratos prontos da cozinha.

Comia-se em silêncio e Singeon evitava lhe levantar o olhar, talvez com medo de uma aproximação com a qual ele não poderia lidar. Não estava acostumado a ficar a sós com mulheres, muito menos com belas mulheres. E Amaia era sobretudo bela, mas também inteligente, forte, determinada, o tipo de mulher que poderia amedrontar um homem que buscava apenas serenidade, acolhimento e Deus.

Entre os pratos, toda vez que ela parecia iniciar uma conversa, Singeon estremecia. Ao fim da sobremesa, antes que Amaia mandasse vir um café recém-moído e um charuto para ele, ela lhe tocou os dedos e o mirou — olhos nos olhos:

— Querido Singe...
— Hrum.
— Está satisfeito?
— Muito... hrum.
— Esplendoroso. — Apertou-lhe os dedos. — Tenho muito o que lhe agradecer. Não sei o que seria de mim sem a sua companhia. Tenho me sentido tão solitária. É um verdadeiro alento ao meu pobre coração solitário. Não sabe o bem que me faz. O quanto me sinto viva ao seu lado! E quanta falta me fará. Tenho que lhe pedir uma coisa... — pausou, abaixou os olhos numa falsa timidez que ele acreditou. —... Fique mais comigo. Por favor.

Ao se ver envolvido pela imensidão verde de seus olhos, Singeon se remexeu na cadeira, pigarreou duas vezes seguidas e teve que tomar o resto do vinho de uma só vez — mais para ganhar coragem de continuar ali do que para limpar a garganta.

— E quanto a Cora? Sua irmã não é uma boa companhia?

Ele havia se lembrado dela! Amaia retirou a mão sobre a dele e fez uma cara de melancolia, o que o deixou consternado.

— O que foi, Srta. Amaia? Pode me dizer, estou aqui como... como... seu... hrum... amigo! Hrum. Aconteceu alguma coisa com sua irmã, por isso ela não está aqui? Eu percebi que quase não a mencionamos.

— Bem, Cora... ela... — Amaia poderia lhe dizer que Cora havia morrido, mas não teria como manter essa mentira, obviamente. Teria de falar algo bem mais simples, mais próximo de uma verdade. Havia aprendido que uma mentira próxima a uma verdade é mais difícil de se descobrir do que uma grande mentira. — Ela não é uma companhia para mim e nunca foi. Não sei se o senhor se recorda, quando éramos mais jovens nunca brincávamos juntas, estávamos sempre distantes uma da outra. Pois eu e minha irmã não temos a melhor das relações e ela procura se afastar de mim o quanto pode. Por isso ela não está aqui. Preferiu estar com outras pessoas a estar comigo e com o senhor.

Singeon cruzou o cenho, estranhando aquela revelação. Cora sempre se mostrou uma pessoa de Bem, adorável, temente a Deus e preocupada com os pais. No entanto, pelo que se lembrava, reclamava da irmã também. Dizia que Amaia era mimada, impulsiva e sem caráter, afirmações pesadas para aquela com quem dividia mais do que o sangue nas veias.

— Por favor, fale-me mais de Cora. Talvez os anos e a distância a tenham mudado muito da época em que a conheci. — Estava ansioso em ouvir à medida que Amaia ia fazendo uma careta de consternação, não querendo "tocar no assunto".

— Eu não deveria... seria errado... — Abaixou os olhos. —... Ah, Singe... o que ela está fazendo... você não merece isso... você é tão bom, tão gentil...

— Do que está falando, Srta. Amaia? Por favor, me diga logo. Estou ficando ansioso. É algo em que eu possa ajudar?

Amaia não queria falar mal da irmã, Singeon estava se mostrando bem mais interessado em Cora do que ela gostaria de enxergar, por outro lado, ela precisava fazer aquilo, ou os escravos e a fazenda estariam perdidos, tudo pelo qual ela havia batalhado. Erguendo os olhos, firmes e brilhantes, Amaia tomou a mão de Singeon e a apertou:

— Sim, algo aconteceu com Cora, mas acredito que nem você, nem ninguém poderá ajudá-la. Ela se perdeu... "dos caminhos do Senhor" — lembrou-se da expressão que Cora usava continuamente quando queria criticar alguém para a mãe.

— O que foi? Conte-me, Amaia! Quero dizer, Srta. Amaia. Dividamos o fardo de seu coração... — Num ato impensado, Singeon tomou as mãos de Amaia e inclinou-se para perto dela.

Ela não tinha coragem de prosseguir. Singeon estava genuinamente preocupado. Seus olhos claros não mais se desviavam dela, repletos de ansiedade, a boca tremia e ele parecia mais pálido do que era naturalmente.

— Cora, bem... a Cora de hoje... é bem diferente da Cora das cartas...
— Ele soltou as mãos dela e se encostou no espaldar da cadeira. Estava calado e toda a preocupação que ele parecia ter foi trocada por uma expressão de consternação. Talvez ele não quisesse que Cora dividisse as cartas com quem fosse. — Eu... eu a vi lendo as suas cartas... em voz alta.
— Pela cara de decepção dele, arrependeu-se de ter dito isso e procurou emendar. — Oh, Singe, melhor eu parar por aqui. Tenho muita vergonha

das minhas atitudes. Eu não deveria... ter mencionado — "ter lido as suas cartas" seria a colocação correta.

— Não tenha vergonha, D. Amaia. Vejo o quanto você trabalha por essa fazenda, pelo seu lar, pelos que aqui vivem, e estou disposto a ajudá-la já que sua irmã não o faz.

Escondendo a vergonha da mentira, Amaia desviou os olhos para o lado, acreditando que ele não prosseguiria com a conversa e ela teria conseguido o que desejava: a sua ajuda. Contudo, bastava tocarem no nome de Cora, ele despertava e ganhava todas as palavras do mundo.

— Conte-me, por favor, eu preciso saber a verdade sobre Cora. Preciso saber quem é realmente a sua irmã.

— É errado falar mal dos outros... — Amaia tentou sair pela tangente.

— Não quando é por um Bem maior.

Desta vez, foi Amaia quem estremeceu. As palavras de Singeon eram o sinal de que teria que fazer aquilo. Casar-se com ele seria a única salvação, ainda que fosse a perdição para Cora. Amaia acreditava, contudo, que o amor de Cora por Singeon não era somente coisa de criança, como era também uma promessa para escapar daquela vida em Vassouras. Duvidava que eles realmente se amassem, e essa sua crença era o que a fazia seguir adiante com o plano. *Pense nos escravos, não terá de vendê-los ao se casar com Singeon*, assegurava a si mesma.

— Cora é uma namoradeira, flerteira, coquete! Evitei falar isso antes por temer que sofresse ao saber a verdade.

Pronto, estava feito! Aquilo, porém, não havia sido o suficiente para Singeon. Retesado na cadeira, fechou a expressão num grande mau humor, o que preocupou Amaia. Deveria ter continuado nas entrelinhas, assim não o faria sofrer tanto. Entendia o que era a dor de ter um ídolo partido. Havia acontecido duas vezes: com seu pai e com Montenegro. Tentou emendar, tentar consertar o erro da mentira descarada, mas não teve como.

— Descul...

— Não! Conte-me, em detalhes.

— Como? — ela balbuciou.

— O que quer dizer com tudo isso.

— O que quero dizer?

— O que pretende com isso? — Singeon ia perdendo a paciência e Amaia ia diminuindo em si, assustada com aquilo.

— O que...?! Oh, Singe... querido...

— Diga-me, Amaia! — Ela se assustou com a veemência dele, que o fez saltar do assento. — Eu quero saber a verdade! Agora! E não fugirá mais. Tem algo que está tentando me dizer desde que cheguei aqui, o porquê da Srta. Cora não estar. Acha que não estranhei isso? E quanto às nossas caminhadas? As conversas esvaziadas que tínhamos? Acha que nada disso passou apercebido? Pois tenha, Amaia, eu estou farto dessa "falta de comunicação". Peço que, se tem alguma consideração por mim, seja clara de uma vez por todas e me responda: o que está acontecendo?

Todo o corpo de Amaia tremia. Ela nunca poderia imaginar ver um Singeon tão bravo. Juraria que era uma mosca morta. Chegava a irritar, às vezes. Tentou se levantar da cadeira, mas as pernas estavam tão bambas, que tropeçou em si. Teria ido de cara no chão se não fosse pelo médico pegá-la pela cintura, numa rapidez que ela também duvidava que ele teria.

Seus corpos estavam unidos. Amaia tinha as mãos no peitoral dele e os olhos apoiados nos dele.

Singeon a tinha nos braços. Ao dar-se conta disso, afastou-se após garantir que ela não cairia.

— Não fuja e diga-me a verdade, se tem alguma consideração por mim. — A voz era terna, bem distante da irritada de antes.

— A verdade é que... — Ela deu um passo atrás. —...a verdade é que... — Deu dois passos para frente. — Esta é a verdade... — E beijou-lhe.

Seus lábios se encontraram, seus corpos se tocaram, seus braços se entrelaçaram e iam caminhando juntos naquele beijo suave. Um beijo calmo e plácido feito o navegar de um barco sobre um lago — bem distinto dos beijos de Montenegro, que pareciam maremotos causados por erupções vulcânicas sob as águas de algum oceano tempestuoso feito os olhos dele. Por que ela teria de se lembrar do beijo de Montenegro justamente quando era beijada por Singeon? Não poderia ser depois? Fechou os olhos para ver se conseguia se concentrar no beijo e a imagem de Montenegro foi preponderante. Era a ele quem beijava, intensificando o roçar dos lábios e obrigando Singeon a abrir a boca para ela poder explorar com sua língua. Ao sentir que a respiração dele ficava descompassada e o corpo retesava, Amaia se afastou.

Lembrou-se que não era Montenegro, era Singeon, e isso a fez estranhar o que acontecia consigo. Apenas uma coisa era certa: não era amor, era desespero. Desespero em ter o que comer, em ter um teto sob a cabeça, um chão para se sentar e um cobertor para se cobrir. Qual o futuro de uma mulher como ela? Era feita para casar-se ou para cair na vida, porém, preferia a primeira opção e a tinha como a sua única salvação. Havia tentado de tudo, negociar, vender os objetos de maior valor, economizar; restava casar ou vender os escravos, mas esta última opção ela se recusava, ainda que Bá insistisse que seria o melhor e para o que Amaia respondia: "Traio a Cora e a mim mesma, mas não trairei aqueles que sofrem tanto. Não me casar com Singeon é deixar que eles também se percam, Bá. Sabe-se lá quem vai comprar a fazenda, a maneira como os tratará?! Poderá, inclusive, separar famílias! Você sabe como são cruéis os donos de terra que acham que incentivar o trabalho é vender o pai ou a mãe, ou até mesmo os filhos ou irmãos. Não, Bá, eu vou me casar com ele, mesmo que me custe muito, mas sei que estou fazendo por uma questão muito maior, maior que a terra, maior do que qualquer um de nós".

Amaia e Singeon se olhavam, assustados, à beira do precipício do inesperado e na dúvida se jogar-se-iam nele novamente ou não.

Não houve tempo para avaliar. Ainda refaziam a respiração e os pensamentos confusos um a respeito do outro quando um escravo veio sala adentro, bufando e balbuciando qualquer coisa que fez Amaia ter certeza de que deveria ser algo muito incomum para terem sido interrompidos daquele jeito — e bom, pois impediria a situação estranha que ficava após o beijo.

— Dona Amaia! Dona Amaia! Sinhá! Vem ver isso!

— O que foi, João?

João nem se deu por si e balançou a mão para que a sinhá o seguisse. Amaia, tomando as saias nas mãos, foi atrás sem esperar que Singeon fizesse o mesmo. O escravizado levava-os para fora do casarão numa pressa que fez a própria Bá, com um xale na mão, correr atrás.

A noite caía amena e tudo parecia normal e agradável se não fosse pelos focos de luzes que pipocavam na escuridão. Eram as tochas que os escravizados seguravam. Eles pareciam a aguardar para algo, próximos ao carvalho centenário. Bá, temendo o que pudesse ser, postou-se ao lado de Amaia. Rebelião ou não, quem tentasse puxar um fio de cabelo da sua menina ia levar uma saraivada de balas do revólver que ela trazia escondido debaixo do xale.

— O que está acontecendo? — perguntou-se Amaia, atrás de João.

Afastaram-se da casa e subiram o pequeno monte próximo, sobre o qual ficava o centenário carvalho onde que ela tanto gostava de ficar. Uma grande quantidade de escravizados estava em volta da árvore, assim como os capatazes. Não havia qualquer sinal de raiva ou revolta. Todos estavam ansiosos para que Amaia visse algo. Tão perturbada ela estava com o que acontecia, que Singeon teve que apontar para que ela reparasse o que havia no tronco da árvore.

Amarrados no carvalho estavam três homens amordaçados. Pelas roupas e pelo jeito pareciam ser capitães do mato, e tinham alguns ferimentos nos rostos e nos braços e pernas — pelo que Amaia veio a saber depois, alguns escravizados os haviam reconhecido e aproveitaram para lhes dar socos e chicotadas, assim se vingando dos maus-tratos que haviam sofrido na época em que eram caçados como animais.

Amaia não conhecia os homens e desconhecia o porquê de eles estarem ali. Foi preciso que Singeon pegasse um bilhete que havia sido preso por um facão no tronco da árvore, acima das cabeças dos homens, junto a um saco. O bilhete ele entregou à Amaia e o saco ele conferiu o que era ao escutar um tilintar de metal. Lendo o bilhete, Amaia foi empalidecendo e quase teria tombado para trás se Bá não a tivesse sustentado pelo braço. Incrédula, tudo o que Amaia conseguia era balbuciar:

— Não pode ser. Não pode ser.
— O que foi, menina? Conta! Quem são os infelizes?

Voltando-se para a velha mucama, Amaia tinha os olhos arregalados e repletos de lágrimas. Finalmente enxergava algo que ela não havia conseguido antes. O coração estava rápido e mal se continha dentro do próprio peito. Tentando acertar a mente, ela pensava o que poderia fazer, como poderia se desculpar, o que seria dela agora... Ela voltou-se a si mesma e respirou fundo. Tinha que se acalmar, primeiro.

— Esses são os homens que atacaram o comboio das mulas — respondeu. — E o dinheiro é o que eles ganharam para fazer o serviço. — Apontou para o saco que Singeon segurava.

O médico pediu para ler a carta, a qual ela entregou sem mais, apenas olhando para os malfeitores e o estado sanguinolento em que se encontravam, imaginando que ali deveria ter os dedos do seu benfeitor junto aos dos escravos.

Tomando a carta, Singeon a leu em voz alta para Bá:

— "Minha cara senhorita, receba os malfeitores que a levaram ao triste desfecho. Infelizmente não consegui chegar ao mandante, mas meus homens estão em busca daquele que poderá nos revelar a verdadeira identidade do vilão: o Sr. Severo Sousa. Também envio o dinheiro que eles receberam para destruir o seu café. Sei que é pouco perto do perdido, mas espero que pague parte da sua dívida, ainda que não tudo". Assinado, E. M. Quem é?

Amaia e Bá trocaram olhares. A jovem abriu um sorriso e respondeu com um tom que ia do surpreso ao carinhoso:

— Eduardo Montenegro.

23

A cesta de costuras rolou pelo chão. Cora tinha a mão na boca e os olhos em brasa. Havia soltado um palavrão diante da Sra. Feitosa, das gêmeas e da pequena Lavínia, a quem ensinava a costurar. Pediu desculpas; ainda assim, não conseguia parar de tremer de raiva. Quando Caetana entrou na sala nos braços do noivo, seguidos por Montenegro — que havia vindo tentar descobrir se realmente Feitosa não ganharia nada com a perda da fazenda de Amaia —, Cora segurou as lágrimas de ódio. Por pouco tempo. Mal foi cumprimentada pelos dois senhores e se levantou do sofá soltando um muxoxo de chateação.

Caetana aproximou-se de Lavínia e perguntou à irmãzinha, discretamente, o que acontecia. Era visível que Cora estava abalada com alguma notícia, o que preocupava tanto Caetana quanto Montenegro. Ambos tinham Amaia em alto preço — quiçá mais alto do que a própria Cora teria, ainda mais agora.

— Ela descobriu que a irmã está recebendo um amigo em casa — respondeu Lavínia, alto o suficiente para que Cora, do outro lado da sala, se voltasse para elas.

— Você sabia — acusou Caetana. — Foi por isso que me mandou convidar para ajudar no enxoval. Não queria a minha ajuda e nem ouvir a minha opinião. Por isso, não acatou nada do que eu sugeri. E quando disse que era melhor voltar, você pediu para estender a viagem. Estava mancomunada com Amaia! Vocês duas, suas víboras! Por minhas costas tentando me afastar... me afastar de... — O nome não saiu, dando lugar a uma lágrima.

— Cora, escute... — Mais com pena do que tentando se desculpar, Caetana buscou se aproximar da moça e tocar em seu braço, para ajudá-la a se acalmar.

Cora o retirou agressivamente, fugindo ao toque:

— Não! Não! Viram o quanto sofro?! — Apontava a si mesma. — Tenho uma irmã que é uma falsa! Amaia sempre foi mentirosa, sempre acobertando as suas mentiras com sorrisos e falsidades. Ela só pensa nela mesma, na sua fazenda e nos seus escravos. Amaldiçoo aquela terra e tudo que nela brota. — Virou-se para Montenegro e Canto e Melo. — Acham que não sei por que ela queria o Singeon só para ela? Hah, mas eu sei! Ela quer seduzi-lo. Fazê-lo se apaixonar por ela para que a ajude a salvar a fazenda das dívidas, sem que precise vender os escravos. Abolicionista uma ova! É uma criminosa! Roubar o meu Singeon... aquela meretriz! Rameira! Roubar o homem que eu amo!

A Sra. Feitosa, dentro da sua qualidade de zelosa mãe, tentou fazê-la se calar:

— Cora, por favor! Respeite a minha casa!

Porém, ela não conseguia, Cora precisava desabafar, dizer tudo o que vinha à sua cabeça, pôr em ordem os sentimentos alvoroçados. Fazia quase dez anos que só se correspondia com seu amado e sua irmã sabia que ele vinha visitá-la. E o que fez? Afastou-os. Porque Amaia era assim desde criança, roubando a atenção de todos para si.

Estudou as pessoas na sala. A Sra. Feitosa e Canto e Melo lhe olhavam assombrados, as gêmeas cochichavam entre si por detrás da tela de bordado e Lavínia a encarava sem ter nada a dizer ou pensar, mas tanto Montenegro quanto Caetana possuíam a expressão de culpa.

— São todos cúmplices dela! Todos!

E teria agido de forma mais precipitada ainda se não fosse o Sr. Feitosa entrar na sala e pedir que se controlasse. Do seu escritório ele podia ouvir os seus gritos.

— Minha irmã é um abutre! Uma safada! Ela tem de ser punida! — dizia ao anfitrião, que tinha a expressão de quem não estava nem um pouco interessado naquilo. Na verdade, Feitosa estava irritado com o escândalo que Cora estava fazendo, chamando a atenção dos escravos, que iam se amontoando no corredor para a escutarem. — Eu exijo que Amaia seja chamada aqui e nos diga, na frente de todos, por que fez isso! Quero que ela diga a verdade, uma vez na vida, e na frente de todos!

Para a surpresa dos presentes, o Sr. Feitosa acatou o pedido. Prometeu que ainda hoje enviaria um convite pedindo que Amaia viesse jantar lá com o tal senhor para que tudo fosse esclarecido o quanto antes e Cora deixasse todos em paz.

— Ela não pode saber que estou aqui — ressaltava Cora, dando a sensação de ter enlouquecido. — Diga que eu estou a passeio com Caetana e que vocês estão com saudades dela. Isso, será melhor assim, para enganarmos a rameira.

O Sr. Feitosa acatou, ignorando os olhares de surpresa e repreensão da esposa sobre ele, e retornou ao seu escritório. Atrás veio Montenegro, apertando o passo para alcançá-lo antes que fechasse a porta:

— Sr. Feitosa! Queria lhe falar...

O fazendeiro ergueu a sobrancelha, desconfiado. Seu rosto limpou para algo menos desagradável. Abriu a porta para que Montenegro passasse, fechando-a logo depois.

— Sim. Entre, por favor. Antes, preciso escrever o bilhete para Amaia — dirigiu-se para a escrivaninha.

Montenegro, parado no meio do gabinete, próximo à mesa repleta de livros empoeirados, contraiu as sobrancelhas:

— Fará mesmo isso?

— Assim Cora para de gritar e me permite pensar. — Puxou um pedaço de carta e molhou a pena no tinteiro de prata.

Enquanto via o senhor escrever, uma angústia foi se apoderando de Montenegro. Se Amaia aparecesse, a situação poderia ser terrível para ela e, certamente, a notícia do escândalo familiar se espalharia que nem vento, assoprada pelas línguas das gêmeas. Não que fizesse alguma diferença ao que acontecia à sua reputação, mas iria causar tamanho alvoroço que Amaia, muito certamente, se veria obrigada a mudar de Vassouras e Montenegro não poderia permitir que ela fosse para longe de si — casada ou não. Era preciso saber que ela estava ali perto e que bastava tomar o cavalo para poder vê-la.

Tentaria fazer o senhor compreender que era uma má ideia, sem o dizer diretamente. Queria evitar embates agora que estava tão próximo de obter o que queria: a confiança de Feitosa e, consequentemente, a verdade sobre quem havia destruído o café de Amaia e matado os pais dela — não havia se esquecido disso, por mais que tivesse se perdido quando Amaia havia tomado a frente de todos os seus pensamentos. Aproximar-se do fazendeiro poderia levá-lo ao verdadeiro vilão, aquele que queria destruir Amaia, uma vez que Feitosa era um nome que abria as portas da região. Montenegro enxergava que Caetano Feitosa tinha Amaia em alta estima e duvidava que a faria sofrer, apesar de, às vezes, questionar-se se isso não era uma máscara para destruí-la, assim como poderia ter destruído os seus pais há meses. Portanto, era ter a atenção redobrada sobre aquela criatura, mesmo que significasse cortejar as gêmeas e fazer negócios escusos com ele.

Buscou as palavras mais cordatas e lógicas que pôde:

— Acho que mandar este bilhete poderá trazer mais complicações para uma relação que me parece bem intrincada.

Os olhos escuros do Sr. Feitosa pregaram Montenegro contra uma parede invisível, deixando-o imóvel:

— E o senhor com isso? Como padrinho de Amaia, entendo uma eventual preocupação da minha parte, contudo, quanto ao senhor, não sei que conclusões tirar a esse respeito. Por acaso, há algum interesse em minha afilhada do qual eu não estou sabendo e que pode prejudicar nossas relações de negócios?

— Sou um homem de negócios. — Montenegro se sentou numa cadeira, cruzou as pernas e abriu um sorriso de confiança. — Tenho interesse nas dívidas da fazenda e afastar a Srta. Amaia só iria complicar a possibilidade de comprar as suas terras.

— O senhor quer comprar a Santa Bárbara? Para quê? Aquela fazenda não vale nem metade das dívidas. Se Amaia deixasse de ser turrona e vendesse alguns escravos, ainda mais com as proibições dos tráficos interprovinciais[27], ganharia alguma coisa para salvar, ao menos, uma parte da fazenda. Ela e essa mania de abolicionista... — Cuspiu na escarradeira de porcelana que ficava ao lado da escrivaninha. — Fica lendo os folhetos que os abolicionistas distribuem na fazenda. Há alguns meses, tivemos de matar um par desses desgraçados que tentaram entrar na minha fazenda e falar com os meus escravos. Queriam incitar uma fuga, oras. Não, a Santa Bárbara nada vale e o senhor deixe que eu cuido de Amaia e dos seus interesses. Ainda a farei entender que não adianta lutar por uma causa perdida.

Montenegro, procurando manter uma pose relaxada, de quem concordava com os ideais escravocratas de Feitosa, quis saber mais detalhes sobre esses assassinatos. A cada dia que passava, espalhava-se a notícia das mortes de abolicionistas pelo interior do Brasil à medida que o movimento saía das capitais das províncias. Poderia ser útil, assim como encontrar a chave da sua senzala e descobrir sobre o porto ilegal. Eram muitas informações e adoraria arrancá-las dele, uma por uma, junto a cada dente que o faria cuspir com um soco.

— Como o senhor sabe que queriam incentivar uma fuga? — Mantinha o punho fechado, apertado, ao lado do corpo e fora do ângulo de visão de Feitosa.

— Tenho meus métodos. — Os olhos estavam frios, contavam que havia os torturado. — Aqui, nesta terra, é assim: fala quem é inteligente, cala quem já morreu. Amaia tem sorte de que ela é só uma moça desmiolada. A insistência em salvar os escravos, dar-lhe uma vida digna, tem irritado muita gente. Tive com conversar com alguns senhores para que não a tomassem com seriedade, ou poderia ser pior para ela... — pausou e o encarou, firme — Ninguém quer abolicionista nessa região.

— Os Carvalho tinham muito inimigos?

— Não mais do que qualquer homem pode ter. Quer saber se eles eram abolicionistas? Não, Gracílio era tão escravocrata quanto o seu pai.

Amaia não teve a quem puxar. Já o senhor, o que pretende com a Santa Bárbara? — Seus olhos se fixaram ainda mais em Montenegro, fazendo-o sentir um calafrio.

O sorriso falhou:

— Crescer, expandir. A Santa Bárbara faz fronteira com a Caridade. — Calou-se ao perceber que Feitosa havia abaixado a cabeça para terminar de escrever o bilhete.

Feitosa era bem mais perigoso do que poderia supor. Recostado na cadeira, Montenegro ficou a estudar os próprios pensamentos em silêncio. Por maior que fossem as suas preocupações em descobrir os movimentos dos senhores escravocratas, só conseguia pensar em Amaia e que ela sempre fora abolicionista. Muita coisa se encaixava, inclusive o rechaço de alguns senhores em relação a ela. Achava exagero se fosse pela maneira coquete com que conversava com todos, como alegavam as gêmeas. Havia sensualidade, e que homem não gosta de uma mulher charmosa e divertida?! Ao menos, ele adorava — talvez mais do que poderia supor. Feitosa, porém, não parecia querer o mal da afilhada, no entanto, havia algo nele que não se encaixava e Montenegro precisaria descobrir o quê.

※

Havia espanto no rosto de Amaia ao se deparar com Cora. Tinha acabado de entrar na sede da Guaíba, de braços dados com Singeon e ia retirando as luvas e a capa quando avistou a irmã com o canto dos olhos. Cora estava parada na beira da escadaria, junto da Sra. Feitosa e de Caetana, e com uma expressão de quem estava preparada para brigar.

O ápice do nervoso veio quando, por cima dos ombros da irmã, Amaia notou que o noivo de Caetana, o Sr. Feitosa e Montenegro se achegavam. Ela precisava tanto falar com Montenegro, pedir-lhe desculpas pelas acusações, além de agradecer a ajuda que havia prestado — ainda que desconfiasse do motivo. Foi impensado o gesto de dar um passo a frente e abrir a boca; ao dar-se conta, recuou. Não era a hora apropriada, e talvez nunca mais houvesse hora para isso. Naquela manhã, Singeon a pedira em casamento — havia se sentido culpado pelo beijo que "ele" havia dado — e ela não teve como recusar, dadas as circunstâncias, porém, ao invés de ficar feliz ou, ao menos, aliviada, Amaia teve a sensação que havia morrido e Singeon lhe atirava a última pá de cal, enterrando qualquer esperança de ser feliz, ou de fazer alguém feliz.

Empalidecida com toda aquela recepção, Amaia destoava do vestido de veludo vermelho que usava. Tentou disfarçar a surpresa, abrindo um sorriso fraco e foi à cata do braço de Singeon. Este, sem demonstrar qualquer reação ao encontro com Cora, deu boa noite como faria em qualquer outro ambiente e dirigiu-se aos anfitriões.

Cora aproximou-se em passos vagarosos, mão na frente do corpo, e uma expressão de quem estava pronta para um embate:

— Como estamos, Amaia?

Se Amaia entrasse naquela disputa, era certo de que poderia perder bem mais do que a chance de se casar com Singeon. Montenegro lhe observava, calado, sem qualquer sinal de simpatia, e ela temia que pudesse perder a "boa estima" dele — se é que já não havia perdido após tantas acusações.

— Um esplendor, Cora. — Não conseguia sorrir sem parecer que passava mal. — Que surpresa a encontrar aqui! Eu havia entendido que você estava com Caetana em Barra do Piraí, escolhendo um véu de noiva. — E transpassou um olhar desesperado para a amiga.

Caetana, discretamente, balançou a cabeça na negativa. Elas haviam sido descobertas, melhor seria parar com as mentiras.

— Olá, Srta. Cora. Parece muito bem — emendou Singeon.

Era inevitável que Cora ficasse vermelha. Estava tão determinada em humilhar Amaia na frente de todos, que havia se esquecido dele, do seu "grande e inesquecível amor", daquele que seria "a sua única felicidade na Terra". Catando os gaguejos, Cora conseguiu formar uma frase coerente:

— Obrigada, Sr. Stewart. Pelo visto, minha irmã soube "cuidar" do senhor muito bem. Tem gostado da sua estadia na fazenda? Amaia fez tudo a contento?

Ignorando — ou não notando — o tom maldoso de Cora, Singeon assentiu:

— A Srta. Amaia é uma ótima anfitriã.

Ele respondia conciso e sério, o que levava Cora a crer que Amaia havia feito algo contra ela, talvez falado mal de si, enchido os seus ouvidos de mentiras, dia após dia, a cada minuto. Mirou-o repleta de mágoa. Todos aqueles anos de correspondência foram varridos pelo bater das pestanas de Amaia — e do que mais?! A vontade de chorar era muito forte. Cora podia se lembrar tudo o que havia entregue a Singeon antes da sua partida para a Corte, anos trás, diante da promessa de que ficariam juntos para sempre e aos olhos de Deus. Ela podia compreender que Amaia era uma pessoa ruim, que merecia o pior da vida, e que faria de tudo para tomar Singeon dela, mas não poderia admitir que o homem que amava e que lhe havia jurado fidelidade eterna havia mentido para ela. Singeon não. Não depois de terem se tornado homem e mulher aos olhos de Deus.

— Não duvido que minha irmã tenha sido tão boa anfitriã. Ela faz tudo o que pode para conseguir o que quer. E se ela quer agradar, pode ter certeza que não criará limites para conseguir.

A Sra. Feitosa, ao perceber que Amaia e Singeon estavam constrangidos com a conversa, deu um beijo no rosto da moça, cumprimentou o médico e indicou a sala de estar. Todos pareceram concordar irem para um ambiente mais cômodo, menos Cora, que permanecia onde estava:

— Não, antes gostaria de dar uma palavrinha com a minha irmã.

Caetana, que havia aprendido as regras de etiqueta com a mãe, foi mais rápida do que a Sra. Feitosa — aturdida com a falta de educação de Cora. Ofereceu a sala de costuras para as irmãs poderem conversar melhor e com maior privacidade.

— Não — insistia Cora, que parecia ir ganhando prazer ao ver que todos iam dando atenção e que Amaia ia ficando ainda mais perturbada com aquela propaganda negativa de sua pessoa. — Pode ser aqui mesmo. Não é, Amaia? — Captou a irmã focada nos olhares sérios de Montenegro. — Diga-nos, querida, o que vocês têm feito *a sós* na fazenda? Quais os planos, a partir de agora? Não me diga! Já sei! Vocês irão...

Cora poderia parecer distante do que acontecia na fazenda, mas burra não era a ponto de perceber que Amaia havia visto em Singeon uma oportunidade de se casar e "se livrar dos problemas econômicos". Ao subentender para onde aquela conversa ia, somente uma coisa passou pela cabeça de Amaia — antes que a caçula terminasse aquela frase:

— Oh, que tontura... — Amaia colocou a mão na testa. — Não me sinto bem... — E balançou-se para o lado de Singeon.

— Não seja falsa... — acusava Cora, ainda mais brava ao ver o que pretendia.

— Vou... — bateu as pestanas — desmaiar...

Amaia lançou-se nos braços de Singeon. Ele teve que ser rápido em pegá-la. Não parecia preparado, nem para o súbito "desmaio" e, muito menos, para o peso dela. Pegou-a de mal jeito e, por pouco, Amaia teria ido ao chão. Montenegro, num espasmo, também se precipitou sobre ela. E ficou de mãos estendidas até ter certeza que o outro conseguiria mantê-la.

Nos braços de Singeon, Amaia ficou, de olhos fechados, escutando as acusações de Cora de que estava encenando aquilo. Caetana — a fiel Caetana! — refutava, alegava que deveria ser o calor e as roupas de veludo que ocasionaram o desmaio. Cora não acreditava e fazia um pequeno escândalo. Teria aumentado o tom de voz se não fosse pelo Sr. Feitosa mandar-lhe calar a boca. Amaia também podia ouvir, ao longe, o cochicho das gêmeas — aquelas malditas fofoqueiras iriam espalhar aos quatro cantos a discussão e aumentar ainda mais a questão — e a respiração nervosa da Sra. Feitosa —, meu Deus, sua madrinha ia ter uma síncope! Mais próximos estavam Singeon e Montenegro. Os dois discutiam o que era melhor fazer com ela: levá-la para a sala, para casa, para onde? A Sra. Feitosa oferecia seus sais de cheiro. Não! Não teria outra desculpa para dar quando despertasse e seria estranho desmaiar de novo. Alguém teve a genial ideia de pegá-la no colo e levá-la para o quarto de Caetana — como o sugerido pela amiga. Deveria ser Singeon. Seu querido Singeon! Gostava de estar com ele. Tinha uma tranquilidade suportável e pouco entediante. Nossa, ele era forte! E parecia tão franzino. Deveriam ser as roupas que não tinham um corte apropriado. Bem diferente de Montenegro, este sim se preocupava com a aparência, que era impecável. Por que estava pensando nele? Queria aproveitar que estava junto ao peito de Singeon. Recostou a cabeça e podia escutar o seu coração batendo vagaroso, de quem não fazia esforço algum. Ele a havia levantado com uma facilidade incrível e nem o sentira bambear — certa vez, havia sido levantada no colo por um rapaz, ele deu dois passos, tremendo todo, até que foram ao chão. Conteve o riso para não verem que havia disfarçado o desmaio. Focou na respiração de Singeon, no perfume gostoso que ele usava — nunca havia se dado conta, talvez porque nunca tenha estado tão perto dele assim — e no quanto lembrava o de Montenegro. Odiou-se novamente por pensar no canalha. Teria de pensar em outra coisa... reparar em algo... no quê? Nas escadas. Poderia contar os degraus. 1... 2... 3... 4... 5... Ele subia rápido!... 6... 7.... 8... Alcançaram o segundo patamar. Ele parou como se buscando qual porta. Gostaria de poder dizer que era a segunda à esquerda, mas isso também atrapalharia a sua atuação. Teve de se conter e aguentar ele abrir duas portas até chegar na que era a de Caetana. Havia um lado bom nisso — apesar de frustrante. Nas vezes que abriu as portas, mexia os braços para que o corpo dela rolasse mais para junto de si, apertando-a ainda mais. Aquilo era bem gostoso. Seria perfeito se a beijasse. Quiçá romântico! Desde que haviam se beijado, na noite anterior, ele nunca mais sequer se aproximara dela, nem quando a pedira em casamento. Havia feito o pedido no meio do desjejum, como se tivesse comentando algo, "Gostaria de que se casasse comigo, se fosse da sua vontade", e ao ter a resposta, saíra de lá avoado. Por um lado havia sido bom, pois ela pudera comer as sobras dele — numa voracidade que deixara Bá preocupada.

 Ao entrarem no cômodo, uma escuridão amigável se fez. Hum, poderiam se beijar de novo, quem sabe, estreitar os laços e impedir que ele tivesse dúvidas por causa de Cora. Era o momento ideal. Talvez, para atraí-lo, fosse necessário mais charme. Ao ser deitada na cama, Amaia gemeu. Acomodou-se como uma gata aninhada no travesseiro. Podia senti-lo de pé, ao seu lado, parado. Será que não iria fazer nada? Ele se inclinou sobre ela, sua respiração o denunciava. Amaia virou um pouco o rosto para que seus lábios estivessem para cima, à disposição.

 Quando os lábios dele tocaram os seus, todo o seu corpo sofreu um choque. Galvanizada, Amaia ia permitindo que o beijo se aprofundasse a ponto de ela querer abrir os olhos. Não conseguiu de tão entregue que estava à suavidade do encontro de peles. Ele havia aprendido a mexer a língua — reparou ela — e sabia alguns "truques", pequenas mordidinhas, que ela ainda não conhecia e que a faziam sentir todo o corpo esquentar.

Os lábios dele foram para o seu lóbulo, onde brincaram, fazendo a pele dela se arrepiar. Seguiram para o pescoço desnudo, ficando por ali, até saciarem-se de lamber seus contornos. Amaia apertava forte a colcha da cama, achando que não suportaria mais aquela delícia sem que abrisse os olhos e o agarrasse.

As mãos dele foram subindo pelas saias — por dentro das saias — feito uma cobra pronta a lhe picar no seu centro de prazer. Amaia revirou o rosto e soltou um gemido alto. As mãos pararam na altura da sua virilha. Podia sentir os dedos por cima da roupa íntima, acariciando a dobra da perna. Queria que ele continuasse. Não pare! Por Deus, por que ele havia parado? Estava delicioso! Queria gritar para que ele continuasse. Maldito! Ao percebê-la arfando de desejo, ele se afastou. Amaia tentou fingir que continuava desmaiada, o que era um pouco demais após aquele beijo excitante. Teria mantido a "pose" se não fosse por ele pigarrear. Abriu um olho, só para ver se ele estava tão corado quanto ela — afinal, haviam "introduzido" uma nova "manobra" na relação.

Pelas sombras do quarto, parcialmente iluminado pela luz do luar que invadia pela janela, Amaia reconheceu as formas de Montenegro. Seu rosto, semicoberto pela escuridão, demonstrava divertimento. Se não fosse tão absurdo, ela teria desmaiado uma segunda vez. O que ele estava fazendo ali? Era Singeon que deveria estar... Oh, Singeon! Onde ele estava? Pegou-os se beijando? Teria de explicar a ele! Procurou pelo médico nas semissombras até ter certeza de não haver mais ninguém além dela e Montenegro.

Fazendo-se de ofendida, Amaia sentou-se na cama, num sobressalto:
— Você me beijou?!
— Perspicaz!

O sarcasmo dele só a deixava ainda mais injuriada — e com o coração ainda mais dinâmico. Teria de se concentrar em acusá-lo, antes que ele "reparasse" que ela estava adorando aquele "encontro às escuras".
— Co-como ousa abusar de uma mulher indefesa?!
— Indefesa?
Meu Deus, ele é difícil de enganar...
— Desmaiada!
— Você não estava desmaiada. Mulheres desmaiadas não sorriem e nem coram.

Amaia não se daria por vencida, por mais que a fizesse se envergonhar ao mostrar que sabia da sua pequena encenação, e se divertia com aquilo.

— Seja como for, não deveria ter me beijado.

Montenegro inclinou-se sobre ela, aproximando seus rostos:

— Está bem. Eu reti...

— Não! — Ela virou-lhe a face. — Nada de tirar ou colocar beijos.

— Então você quer ficar com o meu beijo?!

Voltou-se para ele, irritada com aquele jogo de palavras. E estremeceu ao ver de perto que ele havia vestido o seu melhor sorriso, despido de qualquer boa intenção — o que o deixava mais bonito. Era preciso focar em outra coisa. Olhou para uma parede pra ser capaz de sustentar a mentira:

— Não quero ficar com o seu beijo.

— Então, eu vou tirá-lo...

— Não! — Amaia tampou a boca com a mão, causando uma risada descontraída nele.

— Hah. Você está com medo?!

— Medo? De quê? — falava com a mão ainda na boca, prejudicando a dicção.

— De se apaixonar por mim.

Tirou a mão da boca para que fosse bem clara:

— Que conste que fui EU quem disse isso primeiro.

— Sim, estou. Já lhe revelei isso.

Ele sentou-se na beira da cama, fazendo-a se retrair em si, como guardando a sua virgindade de um lobo feroz que pretendia atacá-la a qualquer instante. Apesar da penumbra, podia sentir os olhos frios dele sobre a sua pele, queimando-a de dentro para fora. E quanto mais próximo de si, mais ela tinha medo de ceder a ele. A cada dia, ficava mais difícil não querer estar com ele, sob ele, porque tudo o que Amaia conseguia pensar era em Montenegro — fosse para matá-lo ou amá-lo. Quando havia percebido o que ele havia feito, na noite anterior, ao lhe entregar os bandidos que haviam destruído o seu comboio de café, Amaia quis ir à Caridade e se entregar a ele, mas Bá a havia proibido de sair de casa àquela hora. E, pela manhã, antes que pudesse raciocinar, Singeon lhe pedia em casamento e ela aceitava. Por quê? Sim, porque Montenegro não era um homem de casamentos.

Montenegro parecia ler os seus pensamentos, a sua vontade de estarem juntos como um só. Ele vinha vagaroso, rosto no rosto, estudando-a de perto. Ela tentou se afastar, sem grande sucesso. Estavam os dois sentados na cama e não teria para onde fugir com ele a encurralando contra os travesseiros. E ele vinha se inclinando sobre ela e ela ia pendendo para o outro lado.

— Revelou o que mesmo? — Caso se afastasse mais um milímetro, perderia o equilíbrio e cairia sobre os travesseiros.

— Que eu estou apaixonado por você. — O rosto dele roçou no dela e o seu hálito de vinho do Porto a acalentou. — Agora que me declarei, vai fazer o quê?

Amaia revirou os olhos, agarrando-se numa almofada:

— O que uma moça como eu poderia fazer? — suspirou. — Na-nada...

As mãos dele subiam pela saia do vestido, imaginando-a nua pelo tato e sem qualquer impedimento. As mãos pararam, mas a boca continuava sobrevoando a curva do rosto dela. Amaia respirou fundo, apertando a almofada.

— Há muitas coisas que um casal apaixonado pode fazer num quarto às escuras. — As palavras eram tão doces que seria complicado reconhecer a ironia em seu tom de voz marcante, preenchiam-na com uma quentura que a fazia esquecer dos empecilhos entre eles, aceitando o carinho.

— Sim... — Amaia balançou a cabeça e mordeu os lábios. — Muitas. — E o atingiu com a almofada, afastando-o de si. — Mas não faremos nenhuma delas.

A voz dele se mantinha sensual, com a adição de um sarcasmo quase erótico:

— Nenhuma?

— Nenhuma.

— Absolutamente? — Mirava-a com descrédito.

— Exato!

— Está bem.

Ele se levantou da cama e ajeitou as roupas em desalinho.

Amaia se retesou ao reparar que ia na direção da porta do quarto. O que estava acontecendo? Ele ia embora? Não iriam discutir um pouco mais? Falar como ele havia pegado os bandidos? Quem estava por detrás de tudo? — ainda que isso não fosse realmente do seu interesse naquele momento.

— Aonde você está indo?

— Se dois apaixonados não podem ficar no mesmo quarto, o que estou fazendo aqui?

Por estar mais distante da janela, ela não podia enxergar o seu rosto e se estava "brincando". Que canalha! Depois do que havia acabado de acontecer entre eles, ia sair como se não fosse nada? Um canalha mesmo! E só havia um jeito de lidar com uma canalhice daquelas: com desdém.

— Melhor ir mesmo. Singeon pode subir a qualquer momento para ver como estou e seria indecente tê-lo aqui.

Ela não havia notado a encenação dele, ofendida com aquela saída repentina após um beijo tão intenso, contudo, bem viu que ele mudou para algo totalmente desprovido de sentimentos:

— Singeon. — A voz dele era agressiva. — Ainda está com essa ideia estapafúrdia de casar-se com ele?!

— E por que eu não estaria? — Bateu os ombros, sem coragem de contar que já havia aceitado o pedido e que se casariam em breve. — Por acaso você irá se casar comigo?

O silêncio dele a perturbou. O que será que estava planejando? Teria ido longe demais com a sua ironia? Não respiraria até ele lhe responder sobre um sopro:

— Sabe que não, Amaia, já expliquei como sou e o que pretendo contigo.

Não falava irritado, ao contrário, estava frio — o que era pior ainda, ao ver dela. Amaia sentiu-se obrigada a retrucar no mesmo tom:

— Um canalha.

Montenegro retornou à cama, sentando-se mais distante dela, desta vez:

— Está ficando repetitiva. E se usássemos sinônimos? Talvez biltre, birbante?

Da mesma maneira que ele havia amenizado o tom, ela também mudara o seu:

— Canalha faz mais o seu estilo. Combina com você.

— Você acha? Pois, quem diria.... — Fez-se como se analisando o "apelido". — Então, terei de me acostumar com você me chamando de canalha. E você? Do que chamarei você?

Se era determinação, teimosia ou burrice, Montenegro não soube classificar, mas Amaia fez questão de lhe responder, repleta de empáfia:

— Sra. Stewart.

— Você é realmente teimosa! — Essa frase saíra no impulso.

Montenegro já ia embora do quarto, irritado a cada passo, quando Amaia retrucou:

— E você é muito indelicado. — Atirou a almofada contra ele. — Retire o que disse.

Para a sorte de Amaia — teve certeza disso quando ele se voltou para ela — não o havia atingido. Sabe-se lá o que ele poderia lhe fazer caso contrário.

— Retirar? Só se puder pegar o meu beijo de volta.

— Você me beija sem permissão, me chama de teimosa, e ainda quer que eu o beije de volta?

— Seria o mínimo que poderia fazer por mim, uma vez que em breve será a Sra-sei-lá-quem.

— Stewart. Combina comigo.

— Acredito que não.

— Falando nos termos da sinceridade, você tem inveja do Singeon.

— O nome parece "pigeon", a saber, pomba em inglês. E por que eu teria inveja do doutorzinho? — Apoiou as mãos nos bolsos do colete e a encarou com um leve sorriso.

Foi a vez de Amaia abrir um imenso sorriso:
— Porque ele vai se casar comigo!
— Ah, sim, esqueci por um momento, como também esqueci que estamos um apaixonado pelo outro. Oh, espere! Lembrei-me de uma coisa!
— Do quê?

Num pulo, Montenegro estava com Amaia em seus braços e os seus lábios se encostando. Havia sido rápido o suficiente para que ela não conseguisse prever o movimento e se desviar dele. Ao terminar o beijo, Montenegro se afastou, ajeitando as roupas:
— De que eu tinha que pegar meu beijo de volta!

Amaia vociferava, atirando todas as almofadas e travesseiros da cama nele:
— Canalha! Biltre! Birbante! Cafajeste!
— Cafajeste é um bom título — falava ele enquanto desviava do rompante.
— Cafajeste! Todos os odiosos sinônimos de canalha! Você merece cada um deles! — Quando se viu desarmada, bufou e reclamou: — E por que você me trouxe? Era para ter sido o Singeon!
— Eu lhe fiz um favor que foi retirá-la o quanto antes dali. Sua irmã estava prestes a voar em seu pescoço e logo todos saberiam que você tinha armado contra ela para tentar seduzir o seu namorado. E Singeon, bem, o seu "querido doutor" estava parado que nem uma estátua, incapaz de tomar qualquer decisão, provavelmente pensando o que deveria fazer primeiro: levantá-la, averiguar seus sinais vitais, encarar Cora ou ir tomar um copo de vinho.

Bateram à porta. Amaia empalideceu, paralisada. Deveria ser Singeon que viera ver se ela passava bem. O que ele diria se a visse num quarto escuro com um homem e com a cama praticamente desfeita? Num murmúrio, ordenou, apontando a porta:
— Saia!

Montenegro estranhou a sua reação:
— Sair?

Nervosa com uma segunda batida, Amaia tentou explicar:
— Esconda-se!
— Esconder-me?!
— Faça algo! Mas não esteja à vista!

Não viu para onde ele foi. Montenegro apenas sumira na escuridão do quarto. Ela deitou-se na cama como uma princesa das histórias da

carochinha, pondo a mão sobre o corpo.
— Obrigada — ela sussurrou.
— Primeiro me chama de canalha e agora me agradece? Não entendo.
— Obrigada por ter pegado os homens que prepararam a tocaia. Muito obrigada.
A voz dele se enterneceu:
— Faria bem mais por você, Amaia, se me permitisse...
A porta se abriu e pôde ser escutado um roçar de saias. A pessoa ia em direção à cômoda, sob a qual havia uma lamparina. Amaia deduziu que não deveria ser Singeon. Assim que a luz se fez, reconheceu a amiga:
— Ah, é Caetana! — A amiga estranhou aquele "aviso" para mais alguém no quarto. — Por que esta cara? Achou mesmo que eu tinha desmaiado?
— Claro que não. Quando você desmaia, cai que nem uma jaca e, dessa vez, até pose você fez, tomando cuidado para ser pega antes de ir ao chão. — Ao perceber Montenegro sair por detrás de um biombo, com um fio de sorriso, Caetana ficou intimidada. — Oh, você está aí?! O que estão fazendo no escuro? Por que não acenderam a lamparina?
E corou ao deparar-se com as almofadas no chão e, sobre a cama desfeita, uma Amaia amarrotada, descabelada e com as saias levantadas. A amiga tentou explicar aquela situação que, à luz da questão, parecia bem mais complexa do que realmente era:
— Achei que era o Singeon e não ELE!
Com a luz, Amaia atestou os cabelos despenteados de Montenegro — havia sido ela quem fizera aquilo, o que dava a ele um ar mais despojado —, a gravata torta e outras coisas fora do lugar, que, ao perceber, a fizeram corar mais do que *rouge* em excesso.
— Sinto decepcioná-la.
O sorriso dele a fez se retesar, contudo, foi o que Caetana disse a seguir que a fez corar — de desespero:
— E eu sinto por desapontá-la, mas Singeon se foi.
— Se foi? Como assim, ele se foi? — Amaia pulou da cama. — Para onde? Por quê?
— Assim que você desmaiou, Cora chamou-o e disse-lhe algo no ouvido e ambos partiram juntos.
Caetana contava aquilo condoída, não tanto por Amaia, mas por Montenegro, que havia sido totalmente esquecido. A expressão serena, quase brincalhona dele, foi se enrijecendo a ponto de chegar à ofensa ao ver o quão perturbada Amaia havia ficado com a notícia — talvez ela realmente amasse o médico e o interesse no casamento não fosse somente com fundo econômico e sim, romântico.
— Que maçada! — reclamava Amaia, sem o notar, com a mão no

queixo e andando de um lado ao outro como se analisando a situação.

Todo o corpo de Montenegro sofrera um baque, obrigando-o a tomar uma pose de homem sério. Com os olhos fixos em Amaia, perguntou a ela, sem qualquer meio-termo:

— E você? Está apaixonada por ele?

Amaia ficou muda, surpresa com aquela pergunta tão direta e íntima. Contraiu-se e desviou os olhos. Era capaz de se atirar nos braços de Montenegro e dizer que estava apaixonada por ele, mas isso era pôr a perder a fazenda e os escravos quando se estava tão perto de salvá-los. O jeito seria apenas bater os ombros e dar um sorriso sem graça.

Diante da reação dela, interpretada como uma recusa, Montenegro entendeu que não poderia mais permanecer ali. Ela não o queria naquele quarto — quiçá, nem em sua vida. Saiu sem dizer mais o que fosse, sem se despedir, sem nada, a não ser levando consigo uma cara dura.

O coração de Amaia se apertou ao escutar a porta se fechando.

— Ainda bem que foi — debochou na tentativa de camuflar a vontade de estar mais vezes com ele. — Não gosto de cara feia.

Já Caetana não permitiria que a amiga ignorasse aquele mal-estar. Amaia tinha de aprender a respeitar os outros e a si mesma:

— Você tem péssima mania de contar a verdade para quem não deve e de mentir também para quem não deve.

Amaia contraiu o semblante:

— Oh, agora sou a culpada de tudo?! Ele estava me irritando. Odeio a sua presença. Queria logo me desfazer dele.

— Eu disse, você mente para quem não deve...

Caetana poderia estar certa — ela sempre estava! —, mas não era momento de se martirizar pelo que havia feito ou deixado de fazer. Montenegro só queria diversão, e fato era que, se não precisasse se casar, teria cedido a ele a essa altura. Amaia envergonhou-se dos próprios pensamentos, no entanto, de que adiantava mentir a si própria? Enfim, tinha de ir atrás de Singeon e Cora. Não sem antes saber em detalhes o que havia acontecido e como iria explicar para Singeon sobre o paradeiro de Cora — se é que, a essa altura, sua irmã não o havia feito fugir de Vassouras.

— Diga-me, Caetana, como foi que Cora descobriu a verdade? Quem contou a ela que Singeon estava hospedado na fazenda?

Caetana mordeu as bochechas. Ela não havia visto exatamente, foram sua mãe e Lavínia as que viram e depois lhe confidenciaram:

— Severo. Ele encontrou um dos seus escravos e o questionou o que fazia fora da fazenda. Ele disse que você havia mandado vir buscar algumas frutas do nosso pomar e que Singeon estava hospedado lá. Aí, Severo veio até aqui e contou para Cora. Tinha de ver o estado que ela

ficou... — Caetana sentou-se na beira da cama e puxou a mão de Amaia.
— Conselho de amiga: não persista neste erro. Esqueça Cora, esqueça Singeon. Vá atrás da sua própria felicidade!

Amaia balançou a cabeça:
— E esquecer da fazenda que meus antepassados cuidaram com tanto zelo? Esquecer dos escravizados que precisam de mim? — Tirou a mão dentre as dela. — Por que as pessoas não entendem que não faço isso por mim? Que estou abrindo mão da minha própria felicidade?

— Será mesmo, Amaia? Eu entendo que você queira salvar a fazenda e os escravos, só não compreendo por que é que tem de ser justamente com o rapaz por quem a sua irmã é apaixonada?!

— Não há outro num raio de duzentos quilômetros que me queira. E Cora não é apaixonada por ele. Ela é desesperada. Ele também não a ama. Sei bem, senão não teria me pedido em casamento pela manhã.

— Ele a pediu? Amaia! Você aceitou, claro. E, por acaso, ele ama você? — O silêncio de Amaia foi mais prolífico que milhares de palavras. — Se amasse, não acha que teria sido ele quem teria feito questão de subir com você nos braços e livrá-la daquela situação humilhante?

Desviando os olhos, Amaia deu os ombros, fingindo desinteresse:
— Montenegro não deu tempo para ele pensar.
— O Sr. Montenegro nem deixou Singeon se aproximar de você. — Amaia não conseguiu esconder o seu espanto. — Ele a tomou nos braços e veio correndo escada acima. Desculpe-me, mas se não foi a atitude de um homem apaixonado, nada mais sei sobre o amor.

Relutante, Amaia transformou o espanto em fúria:
— Se soubesse a proposta que ele me fez, questionaria essa sua visão romântica do Sr. Montenegro. É tão canalha que vive me beijando sem a minha permissão.

Foi a vez de Caetana arregalar os olhos, surpresa:
— E você faz o quê?
— O que eu poderia fazer? Eu fico brava.

Caetana ergueu as sobrancelhas no descrédito:
— Somente isso?
— Queria que eu fizesse o quê? Estapeasse o homem?
— Você já bateu em outros por bem menos.

Com as mãos na cintura, Amaia se empombou com o rumo daquela conversa. Caetana era sincera demais, o que poderia ser irritante. E adorava fazer Amaia perceber o quanto estava errada sobre algo. Dessa vez, no entanto, com ou sem amor, não havia solução:
— Ele não quer se casar comigo, Caetana. Só se divertir em troca das dívidas. O que acha do honrado Sr. Montenegro, agora?

Caetana suspirou:

— E você sabe o motivo disso? De ele não querer se casar?

O rosto de Amaia empalideceu. Era possível escrever um ponto de interrogação nele, bem visível.

— Deve ser porque não está verdadeiramente apaixonado por mim. Se estivesse, se casaria comigo e me ajudaria.

— Amaia, a vida é mais complicada do que querer. Trata-se de poder. E você deveria saber isso melhor do que ninguém. Sabe no que eu começo a acreditar?! Que você é loucamente apaixonada por ele e tem medo de se entregar a este amor e acabar esquecendo da fazenda e dos escravos...

Amaia balançava a cabeça na negativa, não aceitando aquela possibilidade. Caetana concluiu que era inútil, a amiga não conseguia — ou não queria — enxergar um palmo à frente do seu nariz arrebitado. Seria melhor deixá-la dar a cara contra a porta de uma vez por todas. Somente assim ela aprenderia.

E seria uma porta — ou a falta de uma porta fechada — que faria com que Amaia aprendesse uma das lições mais difíceis da sua vida: o desapego.

Ela já abrira mão de muita coisa, nunca da sua própria determinação — ou seria teimosia mascarada? Havia retornado da casa dos Feitosa a pensar no que Caetana havia lhe perguntado: não amava Singeon e ele não a amava, então, por que se casava com ele? Seria mesmo pelos escravizados e pela fazenda, ou seria para provar à Cora que poderia ter quem quisesse, inclusive o grande amor de sua irmã? Por toda a sua juventude, Amaia a havia escutado se gabar sobre o quanto era bom ser amada e amar em retorno, e como nunca conheceria o verdadeiro amor como Cora havia conhecido com Singeon. Amaia, inclusive, por despeito e querendo fazer frente à irmã, havia tentado achar esse tal amor, beijando os rapazes debaixo do seu carvalho, mas nada havia conseguido senão um vazio no coração e na mente. Sim, Caetana estava certa — mais uma vez! —, Amaia se casava com Singeon para machucar Cora.

Por outro lado, não sabia exatamente o que o havia impulsionado a pedi-la em casamento, e também não deu intento a isso. A única pessoa com quem Amaia gostaria de ter conversado sobre os seus sentimentos era com Montenegro. Ele, no entanto, não havia ficado para o jantar — e ela mesma teria o feito se não estivesse tão esfomeada.

Ao voltar da Guaíba, portanto, Amaia estava decidida a conversar com Singeon e com Cora. Eram três adultos e poderiam entrar num acordo amigável sobre a fazenda, os escravos, o casamento, a herança... Havia, contudo, uma porta no caminho, ou melhor, a porta entreaberta do quarto de Amaia.

Não era estranho a porta estar daquele jeito, às vezes a deixava escancarada. Era pelo barulho que vinha detrás da porta que era incomum.

Vinha do meio da escuridão do cômodo um chorinho miúdo, um gemido bem baixo, junto a um roçar que ela não sabia identificar se de bicho ou gente. Seria um sequestrador? Ou Severo? Estava ali para matá-la? Ou seria assombração? Só correria se fosse um rato, pois tinha pavor a esses animaizinhos tenebrosos. Cuidando para que as tábuas do corredor não rangessem e a delatassem, Amaia foi até uma cômoda sobre a qual havia um candeeiro. Acendeu-o e depois abriu uma gaveta tentando fazer o mínimo de barulho possível. Por debaixo de toalhas de mesa, retirou uma pistola que deixava ali em caso de necessidade. Estava descarregada e as balas ficavam no gabinete do pai. Dada a emergência da situação e o barulho que se adensava, achou melhor fingir que estava carregada e pronta para atirar. Com a arma numa mão e o candeeiro na outra, Amaia retornou ao quarto, devagar. Podia não assustar a assombração, mas certamente assustaria o malfeitor.

Quanto mais entrava, mais a escuridão ia fugindo da luz do candeeiro, recolhendo-se em si mesma, e mais Amaia ia entendendo que sobre a sua cama havia um emaranhado de lençóis e corpos nus e um fixo olhar feminino sobre ela. Ao dar por si, quase soltou um grito junto da arma, que caiu no assoalho.

A arma ficou no chão do quarto, mas o grito ela levou consigo para fora do cômodo. Fechou a porta, garantindo que ninguém entraria ali, e aguardou o coração se acalmar para ela entender o que eram lençóis e o que eram os corpos nus de Cora e Singeon, enlaçados numa cena de amor.

24

Eduardo Montenegro, o famoso Barão Negro, havia despencado em si, ainda absorto pela notícia de que Amaia iria se casar com Singeon. Era mesmo verdade. Amaia havia sido bem enfática ao falar disso na noite anterior, quando apenas os dois no quarto de Caetana. Gabava-se, ao que parecia. E ele, estupidamente, havia acreditado ter sido apenas uma das suas formas de chamar atenção para si mesma — talvez, uma maneira de fazê-lo perceber quão querida ela era e o que poderia perder se não se casassem. Era por causa do pedido, então, que Amaia havia entrado eufórica na Guaíba, de braços dados com o doutorzinho. Ela havia sido pedida em casamento naquela manhã. De acordo com Canto e Melo, Amaia havia passado o jantar dos Feitosa contando em detalhes sobre o pedido — os quais Montenegro preferiu não escutar. O único questionamento que Montenegro levantava era a respeito de Cora. Ela parecia determinada a confrontar Amaia pelo amor do médico, e algo dizia que iria acabar ganhando. Era palpável o temor de Singeon diante de Cora, tal se devesse a ela alguma coisa e não se visse em condições de pagar. Ao rever Cora, Singeon havia petrificado, passando do pálido para o cinza, morto ali mesmo. E assim ficaria todo o tempo, quase sem conseguir falar, inclusive quando Amaia encenava o seu desmaio. Por pouco o médico não a havia deixado cair no chão. E, muito possivelmente, teria permitido que Cora a puxasse — desmaiada ou não — pelos cabelos até algum lugar para esfolá-la viva, se não fosse por Montenegro intervir e tomar Amaia nos próprios braços e levá-la para longe da confusão que, certamente, Cora teria causado.

De que adiantava pensar nisso? Que lhe importava?

Montenegro sentiu a garganta apertar. Tirou a gravata negra e a atirou no gramado.

Vagava pelo campo, sem rumo, pensativo. Andar lhe ajudava a

concatenar as ideias. Porém, os movimentos também estavam presos, limitados. Desvestiu a casaca e o colete. Ainda não conseguia respirar. Abriu a camisa e ergueu as mangas. Estava sufocado, com a respiração trancada, puxava o ar e não surtia efeito.

Adiante avistou um lago. Desde que fora estudar na Inglaterra, havia aprendido que uma boa natação ajudaria a refrescar a cabeça e acertar as ideias.

Com cuidado, deitou a sua arma no chão, tirou as botinas e as roupas e, sem qualquer pudor, atirou-se na água.

Após algumas braçadas, estava renovado. A água era fria o suficiente para se refrescar. Pelo cristalino da superfície, observava as plantas, seixos e peixinhos que nadavam. A sua face transtornada refletia o céu fechado ao fundo. Em breve, choveria. O sol havia sumido por detrás das nuvens carregadas e relâmpagos divulgavam trovoadas. Em uma hora deveria estar chovendo e muito. Deu mais algumas voltas no lago e, quando se sentiu revigorado, a ponto de esquecer de Amaia e do que mais fosse, resolveu voltar para casa. O horizonte se pintava feito noite por causa da tempestade. Era possível que fosse surpreendido no meio do caminho. Reparou que estava próximo à escola. Talvez fosse melhor se refugiar lá até passar a tromba d'água. Era perigoso ficar num descampado quando se tinha raios e os rios poderiam se encher num instante.

Ao sair da água, catou a camisa e a esfregou nos cabelos molhados feito uma toalha. Deixava seu corpo nu secar ao vento enquanto ia adiantando as madeixas escuras. Ao bater os cabelos, achou ter visto, por entre um arbusto e outro, alguém. Estariam o espionando?! O que era aquilo, mania da região? Só esperava que não fosse Inácio Junqueira novamente.

Fingindo não notar o intruso, continuou com os cabelos, sem pressa alguma, nem vergonha. Pegou as ceroulas, que estavam próximas ao seu revólver, e, antes que as vestisse, apontou a arma para o arbusto:

— Saia daí ou eu atiro! Garanto, sou muito bom de pontaria. Vamos, saia!

Como a pessoa não se mexia, Montenegro mirou no tronco de uma árvore próxima ao *voyeur* e atirou.

Mãos se levantaram por detrás do arbusto. Uma cabeça foi se erguendo. Devagar. Cabeça pequena, delicada, corada — MUITO corada, o que deixava os seus olhos ainda mais verdes.

Amaia queria se esconder de vergonha em si mesma, ao ter sido pega em flagrante espreitando Montenegro tomar banho. O que ele pensaria dela? Ela bem sabia o que ele pensaria dela, não era tão tola assim. Teria sorte se ele não desse um tapa nela — como ela teria feito se estivessem invertidos na situação. Com boa sorte, quem sabe ele se esqueceria? Ou fingiria não a ter reconhecido, como faria um cavalheiro. Montenegro, no entanto, não parecia inclinado a isso, nem ele e nem o olhar firme dele para cima de si, o que foi deixando-a ainda mais corada.

Os lábios de Montenegro se contraíram numa risada que ele não deixou escapulir. Aquela situação era risível, no mínimo. E só para deixar Amaia mais constrangida, fez questão de reforçar que a havia identificado:

— Srta. Amaia?!

Ela, que tentava manter a pose de orgulhosa dama, deu alguns passos adiante. Estava nos seus trajes de montaria. Era possível que estivesse cavalgando quando o avistara nadando. O que intrigava Montenegro era o que ela estaria fazendo em suas terras? A esta altura deveria ter ido a Vassouras mandar fazer o enxoval de casamento, afinal, havia conseguido aquilo que tanto desejava! Captou o olhar interessado dela.

Os cabelos escuros pingando sobre os olhos metalizados deixavam-no ainda mais sedutor. E tinha um corpo de tirar o fôlego. Havia mais músculos por debaixo das roupas do que supuria. Afora o... Fingiu que não havia reparado que ele estava pelado da cintura para baixo e virou o rosto:

— Oh, você está desnudo!

Catando as roupas largadas no chão, Montenegro foi se acercando dela com um sorriso:

— Não finja que não havia notado isso.

De costas, ela tentava segurar o *frisson*. Nunca havia visto as partes íntimas de um homem tão de perto — *e que homem!*

— É muito difícil não notar... — retrucou ela, mordendo os lábios num sorriso.

— Isso porque a água estava fria... — comentou ele, também num tom bem-humorado.

Amaia não sabia como reagir àquela informação. Intuiu sobre o que se tratava, corando ainda mais.

— Melhor se vestir. Não me sinto confortável com você assim. — Mordeu os lábios para impedir que risse.

— Assim como? — A voz dele ia se aproximando.

— Descomposto, oras.

— Agora isso se chama descomposto? Achei que seria "bem-composto".

— Sou uma dama pura e inocente. — Podia senti-lo quase na sua nuca; ou era só a vontade de o ter tão perto.

— Hum... Por certo.

O tom de ironia dele a fez estremecer:

— Canalha!

— Pronto! Pode se virar.

Quando Amaia voltou-se para ele, Montenegro estava a alguma distância dela. Usava as ceroulas e uma camisa, apenas. Por causa do corpo molhado, as roupas grudavam nele, permitindo entrever algumas partes mais avantajadas com maior clareza. Por melhor que fosse a "paisagem", havia um pingo de decepção em Amaia. Alguma parte dela gostaria que ele ainda estivesse nu e a atacasse, nas margens daquele lago, arrancando as suas roupas. Corou de novo ao revelar para si própria o seu desejo. Estava beirando ao incontrolável. E, desta vez, não havia mais empecilhos, nada pelo qual tivesse que assegurar a sua virgindade. Singeon havia ido embora com Cora, levando as derradeiras possibilidades de um casamento bem-sucedido e os últimos objetos de valor. Restava à Amaia solidão e ficar à mercê dos cobradores. Não havia conseguido dormir à noite — até mesmo porque haviam roubado o seu quarto e se vira obrigada a dormir numa poltrona no gabinete, assim evitando os outros quartos cujos móveis haviam sido retirados para serem vendidos — pensando no que ela teria que fazer adiante e sem grandes opções senão vender a fazenda e os escravos e, com o pouco dinheiro restante, mudar-se para a Corte.

— Diga-me, é verdade? — questionou Montenegro, fugindo das cordialidades, pulando tanto as etapas da sociabilidade quanto as roupas.

Será que leu os meus pensamentos? Será que sabia que Singeon havia fugido com Cora pela manhã? Como teria descoberto? Ela mesma só o foi saber há pouco, quando Bá havia informado que sua irmã havia saído com o coche — o único que tinham — recheado de baús e da prataria restante. Se o casal não tivesse fugido, era provável que estivesse na sala conversando com eles sobre o que seria feito a seguir, ao invés de cavalgar sem rumo, aguardando que um raio a partisse.

Os olhos de Montenegro demonstravam a tempestade que ia se fazendo sobre a cabeça deles, a sua voz trovoava sob a pele de Amaia, arrepiando-a. Ela iria pular em cima dele se continuasse com aquele jeito intenso, e dar a ele tudo o que ele lhe pedisse, sem pensar duas vezes. Amaia estava cansada de pensar, de analisar, conjecturar, calcular, solucionar. Ela só queria voltar a sentir e, de alguma maneira que ela não compreendia, sempre que estava com Montenegro ela se sentia mais viva, assim como as suas emoções pareciam mais fortes — quais fossem elas.

Ah, que Montenegro lesse sua mente, pouparia metade das complicações!

— Ora essa! — Abriu um sorriso malicioso. — É assim que começamos?

— Começamos? — ele estranhou. — É assim que terminamos.

— Terminar o que nem se iniciou? Que contraditório! — Não deixou o sorriso esmorecer, entendendo que ali havia uma daquelas trocas linguísticas que ele fazia tão bem, e que a irritavam tanto quanto agradavam. Afastou-se o suficiente para *ele* ficar em segurança.

Não adiantou, Montenegro veio em sua direção, encurralando-a contra uma árvore, pouco a pouco. Esquadrinhava a sua expressão como se tentando compreendê-la.

Uma mecha de seu cabelo úmido caía por cima dos olhos metálicos, provocando-a tanto quanto o seu tom:

— Não se preocupe, Amaia, não estarei mais no seu caminho. Deixarei livre para o seu futuro marido. Não serei mais qualquer obstáculo para a sua virtude. — *Se continuarmos esta conversa, eu é que vou arrancar as roupas dele com os dentes, e acabar com a minha virtude.* — Poderá ser livre e feliz ao lado do seu amado *Singe*. Só peço que, por favor, não venha atrás de mim quando ele se cansar de você.

Amaia sentiu a aspereza do tronco da árvore pinicá-la nas costas e um vento frio a fez querer se abraçar. Sua cabeça rodava. *O que ele disse?* O sorrisinho de canto, o tom irônico, o olhar fixo. Ah, ele era convencido demais e ela era orgulhosa demais para permitir que ele concluísse se haveria de ser ou não abandonada. Estreitando os olhos verdes sobre ele, Amaia ergueu o nariz e mentiu:

— Singeon não é como você que cansa e descarta, pois saiba que seremos muito felizes! Nos divertiremos muito também, Singe e eu. Teremos vários filhos. Uns cinco, no mínimo. Ah, será maravilhosa a nossa vida juntos e... e... envelheceremos juntos. Esplendoroso, sim, será esplendoroso e só me lembrarei de você se for para rir de você.

Quanto mais calado ele ficava, apenas a olhando por cima do seu ombro — *porque não tem nem coragem de olhar nos meus olhos* —, mais irritada ela ficava. Será que ele sabia que ela blefava, por isso não lhe dava atenção?

— Amaia!

Montenegro saltou sobre ela. Sua mão a puxou e ela foi à terra. *Agora? Assim? Sem um beijo? Está bem...* Estavam no chão. De olhos fechados, fez bico. Nada. Montenegro estava deitado sobre si. Imóvel. Sem inclinação de que a beijaria, ou que faria qualquer coisa. O que havia acontecido? A chuva se iniciava, fina, fazendo subir um aroma de terra molhada. As gotas frias pingavam no seu rosto corado. Não ia beijá-la?

Um zumbido se fez e ele a abraçou e a rolou para o lado. Um trovão? Um raio? Que barulho foi aquele? Ele estava sobre ela, de novo, com Amaia entre as pernas. Sustentava o corpo nos joelhos e com um braço. Com a mão livre, empunhava uma pistola e procurava algo nos arredores.

Salpicou terra ao seu lado e ela se contraiu. Amaia reparou que ele a protegia de tiros. *Quem atira?!*

Preocupado em saber se ela havia sido atingida, Montenegro ordenou que tentasse se arrastar até uma moita e ficasse agachada. E, num pulo, ele se ergueu. Aproveitou que o atirador mascarado estava tentando recarregar uma das duas garruchas que tinha, e correu em sua direção. Foram dois socos, muito rápidos, que levaram o homem ao chão. A arma, no entanto, continuava na mão do malfeitor. Montenegro procurou pela sua, que não estava na cintura. Lembrou-se que usava somente ceroulas.

Deparou-se com o cano da garrucha apontado para sua cara.

Arrancando o pano do rosto, Severo abriu um sorriso:

— Agora que comecei, eu vou ter de terminar.

Com as mãos estendidas, Montenegro deu um passo para trás. Teria que pensar na maneira de pará-lo, quiçá oferecer dinheiro. Parecia ser do tipo que aceitaria uma recompensa bojuda para deixá-los em paz.

Apertaram o gatilho. A arma zuniu no ar. Severo deu um grito agudo ao ser atingido no braço.

Montenegro, assustado, voltou-se para trás. O seu revólver estava firme na mão de Amaia. Além de ótima amazona, era uma exímia atiradora — havia aprendido com o pai, após o ataque que sofrera na adolescência. Aproveitando que o homem agonizava de dor, rolando no chão de um lado ao outro, segurando o membro baleado, Montenegro sentou-se por cima dele — para não fugir — e puxou-lhe a gola:

— Quem foi que mandou você? Diga-me! Quem foi?

Entre a dor e a pressão que Montenegro fazia sobre si, Severo tentou dizer:

— Se eu falar, ele me mata.

O aperto na gola foi maior, parecia faca na garganta, e Severo pressentiu, pelo olhar tenso de Montenegro, que não ia ficar bem, que ele não era Amaia e não aceitaria desculpas facilmente.

— Agora você terá uma questão para resolver — explicou o Barão Negro —... ou ele mata se você falar, ou eu mato você se não me disser. — Pressionou a garganta com a roupa, feito garrote. — Confesse, foi você quem adulterou as rodas da carruagem dos Carvalho para que sofressem um acidente?!

Como? Seus pais haviam sido assassinados? A roda havia sido solta? O que estava acontecendo? Não havia sido um acidente? Amaia, paralisada, não sabia como lidar com aquela conclusão. Por mais que não gostasse de Severo — e tivesse certeza de que ele não gostava dela — nunca imaginaria que seria capaz de matar os seus pais. Seu pai nunca havia tratado Severo senão com educação e cuidado. Tanto que havia quem dizia — porque sempre há quem diga — que a atenção extrema era a mesma de pai para filho.

A chuva se intensificava e uma cortina de água foi se fazendo. Escondia as lágrimas da moça ao escutar que havia sido Severo quem matara os seus pais. O que seu pai poderia ter feito para merecer isso? E sua mãe? O quê? E ainda teriam estado ela e Cora no coche, se Amaia não tivesse bebido demais e querido se esconder dos pais para não ralharem com ela.

A arma caiu de suas mãos. As pernas fraquejaram. Amaia foi de joelhos ao chão. O estômago apertou. As mãos foram para frente do rosto e ela soltou um grito baixo. Chorava de dor. Chorava de decepção. Chorava pelo medo de estar sozinha e de não poder ter evitado nada do que havia acontecido: a morte dos pais, o incidente com Junqueira, a praga, as sacas, a partida de Cora...

Montenegro mantinha o feitor preso ao seu agarre. Questionava-o. Queria saber quem era o mandante do assassinato dos Carvalho e o porquê. Não poderia se conformar que havia sido o feitor por uma rixa menor. Foi obrigado a dar dois socos para encorajar Severo a responder. O feitor balbuciou um nome. Montenegro se aproximou para ouvir e recebeu uma cabeçada. Zonzo, foi empurrado para o lado.

O feitor escapou num passo apressado. Segurava o braço ferido, fugia pasto afora. Corria tanto que não parecia nunca parar, até desaparecer no horizonte, por entre a cortina de chuva.

Montenegro não era estúpido e sabia que Severo não iria longe, ainda mais desarmado. Quando o mandante soubesse do ocorrido, eliminaria o feitor. No entanto, era melhor proteger Amaia por enquanto, até ter certeza de que ela estava em segurança. Ela estava mais rodeada por inimigos do que amigos — independentemente dos motivos. Foi quando percebeu que ele não seria mais necessário. Amaia iria se casar, iria morar na Corte — pelo que diziam — e teria como protetor o seu marido doutor.

Atrás de si escutou o choro miúdo. Ao virar-se para trás a viu retraída em si mesma. Sozinha. Subiu-lhe raiva. Fechou os punhos. Cadê aquele tolo que não estava com a sua futura mulher?

Preenchido de tal maneira pela necessidade de proteger a mulher que amava, Montenegro ignorou todas as regras de conduta que o impediriam de se aproximar de uma mulher compromissada — as quais, normalmente, ele burlaria se em outra época. Pegou-a no colo sem qualquer dificuldade, apertando-a contra si. Sem resistência por parte dela, abraçava-a. Queria consolá-la, mas não achava palavras capazes de fazê-la se sentir melhor. O cheiro dela foi penetrando-o. Era irresistível. Os cabelos macios e a testa marmórea provocavam-no. Deu-lhe um beijo na testa, nas lágrimas que escorriam pelo rosto, no nariz bem-feito e na boca suave... Recuou.

— Melhor nos protegermos — concluiu ele, ao reparar que a chuva se intensificava. — Sei de um lugar onde poderemos pernoitar.

Amaia recostou a cabeça em seu peitoral quente e fechou os olhos. Nada mais importava. Ela não estava mais só.

Ao abrir os olhos, Amaia espreguiçou-se. Havia tido um sonho reconfortante. Daqueles que são tão bons que fazem a pessoa manter o bom humor ao despertar. Nele, ela e Montenegro faziam amor na relva, próximo a um lago. Riu-se. Havia sido tão vívido que poderia ainda sentir o corpo de Montenegro contra o seu, o calor que exalava, a sua respiração, e... Amaia arregalou os olhos. Virou a cabeça para o lado. Havia um homem deitado ao seu lado. Estava de costas, mas podia identificar as proporções de Montenegro. Teria sido mesmo um sonho? Não sentia nada de diferente, então, deveria ter ficado no mundo onírico. Suspirou. Tampou a própria boca. Não queria que ele despertasse. Sim, queria. Não sem antes saber como poderia agir. Havia visto-o como veio ao mundo, nada poderia permanecer igual. Nem ela conseguiria olhar para ele sem se lembrar do que havia por debaixo daquelas roupas negras.

Suspirou e ele se mexeu. Será que estava dormindo? Pela posição, parecia que sim. Teria de ter certeza. Poderia estar fingindo, zombando dela — como sempre. Debruçou-se sobre o ombro dele, sem lhe encostar. Num movimento — ou numa série de movimentos que pareceram apenas um — foi jogada para debaixo dele. Não teve tempo de ver o golpe.

Imóvel, sob o olhar feroz, Amaia tinha os pulsos presos e a sensação de que ele ainda não a havia reconhecido. Seus músculos tensionaram por todo o corpo de uma maneira muito tátil. Ela abaixou os olhos. Ele estava somente de ceroulas e ela estava com a *chemise*, anágua e calçolas — o que garantia que havia sido apenas um sonho, *maldição!*

Ele pareceu despertar num piscar. A expressão dos olhos foi ganhando aspectos de ternura. O seu rosto se aliviara ao ver o dela, tal combatente de guerra ao chegar em casa. Contudo, ainda a manteve sob si, cobrindo-a com o seu corpo. Cadenciavam as respirações, dividiam o calor das peles, podiam sentir a extensão do outro. Amaia o teria beijado se ele não tivesse colocado o maldito sorriso convencido. Não conseguia empurrá-lo de cima de si, por mais que quisesse, o jeito era deixá-lo sair por espontânea vontade.

— Onde está o meu vestido?

— Tive de tirar. Estava ensopada e poderia se resfriar. — Cruzou o cenho. — Você não usa espartilho?

Ela corou e se remexeu debaixo dele na tentativa vã de se soltar:

— Não lhe devo explicações. E pode tirar esse sorriso do rosto, não é o que você está pensando...

— Não estou pensando em nada... — sussurrou. — Literalmente: na-da.

Ao vê-la corar e desviar os olhos, constrangida, Montenegro soltou uma risada. Pudica, agora? Soltou-a e sentou-se ao lado dela, cruzando os braços sobre os joelhos. Divertia-se pela maneira que Amaia se portava. Tentava esconder os pés nus com a anágua, esquecendo que os seios estavam quase aparentes pela *chemise*. Ao pescar os olhos dele, tentou cobrir o corpo com as mãos e com os cabelos úmidos e soltos — provavelmente haviam caído do coque com a chuva. Mais uma risada.

Estavam num lugar com pouca luz, o que era um alívio. Não enxergaria a sua nudez. A maneira com que ele a olhava, contudo, era de quem via além disso, o que era tão incômodo quanto.

— Por que veio atrás de mim? — Montenegro queria que ela falasse em voz alta, ainda que desconfiasse o motivo: tédio quanto ao noivo.

— Eu não fui atrás de você. — Evitava a mirada investigativa dele. — Estava apenas de passagem.

— Nas minhas terras? São propriedade privada, sabia?! — repetiu o que ela havia lhe dito a primeira vez que haviam se encontrado, ou teria sido na segunda? Terceira, quiçá?

— Resolvi me refrescar. — Não o encarava. — Estava o dia muito abafado. Aí, lembrei-me do seu lago. E, quando cheguei, vi alguém na água e achei que estava se afogando.

— Afogando? — Mordia o riso. — E por que você estava atrás da moita, se eu estava "me afogando"?

— Pois logo percebi que somente nadava.

— E por que não se revelou antes de eu sair da água e começar a me enxugar? — Levantou uma sobrancelha na dúvida.

— Eu estava dando a meia-volta quando... — A cara dele era de quem não aceitaria aquela mentira. Só havia um jeito de manter um pouco da sua integridade de moça casta. — Aaaah... — Pôs uma mão na testa enquanto a outra se mantinha na frente dos seios. —... estou um pouco tonta... de-deve ser a chuva... acho que vou desmai... *atchim*!

Toda a sua dramaticidade acabou num espirro.

Montenegro roía o riso:

— Saúde! — Limpou a garganta, forjando seriedade. — Onde estávamos mesmo? Ah, sim, você dizendo que ia desmaiar na tentativa de não explicar por que estava me espionando tomar banho.

Amaia voltou a cruzar os braços em torno do busto e o mirou:

— É você que não vai fugir de mim desta vez, Sr. Eduardo Montenegro. Quem é você?

Segurando o riso — pois era uma graça quando ela se fingia de brava — brincou:

— Posso desmaiar?

— Não.

Ele sorriu e fez uma pequena reverência, ainda sentado:

— Sou um humilde dono de terras.

— Um dono de terras não luta como você luta.

— Se eu não lutasse, não ia conseguir manter as minhas terras.

Ela espremeu os olhos e soltou um grito. O grito veio, tão duro e tão denso, que Montenegro sacou a arma. Antes que verificasse o que poderia ser, Amaia voou para o seu colo, abraçando-o pelo pescoço. Suas pernas deram a volta na cintura dele e suas partes se encaixaram perfeitamente. Ela toda tremia, de olhos fechados. Era a primeira vez que Montenegro ficava sem fala, incapaz de raciocinar. Amaia havia lhe tirado completamente do eixo de segurança. Soltou o revólver, precisava das mãos livres para acalmá-la. As mãos dele subiram pelas suas costas, acariciando-a. Quando os dedos encontraram a pele dela, Amaia arrepiou-se e soltou um gemido que ele abocanhou com um beijo.

Os corpos encaixados se pressionaram, roçando os cheiros. Da boca de Amaia os lábios de Montenegro foram para a sua nuca. Ele sentia o perfume dos cabelos soltos, ainda úmidos pela chuva. Inspirou e todo o corpo reagiu a ela. Precisava se controlar, mas era difícil ao senti-la tão perto, tão entregue, tão sua. Estavam encaixados, sentindo o calor um do outro, que ia adensando com aquela proximidade.

No ouvido dela, murmurou — tentava se segurar e resistir àquela tentação que mordiscava a sua alma de desejo:

— O que foi?

— Um rato... — Ela revirava os olhos ao acariciar das pontas dos dedos nas suas costas nuas e ao ter a sua nuca beijada por aqueles lábios quentes, molhados. — Odeio... ratos...

— Tem certeza?

— Sim! — Ela jogou a cabeça para trás, arrepiada. — Onde estamos?

— Na escola.

— Você me trouxe para cá para me ensinar o quê?

Afastando-se dela o suficiente para encará-la, Montenegro respondeu daquele jeito canalha que Amaia — inconfessamente — adorava:

— Foi você quem pulou em cima de mim para mostrar que não consegue resistir aos meus dotes!! O que *você* quer me ensinar?

— Havia um rato, juro! Pela...

Montenegro estreitou os olhos sobre ela, sugando toda a alma de Amaia quando disse, sem qualquer tom de brincadeira:

— Amaia... — Uma mão a pressionou contra si e a outra segurou-a pela nuca, para que não escapasse desta vez. —... cale a boca e me beije.

Fundiam-se num beijo que crescia neles, apertando os corpos na dança de suas vontades, transbordando pelos poros o desejo pelo outro. O beijo ia escapando a si mesmo, reverberando nos lábios e mãos que buscavam mais, muito mais, e para os quais tudo era um empecilho, inclusive as roupas. A boca de Montenegro foi descendo pelo pescoço de Amaia, contornando-o à medida que sentia a pele dela se arrepiar.

Ela, com a cabeça atirada para trás, arquejou ao perceber as mãos dele, sem qualquer pudor, abaixarem a sua *chemise*. A liberdade de ter o seu corpo desnudo sob as vistas dos intensos olhos de metal de Montenegro a excitavam, tanto que nele se roçou à procura de abrigo no calor que ele emanava. Sem parar, Montenegro veio contornando os seios dela e sentiu Amaia cravando os dedos nas suas costas, apertando o corpo para baixo, contra ele. Ao notá-lo pontiagudo, ela começou a se esfregar nele em movimentos circulares e foi Montenegro quem soltou um gemido, o que foi capturado pelos lábios de Amaia. Quanto mais a sentia úmida, mais intenso ficava o beijo e cada vez era mais difícil manter a integridade física dela e a emocional dele.

Amaia soltou um novo grito. Dessa vez não era de prazer. Era de horror. Imediatamente, Montenegro se preocupou, enchendo-se de zelo e confusão:

— Te machuquei?

Ela apontou um canto escuro, de onde se ouvia um barulho pequeno:

— O rato!

Aproveitando que o revólver estava perto — nunca se sabe se Severo poderia estar atrás deles — Montenegro sacou-o e atirou. Amaia não podia acreditar: ele havia acertado o bicho no escuro! *Dono de terras, hein?*

— Pronto! Ratazana morta! — E suas mãos retornaram aos cabelos soltos de Amaia, dispostas a manter a cabeça dela voltada para ele enquanto a beijava, retomando daonde haviam parado.

Não demorou para que ele reparasse no que estava fazendo. Amaia ia se casar em breve e com outro homem. Seria errado com ela e com o futuro noivo que aquilo continuasse — por mais que a quisesse. Se o doutorzinho suspeitasse que ela não era mais virgem, a situação se configuraria muito pior do que já estava.

Respirando fundo — para não se arrepender —, Montenegro tirou-a de cima de si e levantou-se, ajeitando as ceroulas. Foi para a direção da janela, pondo-se de costas para ela:

— A tempestade já passou. Melhor você voltar para o seu noivo. Ele deve estar preocupado consigo.

Amaia piscou, incrédula com o que acontecia. Num segundo estavam prestes a se amarem, no outro, ele estava longe e frio como se numa sala de estar e rodeados de pessoas. Desviou o olhar para a janela da pequena casa que servia de sala de aula. O céu estava realmente nublado e não havia mais um pingo de chuva e nem som de trovoada. Ainda assim, algo em seu peito dizia que ele não estava com medo de que ela pegasse um resfriado. A sensação era de que havia acabado. Tudo. E ela voltaria para o quê? Para o vazio da sua existência? Teve certeza de que ele soubera que Singeon a havia deixado. Isso seria a explicação mais coerente, conhecendo-o, pois, ao ser rechaçada por um, perderia automaticamente o interesse do outro, tal fosse uma disputa primeva entre dois machos.

Recolocando a *chemise* no lugar, Amaia buscou se recompor. A cabeça ainda girava e a vontade de tê-lo transbordava por sua pele, mas Montenegro estava distante e frio o suficiente para ela querer sair dali o quanto antes. Encontrou o vestido estendido sobre algumas carteiras. Estava úmido, contudo, não poderia chegar em casa em roupas íntimas. Terminou de se arrumar — ainda bem que os botões eram na frente, assim evitaria que Montenegro fechasse as suas vestes e ela o atirasse no chão, terminando de uma vez com a sua reputação. Calçou as meias e as botas. Não havia como prender as madeixas e não encontrava nem luvas, nem chapéu, nem chicote. Duvidava que acharia também o cavalo ainda pastando perto do lago. Teria de voltar a pé; ao menos, a desculpa seria a de que foi pega de surpresa pela tempestade e que o seu cavalo havia fugido, obrigando-a a se abrigar em algum lugar.

Durante todo o tempo que ela se arrumava, ele permaneceu de costas para ela, parado diante da janela, com as mãos para trás. Deixava claro que não iriam ter mais nada, quiçá um beijo de despedida.

Dirigindo-se para a porta, Amaia voltou-se para Montenegro uma última vez. Seus olhos estavam mareados, a ponto de não o enxergar contra a luz da janela. Sua voz, porém, ainda estava firme ao se despedir.

Montenegro, ao escutá-la, apertou os dedos, mas se conteve em não se voltar para ela, para que não percebesse o seu olhar choroso.

— Adeus, Amaia. Desejo a você toda a felicidade do mundo com o seu marido.

— Eu sei.

Aquilo saíra tão verdadeiro que nenhum dos dois questionava que ele desejava a sua felicidade e que ela tinha consciência disso.

Amaia partiu, largando um Montenegro de coração partido, com os olhos fixos nas nuvens e segurando a tempestade que se arrebentava dentro de si.

25

Por quê? Por que, sempre que Montenegro estava perto de Amaia, ele se destituía de qualquer razão e lógica e se deixava fluir na direção dos lábios dela? Por que todo o seu corpo pulsava quando a via? Havia se esquecido até mesmo de terminar a conversa com o Sr. Feitosa quando ela havia surgido nos braços de Singeon há duas noites. Estava tão irritado quanto preocupado com o que Cora faria, e nem se recordara de perguntar ao fazendeiro quando iriam "receber a remessa" e onde. O Sr. Feitosa havia explicado que precisava ganhar confiança em Montenegro — seus golpes de verdade deixavam as pessoas um pouco constrangidas — e, por isso, só passaria as coordenadas se Montenegro se provasse "de intenções honradas" com uma das gêmeas. Ainda que tudo estivesse indo como o planejado, Montenegro só pensava nos lábios doces de Amaia, na sua pele sob a luz da tempestade, no cheiro de flor dos seus cabelos úmidos, no arrepio da pele diante do beijo dele.

Atirou-se numa poltrona e colocou a mão na testa. Friccionou as têmporas e a imagem de Amaia se fazia maior, mais constante. Bastava fechar os olhos e a via pedindo para ser amada.

Apenas uma vez antes isso acontecera e quase o levara ao altar. Ele tinha dezessete anos e o nome dela era Guiomar. Havia pegado toda a sua mesada e comprado um anel de vidro negro. No dia do aniversário dela, batera na casa da moça e a pedira em casamento na frente da família e amigos. Guiomar, que tinha a mesma idade, rira dele e não lhe dera uma resposta. Depois do tal dia, nunca mais vira Guiomar. Soubera, algum tempo depois, que ela havia se casado com um senhor de engenho e havia ido morar no Ceará. Com a maturidade, Montenegro entendera a recusa de Guiomar e a achara mais sensata do que ele mesmo poderia ter sido em tão tenra idade. Casar-se com um jovenzinho repleto de sonhos e sem nada a oferecer era acabar com a vida.

Guiomar não era uma má lembrança, muito menos um trauma. Era um aprendizado: o de que Montenegro preferia ficar sozinho. A liberdade que viera ao escutar aquele "não" era incomparável. Conhecera todos os bordéis da Corte, dormira em mais camas do que seria respeitável, e nunca mais sentira a prisão de uma paixão. Sim, era isso que considerava estar apaixonado e se casar: uma prisão. Havia visto o quanto a sua mãe sofrera por causa de seu pai, o quanto o casamento a ia arrastando para a doença que lhe tirara a vida. O mesmo ele podia enxergar em outros casamentos, em outras histórias, todas elas com finais infelizes. É claro que não pretendia fazer Amaia sofrer, ao contrário, queria dar-lhe toda a alegria do mundo. Porém, ele temia que, com os anos, se transformasse em seu pai Genemário. Bastava-lhe o temperamento violento herdado do pai, e que o Marquês, seu amigo, havia lhe ensinado a controlar. Essa raiva violenta, no entanto, reaparecia sempre que algo acontecia com Amaia. Havia também o temor de que os anos de convivência e os problemas tolhessem o Amor entre eles. Não poderia suportar Amaia odiando-o — de verdade. Como também nada poderia ser pior do que se algo acontecesse com Amaia por sua causa. Montenegro era um homem repleto de inimigos — muitos deles velados — e se descobrissem que tinha uma esposa, iriam destruí-lo através dela.

Maldição! Por mais que tentasse se convencer de que era uma tolice e de que queria apenas levá-la para a cama e não para o altar, de nada adiantava. Estava previsto o seu destino: acorrentar-se a Amaia.

E logo agora que ela finalmente era pedida em casamento por outro — não que estar ou não comprometida fizesse qualquer diferença para ele.

— Você vai se casar?

Tanto a voz quanto a expressão de Canto e Melo eram uma mistura de espanto com correria. Se Montenegro não conhecesse o amigo, diria que viera correndo da Guaíba até a Caridade. Não estranhava os cabelos caindo nos olhos azuis de Canto e Melo e nem as roupas descompostas — já o havia visto em pior estado após uma das noitadas no Clube dos Devassos —, no entanto, era incomum o seu afobamento.

Montenegro abaixou a mão da testa e ergueu uma sobrancelha:

— Me casar?

Ele *amava* Amaia — sim, havia sido este o verbete que sua mente usara —, contudo, ainda não havia determinado como solucionaria "a questão".

— O Sr. Feitosa me disse! Disse que em breve seremos todos uma mesma família e que faremos um casamento duplo.

— Ah — recostou-se na poltrona, desinteressado.

Por um segundo Montenegro achou que Amaia havia contado para

Caetana e a família que ele havia sido impróprio com ela e o obrigariam a se casar no lugar de Singeon. A ideia começava a não ser toda má, mas atrapalharia seus planos com Feitosa.

— Montenegro! Responda! Vai casar-se com uma das gêmeas? Todos na Guaíba estão acreditando que pedirá uma delas em breve. Só não sabemos qual. E, agora, as duas nem se falam mais! Evitam uma à outra, brigam por tudo. Está o caos. Caetana e a Sra. Feitosa estão enlouquecidas. As gêmeas exigem quartos separados e Belisária pediu que Caetana trocasse com ela todas as roupas que ela tinha iguais às de Rosária.

— Eu só visitei a fazenda um par de vezes e fui atencioso com ambas. — Ele ainda não identificava quem era Rosária e Belisária, obrigando-se a reparar no detalhe das roupas e atirar perguntinhas bobas, só para identificar com quem havia conversado o quê.

— Exatamente! Mas o meu futuro sogro deixou claro, mais de uma vez, que essas visitas tinham um intuito maior: escolher uma esposa. E as duas brigam, cada uma achando que será a sua escolhida. Você precisa parar com isso, antes que EU enlouqueça!

— Você? O que você tem a ver com a história se sou eu o prometido?

— Elas me enchem de perguntas sobre você: o que gosta de comer, qual a sua cor predileta, quais livros leu, o que fazia na Inglaterra, se tem contato com o Barão de Mauá... Elas não me deixam mais conversar com Caetana! Não podem nem me ver, na verdade, que já me cercam com perguntas a seu respeito. Não aguento mais inventar. Um dia, disse a uma que a sua cor predileta era o vermelho e para a outra que era o verde, ambas dividiram as minhas respostas e vieram me confrontar enraivecidas. Poderia jurar que iriam furar meus olhos com as agulhas de crochê.

Montenegro, mais preocupado com os intentos do próprio coração, ignorou Canto e Melo soltando um "hum" desinteressado e, em seguida, adicionou:

— Não posso me afastar da Guaíba no momento, não enquanto não souber a localização do porto ilegal.

— Acha que Feitosa contará isso antes de se casar com as gêmeas? Então, não o conhece tão bem...

— É você que parece não me conhecer bem. — Seus olhos estavam frios e a voz, cortante. — Se for preciso, eu me caso e não consumo o casamento e, assim que ele me contar, anulo.

— Você é tão teimoso quanto Amaia! — Ao escutar este nome, toda a atenção de Montenegro saltou para Canto e Melo. — Só pensam nos próprios objetivos e não avaliam o que estão fazendo aos outros. Vocês se merecem! — Por que diabos Canto e Melo teve de lembrar dela justamente quando havia conseguido esquecê-la por alguns instantes?

— Montenegro... — Canto e Melo respirou fundo —... você sempre foi um exemplo para mim e para todos os Devassos. Todos nós respeitamos você, mas fazer o que está fazendo é demais. Por maior que seja a causa, nunca devemos brincar com os outros. O Marquês sempre nos alertou quanto a isso.

Impaciente, Montenegro bufou:

— Não se trata de brincadeira, se trata de evitar o tráfico ilegal de pessoas.

— Você fala como ela... — Balançava a cabeça em negativa.

— Começo a acreditar que talvez, pela primeira vez em minha vida, eu tenha errado ao avaliar o caráter de uma pessoa — murmurava, pensativo, novamente se distanciando do que Canto e Melo falava.

Antes que pudesse concluir qualquer outra coisa, o amigo o interrompeu:

— Vou falar com Caetana! — Diante da cara de questionamento de Montenegro, teve de se explicar. — Vou ser direto com ela e perguntar o que sabe sobre os negócios do pai. Não posso deixar que você se case com uma das gêmeas para obter alguma informação. É errado. Muito errado! Afora que, o dia que alguém se casar com uma das gêmeas, é possível que a outra se mate e não quero estar perto para ver.

— Acha que Caetana lhe confidenciará alguma coisa? É de confiança?

Canto e Melo murchou diante da pergunta desencorajadora do amigo.

— Acredito que Caetana seja contra a escravidão... Nunca falamos sobre isso. Talvez ela não deixe isso às claras por causa do pai. Mas eu sei que ela me ama e vai me ajudar.

— Como sabe? Vocês nem... — Canto e Melo abriu um sorrisinho travesso e desviou os olhos. — Ah! Então vocês já...?!

— Um beijo. Apenas. Na mão. Desnuda.

— Incorrigível. — Montenegro ria-se.

Indo para perto de uma janela, com as mãos no bolso do colete, Montenegro contou o que havia descoberto para que o outro conseguisse mais detalhes com Caetana:

— É possível que seja perto de Macaé e que ele receba "as visitas" na sua fazenda Paraíso. Avisei ao Marquês e, conhecendo-o, acho que já deve ter infiltrado alguém por lá. Precisamos somente das coordenadas exatas — o que acho difícil que D. Caetana venha a saber —, os dias que aportam, quantas pessoas estão em vigia e como eles são enviados para as outras partes do país.

— Se já sabemos que é em Macaé e já temos gente lá para averiguar, por que precisa continuar com o plano de "seduzir" o Feitosa?

Montenegro não sabia dizer. Talvez ele estivesse seduzido não pelo fazendeiro, mas pela beldade que era a afilhada dele. Ficar perto de Feitosa era acercar-se de Amaia e protegê-la — ainda que de si mesma. E não dava confiança a Singeon, achava-o incapaz de salvar uma mosca de ser morta — inclusive de amar Amaia como ela deveria ser amada. Montenegro havia ficado extremamente preocupado com o que havia acontecido com o comboio dela e que a pessoa que teria matado os pais dela poderia estar por detrás disso também. Ainda não havia encontrado Severo, o ex-feitor que havia fugido do ataque no lago, mas tinha certeza que quando o encontrasse, teria toda a verdade.

Ah! Ele estava confuso como nunca dantes! Por um lado, tinha um compromisso com o Clube e, por outro, com Amaia. E não sabia como lidar com ambos ao mesmo tempo, sendo que ela iria se casar e ele seria obrigado a forjar um casamento também.

Batidas à porta o retiraram das próprias confusões.

Montenegro e Canto e Melo tocaram as armas que carregavam na cintura. Ao verem que era a professora Lídia, ambos se desfizeram da tensão e a cumprimentaram com acenos e sorrisos como se estivessem apenas conversando sobre amenidades.

— Com licença. — Ao perceber que Canto e Melo estava com Montenegro, a professora se retraiu. — Interrompo alguma coisa?

— Não, pode entrar. — Montenegro apontou-lhe uma cadeira. — Em que posso ajudar?

Desta vez, ela aceitou a delicadeza. Normalmente era tão rápido o que ela precisava lhe falar, que sempre recusava. Deveria ser alguma coisa importante. Apoiado na beira da escrivaninha, Montenegro se mostrou pronto a ouvi-la, cruzando os braços e sendo todo atenção.

Lídia, que não era uma mulher de se desprezar, abaixou o rosto. Nunca havia ficado tão próxima dele e daquela maneira quase íntima, o que a deixava intimidada. Ele era de uma beleza poderosa, difícil de se menosprezar, principalmente quando tão à vontade.

Canto e Melo fez um sinal, por cima do ombro dela, para o amigo. Apontava a si e a porta. Montenegro mexeu a cabeça em negativa, fazendo-o ficar onde estava e escutar. Não queria que a professora se demorasse, Montenegro mesmo tinha muito o que resolver ainda — e, ao que indicava, coisas mais urgentes do que a professorinha.

— Precisamos comprar mais algumas cartilhas de alfabetização — explicava ela, num fio de voz. — Muitos pais têm vindo me procurar pedindo para serem alfabetizados e achei que o senhor não se importaria.

— De forma alguma. — Devolveu-lhe um sorriso cordato. — Fico contente que tenha tomado essa iniciativa. — E se afastou, descruzando os braços e se dirigindo para a porta.

Lídia abaixou ainda mais a cabeça para esconder a timidez:

— O senhor é um exemplo para nós — sussurrava, escondendo que havia ficado corada diante do olhar intenso dele.

— Obrigado.

Ao perceber que não havia motivo naquela visita, Montenegro abriu a porta para ela. Lídia entendeu a deixa. Tentou sorrir, mas saía triste a expressão. Queria falar mais, dividir mais. Era bom ter alguém que se importava com as crianças e com a educação num país tão precário e violento.

— Quando virá nos visitar novamente? As crianças estão ansiosas pelas suas colocações em História.

Algo nela havia deixado Montenegro desconfortável. Havia encontrado desejo, assim como um sorriso fácil, convidativo, de quem gostaria de alongar a conversa, e ele não estava disposto a aceitar esse convite nas entrelinhas.

— Em breve... — respondeu, solícito, fechando a porta logo que ela saiu. Ao voltar-se para o gabinete, deparou-se com Canto e Melo mordendo o riso. — Não adianta me olhar com essa cara. Eu não estou seduzindo a professora.

— Você pode até não estar seduzindo a professorinha, mas ela está tentando seduzir você.

Se fosse um outro Montenegro, antes de Amaia, era provável que a esta altura já estivesse com a professora em sua cama, recitando o alfabeto de trás para frente e em várias línguas diferentes, e também a tabuada, que ia se multiplicando em posições. Contudo, ele mesmo se assombrava o quanto havia mudado, ou melhor, o quanto Amaia o havia feito mudar — isso ele não havia calculado, até então.

De alguma forma — talvez miraculosa —, Montenegro decidiu escutar um dos conselhos de Canto e Melo e evitar aparecer por alguns dias na escola. O excesso de visitas que, nas últimas semanas, chegavam a ser diárias, estavam levando a professora a conclusões que não deveria ter. De tanto que gostava de estar com as crianças, ele nunca havia pensado nisso como uma "imprudência". Sentia-se ele mesmo parte daquela infância que lhe havia sido roubada. Havia uma inocência, um ar de descoberta e novidade nas crianças que ele adorava enxergar.

Quando podia, brincava de esconde-esconde com Lavínia e Felipa — as irmãs caçulas de Caetana —, e havia sido durante uma cabra-cega que esbarrara no Sr. Feitosa, sem querer. A brincadeira havia se provado, então, mais proveitosa do que o esperado. Era uma ótima desculpa para procurar pelos cantos da casa — tateando e espiando através da venda — um mapa com as direções dos africanos trazidos ilegalmente, ou uma lista com valores, nomes e remessas.

Alguns dias depois de conversar com Canto e Melo, Montenegro foi visitar a Guaíba. Seu amigo havia se mostrado incompetente ao tentar levantar informações com Caetana, provando que a noiva era mais esperta do que ele quando se tratava de proteger o pai. Aproveitando que as gêmeas estavam indispostas e que não poderiam recebê-lo — Canto e Melo depois lhe contaria que elas haviam rolado no chão por causa de um sapato —, Montenegro propôs brincar com as "suas Feitosa prediletas": Lavínia e Felipa.

As duas meninas, que não podiam vê-lo sem pular em seu colo e abraçá-lo, comemoraram quando ele propôs uma cabra-cega misturada a esconde-esconde pelo andar térreo da casa. Antes, porém, Felipa, a menor, colocou as mãos na cintura e exigiu:

— Brinco se você me prometer uma coisa.

— E o que seria? — Montenegro tentava não rir. Parecia uma pequena Amaia, destemida e com um olhar atrevido. Se tivesse os cabelos escuros, poderia até dizer que eram parentes.

— Você me ajudará a acabar com os escravos.

Caetana e Canto e Melo, que estavam presentes, engoliram as risadas ao verem a menina lhes passar um olhar repreensivo.

— Acabar com os escravos? — Montenegro não havia entendido o pedido.

— É. Não permitir que aconteça mais. Papai disse que você é esperto. Se você tem esperteza, vai me ajudar nisso. Não quero ver a Donana e a Melina chorando porque o papai tirou os filhos delas e deu para outro. Eu ia odiar ficar longe da mamãe e das minhas irmãs. Precisamos acabar com a escravidão!

Tanto Caetana quanto o noivo e Montenegro se silenciaram. Havia mais dignidade naquela menina do que nos três juntos. Não era de se rir. Era de se aplaudir.

Para Montenegro, uma outra colocação lhe chamara a atenção. A declaração de que ouvira de seu pai que Montenegro era esperto, ou seja, Feitosa poderia estar desconfiando de algo e era preciso cuidado redobrado.

Foi a vez de Lavínia apresentar as suas exigências. A pequena era daquelas crianças que faziam todos pararem para apreciá-la. Lembrava a uma boneca de porcelana de tão adorável que era — indício de que seria uma belíssima mulher. Sorte de Inácio Junqueira, que estava prometido a ela.

— Quero poder ter o direito de escolher com quem vou me casar — comunicou ela, feito uma pequena rainha no comando dos seus conselheiros.

— E como acha que ele poderá ajudar nisso? — questionou Caetana, curiosa com aquele pedido.

A menina deu os ombros e aguardou uma resposta de Montenegro.

— Vocês não poderiam pedir nada mais fácil? Um doce? Uma boneca? Bem — ele se abaixou na direção das duas, pondo as mãos em seus ombros e lhes confidenciando —, posso prometer que farei o possível para que a escravidão acabe e que você se case com alguém muito bom e digno.

Lavínia estendeu-lhe a mão:

— Aceitamos o doce, por ora.

Tirando doces dos bolsos, Montenegro entregou para cada uma das meninas, sob os avisos de Caetana de que só poderiam comer depois do jantar, senão a mãe ralharia com elas.

— Essa vai ser mercenária — comentou Canto e Melo para a noiva.

— Tenho medo do que ambas poderão se tornar... — adendou Caetana, com o olhar sobre as crianças que se riam das imitações de animais de Montenegro.

Batendo palmas, o Barão Negro chamou a atenção das meninas. Retirou do bolso uma venda e pediu que Canto e Melo decidisse quem seria o primeiro a ser a cabra-cega.

— Você, claro! Quero vê-lo tropeçando nas coisas e dando de cara nas portas.

Os dois trocaram olhares e sorrisos. Haviam combinado a escolha para que Montenegro tivesse mais oportunidade de procurar pelos papéis — quiçá a chave, apesar de esta ter deixado de ser tão importante, por enquanto. A venda, apesar de negra, era de um tecido muito fino que, quando muito próximo dos olhos, permitia enxergar as coisas. Gentilmente, Montenegro pediu que Caetana amarrasse em seu rosto e fingiu não ver as meninas que, na sua frente, pulavam fazendo caretas e mostrando a língua. Segurando na mão de Caetana, ela guiou-o até uma parede próxima à porta, de onde faria a sua contagem. Ao atingir o 100, Montenegro deu de cara na porta, de propósito. Tinha que aparentar não ver nada.

Desviou da porta e foi para o corredor. Dali em diante, era colocar as mãos na frente do corpo, fingir que tateava os móveis, trombar em uma ou outra pessoa, chamar as meninas e ir, diretamente, para os lugares mais suspeitos.

Ao cruzar a porta de uma saleta, escutou uma risadinha infantil. Pelo canto dos olhos, avistou Lavínia agachada atrás de uma mesinha. Não parou e seguiu para o escritório do Sr. Feitosa. Sabia que ele havia saído, ou seja, teria algum tempo para procurar uma pista. Se o pegassem, alegaria que estava buscando uma das meninas.

Ia empurrando a porta quando as vozes de dois homens o pararam. Canto e Melo havia dito que o Sr. Feitosa estava em reunião, antes de sair, só não imaginava que os homens ainda estariam lá. Aguardariam o fazendeiro? Enfiou-se no cômodo adjacente. Montenegro sempre se considerou sortudo, tanto no jogo quanto no Amor. O cômodo era daqueles que possuíam uma porta de ligação com o escritório. Recostou-se o máximo que pôde para poder ouvir os dois. O som era bem melhor do que poderia esperar. Tanta sorte deveria depois ser descontada em alguma coisa... Temia no que seria.

— Posso dizer que estou tranquilo e aliviado em saber que deu um jeito no traidor — dizia um.

— Tive. Ele estava repassando diversas informações nossas para os abolicionistas em troca que lhe quitassem a dívida. Imbecil! — retrucou o outro, cuja voz Montenegro achava conhecer. — Carvalho achou que nunca descobriríamos que vendia segredos e que não iríamos nos vingar dele...

Sua desconfiança se fazia verdade: haviam matado o pai de Amaia porque ele vendia o segredo dos escravocratas. E, possivelmente, ele era o informante do Marquês, que havia entregue sobre as remessas de escravos e sobre o porto ilegal.

— Não é dele que tenho pena, é da filha dele e do que a aguarda... — Montenegro fechou os punhos, a raiva endurecia todo o seu corpo. Teria irrompido se não tivesse escutado o nome de Feitosa no meio da conversa. — Temos de fazer tudo pelas costas de Feitosa. Se ele descobrir que demos cabo das mulas dela, ele acaba conosco. Sabe que ele tem olhos para cima de Amaia. Se aquela tola ainda não conseguiu um marido, foi porque ele recusou todas as propostas que ela veio a receber após a morte dos pais. Ele a quer para si, desesperada, sem saída, para que não consiga recusar a sua proposta de ser amante dele.

Montenegro teve que guardar para si a sua surpresa. Nunca poderia imaginar que era Feitosa quem afastava os pretendentes de Amaia. Talvez por isso tivesse exigido que se casasse com uma das gêmeas. Ele deveria ter notado que havia alguma ligação entre Amaia e Montenegro e, para tirá-lo do caminho, permitiu que soubesse alguns dos seus segredos. Feitosa era capaz de tudo e Amaia estava à mercê dele. Será que também teria destruído a plantação e as mulas? Se somente Feitosa e Montenegro sabiam do embarque, era bem possível que ele tivesse planejado contra a própria afilhada.

— Feitosa é esperto — comentou o de voz reconhecível, cujo nome estava na ponta da língua. — Tudo tem um porquê por detrás. Não acha coincidência que alguns cafezais dele, os mais distantes, já velhos, tivessem perecido com broca do café e, pouco depois, a fazendas de distância, a Santa Bárbara não padecesse da mesma praga? Ele teria mais a ganhar com Amaia arruinada do que bem... Não tenho pena de abolicionista. Quero que morram. E se puder pôr a mão em um, pode ter certeza que eu mato, mesmo desarmado.

— É, Mesquita, melhor eles tomarem cuidado com você...

Era Luiz Mesquita! O assassino do pai de Amaia! Montenegro arrancou a venda. Todo o seu corpo vibrava ódio. Ele ia matar o desgraçado. Ia matar Mesquita.

De punhos cerrados, Montenegro irrompeu no escritório. Estava vazio. Haviam acabado de sair.

Correu pelo corredor até atingir o vestíbulo. Eles haviam ido embora. Atrás de si vieram pequenas mãozinhas puxando a sua casaca.

— BUUUUU!!!! PEGUEI VOCÊ!!!! — Ria-se Felipa, faceira, uma covinha em cada bochecha, fazendo-a mais terna.

Para completar a trupe, Lavínia cruzou o vestíbulo. Estava bem brava com a irmãzinha:

— Era ele que tinha que pegar a gente! Você estragou o jogo!

Não foi preciso mais de dois segundos para as duas iniciarem uma briga de acusações e, antes que piorasse, Caetana e Canto e Melo surgiram.

Bastou olhar para Montenegro e o amigo entendeu que tinha algo errado — MUITO errado. Era daqueles olhares perdidos, preocupados, que só apareciam em situações realmente perturbadoras. Montenegro era uma pessoa muito segura de si, encontrá-lo acuado significava um desastre — a questão era: qual dos desastres? Canto e Melo havia acabado de saber, por Caetana, que Amaia não iria se casar mais com Singeon e que, desde então, estava trancada em sua fazenda. Ninguém tinha notícias dela, o que deixava a amiga extremamente preocupada. Ele, que nunca havia gostado muito do jeito coquete de Amaia — que muito lhe assemelhava a falsidade —, guardava o momento certo que contaria à Montenegro, tendo notado como ele havia ficado perturbado desde a notícia do noivado com o Dr. Singeon. E se não o fez ali, foi porque Caetana havia pedido segredo, por enquanto.

Porém, se uns sabiam guardar segredos, havia os que eram exímios boca-moles. Corriam pelas escadas as gêmeas Feitosa, uma mais apressada que a outra, dispostas a questionarem a irmã sobre o assunto e na frente de quem fosse. Ao menos, de quem achavam que poderia ser. Ao perceberem Montenegro, ambas se retraíram de vergonha pelos trajes simples e pelos papelotes prendendo os cabelos.

— Ah, Sr. Montenegro! — Belisária abriu um sorriso desavergonhado.
— Que felicidade encontrar o senhor aqui! Pois, se soubesse, teria descido antes.

Rosária, menos interessada em Montenegro e mais na fofoca, rompeu alto:

— Pois tenha, Caetana, que mamãe acabou de me confidenciar que Amaia não está mais noiva do Sr. Singeon! É verdade que Cora não só roubou todo o resto de dinheiro como o noivo de Amaia? — Segurou o riso, achando muito emocionante a virada dos fatos. — Por que não nos contou antes? Ou vai dizer que não o sabia?

— Ela enganou a todos, Rosária — emendou Belisária, mantendo o olhar fixo em cima de Montenegro, desconfiada da reação que ele teria. — Para variar, Amaia se mostrou uma mentirosa e manipuladora, que não poupa a ninguém. Havia roubado o namorado da irmã e teve bem o que mereceu! Ai dela se fosse a minha irmã...

Impenetrável. O rosto de Montenegro não permitia qualquer conclusão sobre os seus pensamentos a respeito da questão que havia acabado de escutar. Entregando a Canto e Melo a venda, somente pediu licença. Tinha pressa em partir.

Caetana, confessora de Amaia, quem melhor sabia o que poderia estar acontecendo entre ele e a amiga, preocupou-se como Montenegro tomaria aquilo — seria uma afronta? Com um sorriso pálido, perguntou se não ficaria para o jantar, mas Montenegro foi cortante com a sua resposta:

— Lembrei-me que tenho uma coisa para resolver. Se me dão licença.

E partiu sem maiores delongas, levando consigo um rastro de silêncio que seria somente quebrado por Felipa, ao puxar a venda da mão de Canto e Melo:

— Agora sou eu! — E a pôs em frente aos olhos. Analisou o ambiente. — Mas esta venda está quebrada!

Canto e Melo tomou a venda da mão da menina e enfiou-a dentro do bolso da casaca, esbravejando:

— Não está não.

26

Pendia sobre a cabeça de Montenegro o que poderia acontecer com Amaia. Havia um tom de ameaça em Luiz Mesquita que o deixava preocupado, muito mais do que normalmente estaria por qualquer outra pessoa. Tentava conter a ansiedade em protegê-la, não poderia perder o controle das suas emoções e estragar o raciocínio. Mas tudo o que lhe vinha à mente era a urgência em proteger Amaia não somente de Mesquita, como de Severo e de Feitosa. Durante a cavalgada de volta para casa, sistematizou e procurou enxergar a melhor maneira de resolver o assunto. O que será que aconteceria se Amaia se casasse com outro homem? O que Feitosa seria capaz de fazer? Pelo que todos falavam, ele era implacável quando desejava algo.

Saltou do cavalo quando anoitecia na Caridade. Luizão, um forro de dois metros de altura, veio pegar o animal e levá-lo para a cavalariça, não sem antes avisar que havia visita. Montenegro não esperava ninguém. Seria o Sr. Feitosa a lhe cobrar algo? Perguntou quem era, mas Luizão apenas balançou a cabeça em negativa, de quem não sabia.

Montenegro manteve o seu revólver na mão, ao lado do corpo. Teria de estar preparado para uma eventual emboscada por Feitosa, ou Severo, ou Mesquita. Subiu os poucos degraus da casa-grande e entrou no vestíbulo, ressabiado de onde surgiria "o golpe". Passos rangiam o assoalho. Vinham de dentro do seu escritório. A porta estava entreaberta, o que o impedia de identificar a pessoa. Com a pistola, Montenegro abriu a porta, devagar, atento ao que se revelaria.

Abaixou a arma ao ver que era Amaia, em roupas de montaria, debruçada sobre a sua escrivaninha. Ela não o havia percebido, o que o deixou aliviado. Poderia guardar a arma debaixo da casaca, sem que ela notasse que estava com uma e tivesse que se explicar.

Quem diria! Abolicionista e filha do "informante" do Clube dos

Devassos. Se acreditasse em Destino, poderia alegar que os seus estavam cruzados antes mesmo de terem se conhecido!

Em passos miúdos, a fim de não ser percebido — sabia quais as tábuas que rangiam, evitando-as —, Montenegro foi para trás dela. Primeiro, queria ver o que ela olhava com tanto interesse. Inclinou-se, podendo sentir o perfume de seus cabelos escuros, de imediato enlouquecendo. Fechou os olhos, imaginando flores de café. Era delicioso estar tão perto, e insano não poder fazer nada por enquanto. A vontade era grande — muito grande —, a de ter aqueles seios perfeitos cabendo na sua boca, a pele sedosa arrepiando-se ao seu toque, o calor úmido tão próximo que o sentia como seu.

— AH! — ela gritou, voltando-se para ele. — Quase me mata! — Colocou a mão no peito, controlando o coração.

Montenegro tinha os olhos cinza tão próximos que pôde enxergá-los com veios dourados. Era um lindo par de joias, analisava Amaia, arrepiada dos pés ao topo da cabeça pela maneira que a encaravam. Parecia que sabiam que estava nua debaixo das roupas de tecido pesado.

— Achou algo interessante? — a ironia os deixava mais sensuais.

— Na verdade, não.

O corpo dele a encurralou contra a escrivaninha. Estavam tão perto, a um beijo de distância, que ela teve que envergar um pouco para trás e protegê-lo de um ataque de desejo. Porque tudo o que tomava a cabeça e o corpo de Amaia, desde o encontro no lago, era Montenegro — as mãos de Montenegro, os lábios de Montenegro, o corpo de Montenegro... — e se estava ali era com a finalidade de se entregar a ele, sem emendas, apenas com algumas ressalvas. Havia concluído, no silêncio da solidão, que não havia mais o que perder — sem noivo, sem reputação — e poderia ter maiores ganhos com ele, tanto quanto a prazer como em relação a negócios. E, mesmo que este último não estivesse totalmente envolvido — ficando em segundo plano —, estava determinada a entregar-se a ele, sem pensar no amanhã. Porém, como moça de sociedade que era, precisava ainda levantar alguns obstáculos — ainda que facilmente transponíveis — e deixar-se seduzir por ele.

E Montenegro facilitava essa troca, ele mesmo atiçando-a:

— Talvez eu possa ajudá-la, se me disser o que estava procurando?!

Com aquele sorrisinho de escárnio crescendo no canto dos lábios saborosos dele, Montenegro afastou-se e sentou-se, despojado, na beira da escrivaninha. Aguardava que ela pudesse lhe dizer a que vinha. Na verdade, queria escutar dela que o amava — e, ao se pegar nesse pensamento, sentiu-se tolo e deliciosamente apaixonado.

— Nada de mais... — Amaia contornou a mesa, voltando as pontas dos dedos sobre o tampo e parando apenas quando do lado contrário ao

dele, "bem protegida". — Diga-me, quantos escravos você tem aqui?
— Nenhum.
Ele quis rir da perplexidade dela:
— Nenhum? Como nenhum? Eu vi!
O sorriso enigmático dele crescia à medida que Amaia arregalava os olhos.
— O que você viu não são escravos. São colonos. Todos alforriados.
— Alforriados? — O cérebro dela, que havia vindo com um intuito, rapidamente se viu arquitetando outro. — E foi você quem os alforriou?
— Alguns sim, outros não.
Ela fitou-o, levantando uma sobrancelha com desconfiança:
— Não me diga que você é um abolicionista?!
Num tom de zombaria, ele franziu o cenho, fingindo-se de sério:
— Não devemos usar esse termo aqui. Alguém pode nos ouvir. Preferia quando você me chamava de canalha.
Amaia estava tão impressionada com o fato de Montenegro ser abolicionista, que o que havia ido fazer lá foi totalmente desviado da sua mente, deixando-a lívida. Ainda fascinada com a notícia, ela sentou-se numa poltrona. Faltava apenas abrir a boca em choque.
Montenegro divertia-se com aquela cena, pois nunca a havia deixado sem fala — duvidava que alguém tivesse conseguido tal feito.
— Você sempre foi abolicionista?
— Desde que me entendi por gente.
— O tempo todo?
— Hah, sim. — Era, no mínimo, cômica a maneira como ela havia ficado. — Espere um minuto, era por isso que você havia me acusado da primeira vez em que me viu? Achava que eu era escravocrata?
— Não só achava, tinha certeza! E quando o vi negociando com os fazendeiros... Agora sou eu quem está intrigada: como meu padrinho aceita você em sua casa? Ele abomina os abolicionistas... Oh, melhor falarmos baixo — ela alterou o tom de voz —, "essas pessoas" acabam mortas por aqui.
— Você iria chorar no meu enterro?
— Morra e descobriremos — ela mordeu um sorriso —, Eduardo.
— Eduardo? Como chegamos a estes termos? — A voz dele soava tão encantadora quanto a dela.
Ninguém senão a sua mãe o chamava por Eduardo — Amaia nunca o chamava por nada que não fosse "senhor" ou "canalha". Seu nome encaixava tão bem na voz da moça. Era tão carinhoso, que gostaria de ouvir de novo apenas para acalentar o coração que disparava.
Alguém bateu à porta. Sobressaltaram-se. A moça cravou as unhas na cadeira e manteve um olhar assustado. Poderia ser algum escravocrata

atrás de Montenegro.

Ele levantou-se da escrivaninha e manteve a mão sobre a arma, apesar de não a sacar. Não era medroso. Se temia, era pelo bem-estar de Amaia. Um tiroteio seria imprudente e perigoso. Ela poderia acabar alvejada e ele se culparia pelo resto da vida.

Bateram à porta de novo e anunciaram:

— Sr. Montenegro, sou eu, a professora Lídia.

Todo mel havia se transformado em fel.

Às vezes, era melhor um tiro do que o olhar decepcionado de Amaia. Aquela voz feminina, beirando ao doce, desceu amarga. Irritada, Amaia trincou os dentes e o questionou:

— Não vai atender a "professora"? Você tem aulas de que a esta hora da noite? Não me diga! Já imagino que tipo de aulas...

— Você está com ciúmes, confesse. Ou seria inveja?

— Inveja? Por que eu teria inveja de uma professorinha feia?

Mirava-a, avaliando a sua expressão:

— Porque ela tem liberdade de fazer o que quiser. E ela não é feia.

Amaia rangeu os dentes e Montenegro achou ter visto um raio de raiva. — *O que está querendo dizer com isso? Não sou livre para fazer o que quero? E que tipo de "liberdades" são estas que essa professora tem com ele?*

Indo atender à porta, Montenegro fingiu não se incomodar com o aparente ciúmes.

— Você tem uma mente extremamente fértil, Amaia — disse antes de abrir. — Boas noites.

A professorinha era delicada como Amaia poderia supor por sua voz. Tinha todos os critérios que a classificariam como uma dama: aparência suave, gestos comedidos, fragilidade por debaixo de um olhar inteligente. Lembrava a sua tutora inglesa. Além de ser bonita.

— Boas... — ao notar a presença de Amaia, Lídia endureceu a postura. — Oh, não sabia que o senhor tinha companhia! Desculpe-me interromper. Posso voltar mais tarde.

Amaia não gostou de saber que ela tentaria "voltar depois". Era a primeira vez que se sentia ameaçada por outra mulher, o que lhe tirou o chão. E quanto mais acuada ficava, mais atacava. Num tom de sarcasmo, ergueu uma sobrancelha e um sorriso flácido:

— Mais tarde?

Todo o rosto de Lídia corou. Abaixou os olhos e se corrigiu:

— Digo, amanhã.

Amaia queria matá-los — ambos! Estava certa de que ele e a moça tinham algum envolvimento e que ele estava tentando conquistar Amaia "por costume". Tomou as luvas e o chapéu que havia deixado sobre uma mesinha e ergueu-se da poltrona, fazendo menção em se retirar. *Canalha!*

Devasso! Era de se esperar do cofundador de um clube masculino que levava esse nome e tinha por fama — má fama, por sinal — a organização de orgias — ao menos, era o que Rosária lhe contara.

A professora, talvez entendendo aquela situação e o mal-estar que os envolvia, teve o bom senso de insistir que não havia urgência e que voltaria no dia seguinte. E se foi, sem aguardar que Montenegro insistisse — por educação — para que ficasse.

Montenegro fechou a porta e tornou-se para Amaia, de pé, pronta para partir. Era melhor acabar com os rodeios, antes que outra pessoa os interrompesse e ela desistisse de dizer o porquê da visita repentina — o que tanto o intrigava.

— Vá, corra para os braços da sua professorinha — resmungava. — Tenho certeza de que ela poderá lhe ensinar a se divertir bastante. Sua bela e rica professora!

— Amaia, sei que você não veio aqui para saber se sou ou não abolicionista. — Estavam bem perto, olhando-a com algum interesse. Decidido a não a deixar levá-lo por outro caminho do que o da verdade, Montenegro insistiu numa explicação — A que veio, Amaia? E onde está o seu "noivo"?

— Noivo? Que... Ah, Singeon... Ele foi visitar os pais na Corte. — Orgulho, maldito orgulho, justamente quando estava pronta a ser sincera. Se não fosse aquela professora, certamente teria sido outra a situação.

— Por isso você veio me ver? — Afastou-se dela. — Por que o "querido Singe" se foi para a Corte e eu fiquei aqui, como um prêmio de consolação?

— Não exatamente um prêmio. — A face dele contraiu e o sorriso desapareceu por completo. Era palpável que ele estava bravo. — Ah, por favor, estou brincando com você!

Tentou forjar um sorriso tranquilo, ainda tentando entender como ele havia conseguido inverter a situação e passado de vilão a mocinho. Amaia procurou se desviar dos olhos frios dele, mas ele a perseguia, querendo lê-la. Montenegro precisava saber até que ponto ela gostava dele — ou se era apenas do seu dinheiro —, até que ponto se contavam verdades e mentiras. O que realmente havia entre eles? Normalmente isso não faria nenhuma diferença para ele, já havia sustentado cortesãs no passado. Contudo, com Amaia era diferente. Ele queria que ela o amasse por quem era e não pelos seus milhares de contos de réis. No entanto, diante da mentira sobre Singeon, ele se questionava se só no desespero ela recorria a ele. Por que não ser sincera de imediato? Seria como o pai, alguém que venderia o que tivesse à mão para pagar as dívidas da família?

Daria a ela uma nova chance, a última, para que ela dissesse a verdade para ele e chegassem num acordo adequado para ambos.

— Amaia, paremos de brincadeiras. O que você quer aqui e a esta hora da noite? Por certo que não foi me dar um beijo de boa noite. Nem comentar que o seu "noivo" foi para a Corte.

O rosto dela metamorfoseou de falsa serenidade para quem estava brava com o comentário:

— Só por que estou aqui estou brincando ou querendo algo?

— E teria outro motivo?

Ela desviou os olhos dos dele e foi para o outro extremo do escritório.

— Não, não teria. — Não adiantava. Não importava onde estivesse, quantos fossem os obstáculos no caminho ou quem estivesse, nada seguraria a vontade de beijá-lo.

Num relâmpago, Amaia cruzou o cômodo numa rapidez que Montenegro não previu. Puxou o rosto dele e subiu nas pontas dos pés. Seus lábios roçaram o rosto dele, desceram até a sua orelha e lambeu o lóbulo para depois sussurrar:

— Eu poderia estar apaixonada por você.

As mãos dele subiram pelas costas de Amaia. Pelo tecido do vestido, percebeu que não usava espartilho. Aquilo mexeu com ele. Apertou-a contra si e os seios dela bateram contra o seu peitoral. Podia senti-los e toda a extensão do corpo quente dela contra o seu. Nada o impediria de consumar o ato ali, agora, se ele quisesse. Mas ele sabia que não dependia somente dele:

— Tão apaixonada que cederia à minha proposta?

Era terrível! Deliciosamente e tentadoramente terrível! Era completamente atraída por ele — e só agora entendia o quanto —, porém, era preciso fingir que estava no controle das próprias emoções. Um lado seu temia aceitar a proposta e ser largada por ele após se cansar dela, pois estava apaixonada e não haveria como prever até quando a paixão dele também duraria. A visita noturna da professora, contudo, só havia confirmado que era um homem cujas paixões possuíam tempo de validade. No entanto, precisava dele, queria ele atrás de si, sobre si, dentro de si. Queria-o — e agora!

— Depende. — Ela beijou-lhe a ponta do nariz. — Se você comprar as minhas dívidas... — Beijou-lhe o queixo. —... eu posso pensar nisso, com muito carinho.

Teria lhe beijado os lábios a seguir, mas Montenegro a segurou pelo braço. Encarava-a desconfiado, beirando o irritado:

— Eu nunca perco um negócio. Tudo é uma troca.

Amaia sabia o que ele queria dizer com isso. Ainda assim, seu orgulho a faria tentar desviar o assunto. Abriu um sorrisinho sem graça, e enfatizou:

— Posso dar como garantia uns escravos. — Ao ver que a expressão

dele enrijecera, tentou refazer a proposta antes que perdesse o interesse.
— Melhor! Posso vender todos os meus escravos para você. Teria dinheiro para pagar as dívidas e poderia alforriar a todos como o bom abolicionista que é.

Não houve uma resposta. O rosto dele estava enigmático. Um golpe azedo no estômago subiu à boca de Amaia. Temia que o tivesse perdido para sempre.

Soltando-a, Montenegro foi para trás da sua escrivaninha e sentou-se na cadeira. Cruzou as mãos sobre a mesa e manteve a pose de homem de negócios:

— E quem trabalharia na sua fazenda?
— Você poderia me ajudar com os colonos.

Havia um desespero nela ao falar dos negócios, que o deixava ainda mais certo de que o estava seduzindo para obter vantagens econômicas.

— E por que eu a ajudaria?

Mantendo um sorriso, Amaia deu a volta na mesa, seguida pelos olhos dele. Ajoelhou-se ao seu lado e suas mãos subiram pelas pernas dele — havia visto como uma escrava conseguira convencer um capataz a lhe dar de comer carne por toda uma semana. Encarando-o de maneira perniciosa, Amaia lhe respondeu, deslizando as mãos para cima:

— Sei que você está apaixonado por mim.

Em vez de ficar feliz ou satisfeito, Montenegro sentiu-se mal pelo desespero dela e pela infeliz ideia que havia tido de levá-la para a cama. Amava-a por demais para querer desonrá-la com a proposta que havia feito e somente agora via o quanto. E disso, passou para a irritação: ela se venderia a ele sem o amar. Tudo o que havia feito ou dito era apenas por causa do seu dinheiro. Tentando controlar a fúria que ia lhe crescendo, mais por ela não lhe amar do que por qualquer outra coisa, Montenegro sentiu-se obrigado a pará-la. Segurou as suas mãos e a encarou.

Amaia esticou um sorriso sedutor, imaginando que ele queria tomar o controle. Surpreendeu-se quando Montenegro se afastou dela. A cara de decepção dele era pior do que qualquer xingamento. Amaia sentiu-se pequena, sentiu-se suja, e o olhar fixo de Montenegro sobre ela a deixava mais humilhada. O estômago de Amaia roncou, mas era a sua alma que estava vazia, sugada pelo olhar de decepção dele. Havia caído do pedestal no qual havia sido posta e a dor da queda era maior do que qualquer outra que poderia um dia ter sentido.

Num impulso, ela foi embora, sem querer olhar para trás, envergonhada. Nunca mais seria capaz de encará-lo. Havia sido humilhada por si mesma, pelo seu desespero contra a pobreza e a solidão, e ele havia notado.

Montenegro conseguiu tomar conta das suas ações só quando ela desapareceu pela porta. Arrependeu-se da maneira fria com que a havia tratado. Deveria ter explicado que ele queria ajudá-la, mas queria ter a certeza de que ela o amava. Contudo, teve muita raiva quando a viu tentar manipulá-lo da mesma maneira que vinha fazendo com os outros cafeicultores, como se ele valesse o mesmo que eles: nada. Se fosse realmente um canalha, teria aceitado aquela troca. Poderia aproveitar-se dela o quanto quisesse, e depois a deixaria tentando levantar a fazenda, fadada à bancarrota. Havia apenas uma coisa, algo que o impedia de ser um patife: amava Amaia.

Deu um soco na mesa, sem se dar conta que arrebentou parte do tampo de madeira. Com o estrondo, Luizão veio acudi-lo. Ao ver o senhor envergado sobre a mesa e com o punho sangrando, foi correndo pedir ajuda. Não era com as feridas externas que deveriam se preocupar, mas com as internas.

Foram alguns dias para que conseguisse parar de pensar em Amaia sem que uma decisão fosse tomada. A cabeça estava anuviada, muitas confusões a respeito dela e de si próprio. Seu julgamento, o qual considerava inquebrantável, se desfazia em pedaços diante da figura de Amaia. Havia se precipitado ao concluir que ela era apenas uma jovem compromissada — sim, não poderia esquecer do seu erro de leitura na festa de noivado, ao não vê-la com o arranjo de flores — que adorava ser admirada e querida por todos. Depois, foi encontrando, sob a superfície flébil da coqueteria, uma moça forte, determinada e adoravelmente teimosa, que lutava pelo que acreditava. Mais a fundo, achou que essa teimosia era orgulho, era pretensão, era a escada para retornar ao que havia na superfície, ou seja, para que ela se sentisse acima de todos e de tudo. E quando estava tomando essa como a sua última e definitiva conclusão, ainda que a amasse com toda a força, Canto e Melo batia à sua porta para lhe desviar o curso daquelas nuvens tenebrosas que rugiam ao seu redor, anunciando um fatídico desfecho.

— É um tolo e nunca, em minha vida, pensei que iria ter a coragem de lhe dizer isso. Na verdade, nunca pensei em lhe dizer isso, mesmo quando o via fazendo alguma tolice. Talvez, não exatamente uma tolice, mas algo que discordava terminantemente. Está bem, sejamos sinceros: não concordo com suas atitudes. — Ia ele diminuindo o tom de recriminação diante do adensamento do olhar de Montenegro.

— Sobre o que falamos?

— Sobre Amaia. Você deveria ir à Santa Bárbara e pedir Amaia em casamento. E se não o fizer é um tolo! Não sou a pessoa mais apropriada a falar dela, não quando... Você bem sabe que não gosto muito dela. Não a vejo com bons olhos e isso nunca foi novidade, já deve ter percebido. — Ao notar que Montenegro estava levemente surpreso com aquela afirmação, Canto e Melo arrependeu-se de tê-lo dito, mas continuou. — Ainda assim, acho que vocês deveriam se casar. E não adianta alegar que casamento é uma sociedade sem lucros, que acaba, e todo o drama que você usa como desculpa. Não estamos falando de negócios e sim, de Amor. E o Amor não se negocia. Você ama ou não. Se vai durar ou não, vai depender do seu próprio empenho quanto ao Amor. Então, meu amigo, vá atrás da mulher que você ama e a peça em casamento, antes que outro o faça e você fique, novamente, com cara de quem chupou a castanha do caju.

Ao terminar, parecia que Canto e Melo havia subido a ladeira da Misericórdia correndo. Respirava de boca aberta e sem qualquer sinal de que conseguiria pronunciar mais uma palavra. Havia exposto ali muito mais do que conclusões próprias. Canto e Melo estava sério, garantia suas palavras com alguma consternação que só dava mais certeza a Montenegro que aquela era uma verdade.

Sentado atrás de sua escrivaninha, o Barão Negro ficou alguns segundos em silêncio, apenas aguardando o outro voltar a respirar normalmente.

— Você veio aqui somente para me dizer para seguir o meu coração?

— Era isso ou ler uma poesia e esperar que você interpretasse que o Amor vence qualquer barreira. — Sentou-se numa cadeira diante dele.

— Deveria ter optado pela poesia — respondeu Montenegro, se levantando e abrindo a porta do gabinete, levando a entender que era hora do amigo se retirar.

Canto e Melo não se sentiu ofendido, do contrário, estava satisfeito que não havia levado um soco ou um tiro ao ter tido a coragem de falar o que ninguém mais teria. Porém, conhecia a teimosia de Montenegro, e sabia que ele não aceitaria nada que não fosse ele próprio a perceber — tal qual Amaia. O jeito era aceitar e aguardar os fatos.

Ao passar por Montenegro achou ter visto seus olhos se apagarem com algum pensamento que, certamente, não iria dividir com ninguém, pois Montenegro não era um homem de divisões, mas de somas.

27

Ao escutar as palavras do senhor pequeno e calvo, de longa barba branca, Amaia apertou a mão de Bá. *É mesmo verdade?* A outra mão, que estava pressionando o ventre, foi para a boca e os olhos se encheram de lágrimas. Não podia ser! *Deus, não pode ser!* Quando Bá havia vindo correndo lhe chamar na capela, onde passava a maior parte de seus dias a rezar por um milagre, Amaia poderia esperar apenas mais um cobrador — e havia tido certeza ao ver o senhorzinho sisudo, que lhe batia nos ombros, parado no meio da sua varanda. Porém, quando ele lhe contara a que veio, as pernas dela balançaram e Bá teve de pegar na sua mão antes que colapsasse — e de verdade. Ainda se refazendo da notícia, Amaia virou-se para a velha mucama. *É mesmo verdade?*

Os olhos jabuticaba da escrava transbordavam num choro que não escondia. Limpando o rosto no avental sujo de comida, a velha Bá mexeu a cabeça em positivo:

— Viu? Não disse que se rezasse à Deus, as coisas aconteceriam? Tem que ter Fé, menina, e paciência, pois a nossa hora nem sempre é a mesma do Divino. O Amor Dele por nós consegue fazer milagres, mover montanhas...

— Bá, como eu rezei! Rezei tanto! — Pôs a mão contra o peito. — Mal consigo ficar de pé de tanto que me prostrei diante Dele. Passei dia e noite na capela pedindo ajuda, alguma luz para encontrar a solução dos problemas. E, quando eu dava por perdido, eis que isso acontece... Nem posso acreditar! Por favor, não me desperte desse sonho bom.

— Posso garantir à senhora que não deve mais nada a ninguém. Está livre! — E entregou a ela o que seria a sua carta de alforria.

Com os recibos de quitação nas mãos, Amaia sentiu o zumbido no ouvido. Suas dívidas estavam quitadas, era isso mesmo?! Ao ler as letras do papel que compunham sua ode à liberdade, Amaia podia sentir o peso que saía dos seus ombros, levitando, indo alto e alto desaparecendo. Poderia respirar fundo ao saber que ainda tinha um pouco de dignidade em si. Mesmo assim, Amaia não queria ainda festejar. Tinha consciência que era apenas um passo diante de toda a trabalheira que teria. Era preciso angariar dinheiro para revitalizar o cafezal, comprar novo maquinário, e ter o suficiente para contratar um advogado na Corte que lhe ajudaria a alforriar os escravizados. No entanto, como Bá costumava dizer: tudo a seu tempo.

Por ora, era ficar contente e agradecer a Deus. Sim, a Deus. Aquele que ela havia deixado de lado porque "não lhe emprestava dinheiro", cujas preces evitara porque sentia-as em vão. Aquele para quem, finalmente, após a humilhação de Montenegro, havia se prostrado e, na humildade de filha que retornava à casa do Pai, envergonhada por não se lembrar de como rezar pedindo ajuda. Primeiro para curar o seu coração dilacerado, segundo para conseguir encontrar um meio de se salvar da situação em que se via metida — dívidas e mais dívidas — e, em terceiro, para ter a serenidade necessária para lidar com a vida solitária.

Percebendo que havia feito o ordenado, o Sr. Miranda se despediu da moça e foi tomando o seu chapéu e a sua bengala e indo na direção do seu coche. Não demorou para que, erguendo as saias, Amaia corresse atrás dele, querendo ainda lhe perguntar algo que atinava somente com a sua partida:

— Mas me diga, senhor, quem foi que pagou as dívidas?

O velho remexeu a boca, mas não deu nomes.

— Minha senhora, sinto muito, mas o benfeitor pediu sigilo.

E subiu no coche, levando as dívidas de Amaia e lhe deixando as dúvidas. Ao retornar para a varanda, a moça cruzou os braços e foi, de imediato, questionada por Bá:

— Quem acha que possa ter pagado essas dívidas? — Tinha um olhar desconfiado, de quem tinha certeza de que Amaia poderia ter feito algo que não deveria somente para ter aquelas contas fechadas.

— Quem mais? — Ela bateu os ombros, soltando o único nome que lhe parecia coerente. — Meu padrinho. Ele havia me dito que se tivesse uma boa venda este ano, me ajudaria quitando algumas dívidas. Só não pensei que arcaria com todas! — Uma sombra tomou o rosto de Amaia. — Só tenho medo do que ele possa querer em troca, Bá. Tenho muito medo... É uma soma muito grande para quem faria um gesto desse apenas por "caridade".

Pondo a mão em seu ombro, Bá abriu um sorriso que afastaria os medos, por enquanto, e a acompanhou até a capela.

Um passo trás do outro. É assim que uma criança aprende a andar. Caindo, se levantando, um passo atrás do outro, caindo, se levantando e uma hora não cai mais. Amaia sentia-se uma criança, contudo, desta vez estava confiante de que havia feito o que era certo, por mais que pudesse ir contra os seus interesses, e havia tido uma boa retribuição. Ainda assim, era preciso se reerguer antes de pular vitória.

Aguardou o cair da noite e arregaçou as mangas do vestido. Passou a madrugada sobre papéis, contas, nomes e concluiu, ao amanhecer, que o melhor a se fazer era dar fuga aos escravos para que não caíssem nas mãos de pessoas cruéis. Quanto à fazenda, a venderia. De que adiantava a terra e o dinheiro se não poderia ser ela mesma, se não poderia ser feliz?! Só achava que poderia ter concluído isso mais cedo, sem trazer tanto sofrimento a si e aos outros.

Amaia largou-se sobre uma poltrona e pôs as mãos no rosto. Por que ela havia inventado tudo isso? Por que não simplesmente aceitou a proposta de Montenegro? Afinal, amava-o e, quando se ama, não há pecado. "Amai-vos e multiplicai-vos", estava na Bíblia. Era tarde demais para ele também. Por mais que tivesse o orgulho ferido, não iria ainda abrir mão do pouco que tinha: sua honra. Montenegro também a havia magoado, além de ter desaparecido. Ninguém sabia dele nem na Guaíba.

O dia passou largo e era quase hora do almoço quando Amaia havia chegado a poucas conclusões. Precisava fugir com os escravos e isso era o mais iminente. O resto, pensaria depois. Como se daria essa fuga? Seria simples. Iria mandá-los embora. Avisar que fugissem para os lados de algum quilombo. Se soubesse de Montenegro, ele poderia indicar algum. Ah, por que estava se lembrando dele novamente? Ele não a queria e isso havia ficado muito claro da última vez.

Foi andando para fora do escritório, matutando como organizaria a fuga.

Precisava de uma carroça para os idosos e para as crianças. Eles não conseguiriam andar muito. Os quilombos deveriam ser serra acima, de difícil acesso. Teria que fornecer comida para eles e também sapatos. Havia ainda os capatazes. Precisava impedi-los de irem atrás. Seria preciso atraí-los para que fossem presos ou encurralados. E quanto à polícia? E se Cora reclamasse, pois metade daqueles escravos eram dela também? Se fosse o caso, daria a sua parte da venda das terras e não discutiria mais o assunto. Estava farta de tudo aquilo.

Farta a ponto de se deparar debaixo do carvalho centenário. Queria se sentar numa das grossas raízes sobre a terra e chorar. Chorar o máximo que seus olhos permitiriam, chorar tudo o que havia passado ou deixado passar, chorar a morte de seus pais, os problemas que havia acarretado para Singeon e Cora, chorar por si mesma, pela Amaia que havia morrido com seus pais e aquela outra inescrupulosa que se apossara dela.

Recostou a cabeça no tronco da árvore. Que vergonha sentia de si mesma, de tudo o que havia feito. Por que não poderia ter agido de outra maneira, de um jeito menos... De que adiantava se lamuriar? Seus pais haviam morrido e perderia a fazenda. Ao menos, teria dinheiro para salvar os escravos. Algo de bom teria de vir de toda a confusão que armara para si mesma.

Fechou os olhos para sentir o tom ameno da brisa, acompanhado pelo som da copa das árvores junto ao gorjeio dos pássaros, e replicado pelo relinchar de um cavalo. Um cavalo? Deveria estar alucinando de vontade de ver Montenegro, apenas isso. E teve certeza quanto ao seu desejo ao escutar, ao largo, a voz dele chamar por seu nome.

Achou melhor conferir se dormia. Apertou o braço e abriu os olhos recheados de lágrimas, mais verdes do que nunca.

Havia uma figura negra vindo em sua direção. Ela ficou parada, aguardando a miragem se desfazer. Mas ela só ficava mais nítida a cada passo, a cada respirar de Amaia. Era mesmo Montenegro que vinha ao seu encontro, nas suas usuais roupas negras, numa pressa que ritmava com o coração dela. Ao deparar-se com os olhos platinados tão próximos, Amaia engoliu o choro que arrebentou no seu peito. Era alívio ao saber que ele estava vivo, que nada de mal havia lhe acontecido.

Limpou o rosto molhado nas mãos, antes que ele chegasse perto demais. Não queria encontrá-lo nesse estado de fragilidade. Se tivessem mais uma discussão difícil, como da última vez, ela poderia se despedaçar. Escorou-se no tronco do carvalho para se levantar. Estava sem forças, todas elas drenadas pelo medo de que estivesse num estágio de loucura e alucinando.

Por debaixo dos cabelos soltos, caídos pelas vestes brancas feitos os rios caudalosos, Montenegro reparou que Amaia tinha o rosto cansado, de quem havia passado a noite em claro, e úmido, de quem havia chorado. Sua primeira reação seria abraçá-la, reconfortá-la, mas procurou manter uma pose neutra, com uma das mãos nas costas. Antes, precisava saber que caminho seguiriam a partir dali: o mesmo ou diversos. Sem qualquer sorriso, mas em tom de ironia, Montenegro a testou, pela última vez:

— Como está a vida de casada?

Amaia desconfiou se ele realmente sabia o que havia acontecido. A essa hora, já deveria ser um escândalo, pois a Sra. Feitosa, por certo, teria contado às gêmeas e elas repassariam e, quando chegasse no casamento de Caetana, Amaia seria interrogada por todos sobre a fuga de Cora e Singeon. Só de imaginar quantas expressões de "condolências" — afinal, achavam que era ela a noiva abandonada — e de "satisfação" teria de enfrentar dentro de dois dias, seu estômago se contraiu.

Era certa, porém, de que ele a testava. Ergueu o queixo e estreitou os olhos:

— Não poderia estar mais feliz.

Havia alguma coisa nos olhos de Montenegro que a fixavam no lugar, como se a estudando com uma crueldade quase anatômica. Passando por cima de algumas raízes, ele se aproximava dela e Amaia tentava se manter parada, provar que não tinha medo dele e do que pudesse vir a seguir.

— Diga-me, o seu marido, ele é um bom amante?

Amaia corou, mas não se deixou intimidar. Sem se desviar dele, sustentando o desafio, respondeu em tom de ofensa:

— Não vou discutir esse tipo de coisa com o senhor.

Puxou a saia que a impedia de enxergar o chão. Subiu um pouco para poder ver onde pisava. Não queria tropeçar e cair nos braços dele. Não dessa vez. Não quando ele vinha com aquelas brincadeiras bobas de sedução. Ao reparar no que ela havia acabado de pensar, Amaia estremeceu. Era essa, então, a sensação que os rapazes tinham quando ela vinha repleta de flertes e ironias?

Montenegro, que dera a volta no carvalho, parou na sua frente, bloqueando a sua fuga:

— Diga-me, já viu estrelas com ele? — O olhar dele brilhava de uma maneira maliciosa.

Apesar de subentender que deveria estar falando de outra coisa que estrelas em si, Amaia tentou desviar-se dele e da conversa:

— Estrelas? Sim, ontem à noite o céu estava belamente estrelado.

Mas Montenegro a parou com o próprio corpo. Encaravam-se. Levantando uma mão na altura do rosto dela, Montenegro a acariciou de leve com os nós dos dedos. O primeiro toque fez com que Amaia fechasse os olhos e não notasse que a outra mão dele a envolvia pela cintura, até que foi puxada para junto de si:

— Sua tola, venha cá.

Seus corpos se tocaram. Amaia tentou desvencilhar-se, empurrando-o. Montenegro nem se mexia. Ela reclamava, evitando levantar o rosto para que não a beijasse. Conhecia a ele e aos seus truques e estava farta de tudo aquilo. Ela só queria poder ficar em paz, voltar a ter uma vida tranquila e sem preocupações.

— Confesse, Amaia, você e Singeon não se casaram. Ele e Cora fugiram e deixaram todas as dívidas e os problemas da fazenda nas suas mãos. Uma só vez, diga-me o que realmente está acontecendo, Amaia. — Ele puxou o queixo dela e segurou-o para que ela não lhe desviasse o olhar.

— Pode me soltar, por favor?!

Montenegro pressionou o agarre e ela reclamou que não conseguia respirar. Ele queria a verdade e não mais uma mentira evidente. O repertório havia se esgotado, restava somente a verdade no fundo daquele baú repleto de truques de sedução.

— Você abriu mão do casamento. Sua fazenda está prestes a ser vendida — ele insistia.

Ao ouvir a verdade da boca dele, Amaia empalideceu, arregalando os olhos:

— Como você soube?

— Amaia, de que adianta continuarmos mentindo um para o outro?

O peito dela foi se enchendo e ela balbuciou:

— Eu não o amava... Eu não o amava porque... — Uma lágrima escapuliu. —... Eu não amava o Singeon porque eu amo você. Essa é a verdade, eu amo você. E quando fui lhe revelar isso, você achou que era uma brincadeira, uma tentativa de sedução por causa do seu dinheiro. Pois não preciso mais dele, nem de mais nada. Só quero poder ter a paz de espírito que me fugiu há muito tempo. Por isso, se veio até aqui para zombar de mim, agir com desdém, vingar-se, o que for, por favor, se vá... Eu não posso mais continuar com esse jogo de sombras.

Montenegro a soltou automaticamente. Amaia aproveitou para dar um passo atrás. Se ele a apertasse daquele jeito outra vez, era capaz de desmaiar de verdade. Não estava mais no controle de nenhuma de suas faculdades. Queria descansar o corpo, a mente e o coração. Queria fugir, queria desaparecer. Era melhor do que ver a decepção que subentendia por debaixo do silêncio de Montenegro.

Ele foi ao seu alcance. Tomou-a com uma intensidade que Amaia achou que perdia o chão. Não conseguia respirar com o beijo que ele lhe deu, adentrando a sua alma e sugando as emoções para fora. Amaia enlaçou o pescoço dele, dançando na mesma sintonia, esfregando-se, desbravando os corpos. Montenegro dividia-se entre se controlar e aproveitar aquela entrega total. Até que achou melhor parar de refrear-se.

Pegou-a no colo e, ainda mantendo o beijo, levou-a para perto da árvore e deitou-a por entre as raízes. Por um segundo, ele parou para analisar se deveriam seguir com aquilo. Por mais que estivessem dispostos a dividir o Amor naquele beijo, tinha para si que poderia ser uma questão.

Arfando, Amaia não queria que ele parasse de beijá-la. Puxou o rosto dele para junto do seu. Seus dedos foram entrando pelos cabelos dele e lhe envolvendo o corpo com os braços, deitando-o sobre si. Montenegro mergulhou em seu pescoço e Amaia estremeceu ao sentir a sua boca descendo até o decote do vestido, torneando a nascente dos seios que iam se pondo enrijecidos. Num gemido, ela pegou o rosto dele e o levantou para beijá-lo.

As mãos de Montenegro ergueram os tecidos das saias. Quando os dedos quentes dele tocaram as suas coxas por cima das meias, todo o corpo de Amaia vibrou. Ele pôde sentir, o que o fez ficar mais desperto. Suas mãos subiram pelas pernas dela sem qualquer resistência. De olhos fechados, ela balbuciava pequenos gemidos, somente. Ao deparar-se com a sua roupa íntima, Montenegro encontrou a ponta do laço que a segurava. Aquele era como um limite que ele precisava confirmar se seria ultrapassado. Ergueu um pouco a cabeça e viu que Amaia, corada, tinha os olhos verdes colados no seu rosto. Ela também queria, mas era preciso que ela lhe dissesse isso.

— Diga-me que me ama, Amaia, diga-me que me ama.
— Eu amo você.

O laço foi desfeito e a mão de Montenegro penetrou o tecido, abaixando-o. Amaia estremeceu ao toque, gemendo mais alto em seu ouvido, mordendo o lóbulo da orelha dele, devagar, na cadência das sensações. Aquilo atiçava Montenegro e o impelia a mais. Com delicadeza, foi acariciando as suas reentrâncias, tirando sons de prazer enquanto a mirava, estupefato pela beleza que era ela revirando-se de desejo, com a boca semiaberta.

Quanto mais se envolviam, mais ela lhe pedia que continuasse, mais as pernas o amarravam no meio dela, mais a cabeça ficava zonza e mais ele sussurrava no ouvido dela:

— Eu amo você, Amaia, eu amo você e somente você.

E fundiram-se num beijo, um nos braços do outro, mergulhados em sensações. Navegavam pelos corpos, conhecendo as latitudes da volúpia e testando as longitudes dos bons modos, até Amaia se derreter nos dedos dele. Incapaz de conter o próprio desejo, num impulso incomum para um homem que sempre se mantinha impassível diante do perigo, Montenegro caiu sobre ela, enterrando-se numa avidez que a fez estremecer. O olhar assustado dela levou-o ao arrependimento imediato. Não era para ser agora; Amaia merecia mais do que ser tomada debaixo de um velho carvalho. Levantando a cabeça e se preparando para sair dali, Amaia puxou-lhe o rosto, sugando os seus lábios num beijo que ia sendo atenuado pelo vai-e-vem daquela dança nova e que, apesar de incômoda, fazia-a sentir-se mais completa, mais viva, sem qualquer arrependimento, sem qualquer medo. Porque tudo o que Amaia e Montenegro precisavam era estar juntos, sem quaisquer obstáculos, impostos por si mesmos ou por outrem, descobrindo-se um no outro, somados e multiplicando as mesmas estrelas que lhes preenchiam os âmagos quando unidos.

28

Guaíba. Se a fazenda era esplendor mesmo apagada no entrelugar comum do cotidiano, seria o que quando em festa, ainda mais uma festa de casamento como nunca se havia tido antes lá? Por mais que Caetana e Canto e Melo pedissem uma cerimônia simples, o Sr. Feitosa não poupara nem esforço e nem dinheiro. Mandara replantar o jardim com flores brancas e criara áreas para que as pessoas pudessem passear. Mandara fazer um labirinto para quem queria brincar, em cujo centro os mais sortudos encontrariam uma estátua de Querubim e a inscrição: "Por aqui não se passa sem se beijar. São as regras do Querubim, o protetor do labirinto".

Se, por fora da casa, havia todo um cuidado especial, dentro estava triplicado na decoração. Escadarias, portais, janelas, todos estavam enfeitados com festões de flores brancas. Havia arranjos em quase todos os ambientes, tomando cantos vazios. Em cada sala havia mesas com quitutes, doces e bebidas à vontade do convidado. Os escravos, em elegantes roupas brancas de brocado e botões dourados, serviam os pastéis de ostras e as empadas quentes que saíam fumegando da cozinha.

Para não dar trabalho aos quinhentos convidados — afora os curiosos que iam se ajuntando, e tentando se desvencilhar dos capatazes armados, para entrar na festa sem convite —, o Sr. Feitosa decidiu que a cerimônia religiosa se daria dentro de casa. Não houve padre, bispo nem cardeal que fosse do contra. Se fosse preciso, bula papal seria criada para a circunstância. Prepararam uma das salas feito uma capela. Tiraram todos os móveis e mandaram vir de Portugal um par de genuflexórios, castiçais de prata de chão, e todo um altar entalhado com a estátua do Sagrado Coração de Jesus ao centro. Era uma igreja completa, o que deixou o padre de Vassouras com inveja. Fazendo o sinal da cruz, ele rezou e abençoou aquele altar e considerou que estava bem colocado.

Outras duas salas foram modificadas para se tornarem salões de baile e duas pequenas orquestras foram contratadas, uma para cada salão. Ainda teve uma terceira orquestra, esta composta pelos escravos da própria fazenda, que ficava debaixo de um caramanchão no jardim, tocando para os convidados que quisessem dançar por entre as flores.

Quando Amaia chegou, a cerimônia já havia iniciado. Tentou ser a mais discreta possível, colocando-se no fundo da multidão que assistia à benção do sacerdote. Caetana estava linda com um vestido de renda que havia mandado vir da França. Na sua singeleza, usava o camafeu que seu noivo lhe presenteara na noite anterior. Suas irmãs mais novas, Lavínia e Felipa, em vestidos bordados, pareciam dois anjinhos, com os cachos loiros em torno do rosto e uma coroa de flores. Belisária e Rosária, em vestidos lilás, tinham a expressão séria, quase aborrecida, de quem queria estar no lugar de Caetana. E quem não gostaria? Dava para ver no rosto de Canto e Melo quão feliz e apaixonado ele estava. Olhava para a noiva com tanto gosto, com tanta admiração, como se a uma santa estivesse vendo.

Amaia suspirou. Era a mesma admiração que havia encontrado nos olhos platinados de Montenegro, debaixo do carvalho centenário. Corou. Será que as pessoas notavam que ela havia "ultrapassado as convenções"? Como havia sido imprudente! Eles... — *Céus!* — tiveram intimidades! E nem casados eram! Oh, estava tão feliz, pois finalmente havia encontrado o amor da sua vida — e delícias que ela nem poderia imaginar existirem! *Bem que aquele canalha havia prometido diversão*, ria-se. Deveria estar parecendo uma tola, querendo chorar de alegria pela amiga que, em breve, sentiria o mesmo amor nos braços do seu amado.

Seu coração pulsava o nome de Eduardo, que ia se espraiando por suas veias, tomando o seu corpo num novo impulso: o de encontrar os olhos claríssimos dele. No entanto, encontrou vários outros olhares para cima de si e nenhum era o do seu amado. Havia olhares de desaprovação, olhares de surpresa, olhares de inveja, olhares de desejo, olhares de choque, olhares de condenação, olhares de pena. Não se detinha aos olhares apenas, havia nas bocas a fofoca de que ela havia sido largada no altar por Singeon, que havia fugido com Cora. O motivo — este também inventado — era o de que ele havia descoberto que Amaia tinha um amante que havia quitado todas as suas dívidas. Como era que sabiam disso, ela não imaginava, porém ninguém era capaz de dar o nome do "tal amante", nem para ela agradecer a ele a ajuda.

Havia quatro possibilidades para Amaia lidar com a fofoca. Poderia ignorar e continuar a andar pela festa, poderia se esconder em algum canto, poderia ir embora, ou poderia erguer o queixo e enfrentar aquilo dentro do seu pomposo vestido carmesim, que havia guardado para algum dia especial — nem a fome se poria entre ela e a bela veste. Todo em vidrilho vermelho sobre o veludo de mesmo tom, Amaia tinha a sua beleza ressaltada pela cor e pelo ousado modelo que deixava seu colo à mostra e os ombros desnudos. Os cabelos, presos de uma maneira diferente, entre o elegante e o arrebatador, e nem um pouco jovial, davam o ar de que se tinha uma mulher diante de si.

Optou por suportar qualquer fofoca, olhar depreciativo, o que fosse. E não só suportaria com classe, mas com um sorriso de desdém de quem estava muito acima do que os outros fossem pensar. Amaia havia se cansado de se preocupar com o que poderiam falar — pois já falavam tudo mesmo. Havia se cansado de criar e manter expectativas — já que nenhuma havia se realizado. Havia se cansado de dar explicações — pois elas não levavam a soluções. Havia se cansado da antiga Amaia, aceitando uma nova e feliz Amaia, contente consigo mesma e dona da sua vida e das suas emoções. De cabeça erguida e olhar direto, ia meneando a cabeça para cada conhecido seu, independentemente se retornavam à educação ou não. Alguns, mais arraigados aos costumes — isto é, às fofocas —, não retribuíam, surpresos com aquela audácia. Outros viravam-lhe a cara e uma minoria ficava sem graça e também meneava. Contavam-se nos dedos quantos lhe vieram falar e trocar algumas palavras, dentre os quais a família Feitosa. Até mesmo o padre evitava estar com ela, saindo de perto quando lhe foi pedir a benção.

Numa volta em si, Amaia reparou que era ela uma anomalia social, uma leprosa cujo contato poucos ousavam manter. Isso não a desencorajou. Do contrário. Continuou a agir normalmente, engolindo com amargor cada rejeição e entendendo que aquilo era parte do que havia colhido ao querer enfrentar as leis daquele pequeno universo com o qual todos estavam acostumados — em que a mulher existia para servir à cama do homem e nunca a mesma mesa de negociações. Por fim, Caetana e Canto e Melo, que recebiam os parabéns, chamaram-na para um brinde especial. Diante de uma roda de convidados, estavam ao centro os noivos e a amiga especial.

— Atenção — pediu a noiva, com algum acanhamento, não estava acostumada a falar em público. — Por favor, atenção! Gostaria de pedir um brinde para agradecer a presença de todos, em especial a da pessoa que mais torceu pela minha felicidade, que mais me apoiou ao longo da vida e que, tenho certeza, hoje quer meu bem acima de qualquer outra pessoa aqui. Peço que todos brindem não só à minha felicidade e a do meu querido esposo, como também daquela que foi responsável por nossa união: Amaia Carvalho!

Palmas foram ouvidas, algumas a contragosto, e taças foram erguidas. Amaia recebeu uma taça. Ao perceber a mão que lhe entregava, estremeceu.

Montenegro finalmente aparecia e vinha acompanhado de um sorriso que a deixava mais tranquila. Amaia havia descoberto ser capaz de enfrentar o mundo enquanto ele estivesse sorrindo para si.

Participando do brinde, ele lhe sussurrou ao pé do ouvido:

— Desculpe-me pela demora. Terminava de resolver algumas coisas.

— Está tudo bem agora?

Os olhos claros dele se fixaram nela com tanta ternura, que lhe encheu o coração. Montenegro abriu um sorriso carinhoso e foi o resto do corpo dela que se encheu.

— Agora está.

As taças se beijaram num tilintar e beberam a champanhe.

O salão foi se preenchendo com a música. Montenegro colocou as taças sobre uma bandeja que passava recolhendo os copos, e puxou a sua mão:

— Dar-me-ia a honra de uma dança, senhorita?

— Não sei. Vai depender.

— Posso saber do quê?

— Se o senhor prometer que não vai me soltar.

— Eu nunca vou largá-la, Amaia, nunca mais. — Puxou-a pela cintura para a valsa que daria início ao baile.

Aguardaram os noivos, que deveriam fazer a abertura da pista, e foram o segundo casal a dançar. Por entre os rodopios da valsa, Amaia via o rosto de felicidade de Caetana e a troca de olhares e sorrisos entre Canto e Melo e Montenegro. Eram ali dois casais felizes que se encontravam no Amor. A eles foram se juntando outros casais e, em pouco, a pista estava toda completa, a ponto de mal se conseguir dançar.

Montenegro puxou Amaia pelas portas do jardim, refrescado pela brisa natural do entardecer. De mãos dadas, passaram pelo caramanchão da orquestra de escravos, e foram para o labirinto cujas entradas ficavam logo ao lado. Era isso mesmo, duas entradas, uma para as moças e outra para os rapazes. A ideia era que se encontrassem ao centro do labirinto. Antes de sumir pelas veredas de cerca-viva, Montenegro deu um beijo estalado na mão de Amaia e prometeu encontrá-la no Querubim.

O labirinto era mais extenso do que Amaia poderia esperar. A cerca-viva a impedia de saber onde estava e teria perdido completamente a orientação se não fosse pelo som da música que vinha por cima das plantas. Isso a ajudou a saber se estava mais ou menos perto da casa-grande, se era à sua direita, esquerda, atrás ou na frente. No caminho, reparou que havia pequenas placas com trechos de poesias românticas. Em alguns becos sem saída, achava uma estátua de algum casal de enamorados se beijando. Era um estímulo ao Amor, por certo. Poucas moças ousavam entrar, no entanto. Dentre as que havia encontrado, estavam em grupinhos e rindo-se. Entreouviu que falavam da falta de um rapaz, Luiz Mesquita, que ninguém sabia onde estava. Havia um tom de tristeza entre elas, pois era um bom partido para as moças.

Amaia estava pouco interessada no paradeiro alheio, continuando o seu percurso. Teve certeza de que se aproximava do centro do labirinto ao ver, metida entre as folhagens, Belisária — ou seria Rosária? — engolindo o rosto de um rapaz o qual não pôde identificar. Continuou na sua busca de erros e acertos até se deparar com o querubim. Uma mão tocou seu ombro, assustando-a. O sorriso de Montenegro espantava qualquer receio, tanto ao Passado quanto ao Futuro. Era ele a certeza do Amor que Amaia tanto buscava. Deram as mãos e rodearam a estátua. Ela ficava ao centro de uma fonte e a água jorrava de sua aljava. Alguém havia espalhado pétalas de rosas pelo espelho d'água, puxando mais o ar romântico.

A mão veio tomando a cintura numa dança em que os movimentos levavam um corpo ao outro e no encontro dos olhares que se beijavam. Os lábios, pulsantes, foram ao encontro das carnes e, em pouco, os dois se fundiam numa valsa em que os corpos mal se mexiam, ritmados pelo acariciar das mãos, pelo roçar das peles, pela vontade que coordenava a melodia.

Quem os avistasse de longe, acharia se tratar de um lundu[28] lento, uma nova dança mais sensual — e menos apropriada por um par que não era casado.

Ao escutarem que alguém se aproximava, eles se afastaram. Ainda assim, Montenegro não a soltou. Ficaram de mãos dadas. Haviam resistido o bastante para estarem juntos e não se deixariam tão facilmente — ou assim imaginavam.

Era uma das gêmeas que, pelo seu atordoamento, parecia estar atrás da irmã. Não havia dito nada, apenas disparou um sorriso simplório, e continuou na sua busca pela outra — a que Amaia havia visto engolindo um rapaz.

Acreditando que o centro do labirinto não era o melhor local para ficarem a sós, Amaia e Montenegro decidiram entrar por uma aleia que deveria levar à saída. Dali procurariam uma alcova apartada da festa — quiçá, a sala de costura onde haviam se encontrado pela primeira vez? Iam atravessando o caminho aos beijos, rindo-se e aproveitando a beleza das árvores de copas floridas. Depararam-se com uma bifurcação. Montenegro sugeriu que cada um fosse para um lado e vissem o que havia no final. Amaia seguiu pela esquerda e ele, pela direita. Não sem antes despedirem-se com um beijo que fez com que ambos tivessem que ir à busca de ar depois.

O novo caminho era uma curva constante onde não se via o que se encontraria a seguir. Era animador, apesar de exasperador. Amaia tinha esperança de que, a qualquer momento, Montenegro iria surgir na sua frente. E, à medida que isso demorava, mais ansiosa ela ia ficando. O fim do dia ia aquarelando o céu em tons de laranja e rosa, as sombras da noite iam se aproximando e transformando os belos arranjos do jardim em criaturas estranhas, confusas, embaladas pela música distante da banda de escravos. O crepúsculo ia pintando o chão de escuridão, o que obrigou Amaia a ir mais devagar. Um peso foi sendo gerado em seu peito e a respiração foi se tornando um fardo. Ao longe, pontos de luz — tochas acesas — tremulavam apontando que ela estava se afastando da festa ao invés de estar se achegando. A solidão era fria, era dura, e Amaia não a queria enfrentar novamente.

Numa volta, encontrou um rosto conhecido que vinha na contramão e um golpe de ar saiu de uma só vez:

— Padrinho!

Controlou o susto inicial e soltou uma risada bem-humorada de quem estava aliviada. Poderia não ser Montenegro, mas não era também nenhum desconhecido que lhe faria qualquer mal — ao menos, num primeiro olhar. Com a mão no peito, Amaia resolveu se explicar. Pela expressão de Feitosa, ele não parecia muito satisfeito com aquele susto como se fosse um monstro das histórias da carochinha.

— Desculpe-me, padrinho. Não o reconheci de imediato. Nem sei o que pensei. Está escurecendo e acho que meus olhos não se acostumaram ainda. Achei lindo esse labirinto. Esplendorosa ideia! Pena que seja tão fácil nos perdermos aqui...

Feitosa continuava impassível, sem rir, sem se fazer gentil ou simpático. Por mais que Amaia não conseguisse bem enxergar a expressão dele, sentia-o sério, beirando ao irritado. Podia imaginar o motivo. Ela havia colocado sobre si um escândalo por causa de Singeon e Cora, e Caetana enfatizara isso durante as próprias bodas ao enfrentar a todos com aquele brinde. Era preciso também agradecer a ajuda que ele havia lhe dado quitando as dívidas. Claro! Era por isso que estava bravo com ela. Bem sabia que Feitosa tinha seu quinhão de vaidade e gostava de um elogio.

— Nem tive tempo de agradecê-lo por toda a ajuda...

— Não é necessário — interrompeu-a. — Eu vou ajudá-la no que precisar, a partir de agora. — O tom dele havia se suavizado, mas parecia levemente anormal.

Aproximando-se dela, Amaia pôde sentir quando ele tomou as suas mãos. Nunca havia tido esse tipo de intimidade e ela mesma achava não caber num momento daqueles em que estavam apenas os dois num lugar apartado e escuro. Não havia ninguém por ali e se fosse preciso gritar, achava que seu berro seria suplantado pela banda ao longe. Amaia tentou retirar as mãos, sem muita virulência, para que ele não achasse que ela poderia estar incomodada. Feitosa segurou os seus dedos e os acariciou. Ela gelou. Algo lhe dizia que não era um bom sinal, o que foi confirmado ao sentir o álcool nele, o que bem combinava com o tom malicioso da sua fala:

— Vou precisar que você me ajude também, minha querida.

De repente, Feitosa segurava-a pelos punhos, muito forte. Não havia como Amaia relutar. Ele foi guiando as suas mãos na direção de suas calças, forçando-a a tocá-lo. Talvez, se gritasse, Montenegro poderia escutá-la, ou quiçá alguém do grupo de meninas, ou uma das gêmeas. Era melhor tentar antes que se arrependesse de não ter feito nada para sair daquela situação, como com João Pedro, ou com Oto Junqueira. Poderia ter evitado, ela acreditava, se tivesse fugido na primeira desconfiança. Dessa vez, no entanto, ela não permitia que tentassem abusar dela, não quando havia deixado de ser uma medrosa. Era ela dona da própria vida, das próprias atitudes.

— Não! — vociferou. — Solte-me!

Ela mexeu o braço com violência e tentou acertá-lo com a ponta do salto do sapatinho, mas não conseguiu se livrar em nenhum dos casos. Ele era mais forte do que ela, e sua botina mais dura. Não havia bolsa, não havia nada em sua mão para ser usado como arma, então, o jeito era lutar.

— Eu disse que não! E não é não! — Livrou uma das mãos e esta foi direto na cara dele, arranhando-o feito gata arisca.

— Senhor Feitosa!

Não houve tempo de Feitosa reagir. Montenegro chegava e parecia preparado para cumprir uma briga, algo que há muito tempo estava marinando numa guerra fria.

Sentindo a ameaça na nuca, o senhor soltou Amaia imediatamente. Manteve, contudo, a pose de quem estava no comando da situação e que, nem Montenegro e todos os seus contos de réis, nem Amaia e toda a sua beleza, iriam impedi-lo de ter ou fazer o que quisesse.

Montenegro foi para junto de Amaia e, discretamente, deu-lhe a mão, apertando-a, para que ela soubesse que não sairia do seu lado.

O Sr. Feitosa soltou um sorrisinho de escárnio, mais incomodado com aquela união do que com o arranhão que sangrava seu rosto:

— Contou a ela? — O fazendeiro retirou um lenço do bolso e limpou a ferida. — Contou ou não contou, hein, Montenegro? — Amaia apertou os dedos de Montenegro, enquanto ambos escutavam a irritação de Feitosa.

— Contou à Amaia que Cora lhe vendeu a sua parte da fazenda? Contou também que eu e todos os outros fazendeiros vendemos as dívidas da Santa Bárbara para você e que, a qualquer momento, você poderá chamar a dívida e poderá ficar com tudo? Contou o que você me disse? Que queria aquelas terras para si para expandir? Pelo silêncio de ambos, percebo que não. E quando pretendia contar a ela? Quando conseguisse levá-la para cama?

Montenegro sentiu que Amaia lhe escapava da mão.

Na mente dele vinha apenas o que ele havia confidenciado a Canto e Melo: "Comprarei todas as dívidas dela e da fazenda, mas não quero que Amaia saiba disso. Não quero que essas dívidas sejam motivo de negociação entre nós. Enviarei um advogado aqui de Vassouras falar que está tudo quitado, assim ela não precisará se preocupar com nada mais e poderemos ser felizes". Havia demorado uma longa semana para que Montenegro fizesse todos os arranjos necessários. Uma semana que tivera que se manter calado quando escutava as gêmeas ou o próprio Feitosa criticando o sumiço de Amaia das rodas sociais. Uma semana para que Montenegro conseguisse montar o cavalo sem querer ir encontrá-la "por acaso" debaixo do carvalho centenário — onde sempre a encontrava sentada, apreciando o dia. Uma semana preso no seu escritório, pensando como iria pedir perdão e demonstrar o seu Amor sem que ela se sentisse ofendida. Uma semana sentindo-se de fato um canalha por tê-la humilhado com a sua reação no último encontro — deveria tê-la consolado, conversado com ela para entender o que acontecia na fazenda. Uma semana sentindo o Amor lhe consumir e ele não poder declará-lo ainda. Um Amor grande o suficiente para os dois. Uma semana atormentado com o medo de ser rechaçado por ela. Montenegro não saberia o que faria se ela não quisesse mais vê-lo, mas, ao menos, havia feito as duas únicas coisas que estavam ao seu alcance: protegê-la de Mesquita e quitar as suas dívidas. Uma semana para ir até Amaia e encontrá-la debaixo do carvalho, esperando por ele.

— Eu amo a sua afilhada — disse, sem titubear, aguardando as nefastas consequências que traria para si a partir de agora. Não era surpresa que Feitosa gostava de Amaia mais do que de uma filha, e que poderia querer lutar por ela. Ao menos, Montenegro havia escolhido as armas antes ao retirar as dívidas de Amaia do mercado, quando qualquer um poderia comprar e usar contra ela.

— Ama? Hah! Pode enganá-la, ao Junqueira, pode enganar até mesmo ao Mesquita, aquele tolo prepotente e impulsivo, mas não me engana. Você nunca me enganou! Acha mesmo que eu não sabia quem era você o tempo todo?! O que veio fazer aqui? As suas intenções abolicionistas e as informações que veio colher? Você, Amaia, deveria ter sido mais precavida. — Voltou-se a ela, que escutava tudo aquilo em silêncio. —

Não deveria ter acreditado no homem que quer as suas terras e deixou isso bem claro desde o início, rodeando-a e ao seu pai. Amaia, posso ser tudo, mas mentiroso eu nunca fui e você sabe disso.

Amaia se afastou de Montenegro. Ele pressentiu que ela estava acreditando no padrinho, pois, por mais luxurioso que fosse, Feitosa nunca havia mentido para ela — até aquele momento. Num ato de desespero, tentou segurar Amaia pelo ombro e impedi-la de ir.

Algumas tochas foram acesas ali perto. Montenegro pôde enxergar os olhos dela transbordando em lágrimas, perdidos, como se à caça de respostas.

E o Sr. Feitosa insistia, de um jeito bonachão:

— O que você tem a dizer a ela, hein? Para mim, eu sei do que você veio atrás. — Tocou no bolso do colete, dando a entender que carregava a chave da senzala. — Mas, e quanto a ela? Por que mentia? Era para entrar na cama dela?

Foi a vez de Montenegro paralisar e se voltar para Feitosa. Ele teria de finalmente revelar tudo, o que poderia pôr a perder todo o esforço que ele e seus companheiros do Clube dos Devassos estavam empregando na Causa abolicionista. Era isso ou perder Amaia. Em silêncio, Amaia o encarava. Aguardava também uma resposta.

Ao perceber que Montenegro estava retraído na dúvida, ela murmurou:

— Posso agora me considerar quitada?

— Amaia... — Ao tentar pegar sua mão, ela se desfez do toque.

Agressiva, todo o seu rosto havia mudado a composição de melancolia para de injúria. Seu tom de voz era recheado de rancor. Cada palavra era uma pedra que Montenegro era obrigado a engolir calado:

— Eu sempre soube que você era um canalha e, assim mesmo, eu quis estar com você. Eu não fiz pelas dívidas ou pela fazenda, eu fiz por mim, porque EU queria. Não se preocupe, ninguém virá questioná-lo ou obrigá-lo a se casar comigo. Estamos acertados agora. Adeus, Sr. Montenegro. — Estendeu-lhe a mão para um aperto. — Foi um prazer fazer negócios com o senhor.

Ao notar que ele ainda estava confuso, tentando organizar os pensamentos para lhe explicar a situação — sem entregar seus planos, por causa de Feitosa —, Amaia se foi, sob as risadas de Feitosa. Fazendo-se vencedor, o fazendeiro inclinou-se para Montenegro — que tentava controlar a raiva, apertando os punhos:

— Obrigado por ter "limpado" o campo para mim... — Atraiu um olhar fumegante de Montenegro. — Ah, e mande um recado para o Marquês. Diga-lhe que "eu vou quebrar a ponte e nenhum de vocês poderá retornar".

— Mande você mesmo, se puder.

O punho de Montenegro foi parar no estômago de Feitosa.

O rosto do fazendeiro ficou imediatamente roxo e ele curvou-se em si antes de tombar para trás. Galgando o ar que havia fugido diante da dor excruciante, mal conseguia xingar Montenegro de todos os nomes que gostaria.

Os "capangas" de Feitosa apareceram do meio das moitas do labirinto com as mãos sobre os coldres das armas, como se só assistindo a tudo e preparados para um ataque sob a ordem do senhor.

Montenegro entendeu que ali acabava a sua missão — ao menos, a primeira parte dela. Abaixou a cabeça e os olhos e se foi, cuidando de fazer discretos movimentos para que ninguém percebesse que ele guardava a chave da senzala da Guaíba dentro do bolso interno da casaca.

Agora, iria para a segunda parte: reconquistar Amaia.

29

O que é a vida senão encontros, desencontros e reencontros; uniões, dissoluções e novas soluções?

Caetana Feitosa de Vasconcelos Canto e Melo tinha os olhos rasos de tanto chorar. Não era pela emoção do casamento, como a maioria das pessoas acreditava, nem pela despedida dos pais e das irmãs à porta da Guaíba, muito menos por estar passando mal — segundo as gêmeas. Chorava por causa do marido, com quem desfilara a última hora de braços dados. Quatro horas de casados se passaram até que ela descobrisse que Roberto havia mentido para ela desde o dia em que se conheceram, o que a fizera questionar se o amor dele também não seria uma mentira.

A descoberta não se dera através de algum amigo, muito menos inimigo, a verdade havia saído da própria boca dele. Ela estava à cata do marido para avisar que tinham de começar as despedidas para tomarem o coche para Barra do Piraí e, de lá, pegarem o trem para a Corte, onde passariam a lua de mel. Caetana já havia procurado Roberto por toda a festa, incansavelmente, havia também pedido que Lavínia e Felipa a ajudassem, e inclusive Inácio Junqueira havia sido convocado. Porém, fora Belisária quem dissera tê-lo visto próximo à entrada do Labirinto do Cupido.

Disposta a puxar a orelha do seu galante noivo, Caetana fora atrás dele. Enrolara o véu e a cauda do vestido de noiva nos braços e, em passos determinados, cruzara o jardim. Não havia precisado de muito para vê-lo conversando com Montenegro, atrás de um arbusto. Havia temor na face de Roberto, havia preocupação na de Montenegro. Será que falavam de Amaia? Havia visto a maneira como a amiga havia saído da festa, como se as roupas estivessem pegando fogo. Amaia não quis lhe contar o ocorrido, mas Caetana já imaginava que a causa da sua perturbação era Montenegro

— era sempre em relação a ele, afinal! Uma vez que Canto e Melo era muito fiel ao amigo e mantinha tudo a seu respeito em sigilo, Caetana aproveitara que não haviam reparado na sua presença e colocara-se atrás deles para escutá-los. Quem sabe poderia ajudar Amaia e Montenegro a se entenderem, pois não havia casal mais perfeito e mais merecedor da felicidade. Contudo, o que ouviria seria o seu Destino trançado por alguma moira invejosa:

— Feitosa nos descobriu — anunciara Montenegro, num tom de voz baixo, porém perceptível na distância em que ela estava. — É melhor que você arrume uma desculpa e fique mais tempo na Corte. Ao menos, até as coisas melhorarem. Avisarei você.

— Você não irá para a Corte? — questionara Canto e Melo, num tom nervoso.

— Preciso ficar e resolver uma questão.

— Amaia?

— Exatamente.

Caetana teria entrado nesta parte da conversa se não houvesse escutado o nome do pai a seguir, saído da boca do marido:

— Boa sorte, você vai precisar... Diga-me, como foi que Feitosa nos descobriu?

— Ainda não tenho certeza se chegou a descobrir o que você veio fazer aqui, quais os seus reais interesses nele e na Guaíba. Mas o meu "disfarce" acabou.

— Logo que chegar à Corte, vou avisar ao Marquês. A essa hora, o "carregamento" deve estar chegando até ele. Enquanto isso, vou aproveitando a minha noivinha. Ao menos, ela vai me ajudar a manter as aparências para Feitosa, por enquanto. Mal vejo a hora de contar toda a verdade e ver a cara dele!

— Não se precipite — aconselhara Montenegro. — Deixe o Marquês nos avisar qual o melhor momento para atacarmos. Adeus, meu amigo. Desejo a você toda a felicidade do mundo e muita sorte com essa sua nova empreitada.

— Pode deixar. Caetana me ama e vai me ajudar.

A vontade de Caetana naquele momento era de gritar pelo pai e contar tudo o que havia ouvido. Porém, sabia que seria a morte de ambos e ela não se considerava uma assassina — apesar de querer muito esganar Canto e Melo. Ele a havia seduzido para chegar até o pai dela. Como ela poderia ter sido tão tola e não ter notado isso antes?! Obviamente, um homem bonito e interessante como ele nunca se apaixonaria por uma moça simples como ela. Amaia fazia mais o tipo dele — e nem poderia condenar a amiga por ser bonita e simpática e atrair todos os homens que conhecesse. Mas uma qualidade ela tinha que, nem Amaia, nem nenhuma das moças da região pareciam possuir: a capacidade de deixar tudo às claras, olhos nos olhos, sem rapapés.

Havia sido usando o seu "dom" que pegara Canto e Melo. Nem o havia deixado abrir aquele sorriso que amolecia as suas pernas — precisava dos pés no chão — e já o tinha cravado na ponta dos dentes:

— Então você se casou comigo por conveniência? Por que era conveniente se aproximar do meu pai?

O susto, visível no rosto empalidecido dele, o fizera parar alguns segundos para pensar no que iria responder. Ainda assim, ele se confundira, o que a deixara mais furiosa:

— Não. Sim. Entenda, eu te am...

E erguia a mão para tocá-la, quando Caetana batera nela e o interrompera:

— Eu não preciso entender mais nada porque já entendi tudo! Você nunca me amou. Só queria a Guaíba! Sabe por que eu nunca me casei, até conhecer você? Porque eu sabia que todos aqueles que me cortejavam queriam tratar de negócios com o meu pai. Quanto a você, achei que era diferente, que não havia visto a mim como a filha de Caetano Feitosa de Vasconcellos.

Vê-la chorando era pior do que ter uma arma apontada para a sua cabeça — como havia acontecido alguns anos atrás, durante uma fuga de quilombolas.

— Caetana, meu amor, deixa de ser teimosa e me deixa explicar...

— Não há nada a ser explicado! — Ela limpara as lágrimas na manga do vestido. — Da mesma maneira que este casamento é conveniente para você, ele se tornará para mim. — Erguera o queixo, tentando controlar as emoções e se provar acima do drama que a estilhaçava por dentro. — Iremos para a Corte, como o acordado, e manteremos a aparência de casal mais feliz do mundo. Entre quatro paredes, você não me dirigirá a palavra. — Os olhos mareados dela o pinçaram. — Serei eu a dar as cartas a partir de agora.

Ia tomando rumo ao fim do seu monólogo, quando Canto e Melo a puxara pelo braço e a encarara de maneira desafiadora, provando uma virilidade que ela nunca havia sentido nele antes:

— Eu vou reconquistá-la, Caetana. Eu vou reconquistá-la. Vou provar que amo você.

Não poderia ceder a ele, por mais tentador que Canto e Melo estivesse parecendo, com um olhar determinado e um tom de voz dominador. O oposto do noivo simpático e pateta que brincava com suas irmãs caçulas e era considerado "fraco de espírito" por seu pai. Ela também se provaria determinada e dominadora — bem diferente da Caetana boazinha e humilde que ele tanto admirava:

— Veremos quem ganha essa disputa. Uma vez que perdeu a minha confiança, nunca mais a deterá.

Caetana havia criado um desafio que fizera despertar algo profundo nele, algo que estava adormecido e que causara o surgimento de um brilho malicioso em seu olhar esverdeado:

— É isso uma aposta?

— Uma aposta. A prova será a consumação do casamento. Se, dentro de um ano, não o consumarmos, eu terei ganho e nós iremos dissolver a união. Se nós consumarmos, bem, continuaremos casados.

— Na lua de mel, nós não...?! — Nem quisera terminar a frase, em choque com a "novidade". Ele havia tanto fantasiado a primeira noite de amor deles, desde que a havia conhecido, que isso nem havia sido questionado quando ela iniciara o seu discurso.

— Acha que irei dormir com você depois disso? Ah, o senhor parece não me conhecer...

— Talvez esteja conhecendo um outro lado seu que nunca pensei existir... — e guardara para si o adendo: *E acho que estou gostando bastante dele...*

Deram os braços, vestiram os seus melhores sorrisos e foram se despedir dos convidados e parentes, mantendo a pose de casal apaixonado. Provariam que todo casamento tem as suas inconveniências.

30

Não houve jeito. Amaia se revirava pela sala, chutando a cauda do vestido carmesim. Tentava odiar a Montenegro mais do que estava odiando a si mesma. Por que ele não disse que tinha interesse em suas terras? Poderiam ter negociado algo! E por que não disse que queria a chave da senzala da Guaíba? Poderia ter ajudado! Ah, quem era ela para condená-lo... Era o seu orgulho que deveria condenar, que a impedia de enxergar, escutar e falar. Era uma tola, no mínimo.

E qual a garantia?

Pôs as mãos no rosto corado. Havia sido bom, sim, nunca havia suspeitado que seria tão bom! As mãos dele conduzindo as respostas do seu corpo. Ele a galvanizava pelo toque. Sua língua a enchia de desejo ao desbravar. E quanto às estrelas que ela vira salpicando o céu vespertino, ainda embalada nos braços dele?

Balançou a cabeça. Tinha de esquecer e colocar em ordem as ideias. Seu padrinho dissera que Cora havia vendido as terras para Montenegro — o que não era de todo mau. Preferia lidar com ele do que com a irmã. Em que momento isso havia acontecido, é que ela gostaria de saber. Quanto a comprar as dívidas, ela queria beijar Montenegro de paixão por ter feito isso por ela. Não sabia o tamanho do peso que havia tirado das suas costas. Ela havia reganhado vida, apesar de todo o tenso aprendizado que a vida havia lhe imposto.

A grande questão, o que a deixava atordoada, o que a havia feito ir embora da festa de casamento às pressas, foi como Montenegro lidaria com a cobrança daquilo tudo. Não estava preocupada que trocasse por diversão — agora que ela sabia exatamente o que era. Seu problema era que, se ele não a amasse, a diversão poderia acabar de um momento ao outro e ela ficaria sem fazenda, sem Montenegro. E isso era o pior. Teriam que conversar sobre os termos em algum momento e já poderia imaginar os sobressaltos do seu coração ao ter que lidar com isso. Era para proteger seus sentimentos que havia passado anos fugindo de investidas amorosas, acusando-as de frias, difíceis, ou sendo superficial com os pretendentes. Queria evitar as loucuras do Amor que a impediam de enxergar as coisas direito — como agora — e aceitasse qualquer proposta. Montenegro conseguiu, no entanto, burlar todas as suas proteções e conquistar mais do que o seu corpo, ele havia conquistado a sua alma.

Mais cedo ou mais tarde, teria de se encontrar com ele novamente e acertar as contas — literalmente. Seu estômago se revirou. Tinha medo do que faria se o visse. Era extremamente tentadora a ideia de cair nos braços e aceitar o que fosse, porém, tinha de considerar que poderia ter sido usada e que isso era terrível. A raiva de si mesma cresceu, pois ela não conseguia não o querer, a sua voz grossa na ponta do ouvido, aqueles olhos platinados sobre a sua pele desnuda.

— Tive de entrar, a porta estava aberta e não vi nenhum escravo para me anunciar.

Os olhos verdes de Amaia cresceram. Estava alucinando, ou ele veio atrás dela depois que saíra da festa de casamento? Virou-se e achou Montenegro, parado na sua sala de estar, com as mãos nas costas e aquele olhar sedutor que a fazia esquecer de respirar.

Mas bem se lembrava do quão potencialmente brava estava. Estreitou os olhos sobre ele:

— É mesmo um canalha.

Montenegro mexeu a cabeça para o lado e franziu o cenho, tentando daquela frase tirar alguma coisa. Estava ela brava, ou voltavam aos jogos? Preferiu tentar a segunda opção. Foi caminhando em sua direção, devagar, e ela permanecia parada, imóvel.

— Sim, sou e você sempre soube disso e ainda veio atrás de mim. — Tentou segurar o sorriso ao notar que desta vez ela não fugia dele pela tangente.

Amaia sustentava o olhar, o que a deixava ainda mais bonita, principalmente com aquele vestido carmesim. Ela o queria enfrentar, e isso o animava. Estava esperando mais rechaço quando chegasse, até mesmo que ela o evitasse, que atirasse um vaso na sua cabeça. Estar parada era um bom sinal, o sinal de que ela o amava da mesma maneira que ele a amava. E teve certeza quando ela, com seu jeito charmoso de dama ofendida, disse:

— Melhor sair daqui. Me enganei quanto ao senhor no passado e não posso repetir o mesmo erro... — Ao reparar que ele não ia pedir que ela ficasse, voltou. —... Não posso ir. Não sem antes acertarmos tudo o que devemos. Pois veio falar de negócios?! Saber quando poderei lhe entregar a casa?

— A esta hora da noite? — Ele ergueu as sobrancelhas.

Talvez estivesse disposta a ouvir as explicações dele.

— Nunca é tarde para negociar — retrucou.

— Uma verdadeira mulher de negócios. — Deixou um sorrisinho escapulir ao se acomodar na poltrona que era do pai dela.

— Minha fazenda, quero dizer, a SUA fazenda lucra...

— Não, não, não. Estávamos indo tão bem! Você me insultando, eu lhe insultando... — Levantou-se e se encaminhou até ela. — Não vamos entrar nessas coisas pesadas.

O rosto dela passou do duvidoso, com uma sobrancelha erguida, ao malicioso:

— Está certo.

Foi para perto dele e levantou o rosto, fechando os olhos e fazendo bico para que fosse beijada. Amaia estranhou que sentia apenas ar. O que estava acontecendo? Não a queria mais? Perdera a sedução? Sim, deveria só a querer por uma noite e depois descartá-la. Feitosa estava certo o tempo todo. E lá se foi uma última esperança de o padrinho ter dito tudo aquilo só para afastá-los.

Os olhos verdes de Amaia encontraram um Montenegro segurando um papel:

— É isto aqui que você quer, não é mesmo?

Era a nota promissória com a dívida total da fazenda. Todo o rosto de Amaia ganhou o tom da desconfiança. Gato escaldado não perde a proeza — ou seria tem medo de água fria? Apesar de tentar se desvencilhar do charme dele, Amaia queria entender a razão daquilo. E estava determinada a isso até que tudo estivesse bem explicado entre eles.

— O que você quer em troca disso?

— Você não sabe? Não, não sabe. Tem mesmo uma linda cabecinha dura. Vim dizer que quero a casa com tudo dentro. Inclusive você. Porteira fechada. Não negocio menos do que isso.

Diante do assombramento de Amaia, Montenegro rasgou a promissória, que virou picadinho no chão.

Ela estava ainda sem fôlego quando ele a pegou pela cintura e a apertou contra si:

— Você ganhou, Amaia, você ME ganhou. Case-se comigo.

— Casar-me? Com você? — Deu um passo atrás, mas não se desfez dele. — É alguma brincadeira?

— A oferta não lhe enche os olhos? Ah, já sei o que falta... — Montenegro ajoelhou-se e tomou as suas mãos. — Oh, doce Amaia! O que seria de mim sem você? Não há noite sem luar, nem dia sem sol quando não está você ao meu lado...

Ela mordeu o sorriso e pediu que se calasse:
— Espero que nunca me escreva isso...
— Também espero nunca precisar. — Sorriu para ela, ainda tendo as mãos bem seguras dentre as suas. — Então, aceita se casar comigo?
Estudando os olhos claríssimos de Montenegro, Amaia custou a acreditar, por mais que quisesse que fosse verdade:
— O senhor zomba de mim.
— Zombar? — Ele soltou-a e se ergueu do chão. — Acabei de rasgar as dívidas e pedi-la em casamento e você acha que estou zombando? O que mais preciso fazer para entender que eu amo você e vou me casar com você?
— De graça? Se casar comigo sem nada em troca?
— De graça não. Nada nesta vida é de graça. — Antes que Amaia pudesse soltar um "eu sabia", ele continuou. — Não aceito que seja um casamento de fachada. Dividiremos a mesma cama e muito mais. Quero, ao menos, uns cinco filhos!
— Cinco filh... Não acho educado falarmos disso.
Montenegro soltou uma risada. Não poderiam falar em filhos? Que espécie de falso moralismo era aquele? Ao menos, ficava linda quando se fingia de "senhora dos bons costumes". Tomando-a nos braços, Montenegro a mirou. Seus olhos prateados estavam sérios, fazendo-a esquecer de respirar:
— Terá de me fazer muito feliz, Amaia. Será capaz disso?
— Tenho certeza de que posso fazê-lo feliz.
Amaia abriu um sorriso e atirou os braços em volta do pescoço dele, pronta para beijá-lo. Montenegro a afastou pela cintura e fez uma cara de desconfiança:
— Absoluta?
— Absoluta.
Ele abriu um sorriso gostoso, de quem estava brincando, e a puxou de volta a si. Fechou os olhos para beijá-la. Seus lábios mal se encostaram e, desta vez, foi Amaia a parar o ato e a afastar-se dele o suficiente para lhe perguntar:
— E quanto aos escravos?
— O que tem?
— Vai fazer o que com eles? Não podemos alforriar nenhum!
— Você não pode, mas eu posso. Vou comprar de você todos os seus escravos e alforriá-los.
— Custará uma fortuna!
— Você terá dinheiro mais do que suficiente para reformar a fazenda e transformá-la numa colônia agrícola. E passarei a minha metade para você, e tudo continuará no seu nome, porque a Santa Bárbara é sua. Foi

você quem lutou por ela até o fim, é você quem a merece.

Os olhos de Amaia brilharam e ela abriu um sorriso suspeito:

— Você tem tudo pensado, não é mesmo?

Montenegro jogou a cabeça para trás e riu de novo. Amaia poderia ter mudado em muitos aspectos, mas havia outros em que ela continuava igual. A tinha contra si, num agarre do qual ela não conseguiria se desvencilhar desta vez. Estava tão apertado, que ela achou que poderia desmaiar e pediu que soltasse um pouquinho. Não a soltaria de forma alguma, nunca mais a largaria.

Ao afrouxar um pouco, ela ergueu a sobrancelha e o queixo:

— Irá se casar comigo, não é mesmo?

— Espere... Lembrei-me de uma coisa. E quanto àquela sua promessa aos anjos e a Deus? Aquela de que nunca se casaria comigo? A de que preferia cortar os pulsos...

— Ah, era coisa de menina. — Ela abriu um sorriso desavergonhado. — Agora não sou mais menina.

E lhe envolveu com um ar malicioso que ele gostou de ver.

— Não, não é. Agora é a minha mulher. Minha esplendorosa mulher!

Finalmente, seus lábios se encontraram no espaço e no tempo, como os seus corpos que iam se entrelaçando num só.

Ainda bamba e sem ar, Amaia fez uma proposta que soou muito interessante:

— Bem, já que vamos nos casar, você poderia "ver estrelas" comigo. A noite está muito bela para isso, Eduardo.

Amaia de Carvalho enxergou estrelas naquela noite nos olhos de Eduardo Montenegro, nos seus braços, sob a luz da lua e do céu crepuscular. Seus corpos nus, aninhados um no outro, encaixavam-se com perfeição, somando carícias e doces sensações que os uniam ainda mais. E mesmo diante do silêncio de duas almas gêmeas que se achavam na imensidão do universo, Montenegro fez questão de lhe sussurrar na orelha:

— Somos feitos do mesmo sal, você e eu. O sal que dá gosto a esta terra. — E beijou-lhe na intensidade de um Big Bang.

Era aquilo o início do fim, ou o fim do início?

31

Se haveria um casamento esplendoroso, era porque havia um Amor tão esplendoroso quanto. Montenegro não havia poupado gastos em fazer a cerimônia e a festa que a sua futura esposa merecia. A Santa Bárbara podia não ser a Guaíba, mas ele fizera questão de reformá-la para deixá-la em pé de igualdade. O casarão havia sido restaurado à sua antiga glória. Conseguira comprar de volta boa parte dos móveis e objetos que Amaia havia vendido para poder comer, e trouxera um novo toque de decoração mandando vir coisas novas da Corte. Como o costume dos Carvalho, construíra um anexo que seria o seu recanto de Amor e montara o seu escritório no antigo gabinete de Gracílio.

Ao ver Montenegro gerindo os negócios da Caridade, transformando a Santa Bárbara em uma colônia de parceria e contratando como criados os escravos de dentro — por quem Amaia tinha grande estima —, ela sentira asas no lugar do peso das costas, levando para longe os temores da escravidão em suas terras. Para Bá fora dado o merecido descanso numa bela casinha com um jardim só para ela. O que durara uma semana, pois a ex-mucama já havia se enfiado de volta na casa-grande, alegando que somente ela sabia mandar nos criados e fazê-los trabalhar como se deveria.

Até que estivessem casados, Montenegro dormia na Caridade e somente passava os dias trabalhando e ajudando Amaia a organizar os detalhes da festa. A despedida, todas as noites, era uma tentadora contagem regressiva para quando se tornariam homem e mulher perante os olhos da sociedade — pois, para os dois, já o eram.

Às vésperas dos festejos, Amaia mal se aguentava de angústia. Não era por causa das despedidas que iam esquentando a cada noite, nem dos últimos acertos no belo vestido de noiva, nem dos detalhes do que ocorria no leito nupcial — que Bá finalmente lhe explicara, acreditando que ela ainda era pura — e também não seria pela falta de Montenegro que, nos últimos dois dias, ficava trancado no escritório, terminando uma "negociação" e a impedindo de entrar lá. Amaia se sentia vazia porque não havia o que fazer, pelo que lutar. Havia sido um ano intenso de trabalho, de disputas, e agora ela podia descansar no leito de louros. Um leito cheiroso, confortável e macio demais para ela, que havia aprendido a batalhar para se ter o que se deseja. Não era mais uma moça mimada que tinha tudo na mão e nenhuma preocupação na cabeça.

Na hora de se despedirem como de costume, Amaia correra para o noivo e surpreendera-o, abraçando-o por trás. Seria a última noite separados, a última despedida deles. Encostando a cabeça em suas costas, ela murmurava, apertando o agarre:

— Não sei se conseguirei dormir esta noite.

Voltando-se para ela, Montenegro a mirara com um sorriso repleto de intenções — porém, desta vez, todas elas boas e alegres.

— Eu ia esperar até depois da cerimônia, mas como você é ansiosa e teimosa, vou adiantar o meu presente. Feche os olhos.

Amaia fizera uma careta de desconfiança. Montenegro soltara uma gargalhada e insistira que ela não poderia ver até que mandasse abrir os olhos. Fechara-os e fora sendo guiada por ele. Não sabia para onde, não sabia para o quê. Podia senti-lo envolvendo-a por trás, todo o seu corpo musculoso contra as costas dela, a respiração em sua nuca, o que a fazia se arrepiar.

— Pode abrir.

Toda a angústia misturada à ansiedade, todo o vazio havia sido preenchido por uma sensação de esplendor. Amaia abria, talvez, o maior sorriso que conseguira desde a morte dos pais. Todo o seu corpo vibrava felicidade e os olhos esverdearam-se com um choro de alegria.

Montenegro havia reparado o quanto ela estava descontente em não estar mais cuidando dos negócios da fazenda, o que havia sido confirmado por Fábio. Várias vezes o feitor a havia visto cavalgando próxima à plantação e fingindo não estar reparando nos colonos. Bá também contara que estava preocupada com a sua menina, pois a sentia sem rumo, vagando pela casa, desinteressada por tudo. Rapidamente o noivo havia entendido: Amaia precisava de desafios. Daria a ela, então, um lugar ao seu lado no gerenciamento das fazendas.

Nos dois dias que ficara "preso no escritório", Montenegro mandara reformá-lo para colocarem uma escrivaninha para ela ao lado da sua. Trocara alguns itens de decoração para o ambiente ficar um pouco mais feminino e o enchera de camélias brancas.

— Poderemos trabalhar juntos.

Não se contendo em si mesma, Amaia pulara no pescoço do futuro marido e o enchera de beijos. Todo o rosto havia sido preenchido e ela começava a descer por seu pescoço, quando ele a parou. A expressão dele era de tristeza, o que Amaia não soube como interpretar sem que ele lhe explicasse:

— Não acredito que você sofreu tanto, Amaia. Por que não me contou, em momento algum? Por que não pediu a minha ajuda?

Desviando-se da mirada dele, Amaia considerava se seria capaz de contar uma mentirinha pequenina.

— Porque sou orgulhosa demais. E tinha certeza de que você iria fazer uma proposta bem indecente em troca.

— Era bem provável. — Ele a abraçara apertado e dera um beijo no tampo dos seus cabelos perfumados. — Você me transformou, Amaia.

— Não fui eu. — Ela se desfizera dele. Seus olhos estavam preenchidos de verdade. — Foi o seu Amor por mim.

— Sou eu quem deve agradecer a você por ter me salvo da minha cegueira, da minha ignorância e da minha frieza.

Então, seus lábios se encontraram num rompante de amor.

※

No beijo, iam-se fundindo. As línguas entrelaçadas, as pernas envolvidas, os corpos conectados, a vontade multiplicada. Montenegro foi guiando Amaia de Carvalho Montenegro para uma *chaise longue* e ela não foi fazendo barreira, consumida por aquele beijo. E teriam ido às vias de fato, ali mesmo, no escritório, se Inácio Junqueira não tivesse batido à porta e entrado, esbaforido:

— Amaia! Montenegro! Estão todos esperando por vocês para o brinde!

O rapazote havia procurado os recém-casados por toda a propriedade, desde que haviam desaparecido após a pequena cerimônia na capela da Santa Bárbara.

Amaia mordeu o riso ao notar que o jovenzinho corava ao reparar que uma das mãos de Montenegro estava nos seios da sua noiva e a outra, descendo pela cintura, tentando levantar as volumosas saias do vestido branco.

Montenegro, sem se mexer, explicou, num tom de voz de homem de negócios, que já iam:

— Antes, quero beijar a minha noiva como se deve. Não gostei da maneira como o padre nos olhou quando nos mandou beijar na frente do altar.

— E você queria o quê? — Ela empurrou as mãos dele. — Quase me engoliu na frente de todos!

— Aprenda, Inácio, a sua última lição. — Montenegro se afastou e ajeitou as roupas, que apertavam com aquela vontade que Amaia despertava em si. — Nada é bom o suficiente para fazer a mulher que você ama feliz, por isso, sempre faça mais, muito mais. — E estendeu o braço a ela. — Vamos?

Tocando o braço dele, seus olhos se beijaram e ela estremeceu num sorriso:

— Até o fim dos meus dias!

Inácio viu naquele casal algo que quis para si: Amor. Por enquanto, no entanto, havia outras coisas que ele precisava resolver antes. Uma delas, a sua viagem para a Inglaterra dentro de algumas semanas. Havia dito a Feitosa que seu pai havia preparado a sua viagem de estudos, o que o fazendeiro aceitou sem qualquer desconfiança. Seria bom um genro estudado.

Aprumando as roupas, Inácio foi atrás dos noivos.

Ao entrarem na sala, os mais de duzentos convidados rodearam-nos para as parabenizações. Muitos deles antigos inimigos ou fofoqueiros de plantão que se viram obrigados a dobrarem a língua. As gêmeas se debulhavam em lágrimas atrás de lencinhos. Lavínia e Felipa correram para saudar o casal, atirando pétalas de flores no seu caminho. O Sr. Feitosa, num canto, mal falava, mantendo uma expressão de desaprovação. Sua esposa, no entanto, estava radiante ao receber os dois. Tomando as mãos de Amaia, ela volitava:

— Queria muito que Caetana estivesse aqui! Ela sempre a amou muito!

— Ao menos, sabemos que ela está feliz ao lado do homem que ama... — comentou Amaia, sem reparar no olhar preocupado da senhora.

Também não percebera os olhares trocados entre a professora Lídia e o feitor Fábio, o que foi mais do que suficiente para encher os dois de sorrisos.

Porque Amaia não reparava em mais nada, a não ser nos olhares apaixonados do seu marido.

O anexo que Montenegro havia mandado construir era uma obra de arte na arquitetura do lugar. Dividido em cinco cômodos — uma antessala, o quarto de banhos, um vestíbulo para cada um e o quarto do casal — intensamente iluminados e arejados, tinham as paredes recobertas de cetim claro e os tetos pintados com imagens de querubins e flores — um espetáculo à parte.

No seu vestíbulo, Montenegro trocava de roupa com a ajuda de Luizão, que o serviria de *valet*. A emoção em ter Amaia completamente sua o deixava nervoso, feito um apaixonado estudante do Colégio Dom

Pedro II. Tudo o que ele fazia parecia pequeno perto do que ele poderia fazer pelo amor da sua vida. Sim, ele a amava acima de si mesmo e isso era mais do que prazeroso, era a própria dádiva da vida.

Diante do toucador de madrepérola e prata, com as suas iniciais gravadas — ACM —, Amaia tentava resguardar os sentimentos de ansiedade e apreensão. Temia não fazer as coisas direito e não dar prazer ao marido, pois Bá fora bem enfática explicando que um bom casamento dependia da satisfação do esposo — e ela se recordava bem vividamente da que ele havia dado a ela, mas não do contrário. Contudo, quando Montenegro surgiu no quarto e pediu que Bá se retirasse, a serenidade tomou conta da alma de Amaia. Ela entendeu que estava segura e feliz, finalmente.

Tomando-a no colo, Montenegro a carregou num beijo até a cama de dossel — que ficava ao centro do cômodo. Rodeada por pétalas de flores e um forte cheiro de ervas queimadas — para afastar os insetos e trazer boa sorte e fertilidade aos recém-casados —, ele a deitou devagar e se colocou sobre ela, sem jogar o seu peso, sustentando-se nos braços fortes. Analisava-a sob as luzes das velas que haviam acendido ao cair da noite. A camisola de Amaia era de um tecido tão fino que poderia estar sem ela. Aquilo o encheu por debaixo do próprio camisolão e o fez tirá-lo, provando-se tão forte e potente quanto o dia em que ela o vira sair do lago nu.

Com cuidado para não cair sobre ela, Montenegro foi para o seu lado. Os olhos não se desgrudavam, nem as suas mãos. Amaia estremecia, soltando pequenos gemidos enquanto as mãos dele sentiam a pele dela se arrepiar e os olhos se reviravam de prazer sob o seu domínio. Mordendo os lábios, Amaia gemeu mais alto quando ele a tocou mais profundamente.

— Eu amo você, Amaia. Começo a achar que eu sempre a amei, desde o início, mas não havia notado até que quase a perdi.

— Você nunca me perdeu. — Ela o encarou com uma profundidade que o fez parar. — Meu coração sempre foi seu e, agora, eu sou sua.

— Não. Eu sou seu. — E afundou um beijo no meio dos cabelos soltos dela, procurando pelo fino pescoço que se erguia do decote da camisola.

Foi descendo até os seios, mas foi parado no primeiro arfar dela. Mudando de posição, pondo-o debaixo de si, Amaia se mostrou decidida a tomar as rédeas daquela noite. Desta vez, era Amaia quem lhe daria o prazer que ele merecia. Percorreu os lábios pelo corpo dele, devagar, descendo aos beijinhos, até perceber que o corpo dele havia vibrado de emoção.

Estavam aninhados, um nos braços do outro, escutando o cingir dos grilos e uma coruja que não parava de piar para a noite. Acarinhando os cabelos de Amaia, Montenegro queria ter certeza se ela estava bem, ou se havia sido "enfático" demais durante a segunda empreitada:

— Como está se sentindo, Sra. Montenegro?

Todo o rosto de Amaia estava corado ao relembrar o que havia acabado de acontecer. Apesar de algum latejo, ela abriu um sorrisinho safado e seus olhos brilharam feito esmeraldas ao responder:

— Esplendorosa!

Ela desviou seus olhos dos dele e fechou-se numa careta de ansiedade. Algo tinha ali e Montenegro começava a lê-la melhor do que os próprios sentimentos.

— O que foi, meu amor? Quer me perguntar algo?

Amaia mordeu os lábios, adiou um pouco a questão, até que teve coragem para lhe perguntar, imbuída do seu charme de coquete — daquele jeito cantarolante que o havia seduzido da primeira vez:

— Diga-me uma coisa, já que estamos casados e bem íntimos, e não mentimos mais um para o outro. O que vocês fazem no Clube dos Devassos?

Montenegro abriu um sorriso sardônico e a girou para baixo de si. Beijaram-se num estalar, aproveitando aquela que seria uma longa e esplendorosa noite estrelada.

EPÍLOGO I

O homem estava encapuzado, incapaz de ver o que fosse, porém, podia sentir que estavam em algum lugar aberto, pois uma brisa fria e cortante ia lhe transpassando o tecido das vestes e do capuz. O aroma salgado de peixe acompanhava aquele friozinho. Podia sentir, ao longe, o mar quebrando-se contra pedras. Não havia mar em Vassouras. Para onde o haviam levado? A última coisa de que se lembrava é que saíra de casa, montara o seu cavalo e "pimba!" Uma dor na cabeça e escuridão.

Se não estivesse com uma mordaça, gritaria por ajuda. E quem ouviria?

Alguém o empurrou para frente. Teria reclamado ou revidado se não estivesse com as mãos amarradas para trás. Com a ponta dos pés, reparou que não havia mais chão. Deveria estar diante de algum precipício, e o mar se arrebentava mais forte contra ele.

Tiraram o capuz. Pôde ver a noite que ia sendo afastada pelo amanhecer já no horizonte. Havia mar e mais mar ao fim do penhasco em que estava. As ondas arrebentavam-se, nervosas, deixando-o tão inconstante quanto a noite. Também lhe tiraram a mordaça para que fosse capaz de falar.

— Você tem duas opções: nos ajudar ou pular — alguém lhe disse.

Luiz Mesquita virou-se para trás.

Era um homem muito bem vestido, de casaca azul, cartola, cabelos muito loiros e olhos miúdos azuis. Deveria ter em torno de quarenta anos e usava uma bengala de castão de ouro. Pela pose cavalheiresca, deveria ser alguém importante. Tão importante que não estava sozinho. Ladeavam-no três homens. Dois deles chamavam a atenção pelo porte de valentões. Eram grandes e fortes, principalmente o mulato de olhos escuros. Por debaixo da sua camisa semiaberta, podia ver que havia muitos músculos.

Já o outro, de casaca — apesar de ter a gravata frouxa e não usar colete —, de cabelos castanhos e olhos mel, era mais alto do que exatamente forte. O terceiro, que ficava mais atrás, escondido por um chapéu coco e roupas claras, destoava do trio. Parecia alguém comum, sem qualquer atrativo especial, que facilmente poderia passar despercebido onde estivesse.

Não conhecia nenhum deles. E preferia não lhes olhar muito, a fim de que não o matassem para evitar reconhecimentos futuros. Com os olhos jogados nos pés, Luiz Mesquita questionou o que acontecia ali, ao menos isso ele se achava no direito de saber:

— O que querem? Por que estou amarrado?

O mais velho — e, aparentemente, o líder —, com todo o seu ar de nobreza, deu um passo à frente e abriu o que poderia ser considerado uma espécie de sorriso.

— Você terá todas as suas respostas se nos ajudar — respondeu o Marquês.

Aquilo era confuso demais. O que estava acontecendo?

— Quem são vocês? — insistia o prisioneiro.

O cavalheiro, apoiado em sua bengala com as duas mãos, aumentou o que seria o seu sorriso:

— Bem-vindo ao Clube dos Devassos.

EPÍLOGO II

Vassouras, 1880

Não havia como dizer não àqueles olhos prateados que a encaravam ao amanhecer. Estavam mais brilhantes do que o costume. Eram espelhos a reluzir os raios de sol que invadiam o quarto e iam despertando a manhã. Ao longe, o cacarejar do galo anunciava as horas e, de perto, os veios dourados pulsavam ao encará-la. Desejosos enquanto carinhosos, serenos enquanto vorazes. Junto àquele olhar havia um sorriso. Igualmente dúbio, que ia se montando numa lascívia, enredando-a feito o aroma de café recém-preparado que penetrava no quarto, aos sons da casa que despertava com os afazeres domésticos.

— Bom dia, Sra. Montenegro.

Amaia podia sentir todo o seu corpo nu fibrilar por debaixo dos lençóis só ao escutar aquela voz profunda. Montenegro a inundava, junto às memórias da noite passada. A mão que percorria cada centímetro da sua pele em busca do seu ser. Um prazer que lhe tirava a respiração e que, a cada ano, ficava ainda mais ardente, ainda mais gostoso e deliciosamente diferente.

Havia escutado, em tom de confidência, por detrás das telas de bordados, senhoras reclamando da pouca procura dos maridos com o passar dos anos. Quanto maiores as bodas, maior o número de bastardos a brincar com seus filhos. Amaia contraía os lábios, quieta, evitando atiçar a curiosidade alheia quanto ao seu casamento. Não queria olhos grandes para cima da sua felicidade. Havia aprendido, com Montenegro, que era melhor ficar calada e se proteger do que ficar se gabando e levantar olhares críticos para cima de si. E, menos ainda, queria que soubessem das peripécias nupciais. Pronta e destemida, Amaia levava o marido para excursões no meio do mato, no lago, até mesmo aos pés do cafezal, numa ousadia que ele via como reflexo daquele espírito audacioso pelo qual havia se apaixonado.

A ponta de um dedo dele acariciava, de leve, o bico de seu seio, enrijecendo-o. Todo o corpo de Amaia despertou com aquela carícia, sob o comando do olhar e do sorriso que a completavam. Montenegro tinha os cabelos escuros e ondeados caindo por cima dos olhos cor de prata. Estavam um pouco mais compridos do que quando se conheceram, quase atingindo a altura dos ombros e obrigando-o a prendê-los num rabo. Lembrava a um corsário — o que fazia de Amaia o seu tesouro.

— Dormiu bem, Sra. Montenegro?

Amaia segurou uma risada:

— Dormir? Não posso dizer que chegamos a dormir, exatamente.

E fechou os olhos ao sentir o corpo quente dele encostar no seu, por debaixo dos lençóis. Ao que tudo indicava, ele estava preparado para começar o dia.

— Está reclamando?

A mão dele foi descendo dos seios intumescidos, percorrendo a barriga, até alcançar outro ponto.

— Nã... não. — Ela segurou a respiração ao se sentir adentrada pelos dedos ágeis. — É só uma contestação. — Mordeu os próprios lábios.

O corpo dela estava corado pelo prazer, mais sensível ao que fosse que ele fizesse. E isso o deixava ainda mais vigoroso. Seus dedos foram a acariciando, por baixo, assistindo a mágica que era vê-la se contorcer, deliciada, chupando os próprios lábios, murmurando o seu nome de olhos semicerrados. Foram entrando-a fundo; quanto mais atiçada, mais indo e voltando, mais ela se remexia e o lençol ia escorregando, revelando o seu corpo nu, a sua vontade que a fazia pulsante.

— Sentindo-se esplendorosa?

Gostava de assisti-la. Incapaz de compreender como, após tanto tempo juntos, Amaia conseguia ser tão sensual e deixá-lo ainda mais ardente. Era uma vontade que nunca se saciava, nunca passava, algo além da sua compreensão racional. Aos raios com o racional! Estavam no tempo-espaço do sensual.

Ele teve de repetir a pergunta. Amaia arfou. Controlou-se para conseguir reunir forças e concatenar ideias para responder:

— Não.

Bastou a palavra e Montenegro parou. Retirou os dedos molhados de dentro dela, mas continuou deitado ao seu lado. Sua expressão era de confusão como se aquilo fosse o temido sinal de que o seu casamento estava entrando em alguma espécie de colapso. Ergueu uma sobrancelha, desconfiado. Era preciso ter certeza se Amaia não estava somente confusa.

Era comum que ela ficasse quando ele lhe gerava prazer — e se fosse com a boca, então, ela nem conseguia falar.

— Como não? Achei que...

Amaia respirou fundo. Estava ainda coberta por uma capa de alegrias, que a fez guiar a mão dele até os seus seios:

— Terá que fazer algo para que eu me sinta esplendorosa novamente, tal qual noite passada.

— Você quer dizer igual a *TODA* a noite passada?! — ele a corrigiu, rindo do próprio alívio que fazia o seu corpo ganhar potência novamente.

— Não deveríamos falar disso. — Ela abriu os olhos, mais verdes do que antes, ainda embriagada de prazer.

— Por que, se somos casados?

Amaia puxou o lençol para cima do seu corpo nu. Era como se houvesse sido pega desprevenida pela mãe.

— É impróprio — retrucou, notando que o corpo dele voltava a se refazer.

— Ah, minha cara Sra. Montenegro, por quem me toma? — Ele se postou sobre ela, mantendo-se nos braços, assim evitando pesar. — O que sou eu senão o seu devoto marido?

Ela não podia ver aqueles braços bem torneados em volta de si, que já queria ser apreendida por eles. Lambeu os próprios lábios e foi descendo as mãos para ver se o marido precisava de uma mãozinha para continuarem de onde haviam parado.

— Devoto? — ela retrucou, fingindo-se de brava. Apreciava vê-lo "em suas mãos", fechar os olhos e abrir um sorriso de quem havia sido pego desprevenido. — Falta muito para ser devotado a algo que não seja a sua fazenda. — Podia senti-lo crescer à medida que ela o afagava, quente e pulsante.

— Isto é uma reclamação ou uma contestação? — ele tentava manter a conversa, o que começava a ficar difícil. Tudo o que queria era pegá-la e colocá-la sobre ele, para que o montasse feito potro selvagem.

— Ambos. — Amaia parou ao sentir as veias dele. Estava pronto. — Talvez, se você me deixasse mais "esplendorosa", eu poderia reconsiderar a minha posição a seu respeito.

Os olhos prateados voltaram a encará-la. Dessa vez, não havia sorriso que os acompanhasse. Estavam cortantes, quase animais. Um frio correu a espinha de Amaia. Sabia o que acontecia quando os olhos de Montenegro se transformavam em tempestade. Brandia raios e trovões até que ela caísse em seus braços, sob uma chuva de prazer, deliciando-se no gozo molhado da bonança. Apenas a mirando — o que poderia ser o suficiente para que ela chegasse ao ápice do prazer sozinha — Montenegro lhe propôs uma troca:

— Só se você fizer uma coisa por mim.

Poderia soar a uma negociação, e talvez soasse, o que tornava tudo ainda mais sedutor para Amaia.

— E o que seria?

— Chame-me de canalha.

Amaia teve de se concentrar:

— Canalha — ela murmurou, fechando os olhos novamente, derretida na sensação de tê-lo se esfregando nela. — Ah! Canalhaaaa. — Ele a puxou e a sentou sobre ele, envolvido pelas pernas dela em volta da sua cintura, num encaixe perfeito. — Hah! Canalh... — Não conseguiu terminar, pois ele lambia os seus seios, mordiscando-os enquanto rangiam um com o outro.

Dividiam-se em beijos e no ardor do vai e vem, corpo contra corpo, um sendo a extensão do prazer de outro. Amaia jogou a cabeça para trás, arquejando sob um céu de estrelas. Em pouco, foi ele quem explodiu. E cada um caiu para um lado, aproveitando a sensação de leve bem-estar que fazia a cabeça rodopiar.

Montenegro, sendo um homem de carinhos, puxou a esposa para perto de si e encaixou-a contra o seu corpo. Quiçá poderiam dormir abraçados mais algumas horinhas? Cobriu-os com o lençol e ficou a beijar os ombros suados de Amaia. Ao que tudo indicava, ela havia adormecido de cansaço. Sua rotina era mais extenuante do que a dele, certamente, e merecia todo o cuidado e descanso do mundo que ele pudesse lhe proporcionar. Ao menos, assim desejava.

Pequenos pés corriam pelas tábuas rangentes dos corredores e, antes que ele conseguisse apanhar as ceroulas — onde as havia largado na noite passada mesmo? —, uma invasão bárbara adentrou o quarto. Agora Montenegro lembrava por que Amaia o levava para incursões ao campo, onde teriam mais tranquilidade para se aproveitarem. Em casa, tudo era um pouco mais difícil tendo filhos, tão incontroláveis quanto a vontade de estarem sempre unidos, de corpo e de alma.

Chegou a levantar o dedo e colocar na frente da boca para pedir silêncio, mas a menininha havia sido mais rápida do que o pai — tendo puxado a mãe, não só na aparência, como na personalidade impulsiva:

— Mamãe! Papai! Irineu roubou a minha boneca!

— Mentira! — reclamou o menino, um pouco maior e mais velho, cruzando os braços e fechando a cara, o que também lembrava a mãe quando aborrecida. — Foi ela quem pegou o meu soldadinho e não quis devolver, então, eu peguei a boneca para fazermos escambo.

Montenegro sentiu Amaia se mexer, de leve, ao seu lado, mas ela continuava fingindo que dormia. Deixaria que ele se encarregasse de tirar as crianças do quarto. Era melhor do que ela quando se tratava de levar lógica aos filhos.

— Onde você ouviu esta palavra? — quis saber o pai, rindo não dos meninos, mas imaginando que Amaia estaria envergonhada de a encontrarem nua, ao lado do pai, na cama. Por mais que Irineu tivesse cinco anos e Otávia tivesse três anos, ela considerava os filhos espertos demais para ambos.

— Da tia Lídia — confirmou a menina.

Tanto Amaia quanto Montenegro acreditavam na educação formal dos meninos e das meninas, sem priorizar os primeiros. Todos os seus filhos estudariam as mesmas coisas, sem criar diferenças entre o que era próprio "para uma mocinha" ou para "um rapazinho". Além de incentivar os dotes característicos de cada um. Otávia, desde o um ano de idade, adorava animais e montava a cavalo com o pai, percorrendo toda a fazenda com ele. Quanto a Irineu, ele era mais introvertido, do tipo que preferia passar horas analisando as figuras do atlas que havia ganhado de Bom-Ano dos pais.

Não demorou muito para que as tábuas do corredor rangessem de novo e Bá entrasse no quarto, pedindo licença.

Montenegro segurou o riso ao sentir Amaia cobrindo a cabeça com o lençol. Queria se esconder de vergonha. E achou ter visto a governanta corar ao se deparar com o casal ainda deitado na cama.

Da porta do quarto, não querendo perturbar, Bá chamou as crianças e pediu desculpas. Desejava ela também sair o quanto antes dali e acabar com o próprio desconforto.

— Vamos, vamos... andem! A velha Bá vai brincar com vocês... — E bateu a porta para que Amaia "escutasse" que eles haviam ido embora.

Ainda assim, ela se manteve debaixo do lençol, toda encolhida. O marido se inclinou sobre o que seria a sua cabeça e, abaixando o tom de voz — o que o fazia ainda mais sexy —, fez uma nova proposta:

— Que tal continuarmos o nosso "escambo"?

Amaia tirou o lençol da cabeça e o encarou incrédula. Ele já estava refeito? Rápido assim? Não seria de todo mal, para ser sincera, contudo, temia que, com as crianças acordadas, elas invadissem o quarto novamente. E não adiantava trancar a porta, isso só suscitaria mais perguntas e mais mentiras que eles teriam que criar. O melhor era continuar evitando os mesmos horários, ou procurando lugares ermos.

— Melhor não, as crianças já acordaram e... Ahhhh...

Montenegro, que esperava a recusa, não a deixou terminar, beijando-lhe o pescoço e descendo.

— Ôhhhh, manheeeeeeê!

— Mamãe, papai! Olha o que ele fez!

Uma horda de quatro crianças invadiu o quarto aos trotes e galopes.

No susto, Montenegro girou para o lado e caiu no chão. Viu as ceroulas ali perto, debaixo da cama. Conseguiu vesti-las antes de se levantar e ir até os pequenos que entravam no quarto, brigando uns com os outros. Teria de impedi-los de se aproximarem de Amaia, coberta até o pescoço com o lençol.

— Não fiz, papai! Foi ela! — Irineu apontou para Otávia.

— Não foi não, que eu vi! — comentou Antônio, este uma cópia do pai, mas com o jeito da mãe.

— Dedo-duro! — Irineu mostrou a língua para o irmão de seis anos.

— Não sou não — protestou Antônio.

— Ela pisou no meu pé — retorquiu Irineu, quase a se jogar nos pés dos pais, com as mãos em súplica.

— Ele puxou o meu cabelo — reclamou Otávia, enchendo os olhos de um choro falso, digno de uma atuação dos palcos.

— Foi ela quem começou, estou de prova — anunciou o filho mais velho.

Eduardo era a mais intensa mistura dos pais, tanto no perfil quanto na personalidade, fazendo-o exótico aos olhos de muitos. Por ter oito anos de idade e uma percepção mais aguçada, reparou na falta de roupa dos pais. O que o fez ficar se questionando do motivo enquanto os irmãos mais novos discutiam entre si.

— Não é verdade! — Aproveitando que o "pequeno filósofo" estava distraído com as próprias conjecturas, Otávia deu um pisão no pé do irmão mais velho, que o fez berrar.

Montenegro nem teve tempo de reagir, dividindo-se entre rir da relação dos filhos e assistir aquela baderna, da qual, um dia, sentiria saudades dali alguns anos.

Desta vez, Bá entrou no quarto para pegar as crianças, mesmo que pelas orelhas. E, nos seus calcanhares, veio Maria. Tinha no colo o último presente da família, recebido há apenas seis meses. A pequena bebezinha havia sido nomeada Atena, em homenagem à forte deusa grega. Contudo, uma bebezinha tão pequena e delicada como aquela parecia não combinar com a alcunha, já ganhando o apelido de Tetê. Da mesma forma que seu nome remontava o passado, sua aparência era daquelas mágicas da genética que, se Montenegro não confiasse na fidelidade de Amaia, poderia ter questionado a filiação. A gorduchinha tinha os cabelos loiros, diferente de todas as crianças Montenegro, saindo como cópia de uma avó de Amaia — segundo os trabalhadores mais antigos da fazenda.

Aproximando-se da bebê, o orgulhoso pai deitou um beijo em sua cabecinha, aproveitando que dormia. Depois, voltou-se para Amaia, ainda na cama, coberta até o pescoço:

— Dizem que o número seis é da sorte. — E piscou para ela, sugerindo que continuassem o que haviam parado.

— Você me disse a mesma coisa nas últimas duas vezes — reclamou ela, tentando não sorrir com a "boa ideia".

Amaia amava os filhos, era inegável. Só de vê-los, seus olhos brilhavam. Mas estava começando a se tornar cansativo passar a maior parte do ano grávida, para além de gerir a fazenda. Além do esforço de ter um bebê. Tetê havia sido um desafio, e tanto ela quanto o médico temiam um novo parto tão cedo.

Ao final da sua análise, Eduardo perguntou à mãe:

— Mamãe, a senhora está pelada?

Amaia virou-se para o marido e corou:

— É você quem vai explicar... — Cobriu a cabeça com o lençol para esconder o riso nervoso.

Montenegro era realmente um homem de sorte... Ao que tudo indicava, era bem possível que o sexto já estivesse a caminho.

NOTAS

1. O Estaleiro Ponta d'Areia realmente existiu e pertencia a Irineu Evangelista de Sousa, o Barão de Mauá, que o teria comprado em 11 de agosto de 1846. No Estaleiro eram construídos de equipamentos a embarcações, entre elas o famoso vapor *Marquês de Olinda*, que entrou para a História ao ter sido capturado pela Armada Paraguaia, em 1864, e transformado em navio de guerra pelos paraguaios, indo a pique durante a Batalha de Riachuelo.

2. Em 1857 o barão de Mauá havia adquirido a antiga casa que pertencera à Marquesa de Santos, próxima à Quinta da Boa Vista.

3. A Lei do Ventre Livre (n. 2.040), conhecida como Lei Rio Branco — nome do seu autor —, foi uma Lei promulgada em 28 de setembro de 1871, que declarava livres as crianças nascidas de mulher escrava a partir da data da sua implementação. No artigo 1 da Lei está escrito: "*Os filhos de mulher escrava que nascerem no Império desde a data desta lei serão considerados de condição livre. § 1.o - Os ditos filhos menores ficarão em poder o sob a autoridade dos senhores de suas mães, os quais terão a obrigação de criá-los e tratá-los até a idade de oito anos completos. Chegando o filho da escrava a esta idade, o senhor da mãe terá opção, ou de receber do Estado a indenização de 600$000, ou de utilizar-se dos serviços do menor até a idade de 21 anos completos. No primeiro caso, o governo receberá o menor e lhe dará destino, em conformidade da presente lei. § 6.o - Cessa a prestação dos serviços dos filhos das escravas antes do prazo marcado no § 1°. se por sentença do juízo criminal reconhecer-se que os senhores das mães os maltratam, infligindo-lhes castigos excessivos*". O artigo 4 também é importante, e menos conhecido, ao declarar a permissão de formação de pecúlio pelos escravos — por doação, legado ou herança — e desde que com o consentimento do senhor, ou seja, eles poderiam guardar suas economias — fossem elas ganhas de herança ou com algum trabalho à

parte, como escravo ao ganho, por exemplo — e, no caso de morte, metade seria dado ao cônjuge e a outra metade aos seus herdeiros "na forma da lei civil". É interessante perceber que o escravo, então só enquadrado no Código de Processo Penal, começava a ser visto pela Lei como indivíduo e membro de uma família. Outro aspecto importante da referida Lei é a proibição quanto à separação de cônjuges e filhos menores de doze anos. No artigo 6, há a libertação de escravos da Nação, escravos de usufruto da Coroa, escravos de heranças vagas, escravos abandonados por seus senhores (como veremos em *O Lobo do Império*), porém, antes, poderão ficar durante 5 anos sob a "inspeção do governo", ou seja, trabalhando nas repartições públicas até a libertação total. Obrigou-se, ainda, a uma nova matrícula dos escravos, e os que não forem rematriculados estarão libertos automaticamente.

4. O navio negreiro Caridade era um bergantim, uma espécie de galé com dois mastros e velas redondas, que navegava sob bandeira espanhola. Quando foi apreendido pela Marinha Britânica, encontraram 112 escravos, sendo que 79 eram crianças.

5. Antônio Bento de Souza e Castro (1843-1898) foi um importante abolicionista paulista, fundador do grupo radical Caifazes, que organizava fugas em massa de escravos. Fundou o Quilombo do Jabaquara, que chegou a receber 10 mil escravizados fugidos. Era também dono do jornal abolicionista *A Redenção*. Tanto os Caifazes quanto o Quilombo do Jabaquara foram inspirações para o **Clube dos Devassos**.

6. Eufrásia Teixeira Leite (1850-1930) foi uma importante filantropa e investidora financeira brasileira, herdeira de uma das maiores fortunas do Império, tendo mais do que a dotação anual de D. Pedro II.

7. Direito de Propriedade está na Constituição de 1824, Artigo 179: "*A inviolabilidade dos Direitos Civis, e Politicos dos Cidadãos Brazileiros, que tem*

por base a liberdade, a segurança individual, e a propriedade, é garantida pela Constituição do Império, pela maneira seguinte... [sic]" (inciso 22) *"XXII. É garantido o Direito de Propriedade em toda a sua plenitude. Se o bem publico legalmente verificado exigir o uso, e emprego da Propriedade do Cidadão, será elle préviamente indemnisado do valor della. A Lei marcará os casos, em que terá logar esta unica excepção, e dará as regras para se determinar a indemnisação"[sic].* Os senhores de escravos consideravam os escravos bens semoventes, ou seja, a sua propriedade e que não poderiam ser expropriados sem indenização, como consta na Constituição.

8. O Gabinete Ministerial era formado pelo Presidente do Conselho de Ministros — uma espécie de Primeiro-Ministro — e pelas seguintes secretarias: Negócios do Império, Negócios Estrangeiros, Negócios da Fazenda, Negócios de Justiça, Negócios de Guerra, Negócios da Marinha e Negócios de Agricultura, Comércio e Obras Públicas. Sua duração poderia variar, dependia apenas do Imperador, munido pelo Poder Moderador. Era o Imperador quem nomeava o Presidente segundo a configuração da Câmara dos Deputados nas eleições. Havia também apenas dois partidos: o Liberal (eram a favor da diluição do poder central, dividindo-o com os proprietários rurais) e o Conservador (que pretendia centralizar o poder na capital).

9. Forros era como eram chamados os escravos alforriados.

10. Libertação pela pia baptismal, ou seja, quando a criança era batizada, ela era liberta.

11. Escravo reprodutor era um tipo de escravo usado para reprodução e sua prole era vendida. Em algumas fazendas, como a Fazenda da Glória, do barão de Guaraciaba, em Campos dos Goytacazes, os escravos reprodutores eram mais bem tratados do que os outros e sua função era "inseminar" as escravas escolhidas.

Com a Lei do Ventre Livre, essa prática caiu — ou era feita às escondidas, com a alteração dos registros escravos e/ou nas paróquias locais.

12. O Tráfico negreiro ficou ativo no Brasil até 1850, com a sua extinção pela Lei Eusébio de Queirós (n. 581). *Artigo 1º: As embarcações brasileiras encontradas em qualquer parte, e as estrangeiras encontradas nos portos, enseadas, ancoradouros, ou mares territoriaes do Brasil, tendo a seu bordo escravos, cuja importação he prohibida pela Lei de sete de Novembro de mil oitocentos trinta e hum, ou havendo-os desembarcado, serão apprehendidas pelas Autoridades, ou pelos Navios de guerra brasileiros, e consideradas importadoras de escravos. Aquellas que não tiverem escravos a bordo, nem os houverem proximamente desembarcado, porêm que se encontrarem com os signaes de se empregarem no tráfico de escravos, serão igualmente apprehendidas, e consideradas em tentativa de importação de escravos".* É interessante lembrar que já havia uma Lei que proibia o tráfico, a Lei Feijó de 07 de novembro de 1831, e que não era respeitada. Foi preciso uma pressão do governo inglês para que a Lei de 1850 fosse implementada. (veremos um pouco mais sobre isso no livro *As Inconveniências de um Casamento*).

13. Capitão do mato era o nome dado ao homem especializado em procurar por escravos fugidos, sobretudo nas zonas rurais.

14. Sinhazinha, Sinhá, Sinhá-dona e Sinhá-velha: várias maneiras de chamarem as mulheres no século XIX, segundo a idade da "senhora".

15. Tipos de luto: o luto no século XIX era marcado por tempo e por parentesco com o morto. Quanto mais próximo do morto, maior era o seu período de duração e as exigências quanto às roupas e o comportamento. No caso das viúvas, passava-se dois anos para que pudesse deixar o luto completo e pudesse participar de encontros sociais. No caso de Amaia, o seu luto era pelos pais, portanto, deveria ser de um ano, ou seja, ela deveria ter esperado esse período para se reapresentar em sociedade e poder usar alguma cor em suas roupas.

16. Surgimento do termo Comunismo é mais antigo do que Karl Marx, mas ficou mais conhecido com o *Manifesto Comunista* de 1848.

17. Mulas ou trem era como o café poderia ser enviado para o Rio de Janeiro. Com a expansão das malhas ferroviárias, as mulas deixaram de ser os meios de transportes mais comuns, o que também diminuiu o risco de perda do café.

18. Absinto é uma bebida destilada de teor alcoólico de 40% – podendo chegar a 89%. Bebia-se com um torrão de açúcar e com láudano – um opioide. Também conhecida pelo apelido de "Fada Verde", levava ao vício rapidamente e se tornou a querida de poetas e artistas como Charles Baudelaire, Toulousse-Lautrec, Edgar Allan Poe, Van Gogh, Oscar Wilde e cia.

19. Porto é um tipo de vinho português, produzido na região do Porto.

20. Corte: apelido dado ao Rio de Janeiro, onde morava o Imperador e sua "corte".

21. A Escola Politécnica foi uma das primeiras a serem implementadas no Brasil, com o curso de Engenharia Civil. É interessante ressaltar que durante a época da campanha abolicionista na década de 1880, sob a influência do engenheiro negro André Rebouças, os alunos "decretaram" que os escravizados que passassem pelo Largo de São Francisco de Paula – sua sede – seriam alforriados.

22. Daguerreótipo seria o avô da fotografia. Eram imagens captadas por uma câmara escura e fixadas numa numa placa. D. Pedro II era um entusiasta da fotografia oitocentista, chegando a ter uma coleção de mais de 25 mil imagens.

23. O porto ilegal de Caetano Feitosa foi inspirado no Caso Breves. José Joaquim de Souza Breves era um famoso e rico fazendeiro que havia construído em sua Fazenda Santa Rita do Bracuí um porto ilegal para recebimento de navios negreiros e o seu escoamento pelo Brasil. Somente em 1852 o caso foi investigado, mas dada a influência e poderio do fazendeiro — 1,5% de todo café exportado era dele —, nunca foi condenado pelo tráfico ilegal de milhares de africanos (ver Lei Feijó, nota 12).

24. Marquesa era um tipo de sofá com assento de palha e laterais e encosto podendo ser de palha ou madeira, surgida no final dos setecentos no Brasil.

Luiz Gama (1830 - 1882)

25. Luiz Gama (1830-1882) foi um importante abolicionista negro — além de advogado, poeta e jornalista — que, como escriturário da Polícia de São Paulo, e dado o seu conhecimento jurídico, conseguiu libertar mais de 500 escravizados.

26. Antigamente, dadas as grandes distâncias enfrentadas pelos mascates — comerciantes ambulantes — no interior do Brasil, era comum os proprietários de terra terem um quartinho sem janelas — uma alcova — para que pudessem pernoitar antes de tomar a estrada até a próxima propriedade, onde venderiam sua mercadoria. Era comum dar aos mascates um gomil — bacia e jarra — com água, um urinol, uma vela e o trancavam na alcova até amanhecer, assim protegendo as mulheres da casa e a privacidade do proprietário.

27. Com a Lei do Ventre Livre, o tráfico interprovincial se intensificou no sentido Nordeste-Sudeste. A necessidade de mão de obra escrava nos engenhos e propriedades nordestinas havia caído — sobretudo na Bahia e Pernambuco, por causa das secas e da queda do açúcar no mercado — e fizeram com que eles fossem vendidos e enviados para as lavouras cafeeiras das províncias do Rio de Janeiro e de São Paulo, que estavam vivendo o seu período áureo.

28. Lundu era uma dança sensual, proveniente das danças africanas trazidas pelos escravizados, e transformou-se em dança de salão ao longo do século XIX. É considerado o pai do maxixe e o avô do samba.

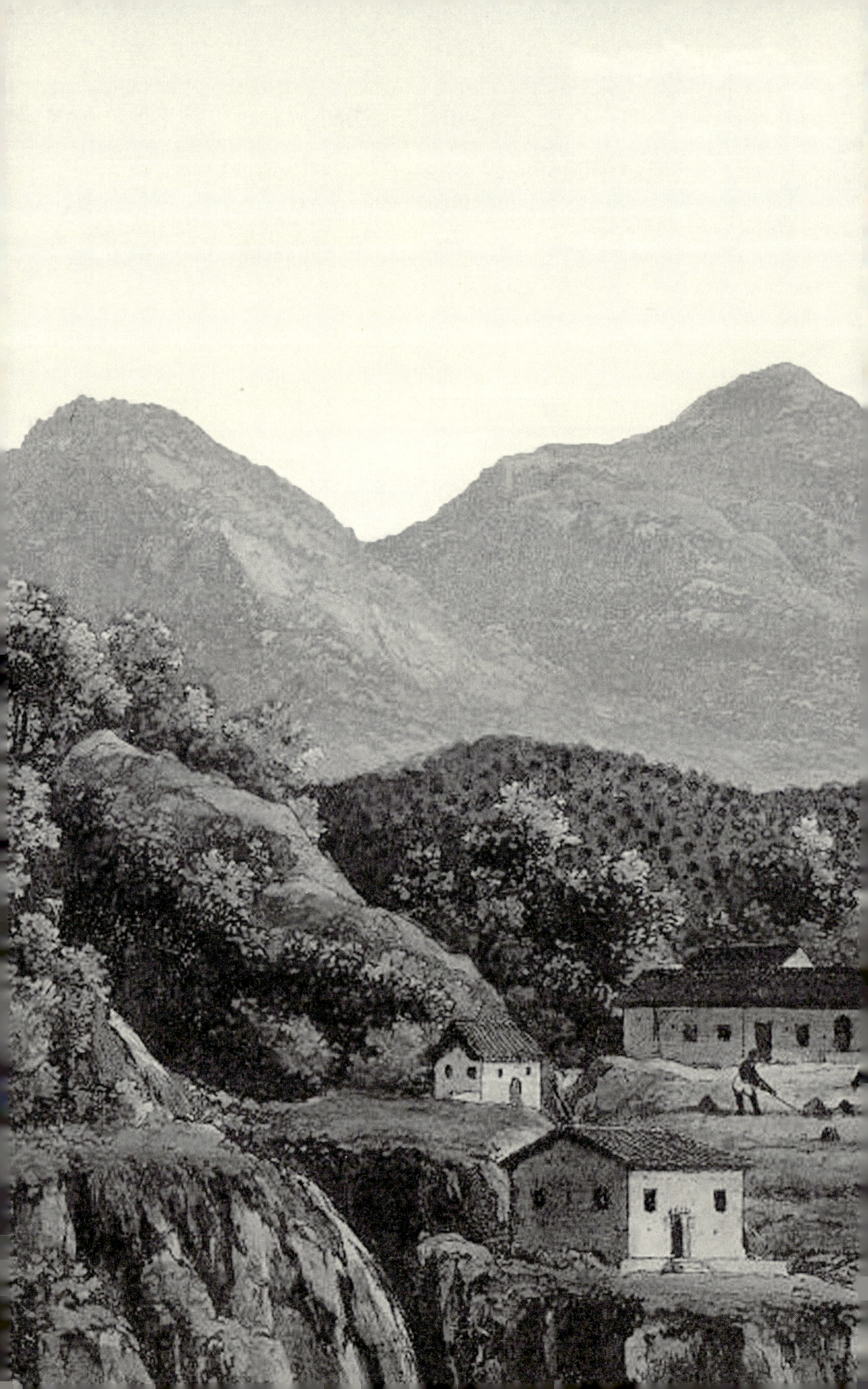

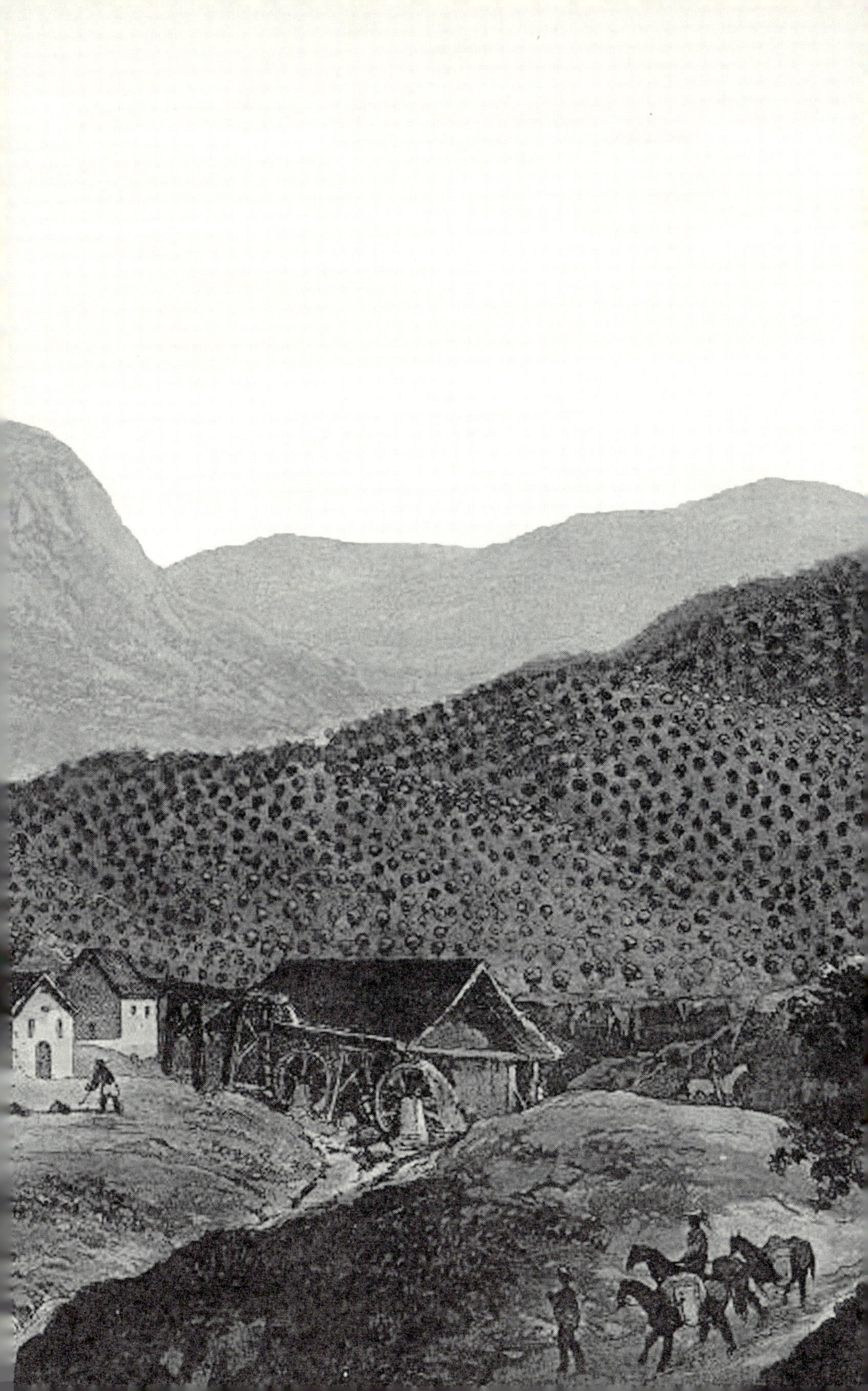

PRÓXIMO LIVRO DA COLEÇÃO:

As inconveniências de um casamento

O Clube dos Devassos

CHIARA CIODAROT

CONHEÇA OS TÍTULOS DA SÉRIE
O CLUBE DOS DEVASSOS

A BARONESA DESCALÇA

AS INCONVENIÊNCIAS DE UM CASAMENTO

UMA CERTA DAMA

O LOBO DO IMPÉRIO

O BEIJO DA RAPOSA

MÃES, FILHAS E ESPOSAS

O ÚLTIMO DOS DEVASSOS

Freya
EDITORA

Para saber mais sobre os títulos e autores da FREYA, visite o site www.freyaeditora.com.br e curta as nossas redes sociais.

facebook.com/freyaeditora

instagram.com/freyaeditora